当代文学的三次浪潮

Dangdai Wenxue De
Sanci Langchao

江 冰◎著

·广州·

版权所有　翻印必究

图书在版编目（CIP）数据

当代文学的三次浪潮/江冰著. —广州：中山大学出版社，2016.12
ISBN 978-7-306-05915-4

Ⅰ.①当…　Ⅱ.①江…　Ⅲ.①中国文学—当代文学—文学研究
Ⅳ.①I206.7

中国版本图书馆CIP数据核字（2016）第289767号

出 版 人：	徐　劲
策划编辑：	高惠贞
责任编辑：	刘学谦
封面设计：	曾　斌
责任校对：	李艳清
责任技编：	何雅涛
出版发行：	中山大学出版社
电　　话：	编辑部 020-84111996，84113349，84111997，84110779
	发行部 020-84111998，84111981，84111160
地　　址：	广州市新港西路135号
邮　　编：	510275　传　真：020-84036565
网　　址：	http://www.zsup.com.cn　E-mail: zdcbs@mail.sysu.edu.cn
印 刷 者：	虎彩印艺股份有限公司
规　　格：	787mm×1092mm　1/16　20.25印张　400千字
版次印次：	2016年12月第1版　2017年11月第2次印刷
定　　价：	45.00元

如发现本书因印装质量影响阅读，请与出版社发行部联系调换

自序：我们这一代人的文学批评

"文革"时代的小学生、上山下乡的末代知青、恢复高考后的77级大学生；毕业后留校任教，从辅导员、助教、讲师，到副教授、教授，讲授当代文学，撰写文学评论。这些"关键词"无疑是我们这一代文学批评者的时代烙印。我们的精神特质带有20世纪80年代思想解放运动的风范：质疑、批判、思考，集体主义与个人主义的纠结，体制规范与个体自由的纠结，相互冲突，缠绕一生。就我而言，文学批评几乎等于人生，虽然有一次短暂分离，绕了一圈又回来了，仿佛命中注定，爱它，恨它，我的归宿还是它——我没有按惯例将"它"写成"她"，是因为"文学批评"与我还是庄重、严肃、痛苦、理性的——远远多于轻松、自由、欢乐、感性。在我的人生里，我可能太把它当一回事，以至它越过职业侵入生命，且时而冰冷坚硬，时而火热兴奋。如果人生再来一次，或许我不会选择"它"。具体到我的文学批评历程，恰如书名"三次浪潮"，即是我的三个阶段——

一是20世纪80年代至90年代。主题词：新时期。中国大陆当代文学的黄金年代，光荣而辉煌。文学拥有很高的社会地位，一篇短篇小说可以掀起一股旋风，一首诗歌可以营造一个热点话题，一台话剧可以鼓动一场社会运动。这样的年代，文学批评是亢奋的、高调的、四面出击的。我在大学77级中文系里是小字辈，20多岁留校，功底尚浅，还无法即刻上阵厮杀，加上很快走上大学讲台，有一段时间的准备。这个时段，我主要是大量读书，以西方文论、中外作品为主。我做了一个题为"知识分子与当代文学"的专题研究，在《文艺评论》发表了系列论文，人大复印资料转载了几篇。另外，我参加了当代文学史和散文史的编写，重点是中短篇小说和杂文。不过，这20年，也是中国大陆当代文学大起大落的转折时期。大约从1992年开始，文学失去轰动效应，并逐步边缘化，我们这些文人同样经受了人生失落。我从大学突围，调到文联杂志社，原本雄心壮志意欲"东山再起"，重整旗鼓，办个好刊物，振兴文学批评。但事与愿违，文化界比大学似乎更颓废更无心文学，我于是离开文学，远走深圳，一去5年。

在体制外奋斗，体制外做媒体，可谓"跌宕起伏，人生百态；酸甜苦辣，一言难尽"。

二是2000年后的第一个10年。主题词："80后"。我重返大学，回归文学。深知文人之宿命，重新发力，再拾文学批评。3个月的痛苦思索：如何确定研究题目？一天，读中学的女儿从我的书架上下了一排书。她坚决地说："老爸，我的新书没地方放了，占领你的领地。"我一看，韩寒《三重门》、郭敬明《幻城》、春树《长达半天的欢乐》、张悦然《葵花走失在1890》等等，青春读物，"80后"作品。我翻了翻，敏锐地感觉到一些我完全不熟悉的气息——与我熟悉的新时期作家迥异的元素——从精神气质到文字表达。我眼前一亮，似乎抓到了什么，但我深知人到中年，不宜放胆随意涉足全新领域。征求文友意见，犹豫彷徨多日。最终决定选择"80后"文学作为研究对象——出于对新一代的信心，出于对15年前读托夫勒《第三次浪潮》的阅读兴奋，也出于对原有经验与新事物碰撞的新奇"陌生感"之价值的确认，我又大量阅读"80后"作品，很快又在15年后再次登陆《文艺评论》。"80后"文学系列论文反响不小，人大复印资料转载，2007年《新华文摘》大篇幅转载，2008年获得国家社科基金课题。2009年再次获得一个国家社科基金课题。我成立了研究中心，组建我的"80后"研究团队。这个阶段，这次浪潮，成果颇丰，应该是我文学批评生涯的收获季，这些成果影响了社会，影响了一群人。

三是2010年以后。主题词："本土化"。我一面为"80后"文学批评和研究收尾出书，一面开始涉及本土文化和本土文学。1995年，我曾加入"赣文化"讨论，旧情复燃，转而针对广东地域文化弱势，广东文学缺少地域特征、缺少新世纪地标新作品，以及"以北方标准写作"的习惯提出异议。开始撰文，逐步明确写作目标——振兴广东地域文学与地域文化的"本土化写作"。我开始写随笔，文学与文化在"本土化"的旗帜下相互交叉乃至不分你我。这个阶段，学术论文不多，多以专栏文章形式见于《广州文艺》《广州人，广州事》专栏、《华声》杂志《广州心情》专栏，以及《羊城晚报》《信息时报》《南方日报》等报刊。文学批评写到这个阶段，自觉开始摆脱所谓大学学术论文的束缚，开始真正表达文学批评者心声，比较自由地阐述一己之见。个性化、感性化的文字，因为微博、微信的碎片化书写，反而渐渐有了如鱼得水的自如与活泼。这同样要感谢对"80后""90后"青年文化的涉入，我亲身体验到一种无拘无束、自由狂欢的气氛——而这对于我们这些在"文革"时期度过童年、少年的人来说，相当稀罕。我们这一代人与"80后""90后"的精神反差，恰恰是正反两面镜子：一面照我们，一面照他们。其中的差异，即是学问。不过，我们依旧有一些共同的东西，那就是传统、本土、故乡、中国、中华。无论互联网如何发展，无论世界如何风云变幻，我们大陆人、港澳台同胞、海外华人，都是中国人，都是

炎黄子孙——我们的共同点，我们的相通处，就是传统。所以，可能在第三阶段，我会走得比较久，用心比较多，自我比较多。

　　三个阶段，三次浪潮。新时期的新特点决定了我们这一代的文学批评走向；对"80后"青春写作的研究是我个人对时代的一个探索，也许也是我对当代文学批评具有个人标志性的一个贡献；"本土化"既是生活所在地广州的一个地域召唤，亦是人到中年，回归传统、回归本土的一次文化自觉。我其实也在借此试图找到自己。回首文学批评，几乎就是回首人生。我们这一代的文学批评，与人生太贴近、与生命太紧密，庄严有余而个性自由不足，严肃有余而轻松快乐不足。乐乎？悲乎？吾心自知。时光无法倒转，人生无法重来，权当检讨，权当小结，权当一个人生界碑。我还能走多远呢？

　　不揣浅陋，是为自序。

目 录

◎ **第一辑　开放时代的新时期文学**

- 002　关于中国知识分子性格批判的断想
- 008　一个模式中的两个原型
- 015　走向祭坛
- 022　从自恋到自审：知识者的一次超越
- 030　历史的阴影
- 038　悲壮的突围
- 045　"衣带渐宽终不悔"
- 052　文体的变迁与杂文的命运
- 055　价值的失落与寻找
- 060　小说的正宗
- 064　文坛两面观
- 074　新文学人口与新文学群体
- 079　复活一座城市的记忆
- 085　坚韧的姿态
- 093　童话中的精灵与现实中的悲悯
- 099　草原的神性符号
- 105　论网络传播对当代文学创作的潜在影响
- 112　网络另类文化：无须回避的存在
- 116　网络与代沟

第二辑　网络时代的"80 后"文学

- 126　"80 后"文学的前世今生
- 130　论"80 后"文学的"偶像化"写作
- 137　论"80 后"文学的"实力派"写作
- 144　论"80 后"文学的"另类写作"
- 150　"80 后"文学"的文学史意义
- 155　论"80 后"文学
- 168　"网络一代"的文化趣味
- 170　"80 后"文学："我时代"的青春记忆
- 175　"80 后"：青年亚文化的生成与影响
- 183　"80 后"：新媒体艺术生成的文化背景
- 189　后青春期：再论"80 后"文学
- 200　"80 后"文学研究的信心与隐忧
- 204　"80 后"青春写作的文化资源
- 210　物质主义的英雄
- 215　在历史与幻境之间
- 222　小说内外的韩寒和郭敬明

第三辑　互动时代的"本土化"文学

- 228　地域文化：纳入人文教育的可能性
- 232　论广东文学的文化差异性
- 237　对现代化与全球化的一种回应
- 242　恶衣服而致美黼冕
- 248　黎族原始宗教的鬼神崇拜
- 255　论赣文化特征的模糊与凸显
- 266　试论现代化与全球化双重撞击下的黎族文化
- 273　魏晋南北朝服饰文化论略
- 281　英雄时代的心灵诉说
- 287　论广东女性写作的文学史意义
- 295　论广东文学"本土叙述"的苏醒

◎ **附录**

304 　添补当代文学史新的空白

306 　具有开拓意义的扛鼎之作

308 　视野宏阔卓具特色

311 　文采与眼界，比广州更广州

313 　后记

第一辑

开放时代的新时期文学

关于中国知识分子性格批判的断想
——兼谈知识分子题材创作

中国的知识分子一向没有成为一个独立的阶层，他们既然没有自己的经济地位，也就无所谓自主的政治权利可言。于是，依附于统治阶层或其他社会阶层就成了他们唯一的归宿。然而，作为文化的积累者和传播者，他们又时常扮演各个阶层代言人的角色，这在任何一个历史变革、社会动荡时期都表现得尤为明显。此时的知识分子往往以两种面目出现：或反叛传统，人心思变；或维护传统，人心思古。倘若将这两种面目视为两极，那么，具体的历史现象不但要比这两极复杂得多，而且往往在两极之间摆动。令人惋惜的是，由于几千年中国封建社会超稳定的社会结构的存在，上述"两极"的现象，始终未能构成势均力敌的激烈冲突，即使偶有反叛传统的冲击力量出现，也被超稳定的社会结构所消解。只是到了"五四"时期，有赖于中国之外的世界力量的推动，这个古老的国度才形成了一股足以撼动超稳定的社会结构的冲击力量，中国的知识分子也才被推到了时代的前列，真正成为历史变革力量的代言人。唯有此刻，真正的"两极现象"出现了，摇旗呐喊、呼唤变革最为卖力的是知识分子；叹世风日下、维护传统最为顽固的也是知识分子。问题还不在于知识分子内部所分化的两大阵营，作为传统文化母胎中孕育而成的中国知识分子，最难割断的却是无形中存在的脐带。传统有如一个巨大的磁场，凡场中物无不磁化。于是，就有了"五四"以来中国历史舞台上形形色色的匆匆过客，有了一个个痛苦呻吟的挣扎的魂灵，有了一部部展示心理轨迹的大书。

作为一个农业大国，中国古代的科技、工业是极为贫弱的，这也导致了人们受传统观念的影响，对"读书人"理解偏狭，所谓"读书人"几乎与文人画了等号，以读四书五经、先贤圣人言为主的读书人。他们的主要出路就是仕途，以知识为身价跻入统治阶级的官僚集团。官运亨通者得意，仕途不进者失意。他们除了以实际行动争取在国家管理中有所作为外，文学也自然地成为一种参与现实的方式。文以载道是参与，抒怀言情也是参与。在中国社会科学其他门类极不发

达的情况下，文学也就成为记录知识分子思想和精神现象的主要载体。毫无疑问，文学在中国思想界占有特殊的地位，它是思想史乃至整个社会历史的一个副本。就20世纪来说，我国社会历史的任何一次变革乃至它所引起的全民族思想情感上的任何一种波澜，都既真又曲折地反映在文学中，而作为归属于知识分子群体的作家，他们最熟悉的是自己的心灵以及自身经历的生活，所以，知识分子的形象一直在新文学中占有相当重要的地位。而此类题材的文学创作的演变发展的历史也正是中国知识分子试图摆脱巨大磁场、消除"磁化"的奋斗历史，是他们占有自身从而把握世界的历史，是他们扬弃自身痛苦而蝉蜕的历史，是他们寻求人生目的乃至整个民族、整个人类出路的历史。借文学宣泄情感，参与现实，干预政治，为民立言，进而确认自身、实现自身，也是中国知识分子试图确立自己在中国社会各阶层中独立地位的方式之一。

鲁迅笔下的"狂人"，郭沫若诗中的"放歌者"，郁达夫化身的"苦闷者"，丁玲心中的莎菲女士，叶绍钧笔下的倪焕之，巴金笔下的高觉新、汪文宣以及蒋光慈笔下的具有"革命的浪漫蒂克"倾向的青年知识分子，等等，无一不是中国现代知识分子认识自身和认识社会的真实记录。文化传统磁场力量之巨大，现代思想、现代文明与传统冲突之激烈，自然也就给试图走出传统魔阵与磁场的中国知识分子带来阻力和痛苦，阻力与痛苦来自于外部世界和内部世界，其中又唯以内部世界之痛苦更为剧烈。故此，反映知识分子心灵痛苦的文学作品在新文学中占有极为特殊的重要地位。

中国知识分子理想性格的模型可以说在孔子、老子手中就开始设计，此后历经几千年传统文化的不断营造和历史现实的反复锻冶，业已成形。它是与中国几千年的封建社会相谐和的。试图对此进行批判，则有赖于一定的历史条件以及相应的现实基础和时代氛围。

五四运动揭开了新时代的序幕，对中国知识分子性格真正实施批判也由此开始。动力源自于中国知识分子发生于此时的传统心态的"正式转换"，"几千年皇帝专制在政治体制和观念情感上对知识分子主宰地位的消失或消退，'学而优则仕'的传统科举道路的阻塞，西方文化如潮水般的涌进……给新一代年轻知识者以从未曾有过的心灵的解放，展现在他们面前的图景和道路是从未曾有过的新鲜、多样、朦胧"。[1]也只有此种心灵的解放，才可能使中国知识分子这一特殊的社会群体焕发出新鲜的活力，从而具备审视自我、自我批判的勇气和力量。这种自我批判是与鲁迅所提出的改造国民性的大课题相吻合的，它是剖析和改造国民性格的一项具体工作。我们知道，改造国民性既是鲁迅先生早年弃医从文之初衷，又是他倾注毕生精力之事业。鲁迅先生早就敏锐地察觉到：国民人格的病态，乃是中国危机的核心，改造国民性才是解决中国各种问题的根本。鉴于此，鲁迅先生在关注下层人民的同时，也把目光投向了知识分子，这不仅体现在对

"孔乙己"等文学形象的塑造上,也体现在鲁迅先生对于自身的严厉解剖上。鲁迅曾经有过创作一部反映中国几代知识分子命运的长篇小说的宏愿,可见作为对大变革时代具有深刻体验的思想家的鲁迅对此有过长久的思索。不过,我们必须认识到,鲁迅先生的这种自我批判绝非传统式的自我贬抑和忏悔,他在"五四"时期就清醒地意识到中国知识分子的独立地位和历史作用。他曾经明确指出:"由历史所指示,凡有改革,最初,总是觉悟的知识者的任务……他利导,却并非迎合。他不看轻自己,以为是大众的戏子,也不看轻别人,当作自己的喽啰,他只是大众中的一个人,我想,这才可以做大众的事业。"[2]此时对知识分子性格的自我批判,是在知识分子以民族启蒙为己任,确认了自身价值存在的基础上进行的。

然而,中国近现代史上启蒙主题与救亡主题的"双重变奏",似乎注定了中国知识分子所进行的自身批判必须经受一个艰难而痛苦的历史过程。

抗日战争的爆发,迅速激化了民族矛盾,救亡顿时成为首要的任务,严酷激烈的政治军事斗争和民族战争,以及国家与民族处于危亡之际的种种现实"都表明救亡的局势、国家的利益、人民的饥饿痛苦,压倒了一切,压倒了知识者或知识群对自由平等民主民权和各种美妙理想的追求和需要,压倒了对个体尊严、个人权利的注视和尊重"[3]。这是一个需要行动的时代,一个因此而更换了主角的时代——作为"五四"时期革命先锋的知识分子,此时已让位于成为革命主力的工农大众。这一时代变化给知识分子同时带来了积极的推动作用和消极的抑制作用,它一方面引导知识分子与工农大众相结合,投入到火热的现实斗争中去;另一方面又出现了将知识分子排斥于工农之外,抑制其社会地位的倾向。尽管后一倾向在当时还未发展到严重的地步。在20世纪40年代的延安解放区,此种历史积极因素与消极因素共存的现象较为明显。历史现象的消极面实际上付出了两种代价:其一是对传播和创造新思想的知识分子的整体性贬抑与否定,导致了对现代思想的贬抑和否定,这实际上又是中国农民式的小生产者狭隘意识对知识分子所接受的西方近代科学民主思想的拒斥;其二是它通过各种外力迫使刚刚开始试图挣脱传统文化束缚的中国知识分子重新走回"奴化"心理的怪圈,不断地自我贬抑、自我完善,从而失去自身独立的主体地位,成为匍匐于"神"面前的世俗罪人,从以启蒙为历史使命转变为以接受改造为唯一使命。鲁迅等人手中的具有现代意义的自我批判也由此变质为具有封建专制传统色彩的自我否定。

更为不幸的是,消极的历史因素不但没有被清除,反而愈演愈烈,形成新中国成立后试图淹没中国思想界的"左"倾思潮。从新中国成立初期对"肖也牧创作倾向"的批判,到对胡佩文艺思想的定性定罪,直至1957年"反右"运动对知识分子的全面打击,中国知识分子完全被放置到接受改造的地位。阶级成分的划法甚至给这一阶层的人们带来了普遍的"原罪感",严重地影响了几代知识

分子的心态。巴金老人在他的《随想录》中这样写道:"想起《西游记》里唐僧对孙悟空讲的那句话,我就恍然大悟了。唐僧说:'当时只为你难管,故以此法制之。'"[4]看似轻松的口吻却道出了何等严酷的史实:从"反右"始,无形的"紧箍咒"便成了主宰中国知识分子的命运之神,痛苦不应全部归咎于政治运动等来自外部的压力,更大的痛苦来自于知识分子内心无所适从的矛盾心态,而矛盾心态的根源在于一种"自我审判",此种"自我审判在'文革'初期被迅速推向自我作践的残酷地步:我准备给'剖腹挖心','上刀山、下油锅',受尽惩罚,最后喝'迷魂汤',到阳世重新做人"。[5]人的自我就是这样丧失殆尽,导致宗教"原罪感"的出现。巴金老人的精神状态其实正是当时中国一大批知识分子共有的精神状态。处于此种精神状态下的知识分子显然无力进行具有现代意义的自我批判。因为,现代意义上的自我批判是以肯定知识分子自身价值为前提的,《共产党宣言》中所阐述的"每个人的自由发展是一切人的自由发展的条件"的基本命题才是它的价值标准。

我们还是将话题回到文学。

应当消除一种误解,即以为自"抗战"之后,由于革命主角的更换,由于对文艺为人民大众乃至为工农兵服务的口号的倡导,知识分子从此在文学中失去了主角的位置,知识分子题材的创作也从此衰微。文学史实并非如此。不过,有一个事实应当承认,出于知识分子对时代生活的认识和当时左翼文艺运动的倡导,确实有大批作家迅速转向描写劳苦民众。题材的转换,恰巧透露出知识分子心态的变化。20世纪30年代的知识分子题材创作一度寂寥。进入40年代后,在国统区,知识分子题材创作再度繁荣,它不但在规模上对于"五四"文学有所超越,而且在作品中逐步增强了知识分子自我反省、自我批判的倾向。曾文清(曹禺《北京人》)、汪文宣(巴金《寒夜》)、乔仁山(老舍《归去来兮》)、胡去恶(师陀《结婚》)、周大璋(杨绛《弄假成真》)、田畴(沙汀《困兽记》)、白知时(李劼人《天魔舞》)、方鸿渐(钱钟书《围城》)等文学形象,都体现了这一倾向。难能可贵的是,这批国统区的作家没有停留在对现实生活的严酷和客观环境的险恶的描绘上,而是着力于从文化角度去考察知识分子的精神弱点,通过剖析人物自身的性格缺陷以及造成缺陷的文化传统,对中国知识分子的性格进行批判。

即使如此,从总体上看,中国现代文学在知识分子题材创作上仍没有出现具有相当深度和广度的作品,它显然受到了多种原因的制约。其中一个重要的原因就是现代作家尚未具备良好的精神状态,他们尚未深刻地认识到知识分子在中国的历史地位和所肩负的特殊使命,传统的文化心理再一次限制了知识者的眼界与目标。此种不足本来应当在赢得了和平的新时代得到弥补,但事实正好相反,人们所看到的是知识分子题材的全面衰微。连知识分子能否在文学作品中占有一席

之地都成了问题,更不用说作家们还有余力去顾及自身性格的批判了。"左"倾文艺思潮不仅不允许知识分子对生活发表任何独到的见解(如王蒙的《组织部新来的年轻人》),甚至连知识分子的情感方式(如宗璞的《红豆》)都遭到无情地摒弃,"知识分子特点"在文学中被多次清洗,历史上消极因素被推向极端的后果,就是"文化大革命"对中国知识分子的全面清算。

历史阶段难以超越。中国的现实在呼唤"五四"精神的回归。新时期文学正是这一历史深沉呼唤的一个回声。当时代的转机出现之后,知识分子率先发出了"人啊人"的呐喊,知识分子题材创作也在呐喊声中走向兴盛,走向深刻。回顾新时期这一题材的创作,大致可分为两个阶段:

第一阶段,是力图恢复知识分子应有的社会地位和肯定自身价值的阶段。简言之,也是知识分子重新从"鬼"成为人的阶段。此阶段有三部典型的代表作品:《天云山传奇》《灵与肉》和《人到中年》。三部作品尽管取向不同,但潜在的创作动因都是在谴责社会对知识分子的不公平待遇,在歌颂知识分子虽身处逆境却矢志不移、保持美德的同时,努力赢得社会各阶层人们对知识分子的同情和理解,以恢复知识分子的应有地位。应当说,这一目的基本上达到了,此阶段的文学也得到比较充分的发展。

第二阶段,是由面向社会到面向自身的阶段,是知识分子自我反思和批判的主体意识苏醒的阶段。如果说前一阶段注重的是人在社会中的地位,追究社会为什么会是这样的,那么此阶段作品的重心则渐渐偏向社会中的人,它的思考指向是作为知识分子的人。这无疑是知识分子题材创作的一个深化。王蒙的《活动变人形》、陆文夫的《井》、谌容的《散淡的人》和《献上一束夜来香》、张贤亮的《绿化树》和《男人的一半是女人》、蒋子龙的《蛇神》、俞天白的《X地带》、刘恒的《白涡》以及金岱的《侏儒》等一批作品都各自有所侧重地在中国知识分子的性格层面上做出了颇见深度的开掘。这些作品包含了十分丰富的精神现象:陷于传统的知识者的无尽忏悔、被传统文化心理所绞杀的生命、企图逸出传统规范的人生悲剧、以恶抗恶之后的自我反省、观念和行为相悖的痛苦、"人格分裂"的灵魂暴露……尽管作家们的思想认识不尽相同,对于自身的批判也很难说都具备了现代意义,但毕竟迈出了意义深远的一步。

今天,对中国知识分子性格进行批判的历史条件已经成熟。其理由至少有以下几个方面:

第一,人的现代化问题日益凸显其重要性。随着经济体制和政治体制改革的进行,人们已经开始认识到真正要实现现代化,必须伴随着现代化主体——人的群体行为重建的文化变迁,这就涉及我们民族文化性格重建和文化环境重建的问题。鲁迅先生早就把社会改革分为三个层次:一是生产工具、科学技术的变革,二是政治体制的变革,三是人的价值观念和精神状态的变革。他认为第三者是社

会变革的根本，立国必须先立人。

第二，开放政策所带来的外来文化，使我们获取了与原有自我文化完全不同的参照系，世界性的改革浪潮也起了推动的作用。

第三，民主空气的形成和探索精神的增长。旧有的价值系统的崩溃和当代文化内在冲突的激烈，必然要求理论界对以往历史进行"全方位"的反思，民主空气和探索精神则为反思提供了合适的气候和条件。

第四，中国知识分子经过一个世纪的探索，不但拥有深刻的自身体验，积累了理论上的丰富经验，而且随着自身独立意识的逐步加强，使他们有可能继承"五四"精神，重新获得进行自我批判的勇气和力量。

历史在飞速前进，中国的知识分子已经不满足于古老国度雍容而持重的步态，他们作为社会的精英、民众的头脑，将勇敢地成为时代的先导。中华民族的性格能否重建，我们民族的文化传统能否成功地进行创造性的转换，将在很大程度上取决于中国知识分子能否对自身性格进行富有现代意义的自我批判，从而在整体上实现传统向现代的创造性转换。批判意味着扬弃，意味着蝉蜕，意味着重新选择，意味着走出传统，获得新生。基于文学在我国人民生活中所占有的重要位置（它通过电影、电视、教育、报刊、戏剧等多种途径影响着全社会），中国作家应当自觉地成为最先实现由传统向现代转变的知识分子，他们将在自我批判的同时，与中国广大知识分子一道肩负起民族启蒙的历史重任。

注释：

[1][3] 李泽厚：《中国现代思想史论》，东方出版社1987年版，第217、33页。
[2] 鲁迅：《且介亭杂文·门外文谈》。
[4] 巴金：《随想录·"紧箍咒"》，人民文学出版社1986年版。
[5] 巴金：《随想录·再论说真话》，人民文学出版社1986年版。

一个模式中的两个原型
——知识分子与当代文学专题研究系列论文之二

当我选择这一论题时，实际上已经抱有考察当代中国知识分子的强烈愿望，产生此种愿望的背景自然与文学从客体转向主体的逐步明朗化的发展趋势有关。而我之所以将当代文学作为透视对象，是因为我相信：在中国知识分子难以拥有充裕的精神自由空间的情况下，在中国社会科学诸多门类极不发达的状况下，唯有文学成为普遍压抑下的一个宣泄口，也唯有文学成为记录知识分子思想和精神现象的主要载体。所以，通过对当代文学多侧面多角度的多点透视，寻求对当代中国知识分子形象的全面把握，肯定是一项很有意义的工作。

一、从一个颇有意味的文学现象谈起

今天的读者尤其是青年读者，并不会对肖也牧的短篇小说《我们夫妻之间》（载《人民文学》1950年第一卷第三期）留有多少印象。重读旧作，难免感到平淡，它除了以丈夫的眼光来写妻子的言谈举止而葆有较浓的生活气息外，在艺术上并无独到之处。它之所以能够在文学史上占有一席之地，恐怕多半是依赖于由它所引起的一场建国初期的批判运动，这场批判运动的影响力仅次于对电影《武训传》的批判。然而，一旦将这部作品置于历史的动态发展的链条之上，它便具备了远远超出作品自身的文学史意义。

小说通过一对青年夫妇琐碎的日常生活，讲述了他们在进城后一度发生矛盾又重新和好的故事。作者所表现的主题显而易见，无非是揭示进城之后知识分子和工农干部之间应当彼此取长补短的现实问题。如此作品，何以打破了文坛的平静？我认为，关键在于这对青年夫妇分别代表着两个社会阶层：知识分子与工农民众。丈夫李克是战争年代由城市流向农村的文化人，12年后又回到大城市的怀抱，平添了一种重返故乡的喜悦。妻子张同志则在"进城以前，一天也没有离开过深山、大沟和沙滩"。乡村孕育了他们的爱情，使他们拥有着静谧而和谐的

家庭生活,他们的结合甚至被同事们誉为"知识分子和工农结合的典型"。但城市破坏了原有的和谐,夫妇俩各自不同的文化背景立刻发生了冲突——虽然此种冲突在肖也牧的笔下只是滞留在表象。作者在描写出一系列矛盾和隔膜之后,还是归结到"我们是来改造城市的,还是让城市来改造我们的"这一问题上。而结局也只是作为知识分子的丈夫应当继续改造思想,从而加入改造城市的行列;作为工农干部的妻子则主要是改变工作方式,从而更有效地改造城市。仅此而已。

可是,即使如此温和的作品仍不能为当时的文坛所容许。《我们夫妻之间》在受到短暂的赞誉之后,遭到了逐步升级的批判。第一篇批评文章是陈涌发表在《人民日报》的《肖也牧创作的一些倾向》,文章批评肖也牧入城后写的《我们夫妻之间》《海河边上》是"依据小资产阶级观点、趣味来观察生活、表现生活",前者夸张、集中地描写了女主角的日常生活作风,把一个工农出身的革命女干部描写成一个粗恶丑陋的形象,同时指出这是根据地文艺工作者进城后出现的一个不健康倾向的苗头,它说明小资产阶级出身的文艺工作者,尽管"经过了较长的革命生活的锻炼",在入城以后的环境下,"特别容易引起旧思想感情的抬头,也特别容易接受各种外来的非无产阶级思想的影响",应当引起"警惕"。10天以后,冯雪峰化名"读者李定中"在《文艺报》上发表《反对玩弄人民的态度,反对新的低级趣味》的批评文章。作者批评了陈涌文章的软弱无力,认为《我们夫妻之间》的作者,对于女主人公——女工农干部张同志"从头到尾都是玩弄她","对于我们的人民是没有丝毫真诚的爱和热情的","因此,我觉得如果照作者的这种态度来评定作者的阶级,那么,简直能把他评为敌对阶级了。就是说,这种态度在客观效果上是我们的阶级敌人对我们劳动人民的态度"。使得批判进一步升级的是丁玲的文章《作为一种倾向来看——给肖也牧的一封信》。她认为作品把女主角、妻子张同志——一个工农干部写成了"母老虎似的泼妇",作者对这个人物表示的同情是"虚伪"的;把男主人公李克,一个经过长期锻炼的革命知识分子写成"假装改造过,却又原形毕露的洋场少年",作者对他的所谓"批评",其实是"欣赏",甚至把他作为今天知识青年的"指路标"。总之,这是一篇"穿着工农兵衣服,而实际是歪曲嘲笑了工农兵的小说"。此后,对肖也牧创作倾向的批判逐步提到了是"对《在延安文艺座谈会上的讲话》的某种程度的抗拒",是资产阶级、小资产阶级企图抹杀否定解放区文艺的政治高度。

值得我们今天进行反思的,的确是超乎于作品本身的社会反响。从批评者的方面看,冯雪峰是经过五四运动洗礼,参加过二万五千里长征,与鲁迅先生过从甚密的我们党内的优秀知识分子,对于他的人格,晚年的胡风曾给予很高的评价,并承认他们在理论思想上是一致的;丁玲则一向被文坛公认为有着不屈性格

的女作家,她与冯雪峰有大致相同的经历,早年入党,参加过左联,坐过国民党的大牢,1942年在延安因写杂文《三八节有感》而遭到批判。可是,重读当年对肖也牧的批评文章,我们很难相信出自于他们二人之手,禁不住要发出这样的疑问:到底是什么力量使他们的笔下流泻出如此激烈而尖锐的话语?在批判运动中,肖也牧做了"我一定要切实地改正错误的检查",他的密友康濯以及一些国统区和沦陷区的作家,也都检讨自己曾欣赏过肖也牧的作品,这些检讨很难说是缺乏诚意的。那么,又是什么力量促使这些历经艰难人生的作家们心悦诚服地接受批评并自我谴责呢?

一个历史的疑问。

二、潜在原型的出现

我一直认为,在神话——原型批评理论的形成过程中,加拿大批评家弗莱的一个重要贡献,就是将荣格手中的"原型"世俗化、实用化了。荣格认为"原型"就是"集体无意识"的产物,它是人类世代心理经验中一些反复出现的"原始意象"。而弗莱则认定原型就是"典型的即反复出现的意象",它具有普遍的联系性,随后,他进一步扩展了这一定义:"我把原型看作是文学作品里的因素:它或是一个人物、一个意象、一个叙事定势,或是一种可以从范畴较大的同类描述中抽取出来的思想。"弗莱的这一"扩展"仿佛在文学批评家们面前推开了一扇窗户,原型概念也由此走出了人类学和心理学的王国,真正成为一种现实的、广泛存在的文学作品的构成因素。这一理论思路向我们提供了一个重要的启示,依此认识建国初期的对肖也牧作品的批判运动,可以得出以下结论:

在当时知识分子题材创作中已经潜藏着一个创作模式,而这一模式又是由两个"固定形象"(姑且称作"原型")构成的,即"神圣的工农者原型"和"自卑的知识者原型"。明确此点,我们又可进一步地认识到,《我们夫妻之间》之所以受到批判,是因为丈夫所代表的知识者形象和妻子所代表的工农形象均不符合上述两个原型。

当时,对于表现工农形象的关注和对表现知识者形象的苛求都达到了相当的程度。要求毫无保留地、极其热诚地歌颂工农形象(后来"高大全"的英雄形象即滥觞于此),一种把工农者神圣化的倾向已经从此时的文学创作中出现;而对文学作品中知识者形象的塑造和刻画则取贬抑的态度。《我们夫妻之间》的批评者,就十分反感作者所安排的和好结局:工农干部的妻子,投入小资产阶级知识分子依然故我的怀抱。在这些批评者的下意识中,这对青年夫妻所代表的阶层是绝对不允许采取这样一种温情调和关系的,"他"和"她"的调和似乎就意味着"她"被"他"所改造,而知识者原型应当是自卑的,应当是被动地处于被

改造的地位。不妨作一推测,倘若将丈夫和妻子的身份相互变换一下,是不是能够从男尊女卑的传统心理上稍稍平息一下批评者们的愤怒呢?

问题还不在于身份的变换,文学中知识者的形象与现实中知识者的地位在建国初期同时开始经受"贬值"。1952年初对长篇小说《战斗到明天》的批判就是明显的一例。这部作品描写的是几位知识分子干部在敌后随军战斗的日常生活,其主题是反映知识分子的思想改造过程。尽管茅盾在为该书初版写的序言中肯定说:"'五四'以来的作品以知识分子题材为多数,而把知识分子放在敌后游击战争环境中表现还没有人写过,所以值得欢迎。"但作品还是受到了严厉的批判,并向作品提出了题材、主题范围以外的要求和指责,实际上是对当代知识分子题材创作提出了严格的禁忌,加上正常的文艺批评活动往往被升格为政治批判运动,迫使作者与茅盾分别作了检讨,而且检讨的要点都是"浓厚的小资产阶级思想意识"。结合当时创作界一个流行的观点:凡写青年知识分子,都应该主要写他们"如何可耻可恨",即使革命知识分子也"不应该写他们经过改造后顶了用"——我们不难看出对知识分子的贬抑倾向已经达到了非常严重的地步。从这个意义上说,对肖也牧创作倾向的批判可以看作是《我们夫妻之间》中以妻子为代表的社会力量,向以丈夫为代表的社会阶层的一次公开宣战,宣战的结果只能是一个:"神圣的工农者原型"以绝对的优势压倒了"自卑的知识者原型"。仿佛冥冥之中,上帝早已安排了两个原型的位置,欲逃避原型另有所创者,在劫难逃,必遭厄运。

三、"神圣的工农者原型"

就当代文学范畴来说,应当是"神圣的工农兵形象",但作为一个农业大国,中国农民是这个国家的主体,这就决定了当代文学中农民意识和形象的绝对优势。我们的士兵是穿着军装的农民,我们的工人是穿着工装的农民。现代大工业的滞后发展,现代商品经济的贫乏困顿,也使得我们很难产生相当规模的现代大城市,都市里的乡村,城市里的"乡下人",比比皆是。所以,当代文学作品所塑造的工农兵形象,应当说其中绝大多数在本质上都可隶属于中国农民的形象。故"神圣的工农者原型"又可称呼为"神圣的中国农民形象"。

"五四"以来,新文学的一个很大的贡献就是让中国农民走进了文学天地,随着农民在中国革命中主体地位的发展,文学中的农民形象也随之发生变化,开始从二三十年代的受屈辱者的形象逐步成为革命者形象,并最终与无产阶级先进分子相叠印。这是一个从世俗走向神圣的渐进过程,一个不断量变而终于质变的过程。从《三里湾》中党支书王金生等一批具有新的思想性格的人物形象,到《山乡巨变》中邓秀梅、刘雨生等一批走在社会潮流前头的先进分子;从《红旗

谱》中高大的农民英雄形象——朱老忠,到《创业史》中社会主义新人的典型——梁生宝,中国农民的形象在一步步地走向革命化,而且所谓的"革命化"又常常与"神圣化"相牵连。如果说这种"神圣化"的趋向在《三里湾》和《山乡巨变》中表现得还不太明显的话,那么,在《红旗谱》中已见端倪,到了《创业史》则有了明显的呈现。人们早在议论:"朱老忠的形象在入党后缺乏深刻的发展变化","梁生宝的形象不如梁三老汉写得好",等等。在不少写农民的作品中,我们可以发现一个带有普遍性的规律:凡"中间人物"往往要比先进人物写得生动,写得血肉丰满。十分有趣的是,这一创作趋向甚至影响了历史小说《李自成》,农民起义英雄李自成在后几集中也逐步向"革命化"以至"神圣化"的方向发展。不许写农民自身的缺点,是一个阶段;农民形象的变形、夸大以至无限膨胀,又是一个阶段;推向极端,就是"样板戏"中逐渐脱离人间烟火的英雄形象。原型的产生既同文艺中"左"倾思潮有关,又与我们民族文化心理中塑造人间"神"的传统习惯有关,凡人凡事不可敬,非得"神圣"起来才可以心安理得地仰而视之。

四、"自卑的知识者原型"

相对前者,这一原型中所积淀的"经验"要复杂、深刻得多。不过,探讨仍可从中国近现代史和民族文化传统这两个方面入手。具体到我们的文学专题研究上,前一方面涉及新文学中知识者形象的演变及其历史原因;后一方面涉及中国知识分子的社会地位与传统人格,最后又都可归结到中国知识分子问题。关于新文学中知识者形象的演变,我在系列论文之一《关于中国知识分子性格批判的断想》中已经做过一个初步探讨,这里将进一步研究制约演变的外部因素,即促成"自卑的知识者原型"逐步形成并固定化的历史原因。

面对大革命失败以及抗日战争爆发后,知识分子革命地位迅速发生变化的历史事实,中国知识分子已经意识到了自身的弱点和局限,他们真心实意地到工农民众中去,在对自身进行思想改造的同时,再一次自觉地重新寻求在中国革命中的位置。此时,广大知识者的心态是与中国共产党对知识分子的认识相吻合的。20世纪30年代末,我们党的口号是"大量吸收知识分子"。在认识到没有知识分子的参加,中国革命的胜利是不可能的前提下,提出了使工农干部知识分子化和知识分子工农群众化同时实行的具体途径,这里,"工农者"与"知识者"是处于"互化"的地位和关系,这是一个可以理解为双方平等的关系。

40年代以后,这种关系开始发生变化,除了根据地革命形势的需要,反复强调知识分子必须经过改造之外,有两个观点值得重视:一是给知识分子划成分:以出身论,知识者属于小资产阶级范畴;以所受教育论,他们是在"地主资

产阶级教养下成民"的,于是,"在其走向与人民群众结合的过程中,发生各种程度的脱离群众并妨害群众斗争的偏向是有历史必然性的"[1]。二是对知识者自身价值的贬低以至否定。贬低又是与对工农者的褒扬互为映照,恰成对比的,知识者有知识与知识来源于群众这两个并不矛盾的结论竟成了一对矛盾,进一步的推论就是知识者无知识,工农者才是真正有知识的人。不妨引一段话作为这一推论的注解:"知识分子没有真正的知识,可是他们还看不起工农兵群众。就好比新到贵州的毛驴一样,贵州土生土长的老虎没见过毛驴,对它莫测高深,很怕它。后来毛驴踢了老虎一蹄子,老虎恍然大悟:本领不过如此!所以知识分子必须到工农兵中间去虚心学习。"[2]至此,"工农者"与"知识者"的互化,实际上仅仅成为"知识者"的工农化。问题还不止于此类掺入了个人感受的形象比喻所包含的带有情绪性的思想流露,更大的"问题是后来主要以《在延安文艺座谈会上的讲话》的序言为准,把几句谈个人感受的比喻当成了科学论断,而且越到后来越把它推向极端;于是,知识分子的'肮脏'和体力劳动者的'干净',就都成了先天的、绝对的。'思想改造'既然是从一个阶级到另一个阶级,在当时的中国,当然就是从小资产阶级的知识分子到无产阶级的农民。这实际上是把以农民为主体的人民抽象化、理想化了,同时也把知识分子抽象化并推向了剥削阶级一边"[3]。总之,一褒一贬、一扬一抑所形成的观点意识,从40年代开始影响文学创作,并逐步成为推动以上两个原型形成的主要动力。当然,我们还不能忽视文化传统的深层心理原因,说到底,上述观点意识的形成,又是受到传统文化心理的总制约的。

五、传统文化心理的制约

在我们这个民族的传统之中,可以说既有重知识者的一面,又有轻知识者的一面。而社会的重视与轻视、人们的羡慕与不屑、知识者自我感觉的优越与自卑,又都与知识者自身的命运和处境有关。学而优则仕,世人羡慕不已;学而不得仕,世人的面孔就大不同了,若再失去政治、经济的保障,则多半要变成大大小小的孔乙己,露出迂腐、寒酸、贫困、怯懦的窘相,实在是弱不禁风,不堪一击,诸如"手无缚鸡之力""书呆子""酸文人""秀才造反十年不成"等等谑语贬词正为人们所熟练使用。"十年寒窗"大致是被瞧不起的,顶多是个"书呆子",而一朝扬名、身加官袍则立刻便使众人仰之。范进中举的故事实在是对我们民族这一文化心理的绝妙讽刺。这一切都说明,人们所重视的与其说是知识本身,毋宁说是以科学知识为阶梯所企望攀缘的种种外在物,古人所云的"书中自有黄金屋"就是一篇坦白的供词。再说说孔子。孔子作为读书人,为世代所敬仰,除了他的学问外,很重要的是人们将他视作道德的化身,况且这是由历代帝王捧起来的一位圣人。实际上,孔子在世时是很潦倒的,他既不被旧贵族所容,又为新贵族所仇视,活脱脱一个尘土满面、半饥半饱地奔波于各国之间,不断地自荐而又不得重用的读书人形象。他甚至为一般农人所不屑。《论语·子路从而后章》中有这样的记述:"子路从而后,遇丈人,以杖荷蓧。子路问曰:'子见夫子乎?'丈人曰:'四体不勤,五谷不分;孰为夫子?'植其杖而芸。……"令人回味的是,《论语》中的这段话,在新中国成立后批判知识分子的历次运动中被屡屡作为武器使用。类似于"把麦苗认作韭菜"的嘲弄知识者的笑话里就包含了相近的文化心理,而普遍以大老粗为荣则是此类心理的另一种表达。

不必讳言,即使在今天的非知识者人群中,仍普遍具有对知识者贬抑的文化心理。对"老九升天"的并非个别的不满,就表现出不同社会阶层的分歧与隔阂。一部中国历史清楚地表明:愚昧无知是导致不民主和专制的根源。而我们这个民族从未受过科学与民主的真正洗礼,即使对"知识就是力量"这句被西方实践了几百年的名言,也是批声不断,更不用说将知识分子放在应有的历史地位上。毫无疑问,这一潜藏于人数众多的社会成员意识或下意识中的文化心理,显然是我们国家出现对现代知识分子贬抑倾向的一个思想基础,它从更多的方面催生了上述两个原型的形成。

注释:

[1]《中共中央宣传部关于执行党的文艺政策的决定》,《解放日报》1943年11月8日。

[2]张庚:《历史就是见证》,《人民日报》1977年3月13日。

[3]姜弘:《五访胡风》,《新文学史料》1988年第4期。

走向祭坛
——知识分子与当代文学系列论文之三

对胡风文艺思想的全面清算，实际上意味着当代知识分子题材创作模式的稳固化。此种稳固化状态，不仅受制于某种政治观念以及在这个观念背后的社会力量，而且有赖于创作主体在某种政治观念的潜移默化之后所形成的一种"集体无意识"，一种思维方式，一种心理状态。一外一内，一表一里，两方面的力量实施了对于创作生机的有效钳制。

一、形象的沉沦与精神的萎缩

尽管中国知识分子一向没有形成独立的阶层，但作为一个社会群体始终是存在的。他们纵然一时在强大的政治压力面前沉默，却并不说明属于这一群体所特有的"自我意识"消失殆尽。相反，一俟气候适宜，他们的"自我意识"就如尖笋拱石，顽强地冒出地面。从这个意义上说，1956—1957年上半年文学勃然兴起的短暂兴盛局面正是中国知识分子"自我意识"的顽强流露。

不过，我们探讨的对象不是已经被众多文学史一再描述的兴盛局面，而是在此之后对知识分子"自我意识"的摒弃以及由此带来的精神枷锁。

我认为，相对人类社会的其他阶层而言，知识分子有两个特点十分突出：一是具有强烈的社会批判意识。知识分子往往以审视甚至挑剔的目光看待眼前的世界，他们怀疑现存的价值体系，怀疑一切社会存在的合理性，并毫不懈怠地去证明他们的质疑。形形色色的思想、学说和言论便是种种质疑的外在形态。知识分子又总是在试图确定自己的价值体系，时常不顾一切地走上自由论坛，在一种强烈地"表现自我"的欲望与冲动的支配下评说社会，而并不屈服于任何外界带有强制性的社会力量。应当肯定，怀疑精神是人类前进的动力之一，人类历史前进的链条正是由无数个问号联结而成的。无怀疑，就无批判；无批判，就无扬弃；无扬弃，就无创造，也就无所谓超越和进步。

二是拥有特殊的情感世界。多愁善感，悲天悯人，为草木枯荣而悲欢，为人生多艰而泪下，是中国人对读书人的一个普遍的印象。无论如何比较，都极易看出来自民间的歌谣与知识者所作诗词歌赋中透现出的气质是多么的不同，难以说清的差异又远非文学风格所能包纳或解释，它们岂止是粗犷与细腻、豪放与委婉、刚强与脆弱、"书卷气"与"泥土味"之别？不必否认，知识分子的确有自己特殊的敏感的情感世界，他们常常以既带有群体徽印又属于个体的表达方式，通过文学、艺术以及一切能够负载情感因素的物质形态来呈现这个世界——一个独立于观念、原则甚至真理之外的情感世界。

十分遗憾的是，反右运动中对文学作品的批判恰好抑制了这两个特点。刘宾雁的带有某种政论性的特写《在桥梁工地上》和《本报内部消息》以及王蒙的《组织部新来的年轻人》之所以引起争议，受到批判，并不在于它们的文学性，而在于这些作品鲜明地表现出当时中国知识分子在"干预生活"口号下对社会现实的批判态度。宗璞小说《红豆》的魅力在很大程度上依赖于对青年女性知识分子情感世界的细致刻画。作品在当时受到批判的原因是"爱情被革命迫害""挖社会主义墙脚""在感情的细流里不健康"等等。作者在30多年后的今天也仍然坚持认为小说所表现的是"爱情诚可贵，甘为革命抛"的主题。而我以为，宗璞创作《红豆》有一个潜在的心理动机，即呼吁人们尊重知识分子特殊的情感世界。可惜这篇作品虽然在当时知识分子中间得到反响，却没有得到社会更为广泛的理解。对知识者以及知识者作品的粗暴否定，造成文学史的一个可悲事实：作家们开始渐渐地失去自信，一些作家不无真诚地开始忏悔。王蒙在1957年5月就《组织部新来的年轻人》这样检讨自己："由于作者的心灵深处还存在着一些与林震'相通'的东西——它们是对于生活的'单纯透明'的幻想，对于小资产阶级知识分子的孤芳自赏与狂热心理的玩味，不喜欢'伤感'却又以伤感点缀自己的'精神世界'，等等。"[1]一切都归咎于"知识分子特点"的危害，人们别无选择，只有自觉地加以"清洗"，然后，心甘情愿地套上一副精神枷锁。

50年代末，精神枷锁的禁锢已经到了相当严重的地步。在诗歌领域，一面是以狂热的政治情绪对"大我"进行无限的自我膨胀，另一面则是对"小我"个人情绪天地的无情"挤压"。对郭小川抒情诗《望星空》的批判，即是如此。《望星空》在《人民文学》1959年11月号上发表后，批评者的口吻是非常严厉的，普遍认为作者在诗中消极地抒写了个人主义的幻灭情绪，完全背离了"大跃进"的时代精神。今日重读此诗，除了给人以属于那个时代的熟悉的诗风外，其仅有的价值也就在虽屡屡遭批却并不洒脱的人生感慨上了。其实，感慨人生是人类的一种情感流露，尤为知识者所擅长。他们常常超越时空、超越世俗地对人类、历史、人生乃至宇宙进行一番思考，由此所生发的对人生短暂、宇宙辽阔的

感叹,是古往今来知识者所关注的一个普遍命题,"夫人之相与,俯仰一世"(王羲之)是,"悲晨曦之易夕,感人生之长勤"(陶潜)亦是,即使像有的批评者那样,将《望星空》前半部和李白的"夫天地者,万物之逆旅,光阴者,百代之过客,而浮生若梦,为欢几何"画了等号,又有何妨?!况且,值得我们探究的恰恰不是郭小川是否有权利感叹人生,而是作为一个诗人与职业革命者之间的内心矛盾,正是难以回避的矛盾造成了此诗的情感波澜。统一的诗歌原则和艺术共性,此时已经践踏了应当完全属于个体的艺术世界,艺术个性尚被抹杀,还谈什么特殊的情感世界?

多方面的禁锢使知识分子题材创作举步维艰。面对此种形势,作为"文革"前17年仅有的一部探索知识分子问题的长篇小说《青春之歌》的作者杨沫也就只能处于左右为难的尴尬之中了。杨沫对《青春之歌》进行修改并重新再版的行为本身就是一个具有典型意义的文学现象,作为一个文学史的标本,它极其真实地折射出当时的文艺思潮。在重版的《青春之歌》中,30年代的林道静为了实现"阶级立场转变的过程",居然采用了50年代末的方法,不断地进行自我批判。这不禁使人联想到一个非常相似的例子。从1972年起,何其芳以自身经历为背景,开始写作一个描写知识分子走向革命历程的长篇小说,在这个未完成的长篇小说里,小说的世界是二元分裂的。"当他抒写少年董千里的带有'小资情调'的心灵世界时,小说是真实动人的;当他塑造'少年布尔什维克'意味的杜璞时,小说是苍白枯燥的,带有明显的概念化。"[2]真诚的作家们开始将自身分裂成两个自我:政治观念里的自我和现实生活中的自我,并由此注定了人格分裂的痛苦和对生活以及艺术的背离。

从《我们夫妻之间》到重版的《青春之歌》,不难看出当代知识分子题材创作"大滑坡"的运动趋向,在这个运动过程中,上述知识分子的两个特点被逐步剥夺了。与此同时,知识者形象的内在物质也被抽空了,逐步成为仅有外在身份标记的社会角色,甚至成了一具丢了"魂"的躯壳。当代中国知识分子正是在这种形象沉沦、灵魂失落之中,一天一天地萎缩了自身的主体精神,最终的结局只能是"文革"后期名噪一时的影片《决裂》中的那位教授的形象,只能说说"马尾巴的功能"了。

二、兴盛的表象背后是信仰价值的不变

十年动乱结束后,所有能够感受新时代气氛的中国公民都不能不注意到文学,这的确是一次文学的大宣泄,一次民族情绪的大宣泄。当然,此种宣泄首先是作家个体的,他们带着昔日岁月所留下的愤懑、哀怨、悲伤走上文坛,此时的文学观的核心就是追求生活的真实,还生活以本来面目,人们也急切期盼在文学

中看到真实的世界。于是，社会求诸作家的首先是直面人生的勇气和胆量，敢不敢说真话？那么，一段人生经历，些许社会思考，只要真实地无所矫饰地通过文学表达出来，就会引起读者的关注和共鸣。在如此精神气候下，登上文坛的第一批中青年作家所做的头一件事，就是让自己成为文学里的主角，几乎所有引起社会轰动的作品都带有明显的自传性质，这一点在王蒙、从维熙、张贤亮等一批"右派"作家的作品中尤其突出。此时，知识分子题材创作也自然而然地在这种浓烈的"自传"色彩的涂抹下兴盛起来。今天，当我们有可能排除兴奋的情绪而代之以冷静的理性的审视时，不难发现此类自传体的作品有一个共同点，即主人公大多是怀有一种浪漫的悲壮感的"神圣的蒙难者"。

是什么原因促成了这一文学类型人物的产生呢？

与张贤亮、从维熙有相同经历的诗人梁南的一首诗《我不怨恨》极为鲜明地表现了此种类型人物的典型心态：

"马蹄踏倒鲜花，/鲜花/依旧抱着马蹄狂吻，/就像我被抛弃，/却始终爱着抛弃我的人。/……我死死追着我所爱的人，哪管脊背上鲜血滴出响声/……至今我没有怨恨，没有，我爱得是那么深。/当我忽然被人解开反扣的绳索，/我才回头一看：啊！我的……人民！/两颗眼泪滴下来，谢了声声，声声。"

诗中呈现了客观现实与主观世界的强烈反差：现实中是马蹄践踏下的鲜血淋淋，主观世界里却升腾起一种悲壮的神圣的情感。且不说给抒情主人公套上枷锁的是不是人民（这种认识的本身就是一个极大的错误），仅仅看抒情主人公几近滑稽却又无比真挚的致谢态度，就会使我立刻联想到两个似乎毫不相关的形象：给他左脸颊一巴掌，他不但不抗议，反而将右脸颊也凑上来的圣者，去拉萨路上的匍匐而行的磕头的朝圣藏民。

不可忽视的是，此种浪漫的悲壮感充溢着当时的文坛。

王蒙的中篇小说《布礼》的主人公钟亦诚就是一位"神圣的蒙难者"，其人生信念与生活准则与梁南的诗《我不怨恨》的精神如出一辙，即使在蒙受冤屈、历尽苦难之后，仍然固执地相信："他不是悲剧中的角色，他是强者，他幸福！"布礼！布礼！成了他正在被绞杀的灵魂的慰藉。守恒的忠诚，守恒的信念，是他引以为自豪的精神支柱。就像一则神话故事里的纯真少女，她为了拯救被魔鬼变成天鹅的9位哥哥，头顶荆冠，身着麻衣，虽忍受着巨大的痛苦，内心却充溢着幸福。少女是为了使兄长们重返阳世，而钟亦诚们又是为了什么呢？钟亦诚们在一遍遍地表白忠诚的同时，实际上就是在一次次地肯定自身的信仰价值，因为这种信仰价值是不容怀疑的。悲剧中的角色并没有意识到悲剧，才是真正的悲剧。此种不容怀疑的信仰价值在从维熙的《雪落黄河静无声》中，甚至被提高到令

人难以置信的地步,范汉儒近于迂腐、愚昧的偏狭居然受到作者不遗余力的讴歌,一出反复渲染的动人的爱情故事竟成了一个观念欲扬先抑的铺垫。足以使国王弃位、天女下凡的人间爱情,在范汉儒的信念面前顿时变得毫无意义了。要紧的倒不是爱情破裂这一细节是否真实,而是作者的赞赏态度以及社会心理对此种价值判断尺度的普遍接受。唯其如此,高尔泰的那篇一针见血的评论才显得那般地非同凡响。主人公的选择不能不使我们产生这样的疑问:除了信念之外,范汉儒们的精神世界中还有什么?

比起《雪落黄河静无声》里范汉儒与生命同在的坚执信念,张贤亮的《灵与肉》中主人公许灵均重建人生信念的过程要更加可信些。因为作者着力表现的不只是极"左"路线给中国知识分子造成的精神上的痛苦,而在于写出苦难经历之中的知识者,如何在与普通劳动人民的交往中发生了灵与肉的深刻变化。劳动人民的精神无疑成了主人公赖以生存的精神支柱,作家对此作了极为虔诚的歌颂。此种虔诚情感的逐步强化,却也导致了将苦难历程浪漫化、神圣化的趋向。主人公在肉体和精神的双重摧残下,仍然是依赖"信念"来维持内心平衡,从而获得灵魂的安泰。

谌容的《人到中年》是受到普遍称誉的作品,批评界公认其价值主要有三:一是标志着中篇小说从面对过去转向面对"四化"建设生活,二是及时地揭示了中年知识分子生存现状的社会问题,三是塑造了中年女大夫陆文婷这一社会主义新人的形象。值得重新加以审视的是第三点,陆文婷属于"新人"的标志是什么?其性格中到底有没有新的因素?从中国知识分子的性格上看,陆文婷并没有走出传统的樊篱,从新时期知识分子题材创作的角度看,陆文婷的性格实际上是同《天云山传奇》中的主人公罗群前后呼应的,他们性格的实质是一致的,其理由在于二者表层行为方式选择和深层价值取向的相同。

文学形势的改观与内在精神的承续,构成一个发人深思的文学现象。

三、殊途同归:走向祭坛

从文学形势上看,由于全社会知识者地位的下降,17年的知识分子题材创作一步步地走向衰微;而新时期第一阶段(大致从《天云山传奇》至《人到中年》)为止的知识分子题材创作恰好相反,生机勃发,喷泻而出,每每获得轰动效应,知识者形象也从此崛起。一衰一荣,一沉一浮,反差强烈,兴盛空前。然而,一旦我们避开簇拥而来的喧哗的浪头,潜入水底,就会发现在这深处有一脉潜流,横贯两个"历史区域",其流向并无一丝改变。也就是说,两个历史时期虽面目迥异,却相互沟通,包含着某种精神上的联系,这使得30年的知识分子题材创作殊途同归:走向祭坛。

结论的确切含义是:"十七年"与新时期第一阶段的知识分子题材创作尽管途径不同——前者以否定的方式被迫自我贬抑,后者则以肯定的方式自觉牺牲自我,却都是在泯灭知识分子的个体意识、抹杀其独特价值取向的前提下,以从肉体到精神的全身心的无私无欲的奉献,来祭一个不容世人片刻怀疑的神圣的信念。在这座神圣的祭坛上,知识分子无论从群体到阶层,还是个体,每一个活生生的生命都只能作为祭品,去寻求牺牲的归宿。

历史就是这样无情。

得出这一结论并不等于忽视当代作家在新时期最初几年所做的努力,应当承认,新时期思想解放运动,在相当大的程度上是由中国知识分子促成的,同样可以将其视为中国知识分子主体意识逐步觉醒过程的清晰或模糊、直接或曲折的呈现。文学作为这一特定社会历史时期的敏感体,必然会传导出知识分子阶层的"先锋意识"。不过,此时的中国知识分子,包括当代作家的思维指向主要是面向社会,试图通过对种种生活现象的考查,寻求中国历史与现状的社会原因,他们小心翼翼地将反思的对象由"文化大革命"渐渐地推向"反右运动"乃至更早的历史时期。没有人能够否认他们担负了社会批判的职能,只是此时的批判往往止于社会现象的表层,对原有的一整套价值体系的否定和怀疑往往在对社会现实的控诉中被忽略了。同时,信奉并执行原有价值观念的行为却依旧得到了赞颂。即使面对历史提供的重新选择的机会,当时的知识者仍坚持原有的信仰价值,维护着恒定不变的价值尺度,而没有走出封闭的自我。社会历史再一次显示出巨大的惯性力量。大动荡的终点常常是大觉悟的起点,然而中国知识分子被禁锢得太久,严重萎缩的思考功能的恢复委实需要一段时间。

当我们对新时期作家的这一停滞表示一种谅解的同时,又不能不悲哀地看到知识者在"走向祭坛"过程中所表现出的殉道精神。如果说,"十七年"的创作尚可用知识分子的权利和自由遭到强行剥夺来解释的话,那么新时期创作所体现出的此种殉道精神也就只能将主要原因归咎到知识者自身的性格上去了。孱弱病态依附的人格是殉道精神的负载体。外在行为方式和内在理想追求的荒谬造成了当代中国知识分子的双重悲哀。诚如巴金老人所言:"奴在身者,其人可怜;奴在心者,其人可鄙。"[3]走不出君君臣臣父父子子圈子的"士"的传统人格以及数十年自我贬抑与"驯服工具论"思想的长期浸染和熏陶,"君叫臣死臣不得不死"的传统士大夫精神和以绝对服从为前提的革命献身精神奇特地混合成了当代中国知识分子的殉道精神,它们也共同构成了知识者"走向祭坛"的心理状态和思想基础。因此,从严格意义上说,"走向祭坛"的知识者与其说是"现代知识分子",毋宁说更像中国传统的儒生。中国历史进步的迟缓与延宕,由此也可见出一斑。

人们无法超越自己的时代。何况神龛依旧,祭坛未倒,中国知识分子必须经

受一次从神到人的痛苦进程,这是 20 世纪 80 年代的中国无法回避的历史进程。

历史在呼唤真正的人的时代!

注释:

[1] 王蒙:《关于"组织部新来的年轻人"》,《人民日报》1957 年 5 月 8 日。

[2] 参见《二元理论、双重遗产:何其芳现象》,《文学评论》1988 年第 6 期。

[3] 巴金:《十年一梦》。

从自恋到自审：知识者的一次超越
——知识分子与当代文学专题研究系列论文之四

有一则神话故事曾给我留下深刻的印象。古希腊美男子纳西斯钟爱自己的美貌，他成天坐在河边从水中的倒影里自我欣赏，以至于不慎落水，成了水仙花。后人称之为"纳西斯情结"，而用中国人的话说就是"顾影自怜"。苛刻地说，论文之三所述"走向祭坛"过程中的知识者就恰好葆有此种顾影自怜的心态，而且，他们更多了几分悲壮，几分豪迈，几分舍我其谁的英雄气概。

不过，中国内部要求变革的呼声与外部世界改革浪潮的冲击，毕竟在宣告"偶像时代"的终结，从领袖崇拜的否定到自我偶像的粉碎，中华民族尤其是知识者的心态发生了急速而深刻的变化，其重要标志就是从"顾影自怜"向"自我审判"的逐步过渡。我们选择新时期文学的若干表现知识者的典型作品来透视此种心态的转换过程。

冯骥才发表于1979年的中篇小说《啊》是较早出现的主要描写知识分子心态的作品。作品题记实际上已经表明，主题指向社会现象，它着力表现的是"密网裁而鱼骇，宏罗制而鸟惊"的环境所造就的知识者极度自我恐惧的心态，而没有对知识者主体进行分析。《啊》当时之所以获奖并受到欢迎，主要在于它真实地再现了特定时代的精神恐怖氛围。今天则可以从另一角度切入作品：它揭示了人性中的"恶"——主人公吴仲义的自私以至卑鄙。他的坦白并非出于幼稚、狂热、真诚，而是出于一种"自我保护"的需求，为了达到自身的安全，他可以弃一切而不顾，包括他在世间仅存的至亲手足。固然，可以将责任归咎于社会，但我们是不是同时又可以追问一句：主人公的人格和良知何处去了？"丢失信件"的本身不足以为主人公的行为辩护，在外力的胁迫下，他显然丧失了人格，沦落了自身。这是一个可怜且可鄙的知识者形象。在他的身后，是不是有一个人格沦丧的知识群体呢？如此理解肯定已经超出了作者当年的创作意图，但这是不可否认的事实。作者无意间烛照了知识者人性"恶"的一面，从而破除了当时文坛上联袂而出的知识者赴汤蹈火、以命取义的"神话形象"。

《啊》更多的是再现了一种真实的状态，淹没作家的创作情绪主要是对于社会环境的控诉，时代所提供的精神氛围以及创作主体意识的觉醒程度，此时尚不足以使冯骥才具备一种反省意识，比较明显地从面向社会到面向自身的创作上的过渡，是由王安忆的《命运交响曲》来完成的。

《命运交响曲》较为成功地推出了一个被称为新时期文学中第一个知识分子的"多余人"的形象。在这一人物的身上，我们不难看出屠格涅夫笔下的罗亭、冈察洛夫笔下的奥勃洛摩夫的影子，看到中国旧式知识分子劣根性的一面。这位具有充当"卡拉扬"的幻想和抱负的大学生，由于缺乏与现实生活搏击的意志，成了一个落魄颓废的"多余人"，可是他又非常固执地始终不愿意离开昔日光荣岁月所编织的梦，愈是落魄，愈是自我欣赏和自我陶醉，却无所行动，以致一事无成。王安忆的《命运交响曲》的深刻之处正在于已经将人物命运的悲剧转化为性格的悲剧，从立足于对社会环境的观照，转向对人物性格内在矛盾的挖掘。人物的命运不仅仅归咎于时代的原因，还必须反省一下自身。这是作者给予当时文坛的一个重要启示，也是这部中篇小说最为重要的文学史意义。

在新时期思想解放运动大背景下，中国知识分子的文化反思从客体转向主体是一个渐进的过程，就文学创作来说，知识分子反思和批判自我的主体意识的觉醒也是一个渐进的过程。从面对自我到审判自我这样一个逐渐走向自觉的过程中，张贤亮的两部中篇小说（《绿化树》和《男人的一半是女人》）可以说是真正地进入了"自我"这一层面，在新时期文学充分地表现了外向的忧患意识之后，内向的自我反省与忏悔意识的出现，似乎也首先集中地体现在这两部作品中。一个值得深究的现象是，尽管两部作品集中地刻画了人的两大本能：食与性，并由此引起广泛争议，但我认为对文坛造成冲击的深层原因却在于作品对"我"的暴露。应当承认，中国作家最不善于剖析灵魂，他们总是小心翼翼地与笔下的人物保持一定的距离，即使是"自画像"也大多藏匿起表象之下的心理真实。张贤亮的不同凡响，恰恰在于他笔下的章永璘开始显示出一个"真实的自我"，虽然我无法确认作者是否无所遮掩地暴露出赤裸的自我，而绝无一丝虚饰。无论如何评价，张贤亮的下述表白所做出的"自我审判"姿态都是应当肯定的："一个社会和一个人一样，只有在他成熟以后才会有深沉的回忆，才有勇气自我批判，才能真诚地和比较客观地暴露他以前某个发展阶段中的幼稚与错误。"（《〈绿化树〉英译本序》）这无疑是作家自我批判主体意识的觉醒，当然，仅仅是一个初步的觉醒。此时的张贤亮仍然没有走出"顾影自怜"的心态。

在《绿化树》中，遭到厄运的右派章永璘从"筋肉劳动者"那里汲取力量，从《资本论》中获得真理，于是一个出身于资产阶级家庭、接受过封建文化和资产阶级文化的知识分子获得新生，实现自我超越。作品全篇实际上隐现了先入炼狱，脱胎换骨，练就金身，修成正果，再上天堂的全过程，在此过程中虽然也

有自我批判，却并没有逸出固有的规范和模式，有意与无意间暗合了既定的观念，即知识分子属于资产阶级文化的产物，他们必须在体力劳动以及与劳动人民的交往中改造自身，其中仍可见出原罪意识与"自卑情结"。作者在《绿化树》的题记中引用了苏联作家阿·托尔斯泰长篇小说《苦难的历程》第三部的卷首题词："在清水里泡三次，在血水里浴三次，在碱水里煮三次。我们就会纯净得不能再纯净了。"这原是一句俄罗斯谚语。阿·托尔斯泰引用它的特定含义是：知识分子经过革命和战争的严酷考验和磨炼，经过痛苦的反复的思想斗争，洗涤灵魂上的污垢，走向人民，走向革命。张贤亮在显而易见的肯定和赞赏之情中将其视作一种信念并作为小说引子。问题不在于信念的正误，而在于张贤亮与阿·托尔斯泰面对的是不同的时代。不同的时代会赋予知识者以不同的历史使命。《苦难的历程》之所以在苏联当代文学中能与《静静的顿河》比肩，在于它从革命发展中真实地描写了现实，以史诗的规模反映了苏联国内战争的全过程，俄罗斯的知识分子同作家本人一样，在战争的硝烟中，在失去注定灭亡的旧世界而走向新世界的过程中，选择了自己的人生道路，从而确立了自身的价值。诚然，我不能肯定苏联革命成功后的俄罗斯知识分子在多大程度上握有人格的独立性，但至少就《苦难的历程》来看，几位知识者都是在整个俄罗斯命运的启迪下，在血与火的现实中，获得精神和心灵的自由解放，从而做出合乎历史必然性的正确抉择。而张贤亮笔下的知识分子却是在专政工具的监督和外部环境的迫使下，走上自我改造的人生道路，他们的抉择合乎历史发展之必然性吗？何况这群知识者或认同于环境，或竭力从环境中"自我超越"出来，但归宿似乎又只是踏上"红地毯"。此种囿于"吃尽苦中苦，方为人上人"古训的精神境界到底能够拥有多大的心灵自由度和人格力量，值得怀疑。

张贤亮的一个重要偏误就是对当代知识分子自我改造的人生道路的肯定。而此种肯定的价值判断又是同"苦难历程"的神圣化倾向紧密相连的。以下三方面的因素导致了神圣化的倾向。

第一，孟子学说的自我抚慰。"天将降大任于斯人也，必先苦其心志，劳其筋骨，饿其体肤，空乏其身，行拂乱其所为"的自我注释，并以此肯定繁重体力劳动以及非人生存环境对于自我改造的合理性，将惩罚当磨炼，视炼狱为天堂之门，甚至明白地道出："我所属的那个阶级覆灭了，我不下地狱，谁下地狱？"

第二，"筋肉劳动者"的无限美化。几乎所有的下层劳动者都得到了作者的歌颂与赞美，一系列女性形象甚至成为作者"梦中的洛神"，她们不但集圣母之美德于一身，成为黑暗年代的太阳，进而成为劳动人民精神美的象征，同时也成为作家个人赖以生存的精神支柱，对此所做的近乎教徒般虔诚的歌颂以及由此所体现的虔诚情意的逐步强化，也导致了将苦难历程浪漫化、神圣化的趋向。

第三，苦难历程中的"自我超越"与精神升华。张贤亮是非常重视"自我

超越"的,他试图在这一过程中体现知识者的特殊价值,而且他没有回避知识者与下层劳动者之间的隔阂与差距以及由差距所萌生的优越感。我们要追问的是,当代中国知识分子除了通过这条途径获得超越与升华,别无选择吗?当代社会为知识者铺就的这种人生道路,是知识者的幸运,还是灾难?

1985年面世的《男人的一半是女人》尽管更多地表现出作者自我反省的意愿,但仍然是在肯定知识者自我改造的人生道路的前提下进行的自我反省,其中又不乏自我辩解和自我维护。作者甚至引用了许多先哲的训诫来为自己精神历程辩护。此时的反省显然还停留在动乱年代对知识者天性的压抑上,他们成了残缺人,不过一旦实现自我超越,就可能重新成为富有创造力的健全人。这里藏有一个潜在的思维指向:向社会寻找原因。在认识到知识者受到严酷的生存环境桎梏的同时,忽略了知识者自身文化心理的束缚。因此,面对自我的反思也就未能达到真正现代主义上的自我批判的层面。

王蒙在1986年推出了他的长篇力作《活动变人形》,作品的出现标志着知识分子自我审判主体意识的真正觉醒。只要稍稍回忆一下王蒙对钟亦诚(《布礼》)坚执信念的歌颂,对曹千里(《杂色》)自我精神疗法的理解以及对平庸的杨恩府(《深的湖》)的宽容,我们就可以看出《活动变人形》的进步。也许这部作品的主人公倪吾诚属于王蒙的父辈,这使得作家有可能走出自我情绪的天地从而拉开一段距离冷静地进行审判,对知识者温情脉脉的"纳西斯情结"和无休止的自我辩解在此消失,取而代之的是一种追究主体的人格批判。作家甚至直截了当地道出了这位夹在中西文化碰撞间隙之中的畸形儿的复杂性:"知识分子?骗子?疯子?傻子?好人?汉奸?窝囊废?老天真?孔乙己?阿Q?假洋鬼子?罗亭?奥勃洛摩夫?低智商?超高智商?可怜虫?毒蛇?落伍者?超先锋派?享乐主义者?流氓?市侩?书呆子?理想主义者?"富有意味的是,作者将倪吾诚置入一个封建地主家庭,三个女人构成封建主义文化形态的一个坚固堡垒,倪吾诚既攻不破堡垒,又无法走出堡垒,最后竟成了没有灵魂的一个在人世间游荡的影子。固然,由于作者对主人公微带嘲弄的漫画式刻画(尤其是新中国成立后倪吾诚的一段人生的描述)容易使人在深刻感受知识者"无价值"的一面的同时,忽视其"有价值"的一面,即倪吾诚不断设计人生又不断被现实粉碎的痛苦的深刻悲剧意义。但在归咎于悲剧的社会与历史的同时,我们仍旧可以从主人公自身的性格上寻找一些悲剧的原因。面对倪吾诚,我们在坚信知识分子是中国最有希望的一群人的前提下,又不能不看到难以走出历史阴影的知识者在生存危机面前所表现出来的怯懦和无能,他们既无自我拯救之力,更勿论拯救民众与社会了。可以肯定,倪吾诚正是在对知识者自我批判的意义上占有了文学史上的地位。这是王蒙的贡献:由主要表现知识者所处社会环境到追究知识者主体自身的过渡,在《活动变人形》中初步实现,从而完成了从外向内,由表及里,从自

卑、自责到宽容、理解，直至严峻的批判的作家心态转换的过程。

青年作家的自我批判显然较中年作家更少包袱和束缚，李建的《我是侏儒》（载《北京文学》1986年第10期，《小说选刊》1987年第1期转载）将笔锋指向了当代青年知识分子。来自乡村的诗才横溢、个性独特的大学生刘方贵清醒地自视为"成熟的侏儒"，并称课本是扼杀个性与创造力的"铁罩子"，他为了摆脱桎梏，我行我素，追求自我，可惜在宣告失败后重新沦为"罩中人"，并心甘情愿地成为一名"侏儒"。作品通过高校师生两代人的人生态度，含蓄地指出了中国知识分子的归宿：行星只能在既定的轨道上运行，一旦出轨，唯有流星坠地熄灭生命之火的结局。那些与青春期生命冲动同在的诗才，往往在所谓"成熟"之后江郎才尽了，在一位诗人消失的同时，却出现了一位老于世故、循规蹈矩，既有美德又有名分又尽责任的谦谦君子。发人深省的是，既成"正果"的举止并不能简单地视作君子们外在的人格面具，它甚至已内化为正人君子的一种伦理道德上的自律，成为与生命俱在的一种精神状态。

"侏儒"的象征意义耐人寻味。两年后，金岱的长篇小说则索性名之为《侏儒》（载《百花洲》1988年第3期）。这是一部纯粹以知识分子人格批判为主题的作品，尽管在常人的眼里，《侏儒》主人公的痛苦远不及老鬼的《血色黄昏》、杨牧的《西域盲流记》中主人公的痛苦，可作者的独特与深刻兴许正在于此：灵魂的痛苦是不能以肉体的痛苦来比拟的。这又是一种典型的中国知识分子的痛苦，摆在主人公面前的障碍并非不可逾越，而主人公偏偏逾越不了，其事实本身也恰好印证了主人公的"侏儒个性"与"人格残缺"，知识者犹如严重缺钙的孱弱儿童，永远长不大。在作者笔下，平淡琐碎的日常生活本身就是一个庞大完整的"铁罩子"，它背后隐藏着一个文化网络，老排长之于孙父，孙父之于文仲妻，文仲姐之于文仲，种种人际关系共同编织成一张巨大的网罩——一张扼杀生命的网罩。值得玩味的是，作品主人公文仲，身为80年代的青年作家兼大学教师，他一方面接触了西方近代的科学民主思想以及现代非理性主义思潮，另一方面又时时将自己的个性拘束在传统的伦理关系之中，沉入思想海洋的自如与陷入家庭生活圈子的拘谨，罗曼蒂克的学者风度与唯唯诺诺、软弱可欺的病态气质，形成了一个强烈的反差，其形象本身正向人们昭示："清醒的奴性"像血液一般流淌在80年代的所谓社会精英——青年知识分子的血管中，他们同样有待于挣脱传统规范的束缚，在痛苦的自我扬弃之中去完成重建人格的历史任务。金岱通过对"私人生活"的咀嚼和"侏儒心态"的分析，似乎得到了这样的结论：精神上的十字架远远超重于人生的负荷。

倘若说《侏儒》的作者在他所钟爱的具有宁天下人负我、我不负天下人的古旧伦理气息的主人公身上还留有温情的话，那么陈世旭则是以一双"冷眼"来看青年学子乃至整个知识界了。这在陈世旭的创作历程中也是一个具有重要意

义的转折:在讲述了一个个小镇上的故事之后,这位向笔下一位位小人物奉献出满腔热情的"小镇上的作家"开始了对"善的世界"的超越,他渐渐调查出人性的另一面:"恶"。恰于此时,陈世旭进入武汉大学作家班学习。在人才荟萃、精英云集的高等学府里,作家的目光居然变得冷峻,在他犀利的笔锋下,知识者尽管卑微却不无圣洁清高的光环顿然消失,学者们温良恭俭让的面具被毫不留情地揭去,从而暴露出灵魂中卑琐病态的一面。

陈世旭的短篇小说《马车》(载《十月》1987年第4期,《小说选刊》1987年第10期转载)勾画了老中青三代知识分子的形象。四位大学教师虽有不同的人生道路和不同的坎坷,却异中有同:承袭着传统的重负,在历史的阴影中徘徊,由此而造成人格的残缺和主体力量的贫弱。公伯骞教授虽素以反封建道统而著称,却囿于血亲关系的伦理传统,身心交瘁,恍惚度日。范正宇虽随遇而安,安贫乐道,却谙熟处世韬略,工于心计,且全无独立人格可言。姚长安虽潜心学问,一心钻研,却几近迂腐,全无生存能力,一副窘迫寒酸、软弱可欺的模样,很难使人相信他的创造力和人格力量。肖牧夫虽雄辩滔滔,才气过人,却不无哗众取宠、浮躁浅薄之相。让人疑虑的是:他个人奋斗所追求的到底是什么?三代人的人生遭遇共同隐现出当代中国知识分子的艰难历程。令人深思的是,范正宇、姚长安、肖牧夫三人在历经十年动乱的劫难之后,本当磨砺精神,坚强自身,不料一场高校评聘职称却将他们重新拖入困境:范正宇痛苦于内疚,姚长安猝死于竞争,肖牧夫失望于现状进而漂洋出海。生活事实无疑在宣告:职称何其重要,因为它构成当前知识者价值水准几乎唯一的标志,而知识者将一切维系于它的本身就是一个双重的悲剧:知识者乞求承认的可怜与社会承认方式单一的不合理性。

作家陈世旭显然用他特有的方式开始分析中国当代知识分子的精神状态与生存状态。短篇小说《语言的代价》(载《上海文学》1988年第9期)可以视作陈世旭式的学术论文,在不大的篇幅中,作者分析了师与生两个"标本":先生以师道压人,无视学生价值甚至个人尊严,学术之争藏有了伦理、政治的因素——这也从一个侧面说明中国知识分子的政治化与伦理化倾向;学生面对师道尊严,无力抗争,被迫依附于先生。道德是一面,制约是更重要的一面,职称、出国、待遇、前途均在先生的手掌之中,唯有逢迎才有出路。现代人的自由选择、人性的全面发展与现行人事制度、社会结构不可避免的冲突,使得知识者既无更多的选择机会,又难以保持独立的人格。因为外界环境太残酷太不以人的意志为转移,现实生活中的一个职称、一级工资,使多少人抵押了清高。作者深刻地揭示了当代知识者的一种矛盾心境以及由此所导致的自我分裂,他们似乎注定要处于两难境地:既要追求精神和心灵的自由解放,又无力于抵抗现实环境的残酷压抑。

到了中篇小说《研究生院的爱情故事》（载《当代》1989年第1期）里，陈世旭干脆给高等学府里的精英们头朝下照了张相：无视道德，只有己欲，弃爱情如敝屣的文学硕士况达明；既漫游于理性王国，又热心于"黄道"的哲学硕士戴执中；经营着一个只会制造废物的"南方预测咨询开发公司"的程志；热情奔放，其实全无头脑的所谓现代女性张黎黎；等等。作者以近于速写的笔法给东方大学的研究生楼的众生相勾勒了一幅令人沮丧的漫画。在《马车》中，作者曾借人物的话表明了自己的评价："你们这一代知识分子是不会有什么希望的了，你们不能自救。"那么，面对青年一代的知识分子，作者又有多少信心呢？陈世旭在《研究生院的爱情故事》中写下这样一段文字："黑黢黢的红杉林遮掩着迷茫的月光，'沙沙'地低声哼着，把那幢黑暗的宿舍楼搂在怀抱中，仿佛要窒息它。"这是一个意象，也是作者所认定的陷入历史阴影传统魔怔与"世纪末"颓丧没落情绪中的当代研究生们的精神状态的写照。尽管我不能完全认同作者的评判结论，却不能不为他的洞察力而折服，以至于我猜想陈世旭是不是因为期望过高而失望太深？

对当代知识群体所产生的"危机意识"绝非陈世旭所独有。在高等学府里栖居了不少年头，父亲是教授，自己也是大学教师又兼专业作家的胡平，在他的报告文学《神州大拼搏》（载《人民文学》1988年第6期）中尖锐地指出：新中国成立后的知识分子与古代、近代以来的"以天下为己任"的风范有了断层，他们往往只沿袭了封建时代另一类知识者的属性，加上依附于现有的体制及其强大的政治说教，使他们理性中定型为两种观念：依附观念造就了精神上未曾"断奶"的儿童化倾向，工具观念导致了人格力量和独立价值判断的丧失。面对知识者人格沦丧、精神萎靡、因袭传统重负的尴尬处境，胡平急切地期待着中国知识分子重建人格、再造形象的历史时刻的到来，他甚至极为焦虑地写道："若知识分子永不会有这一刻来临，知识分子就该早在'文革'的大悲剧里毁灭。"何等痛苦的心情正源自于对当代知识者背负十字架历史现状的忧虑与激愤。

对以上有限作品匆匆做出的一番检视，已经足以使我们看到如下事实：1979年以来的思想解放运动，一方面呼吁"五四"精神的回归，一方面开始受到西方现代自审与危机意识的影响，它的深入发展无疑推进了中国知识分子对于外部生存环境与自身文化心态的认识，而文学界则十分敏感迅速地反映了此种认识的推进过程，即创作上从自我表现到自我审判，从对"屈原模式""大禹模式"的肯定赞颂到重新评价以至否定。总而言之，这自然也属于"人的觉醒"的结果，但它绝不是一蹴而成的。从领袖崇拜的否定到自我偶像的粉碎，从自恋心态下的自我表现到自审心态下的自我反思，其间经过了艰难的跋涉和灵魂的搏斗。因为对领袖崇拜的否定还仅仅止于对神灵的反叛，还只是从神的怀抱里挣脱出来的觉醒，它并不同时意味着知识者完成了从神到人的精神历程，并不意味着知识者对

自身及其真实处境的彻底觉悟。令人欣慰的是，诸如"危机意识""审丑意识""忏悔意识""审父意识""自审意识"等等，无不显示当代知识者正在进行的一次不可忽视的心态转换，一次意义重大的精神超越，即从自恋到自审。它或许预示着中国知识分子从传统人向现代人转变的第一步，这也是随时间推移而将愈显其非凡意义的第一步。总之，不同时间发表的立意迥然不同的作品，可以成为中国知识分子认识自身所达到的不同层面的明显标志，与新时期思想解放运动同步发展的文学，义不容辞地成为中国知识分子问题探讨的一个不可忽视的重要方面。发自作家的内心冲动，其实也是历史驱动力的一个表现，历史驱动力同时外化为一部部饱含生命激情的作品，它们共同汇成一个深沉而急切的呼唤：知识精英何在？

历史的阴影
——知识分子与当代文学系列论文之五

悠久历史留下的丰厚传统无疑是中国知识分子拥有的一笔巨大遗产，这些知识分子理应感到自豪，具有向世界上任何民族炫耀的本钱。可是，自20世纪中叶以来，如何对待民族的文化传统，却成了中国知识分子争论不休的一个话题，几乎所有著名的知识分子都介入了这场论争，由此产生出无穷的困惑、悲哀与痛苦。发人深省的是，进入20世纪80年代以来，在如何评价传统上出现了更为复杂的态度，各方学者显然持有完全不同的价值取向，对此我们很难下断语。在认定知识分子作为传统的继承人与创造者而无法逃避历史的前提下，从传统所产生的负面效应出发，结合文学作品探讨当代中国知识分子形象则是本文所要做的工作。

一、"士"之演变与传统人格困境

"士"真正成为一个社会阶层，是在春秋晚期。一个重要的跨越在于"士"逐步摆脱固定的人身依附关系而进入"士无定主"的状态，唯有此时，"士"才开始具有了独立的人的身份。孔子的出现及活动对"士"阶层的性格形成有重要的影响，他尽毕生之力为"士"阶层确定了独立的价值取向："士志于道。"孟子进一步发挥了这一思想，并明确提出"道尊于势"的观念。先秦儒家的最后一位大师荀子也坚持士当以道自任与自重。他把士分为"仰禄之士"与"正身之士"两类，认为只有后者方可承担"道"之重任。不仅是儒家，墨子也主张士人大量参政，其着眼点也在于"道"，这是与儒家精神相通的。先秦游士之所以受到战国时代各国君主的礼遇与重视，直接原因自然是诸雄纷争而渴求富国强兵之军，士所论之"道"又恰好迎合了统治者的需要。概括地说，先秦诸子在论"道"上有两个特征：历史性与人间性。所谓历史性，即强调与以往文化传统之间的密切联系，他们并不承认"道"是自己创造的，而是"法先王"有

所承继的，因此，游士往往以"托古"为手段来宣扬自己的理论；所谓人间性，即是说由于中国没有古希腊那种追究宇宙起源的思辨传统，十分轻易地从"天道"转向"人道"，不但没有超脱世俗、离开人间的倾向，反而强调人间秩序的安排。总之，所有的"道"最后都可归结到治国、平天下之道上去。换言之，士所论之"道"与统治者所造之"势"此时是相互沟通的。

公元前4世纪中叶，齐国稷下学兴盛之世是古代士的社会功能发挥到最大限度的时期。"士"受到了齐王的特殊礼遇，他们既不用向王侯称臣，也不必为生活担忧，而且，他们的议政自由还受到制度化的保障。这是古代士阶层的黄金时代，正是在这种时代氛围下出现了先秦诸子"百家争鸣"的大好局面。值得重视的是，稷下学兴盛之世实际上为"士"提供了三个条件：在不加入官僚阶层以保持"士"的独立身份的同时，具有较高的社会地位；优厚的物质待遇，使生活有了可靠的保障；政治环境宽松，使得士能够议政事而无所顾忌，以发挥其批判功能。可惜，此种局面没有维持多久。秦国吞并六国，独霸天下之后，战国时代终结，士为各国君主器重礼遇的时代也随之终结，士的身价一跌千丈。秦国国王更是鸟尽弓藏，不但对士失去了兴趣，而且最终发展为敌视以至下"逐客"令了。汉高祖大封刘氏子弟于天下，遂使封建王侯制回光返照，诸王仿效战国时代的做法，广招游士以扩张势力，在汉武帝元朔二年施行削藩政策之前，游士也曾一度活跃，但终难成大的气候。秦汉之后的真正变化，在于"士"由战国时代的无根"游士"变为具有深厚社会经济基础的"士大夫"：士与宗族结合，完成了"士族化"的过程；士与田产结缘，完成了"地主化"的过程。[1]

我认为，由"游士"而"士大夫"是古代知识阶层的一个关键性的变化。

游士的形成是一个进步，它摆脱了封建人身依附制，从"三日无君则惶惶"的心态，转换为用我则留，不用则去，士无定主、择枝而栖的心态。此种心态是同游士无根的生存状态相联系的，漫游四方，无所牵挂，使得先秦的士多少有一些自由选择的余地。一旦由"无根"变为"有根"，由无所牵挂而自成宗族系统，实际上已经使知识阶层演变为依附于君主的官僚阶层，一旦进入这一阶层，士则别无选择，唯君是忠。作为学者——地主——官僚三位一体的士大夫，尽管仍具有"士"的一些特征，但已经丧失了保持知识阶层独立地位以实现社会批判功能的可能性，即使"文死谏'者之终极目的也只是对君主负责。唯君是忠的极致将导致个体生命的意义只为君主存在。为尽忠君主虽赴汤蹈火、肝脑涂地也在所不辞。当然，士大夫也有忧愁愤懑之时，但原因不外乎这样几种：或君主不察己之忠义，或圣上为奸邪小人蒙蔽。故此，虽代代有"清君侧"之说，却少有"伐昏君"之举。岳飞以大忠大义屈死于宋主之手，却让秦桧背了千古罪名；舞台上唱了千年百年的戏剧，也多见骂白脸奸臣之戏，而罕有责昏君无道之剧。这些现象都可以说明一个事实：古代知识阶层兴起之初所尊奉的最高价值

"道",随着"士"身份的变化已逐步与君主之"势"合流,"道"不仅不能尊于"势",而且往往为"势"所迫,为"势"所用了。实际上,秦汉之后,"士"的面目虽然仍有演变,但士大夫阶层的出现就已经限定了日后中国古代知识分子实现自我的主要途径,在这样一条效忠皇权的仕途上,知识者只能痛苦地挣扎于"道"与"势"之间,志于道的精神虽绵绵不断,却每每受挫于"势",倘若屈从于"势"又为内在精神所不容,这就是造成知识者传统人格永远处于尴尬处境的最根本的原因。仁与礼之矛盾、情与礼之冲突均缘于此,它们共同促成了中国古代知识分子别无选择的人格困境。

诚然,轻易地将20世纪中国知识分子与中国古代"士"的阶层画等号,是不科学也不合乎历史事实的,一个显而易见的理由在于:前者诞生于世界文化大背景下的现代中国社会,后者则是几千年封建社会的产物。但是,历史难以割断,尤其对于缺乏文化上充分的双向交流的中国知识分子来说,士阶层传统依然有着很强的"遗传性"。况且,当代中国知识分子与西方知识分子的不同处境,愈益增强了此种"遗传性","士"之传统人格精神至今又岂止是遗风余响?我们之所以注目于"士"的演变,意在达到两个目的:一是指出命运的归宿注定了古代"士"的人格困境,二是以人格困境作为考查当代知识者的一个参照。

二、冯谖的"食无鱼"与知识者生存的依附性

《冯谖客孟尝君》是《战国策》中记载的一则为人们所熟悉的故事,它记述了游士冯谖以智谋帮助孟尝君寻求"狡兔三窟",使得孟尝君相位失而复得的事迹。今天,从士与君主关系的角度仔细阅读该文,倒是可以品出另一番意味。文章开篇先阐明主人公冯谖的处境:"贫乏不能自存","愿寄食门下",穷困潦倒几近乞丐,可谓可怜兮兮,但妙在这位读书人偏偏还有几分"傲气",在孟尝君询问他有何才能时,竟答道:"我无所好也无所能。"不过,孟尝君并没有因此将其拒之门外,反而"笑而受之",收为食客。冯谖却不以此满足,一而再,再而三地要求提高生活待遇,先是埋怨"食无鱼",继而埋怨"出无车",最后居然要求为其奉养老母,并要挟:如果不满足这些条件,便要"长铗,归来兮"!打算一走了之。孟尝君非但没有厌恶他,反而逐一满足了他的要求,这样,冯谖才亮出自己的才能,竭力报效于孟尝君。

从冯谖与孟尝君的交往中可以得出三个结论:其一,冯谖只有依附于孟尝君才能求得生存,换言之,冯谖倘若不依附孟尝君这样的贵族,恐怕没有多少生存能力;其二,孟尝君深得用人之道,在尽量满足知识者生存需求之后得力于知识者;其三,作为读书人的冯谖实际上是依赖于自己的知识才智来谋生,但在进行价值交换之前,必须先有一个承认其个人尊严即受到礼遇的前提。三点归一,它

涉及知识者生存的依附性问题。据史料看，像冯谖这样的贫困情形在战国中晚期的知识阶层中已经相当普遍。由知识者的生存困境以及由此所造成的依附性，我超越时空地联想到江灏的中篇小说《纸床》（载《中国作家》1988年第4期）。

从《纸床》的作品内容上看，完全可以将其视作《人到中年》的续篇，女主人公向小米同陆文婷一样，面临着是做一个恪尽职守、有职业良心的职业妇女，还是做一个好母亲、好妻子的矛盾，她们在付出全部青春、精力以至生命之后，却没有获得应有的报答，甚至连最低水准的生存需求都无法得到满足。《纸床》以一种女性的亲切口吻，讲述了女教师向小米的女儿在人间无法得到一张属于自己的床而步入阴界获得一张纸床的人生故事，它同《人到中年》一样，以极其窘迫的生存环境作为人物活动的背景，但《纸床》在主题上又前进了一步，即开始追究自身价值的问题，此种对于职业价值的深究，实际上就是对中国知识分子的深究。在近乎残酷的生存环境面前，向小米做出了我们所熟悉的一个知识分子的反应。这是作品的深层主题指向。与其说女主人公受到生存环境的压抑，不如说是受到自身人格的压抑，后者是一种更为痛苦的压抑。具有传授知识自身价值的她，实际上面临着两种抉择：维护住知识者的责任感、道德感、职业良心和个人尊严，结局是无法得到一张床从而失去女儿，问题在于她仍要无可奈何、低三下四地去托人情走后门，或者让没文化的"倒爷"承包她的知识，换取的是高薪以及随之而来的住房及女儿的床，以解生存环境的燃眉之急。在作者安排的这个非此即彼的抉择面前，女主人公坚定地选择了前者，但她在生存困境面前却显得那么软弱，几乎没有一丝改善自己处境的能力。阻止她做出第二种选择的障碍是什么？是文化人面对金钱的超越和精神优越感，还是对于知识者受雇方式的反感情绪，抑或还有社会责任感？改变自身处境的具体方式不是本文所要讨论的。我们所要追问的则是：难道今天中国知识分子就别无选择？《纸床》的社会批判性暂且不论，引起我们深思的是人在生存困境面前的无可奈何和束手无策，中国的读书人似乎只能代代咏唱"食无鱼"从而期待他人的恩赐，何况冯谖尚可发出"食无鱼"的怨言，而当代知识者只能任劳任怨，无偿奉献；冯谖尚有才智可报答孟尝君并据此自傲，而当今天社会无视此种奉献，知识者的劳动无法体现出应有的价值的时候，他们还要在生活的贫困线上挣扎多久？

在精神危机之后，面对商品经济大潮，知识分子的队伍实际上已经在分化，一部分人恪守传统美德，安贫乐道，在既定的生活格局中日出而作，日落而息，勤勤恳恳，任劳任怨；另一部分人则表现出强烈的自我选择倾向，选择人格的自由、职业的自由和经济的自由，他们可以不断地"跳槽"，无所顾忌地涌向沿海开放城市，以自身的知识待价而沽，以签订合同的方式与雇主保持契约关系而不负伦理道德上的义务。相形之下，两类人的独立性与生存能力孰弱孰强，一目了然。当然，我们绝非嘲弄知识分子对自身事业虔诚追求的精神，而是试图指出此

种精神面临的困境。《纸床》的深刻意义正在于展现了困境,而且揭示了困惑,尽管作者对女主人公的赞美之情溢于全篇,并向社会提出问题,但这并不是主要的,也非作品的新意所在。不过,由作品倒是可以看出传统观念的束缚,作者与向小米一样迈出传统人格的藩篱。论述至此,我们实际上已经涉及客体与主体的问题,在承认客体,即中国社会没有为知识者提供经济地位,从而造成他们生存贫困的同时,试图追究主体。我们得出的结论就是:中国知识分子从古至今生存能力都是贫弱的,而依附性的生存状态难以产生独立不倚的人格力量。

三、颜回的精神与"苦行僧模式"

《论语·雍也篇》论述道:子曰:"贤哉,回也!一箪食,一瓢饮,在陋巷,人不堪其忧,回也不改其乐。贤哉,回也!"孔子以极热情的语言对他最喜爱的学生颜回做出了高度的评价,而颜回之所以贤,就在于具有一种安贫乐道的苦行主义精神。几千年来,此种精神不仅在中国知识阶层中变得根深蒂固,而且经由宋代程朱理学的锤炼,逐步地与"禁欲主义"联系在一起,从"克己复礼"到"存天理,灭人欲",就是苦行主义精神被导向极端的全过程。所谓"克己",即是要将外在他律的社会规范转化为内在自律的内心道德修养;所谓"天理",就是三纲五常。"天理存则人欲亡,人欲胜则天理灭,未有天理人欲夹杂者。"这一精神规范严重地影响了中国古代知识分子的心态,并延续至今。包含了禁欲主义的苦行主义精神仍然是当代知识者的精神印记之一,在古旧传统与革命传统的奇特结合下,它甚至成为知识者的一种精神楷模,一种行为准则,一种道德规范,一种人生途径。其正面效应为"士志于道",虽百折而不挠,虽贫穷而不移;其负面效应则明显地表现为对个体生命的普遍压抑,以至于对人的正常生存权利的放弃。因此,我们可以在迄今为止的当代知识分子题材的文学作品中察觉出一种价值判断上的倾斜,即偏向于肯定,赞美知识者的苦行主义精神,此种偏向时常达到了荒谬的地步。

我将体现此种倾斜与偏向的文学作品称之为"苦行僧模式"。该模式在"文革"前17年已经形成。形成的直接原因在于对知识分子的评价。首先,由于知识分子属于小资产阶级范畴,因此在思想上必须不断地进行自我改造,改造的含义就是摒弃个人欲望,将个体的思想和情感都归辖在统一的意志之下;其次,是在重体力劳动、轻脑力劳动的评判标准前,要求所有知识分子投入到出大力、流大汗的体力劳动中去,以促使知识分子全身心尽快地劳动人民化。内在的精神剥夺与外在的肉体磨炼,已经成为当代知识者脱胎换骨、重新做人的唯一途径。于是,宗璞在写了细致刻画知识者内心世界的《红豆》之后,下放农村,写出了一批知识分子在体力劳动中进行自我改造的短篇小说,从作者到作品中的人物都

心甘情愿地接受了苦行僧的方式,以求得精神上的升华。极而言之,"十七年"文学作品中的知识分子形象均可归隶于心诚意坚的苦行僧角色。

值得注意的是,新时期文学运动所推出的第一批作品中的"神圣的蒙难者"(见系列论文之三,《走向祭坛》,载《文艺评论》1989 年第 3 期)也几乎全都是"苦行僧"形象,问题还不在于形象本身,而在于价值标准依旧:人们仍然赞颂着知识者的苦行主义精神,宣扬着一种"忍苦的人生观"。

徐迟的报告文学《哥德巴赫猜想》在相当大的程度上肯定了苦行主义精神。这篇开了赞颂知识分子先河的作品,实际上为此后几年的一大批描写知识分子的文学作品规定了创作框架。主人公陈景润穿着双"通风透气"的鞋子,啃一口干馍馍就过一顿;自己撞在树上,还问是谁撞了他;新年已到却一无所知。这些细节甚至一度成为描写知识分子的"经典细节",这一方面显示了当代作家在艺术创造力上的匮乏,另一方面也表现了一种价值标准的延续。人们在肯定陈景润是一位坚韧不拔、勇攀科学高峰的数学家的同时,却没有意识到陈景润沉醉于数学王国不啻是一种逃避,他作为一个典型的当代苦行僧的悲剧形象往往被人们所忽略。在我看来,陈景润无疑是一个残酷生存环境压抑下的畸形儿,一个并不能产生崇高悲壮感的悲剧人物。他不是具有健全人格的当代知识者的楷模。

我在《哥德巴赫猜想》刚刚面世并引起轰动时,就产生了一个想法,陈景润是否扪心自问:我活得怎样?张洁的短篇小说《未了录》以具有亲切真实感的第一人称叙述,多少回答了我这个问题。作品主人公是一位明史专家,老学者的形象与陈景润有许多相似处,没有家庭,没有爱情,没有社交,没有生活情趣,日常生活别扭而寒酸,他全身心只维系在研究项目上。老学者在即将告别人世时,开始回首一生,唯一值得怀念的似乎只有一次刚刚开始的恋爱,他突然醒悟到自己的生活里缺点什么,充塞他整个人生的尽是孤独和寂寞。然而,在我们对老学者于凄凉晚景中致力于学术研究的精神致以敬意的同时,却不能不看到非人的、贫困的、禁欲的人生对他来说虽然有遗憾,却并没有成为悔恨,成为忏悔,他的内心居然还是宁静与平和的,他终以一个安贫乐道的苦行僧形象完成了人生。对此,我们不禁发问:他是不是生活在电脑时代的颜回?

女报告文学家陈祖芬多年来注目于当代知识分子,她甚至以《中国牌知识分子》(江苏文艺出版社 1988 年版)作为她的一部报告文学集的书名。让我们看看这位女作家为她笔下的"中国牌知识分子"写下怎样的注释:"她不要儿子,失去丈夫,没有家庭,她受批斗、委屈、苦难,但是只要让她工作,她什么时候都是全力以赴的。说起来,她只是一个普通的副教授,并没有什么重大发现和发明。但是,她对祖国这样的忠贞不贰,这也许在外国都不被人理解,可这不正是我们中国千千万万知识分子的共性吗?多么可爱呵,中国牌的知识分子!"对于女作家为当代知识者讴歌的拳拳之心,我们不难理解,引起我们追问的是:难道中国知识分子命中注定就要扮演苦行僧的角色?

"五四"时代的一批先进知识分子就已经认识到苦行主义精神对中国人的普遍压抑,他们曾经那么热烈地赞美与肯定"人"的生存本能与自然情欲,呼唤感性形态的"生"的自由与欢乐。李大钊在一篇题为《现代青年的方向》的文章里明确指出:"我从前曾发出过一种谬想,以为人生的趣味就在苦中求乐,受苦是人生本分,我们青年应当练忍苦的本领,后来觉得大错,避苦求乐,是人性的自然,背弃自然去做,不是勉强,就是虚伪。这忍苦的人生观,是勉强的人生观,虚伪的人生观,那求乐的人生观,才是自然的人生观,真实的人生观,我们应该顺应自然,立在真实上,求得人生的光明。"[2]可惜,这样一种人生价值的评判标准都要在今天重新加以认识,"人的解放"的历史任务的艰巨性与长期性由此也可见出。

四、人格的困境与困境中的文学

中国古代知识分子所面临的人格困境至今依然存在,它至少表现在以下几个方面:既葆有强烈的忧患意识,又依附于政治权力;既怀有社会批判的愿望,又无法对社会实行有效的干预;既试图葆有独立人格,又无法抵御外在环境的强大压力。于是,当代知识者仍然处于人格与生存、入世与出世、超然与介入、独立与依附的矛盾之中。新中国成立以来,郭沫若的摇摆,茅盾的矛盾,巴金的忏悔,曹禺的遗恨,何其芳的人格分裂,丁玲的批判与被批判,田汉的《关汉卿》与《十三陵水库畅想曲》,老舍的否定之否定与艺术大滑坡,无不为矛盾所致,几乎所有的当代著名作家都无法摆脱人格困境。处于困境中的作家人格投射到作品上,也就呈现出复杂的文学现象。

文艺为政治服务,文艺隶属于政治,其实就是中国知识分子对政治权力依附关系的一种表现。在依附关系下,当代作家大多毫不犹豫地投入到"写中心""赶任务"的文学活动中去,他们就像唯恐误车的乘客,拼命地挤上一列列火车,一站刚到,又拼命地赶下一趟。即使像老舍这样的作家也改变了他新中国成立前对艺术的看法,以"通过什么宣传什么、歌颂什么"的创作模式,竭尽全力地为政治服务。以《女神》开一代诗风的郭沫若则公开倡导文学要成为政治的留声机,文学家应该成为宣传政策的"标语人"。作为迎接20世纪曙光的中国第一代现代知识分子的郭沫若,又走回到历史阴影中去,他不但以粗制滥造的打油诗迎合政治家的意旨,而且在不断变幻的政治风云中左右摇摆,失去了作为知识分子的独立人格。中国现代知识分子的素质蜕化,使得当代作家难以葆有健全的人格,遂使艺术创作成为政治的附庸,艺术作品成了标语口号式的宣传品抑或是隐藏机锋的政治武器。这既是艺术本体的失落,也是作家主体意识的失落。此

种"失落的文学",随着时间的流逝,大多黯然失色而成为毫无价值的精神垃圾。

受"乌托邦"理想的制约,甘当"歌德派",从而导致文学与现实相悖,同样是作家独立人格失落的表现。杨朔就是典型的一例。关于这位散文家的艺术成就,评论界早几年就有微词,尽管文学史依旧给予显赫地位,但杨朔散文的声誉显然大不如前了。人们在对比"五四"一代作家的散文时,会十分自然地感到杨朔的诗化散文虽玲珑剔透却少了些丰厚,虽情巧别致却少了些浑朴,几分雕琢更难追大家风范。不过,这些都仅仅限于艺术范畴,人们客气地、小心翼翼地回避着一个问题,即杨朔的一些散文为什么与现实生活严重背反?不妨列出几个名篇及写作日期:《荔枝蜜》(1960年)、《茶花赋》(1961年)、《雪浪花》(1961年)。众所周知,60年代初期是我国的三年困难时期,全国上下是勒紧腰带渡难关,1959年"共产风"的严重后果威胁着共和国的生命,国内外严峻的形势使得整个共和国处于沉重的时代氛围之中。然而,恰于此时,杨朔笔下却轻松地涌出那么多的鲜花与欢乐,好一幅太平盛世图画!它与现实构成何等强烈的反差!是作家无所视,还是宁愿无所视?是愚者的迟钝,还是智者的机巧?这是一个疑问。更重要的问题还在于杨朔绝非个别现象。

文学与现实的相悖还有另一种表现形态,即将文学构筑成灵魂的避难所,在寻求灵魂慰藉的同时逃避现实的苦难。"九叶诗人"之一的唐湜就是一位避难者。他1955年受"胡风事件"牵连,1958年错划为"右派",去东北雪原劳动三年,然后回到家乡温州参加劳动,直到1978年才平反恢复公职。20多年来,他一面在人生的旅途上艰难跋涉,一面却悄悄地重新开始了他的诗歌创作。奇特的是,他的诗歌几乎全部属于超脱于现实世界的幻想世界,诗思和诗句都是梦幻般的柔美,全无残酷现实的阴影。一边是出世的,一边是入世的,一边是宁静的,一边是喧嚣的,一边是灵魂的漫游,一边是残酷的折磨。诗人成功地让灵魂逃往幻想的国度,只让肉体遗留在现实里代灵魂受罚,于是诗歌的世界与现实的世界不断地两极分化。不过,唐湜并没有完全逃脱入世与出世的矛盾,历史叙事诗就是他"思孔孟"与"慕老庄"两种心理交织的产物[3]。可见,当代知识者的身上明显带有传统人格的印记,传统人格仍然制约着人们的一言一行。这是一个难以摆脱却必须摆脱的巨大阴影。

注释:

[1] 参见余英时《士与中国文化》,上海人民出版社1987年版。
[2] 参见钱理群《试论五四时期"人的觉醒"》,《文学评论》1989年第3期。
[3] 参见王晓华《灾难的历程与"幻美之旅"》,《当代浙江文学概观》,浙江大学出版社1988年版。

悲壮的突围
——知识分子与当代文学专题研究系列论文之六

回首"五四"时期知识者意气风发的奋进姿态，探究历史的人们竟愈来愈感到：作为一个社会群体的中国知识分子并没有从原先的起点上走出多远，历史是不是在戏弄人？于是，人们焦虑了，急迫地寻找原因。当目光渐渐地从社会转向自身时，"知识分子问题热"应运而生，对自身生存状态的不满以及企图改变现状的愿望遂成为这一理论热潮的内在动力。与理论探讨的勃兴局面相对，文学创作领域中的知识分子问题探讨表现得相当谨慎，由此也更显出精神跋涉的艰难与灵魂搏斗的痛苦。不过，一个意义重大的行动正在当代作家们的创作活动中酝酿。

一、恐惧的自我与沉重的面具

从自恋到自审的精神超越过程中，知识者面临的第一个问题就是如何面对真实的"自我"。使人忧虑的是，当代中国知识分子的人格面具确乎过于沉重了，他们的人生舞台常常上演着一出出的"化装舞会"，一副副面具随着音乐——外部的刺激与信号、祖辈的遗训、君王的意志、大众的习俗、时代的风尚以及生产性的指令，向四面八方做出逢迎的微笑，在沉重而坚固的面具之下，自我受到威胁与压迫，在恐惧之中小心度日。为此，一种自卫机制相应形成，即有效地藏匿自我、掩盖自我，以至于逃避自我。这既是一种自我保护，也是一种自我封闭，外在环境与内在心灵的双重封闭导致了"自我"生命力的严重萎缩，这就是处于传统魔怔历史阴影中的知识分子的生存状态。

刘恒的中篇小说《白涡》（载《中国作家》1988 年第 1 期，《小说选刊》1988 年第 5 期转载）典型地揭示了这一生存状态。

倘若仅仅将《白涡》视作一篇有关性乱、性堕落的小说，那就大错特错了，尽管在性乱面前，作为道德者化身的知识分子会感到较常人加倍的痛苦和折磨。

但作品意义仍不在于此,作者的高明之处在于借助了"性"这个特殊角度,以华乃倩这个充满肉欲的女性切入男主人公的心灵世界,在骚动不安的心理过程中逐层地撕下周兆路的人格面具,从而达到灵魂曝光和心态剖析的目的。十分显然,引起读者惊悚的不是一个在大千世界的芸芸众生中还将一遍遍重演的男女偷情的人生故事,而是行动于故事中的男主角的心理泛动,异常准确而细致以至不无几分冷酷无情的心理剖析使得作品变得非同凡响。我们不啻在读一份知识者的精神分析报告,在这种日常生活的心理分析之中,作者大胆地挑开了当代知识者心灵帷幕的一角,我们因此窥视到了现实世界中既难以辨识而实际上又为人们所不愿正视的心灵隐秘。作品的文化意义正在这隐秘心理的分析之中。

为了从婚外两性关系的故事以及对人的道德评价中寻找隐藏着的文化意义,为了从作品中发现人格面具与自我的相互关系,对《白涡》进行一番"文本分析",既是必要的又是很有意思的。作品共分11小节,我在仔细阅读之后,对作品重新划分了段落,并给每一段落加上一个小标题,同时给予分析。小标题的作用在于表明作品中男主人公的心灵变化,也表明我的印象以及对作者思路的探寻。试分析如下:

(一)"初涉性别乐园"(含第一、二、三小节)

由于偷情和幽会,男主人公失去了内心的平静,因为往日的平静是赖于外在面具与内在自我之间的协调关系。你看,周兆路年富力强,事业有成,前途远大,同时又是一个好丈夫、好父亲,一个循规蹈矩、温和恭谦的人,一个为社会所乐意接受的角色。然而,外在形象——"面具"之后的却是另一个"自我",一个随时准备"认清隐藏在事情背后的意义"的自我,一个将人生视为战场,试图抓住一切机会的自我。周兆路所一贯注重的外在形象——面具,只是他达到成功目的的一种工具。因为面具是有效的,它可以"使内心的真实想法深深地掩盖起来,甚至深藏到连自己也捉摸不清的地步"(引自作品原文,以下同,不另注)。周兆路在这方面颇有造诣,内在自我的欲望、情绪、情感统统隐伏在面具之后,面具成了自我的天然堡垒。可是,华乃倩的出现,唤醒了周兆路本能的肉欲,肉欲冲毁了自我的防线,片刻之间,他从导师、领导、无可指责的谦谦君子变成一个男性,一个即将坠入性欲陷阱的男性。

(二)"陷井边的徘徊"(含第四、五小节)

周兆路在华乃倩家里察觉到一种家庭危机,他祈望痛苦但没有危险的偷情,而不是为此付出毁灭的代价。可是,他无法摆脱肉欲的诱惑,诱惑又交织着恐惧,在阴暗、狂放、猥琐的渴望中,他只能哀叹:"我快发疯了""我不是我了""谁也不会认识我了",极其痛苦和矛盾的心情其实都源于男主人公对真实自我的恐惧,因为这种以本能欲望冲动而推出的真实自我是主人公不敢正视的自我,他太习惯于面具的掩盖了,面具于他,一如蜗壳于蜗牛。

（三）"坠入陷阱的恐惧"（含第六、七小节）

这是不可忽视的一段，作者集中地分析了北戴河之夜后，男主人公的心理，周兆路明确地肯定了面具的合理性："除了程度不同，人在个性的伪装上是相同的，他们都不希望别人一览无余地看到真实的自己，失去伪装，这个世界非乱套了不可。"即使面对此时的华乃倩，他依然固守着"虚伪"的防线，单纯的原始欲望并没有剥去不露声色、城府颇深的面具。华乃倩与周兆路在海滩上的一场谈话是十分精彩的一笔，以华的毫无忌讳反衬出周的讳莫如深，他的"虚伪"是一种防范，而防范又正是一种面具意识。面具意识既然可以始终同原始肉欲相抗衡，如此看来，周兆路或许只有在自娱的片刻放纵自我，短暂地成为一个自然关系中的男性。

从北戴河归来后，周兆路被负罪感所纠缠，他只有一个愿望："没有光线，没有声音，独坐在书桌前用黑暗将自己和周围隔开，于冥冥之中咀嚼那个真实的自我。他要弄清自己到底干了点什么。"唯有此时，他才可能卸去沉重而虚伪的面具，恢复那个真实自我的本来面目。尽管他在道德感折磨下既痛苦不堪，又无力于摆脱肉欲的诱惑，但结论是肯定的："他爱自己超过爱任何人，承认这一点不费事，但需要一点儿勇气。除了家庭、事业、荣誉、地位，他不怕丧失别的什么，这些都是他作为一个人存在的基础，如果平衡可以保持，短时间的道德紊乱也许没什么了不起的。"他企求的是一种平衡：以私通关系满足肉欲多以事情不败露保持稳定。周兆路重新戴上面具，表演人生。

（四）"挣脱陷阱"（含第八、九、十小节）

周兆路的论文获大奖，仕途也出现新阶梯，前景令人鼓舞，自信心也在膨胀，他愈加感到："他不能拿自己的前程去换取一个女人的虚荣心。"同时，华乃倩在他心目中的地位迅速下降：俘获者、下属、性的工具，"他有权享受她"。周兆路终于下决心结束私通关系，不是出于道德感，而是为达到仕途的目的而预先清扫障碍。

（五）消除恐惧与堕入深渊（含第十一小节）

事业与仕途的一帆风顺，使周兆路彻底地唾弃了曾经短暂地堕落的他，他重新对自己感到满意："周兆路，一个脱离了低级趣味的有理想有道德的优秀的人！"具有讽刺意味的是，他再一次没有抵抗住华乃倩的诱惑，陷入肉欲的陷阱。不过，从肉欲的漩涡里爬出来后，他已经没有了心灵失衡的骚动。当周兆路升任副院长，站在就职演说的讲坛上时，他"充满信心地注视全场，他知道自己是什么形象。是他自己亲手塑造了这个形象。形象代表了一切，内心没有任何意义"。至此，一切卑劣、龌龊、阴暗的欲望都被面具掩盖了。值得玩味的是，整部作品收束在这样一行文字上："周兆路已经没有恐惧。"为什么？答案在于此时的周兆路已经完全丧失了自我，"他的背比平时驼了一些，从后面看上去阴森森的，

有一种僵尸的味道"——这是对荣升后的周兆路形象的概括,作者终于失去了对笔下人物的同情心而不无厌恶了。

对《白涡》文本分析的结论是:作为知识者周兆路的"自我"经历了"沉睡""骚动"与"丧失"这三个阶段:"自我沉睡的阶段"是宁静而和谐的阶段。"自我"与"面具"形成某种默契,相互协调,和平共处,以至于融为一体。在家庭与社会的认同下,自我得以确立。此时的自我虽然是自足的,却绝非完全真实的。"自我骚动的阶段"是自我企图挣脱面具的阶段。"自我"与"面具"形成冲突,平静被打破了,随之而来的是痛苦,代替和谐的是危机。"自我丧失的阶段"是重新成为面具的阶段。看似回归和谐平静的原点,其实连一点真实的自我都丧失殆尽,遂成一具无一丝自我激情和意志的僵尸。

作家刘恒显然在并不奇特的人与事背后发现了人们所不愿正视的真实而严酷的事实:知识者对真实自我的恐惧以及他们"面具意识"的顽固。周兆路即使在面具与自我短暂分离的情况下,依旧不肯抛弃面具,这样也就构成了社会规范、面具、自我三者之间相互协调沟通的稳固状态。社会规范制约着自我,自我则竭力地将外在他律转化为内在自律,再以面具出现于社会。久而久之,面具在反复的锻造下已经成为自我的一部分,并实际上对自我形成胁迫。如果我们将"自我"视作知识者的生命力的话,那么面具正好同社会规范一道制约、阻遏、禁锢着自我,自我在被悄悄地蚕食、侵蚀,直至消亡,导致"自我意识空洞"的精神状态。中国知识分子生命力虚弱的深层原因由此也可看出。《白涡》也因此给予我们如下启示:知识者真实而并非虚伪的自我应当挣脱人格的面具,力求获得一种不可抹杀的个体生命的独立性,从而改变"萎缩"现状,走向新生。这是走出传统魔怔的起点与突破口,悲壮的突围正是由知识者自身开始突破。

二、拷问自我:灵魂的搏斗

从知识分子问题研究的角度来看,中篇小说《白涡》无疑具有"拷问"的倾向,那种对于自我灵魂的充分曝光,那种对于内心世界卑劣污浊一面的毫不留情的展示,那种撕去知识者人格面具的无畏勇气,的确达到了一种严酷而冷峻的地步。其"拷问"倾向,既远远深刻于"文革"前17年文学作品中对知识者形象或褒或贬却都不无皮相的描写,也在新时期文学初期阶段对知识者歌颂肯定的基础上大大地前进了一步,这无疑是创作的一个进步,对题材开掘的一种深化。意义还不仅于此,对中国知识分子形象的探索,已经开始了由外向内、由表及里的运动,探索已经不仅仅停留于形象的社会意义的层面上,而是直接进入知识者自身,从文学的层面上探索人与自身、人与社会环境、人与文化传统的关系,正是在回归于知识者自身这一点上,知识分子题材创作超越了仅仅是以描写知识分子的人与事为题材界定的范畴，体现出其自身独特的价值，从而提供了接近人类基本生存状态的某些共同问题的可能性，成为人类寻找精神家园的途径之一。知识分子题材创作深化的真正文学意义就在于此。

值得给予充分注意的是，与"虚构性文学"相对的属于"非虚构性文学"的巴金的《随想录》。尽管从文体上看，组成《随想录》的是杂文、回忆性散文、游记体散文、文艺随笔等多种短小的可统称为散文的形式，但由于它是以5集42万字的篇幅，表达出巴金老人苦难历尽、慧眼方开的人生感受，并从中体现出非常强烈的"自我拷问"倾向，所以说，《随想录》同鲁迅晚年的杂文一样，具有了超出作品本身和文学范畴的异乎寻常的意义。

《随想录》在意味上可以分为由表及里、由浅入深的三个层次：（1）现象：不敢讲真话的时代与心理；（2）根源：封建思想的严重影响；（3）忏悔：自我拷问以及由此产生的"与民族共忏悔的忏悔意识"。在第一层次中，作者主要揭示了一位知识分子在"不敢讲真话的时代"的一种真实状态。由不敢讲真话、不愿讲真话，到敢于讲真话、敢于面对真实的自我。升华于往事之上的"随想"，即对于为历史往事的反思则是作者从第一层次向第二层次的进入。第三层次，也是作品意味的最深层次，即通过自我审判所显示出来的忏悔意识。这一层次所蕴含的深刻思想是巴金对新时期文学乃至整个思想解放运动做出的贡献，也是他高于其他作家的可贵之处。

从新时期文学的发展来看，雷抒雁发表于《诗刊》1979年8月号上的《小草在歌唱》较好地表现出一种"自我拷问"的勇气，这首诗歌之所以在当时迅速获得巨大反响，除了全国上下震惊于张志新烈士的事迹以外，诗中最为撼人的力量恰恰来自于那些痛苦而严厉的自我审判："我们有八亿人民，我们有三千万党员，七尺汉子，伟岸得像松林一样，可是，当风暴袭来的时候，却是她，冲在前边，挺起柔嫩的肩膀，肩负起民族大厦的栋梁！"可惜，此种包含有忏悔意识的创作倾向并没有蔚为大观，尤其是在对知识者自身的审判与拷问上，始终带有很大的保留程度，或过多地归咎于社会环境、文化传统等外在原因，或在内疚的自责之中葆有宽容理解的温情以及自我辩解的意图，即使如敢于面对真实自我的张贤亮，也依然没有跨出否定自身的一步。从留有情面到不留情面，其间所受到的多方面的束缚和制约，可谓一言难尽。

作为一位老作家，一位从"五四"走来的典型的中国知识分子，巴金迈出了艰难的一步，他一再明确表示：写《随想录》是"从解剖自己、批判自己做起的"。（《〈随想录〉日译本序》）"我的箭垛首先是自己，我揪出来示众的首先是自己。"（《卖真货》）替代传统儒家道德反省方式的是一种具有现代意义的忏悔精神，它同样有别于浸透了西方中世纪宗教情感的忏悔意识。

《随想录》的意义还在于树立了一种"精神标杆"。这种标杆具有两方面的意义，从文学史的发展上看，巴金在《随想录》中所表现的忏悔精神不但是知识分子题材创作深化的一个标杆，也是新时期文学走向巨著时代的一个标杆，因为我相信：当代中国作家唯有具备了现代忏悔精神并由此达到"与民族共忏悔"的精神境界，才能够写出表现中华民族动荡不安、错综复杂的大时代的文学巨著。从思想史的发展上看，我们民族的知识分子必须具有现代意义上的忏悔精神，他们不但要敢于面对真实的自我，而且要敢于否定自我，通过否定之否定的过程，达到一种精神境界的升华，从而率先完成从传统人向现代人的过渡。

然而，中国知识分子自我批判的现状不但不令我们乐观，反而由于精神跋涉的艰难与灵魂搏斗的痛苦使人时时叹息："蜀道之难，难于上青天。"

读杨绛的《干校六记》，曾经从心底钦佩两位老知识分子宠辱不惊的人生态度与宽宏平和的胸襟，在他们面前，痛苦可以化解，污浊可以澄清。渐渐地，我在阅读中却又生出些不满足，在哀而不怨、怒而不伤的传统美学风范下，似乎总少了些愤懑与抗争。恐怕作者毕竟不是处于动乱时代的漩涡中心吧。我又这样猜测。读了杨绛的另一篇纪实散文《丙午丁未年纪事（乌云与金边）》，才察觉自己的猜测其实是一种误解，作者在"文革"期间亲身受到诸如剃阴阳头、戴高帽游街等等屈辱，但杨绛却又是始终维持着自我的尊严，她甚至在文中写道："我忍不住要模仿桑丘·潘沙的腔吻说：我虽然'游街'出丑，我仍然是个体面的人。"每读于此，情不自禁地有些可怜起作者了，即使"士可杀不可辱"演变成了"士可杀亦可辱"，她仍然要维护住一个知识分子的"体面"，在"温吞水"式的记叙中，作者似乎只看到了"披着狼皮的羊"，却无视于"披着羊皮的狼"，一颗慈悲善良的心！直到长篇小说《洗澡》（三联书店 1989 年出版）的面世，才使我看到了一个敢于正视知识分子真实现状的杨绛，文字依旧平实清婉，文风依旧怨而不怒，但对各种类型的知识分子世态相的揭示却包含了前所未有的"拷问"倾向。这给予我们一种信心。

其实，即使在老一代知识分子的心底深处也常常是矛盾的，他们并非是发自内心的"怨而不怒"，只是不敢有所怒或者善于掩饰罢了。伴随着宽宏平和的胸襟的常常是无尽的痛苦和悲哀，这多少也受到中国知识分子生性怯弱压抑的传统性格弱点的影响。看著名艺术大师刘海粟自撰对联："宠辱不惊，看庭前花开花落；去留无意，看天上云卷云舒"，觉得十分气派和潇洒，再读他所写的散文《漫论郁达夫》（载《文汇月刊》1985 年第 8 期），才感受到刘海粟心底同样饱含着痛苦和哀伤。"宠辱不惊""去留无意"的心态固然可以平和地对待苦难，却有碍于苦难者面对真实的自我，这里确实有一个"走出传统"的问题。"怨而不怒"作为美学风范自有其独特价值，但作为一种人生态度却又在多大程度上吻合于现代意识呢？这是一个值得深究的题目。

中年作家从维熙的"创作转变"同样给予我们信心。读他发表于 1989 年的

《走向混沌》（载《海南纪实》1989年第1期）和《背纤行》（载《天津文学》1989年第4期），我们可以看到一个敢于拷问自我、进行灵魂搏斗的新的从维熙形象的崛起，他笔下的主人公就是他自己，而不再是《雪落黄河静无声》中迂腐愚忠的范汉儒和《鹿回头》系列中篇里卑琐怯弱的索泓一。不可遏止的思想解放运动的势头，竟然在短短几年中使一位作家的创作思想发生如此根本性的转变，令人惊叹！从维熙的"转变"无疑属于一个具有典型意义的文学现象，其现象本身就足以证实文学创作对"知识分子问题热"的响应，而此类作品的纪实性与自传性又恰好透露出当代作家的一种急迫而焦灼的心理：必须回归自身，面对自我。大至李辉的《文坛悲歌——胡风集团冤案始末》（载《百花洲》1988年第4期），在勾勒出一代文人悲剧命运的同时，揭示他们自身的弱点，小至姜滇的《一个跌跌爬爬的人》（载《上海文学》1988年第8期），以一个真实的生活原型作为当代知识者的人格标本，揭示其精神的悲剧性，等等。所有事实都表明了文学界的积极行动，作家们由自身开始的精神超越正在进行。人们期待着历史进程中的中国知识分子迈出关键性的第一步。

"衣带渐宽终不悔"
——中国文人精神现象之二

兴盛一时的"寻根文学"以及评论界对它的种种评说已渐渐地归于平静。想当年何等汹涌的文学大潮究竟在历史的海滩上留下了什么？抑或它就像循环往复、时涨时落的海潮，来了也就来了，走了也就走了，没有留下一丝痕迹？我以为，至少"寻根文学"不是这样的，它由盛而衰、由热而冷的现象本身，就值得人们反复琢磨。它似乎就像一次采矿：一个蕴含丰富的矿床，仅仅被胡刨乱挖了一番，掘了一个表层就被随意地废弃了。而被轻易搁置的矿床是值得重新开采并深掘的，因为丰富的矿藏往往在岩层深处。

"寻根"意味着刨根问底，意味着终极追问，尽管"寻根文学"本身并非一次成功的追根溯源运动，但"寻根"口号本身就是对整个中国文坛乃至思想界的一个启示，它所昭示的"追问精神"已经留下了深刻而长远的影响。

被视为"寻根文学"代表作之一的王安忆的《小鲍庄》给人们以多方面的启示，对我来说，最能令人回味并诱发思索的是评论家李庆西对《小鲍庄》的一段评论文字：

> 这部作品的故事发生在一个古风犹存的礼义之乡，那个名叫"捞渣"的孩子，因为拯救别人导致自己丧生，被乡民们视为义举，作为宗族的骄傲，其事迹又被新闻工具大加渲染，于是，一种可以被称作"仁"的行为就硬是被纳入到"礼"的规范中去了。"仁"和"礼"的对立，是中国儒家伦理思想的内在矛盾。[1]

这是一对怎样的矛盾呢？我试图追问——

在被人们同时称作"仁学"的孔子儒学中，"仁"是一个主要的范畴。有人做过统计，《论语》谈及"仁"，其中作为道德和道德标准含义的，共有100次，而作为"君子道者三，我无能焉：仁者不忧，知者不惑，勇者不惧"的"知"和"勇"则出现的次数要少得多，可见"仁"是很受孔子重视的。可是，由于

"仁"在《论语》中的含义宽泛而多变,使得后人颇难把握,仔细揣摩品味,似乎又觉得孔子自己的言论也不无彼此矛盾之嫌。

孔子说:"仁者爱人。"但当他的第一大弟子颜渊询问什么是"仁"时,孔子又明确地说:"宁克己复礼为仁。"这似乎就成了一个悖论:孔子既要求人人讲仁义,爱他人,同时又以"礼"为第一规范。"礼"即周礼,是合乎孔子政治理想的统治者制定的秩序,也就是一种等级制度,尊卑、贵贱、亲疏、长幼、男女等都要按不同的礼义行事。孔子对下层人民也是有偏见的:"可以使由之,不可使知之。"尊贵的人不能爱他们所认为下贱的人。虽然孔子也要求君王要做仁君,但更要求人民必须臣服。可见孔子所倡导的"爱"不等于泛爱,而是必须合乎"礼"的爱,它与基督教的"泛爱"表面上看似乎相通,实质上却相去甚远。

由此看来,在孔子那里,克己复礼是目的,"仁"则是手段,手段具有一定的伪善性,它为达到目的而存在。这似乎是一个结论。然而,著名学者李泽厚对"仁"字以及仁学结构的分析则启示我们进入新的认识层面。

首先,在孔子看来,"礼"与"仁"非但不是对立的关系,而且是相互融合的。孔子的一个重要企图就在于将"礼"建立在"人性"的基础上,努力地将"礼"从外在的规范约束解说成人心的内在要求,使伦理规范与心理欲望融为一体。"孔子用'仁'解'礼',本来是为了'复礼',然而其结果却使手段高于目的,被孔子所发掘并强调的'仁'——人性心理原则,反而成了更本质的东西,外的血缘('礼')服从于内的心理('仁')。"[2]

其次,由于"仁学"思想在外在方面突出了原始氏族体制中所具有的民主性和人道主义,即孟子所谓"仁也者,人也""老吾老以及人之老,幼吾幼以及人之幼"等。因此,以社会性的交往要求和相互责任为主体内容的"仁"在孔子时代不能简单地斥之为"虚伪"和"伪善",尽管这些思想在后代时时成为"伪善"的工具。

最后,"仁"在内在方面突出了个体人格的主动性和独立性。"孔子用心理原则的'仁'来解说'礼',实际就是把复兴'周礼'的任务和要求直接交给了氏族贵族的个体成员('君子'),要求他们自觉地、主动地、积极地去承担这一'历史重任',把它作为个体存在的至高无上的目标和义务。"[3]"仁远乎哉?我欲仁,斯仁至矣""为仁由己,而由人乎哉"(《论语·述而》),就是孔子所提供的实现"仁"的具体方式,总之一切都落实到人的个体上。

由上述三点,我们可以比较清楚地理解孔子思想中"仁"字的含义了,理解问题的一个关键在于孔子早已意识并明确提出要"从我做起",即对于每一个人来说,道德的自我完善是通向"仁"的唯一途径,达到了"仁"的境界,"礼"也就复兴了。

进入20世纪80年代以来,国内报刊曾一度出现一批介绍曾国藩家书的文章,尽管不同的作者采取了不同的角度,不同的文章也有不同的立意,但几乎所有文章都体现出一种倾向:对曾国藩的治家方式就算不说是倍加赞赏,那也是褒扬之意溢于字里行间,有的人甚至祈望我们的高级干部也向曾国藩学习,对自己的子女严加管教。

曾国藩的家书贯穿了他的治家思想。他强调"以耕读二者为本,乃是长久之计",希望家中子女要一边读书,一边参加农业劳动,要求他们"早,扫,考,宝,书,蔬,鱼,猪"。"早者,起早也;扫者,扫屋也;考者,祖先宗祀……也;宝者,亲族邻里时时周旋……";书,指读书;"蔬、鱼、猪"指种蔬菜、喂猪、养鱼。为什么呢?因为曾国藩认为:"吾在外,既有权势,则家中子侄最易流于骄,流于夫,二字者,败家之道也。"正是出于败家的忧虑,曾国藩对子女管束得的确十分严格,甚至于细致入微、婆婆妈妈地管到子女的一举一动了。从新媳妇入门后应当"教之人厨作羹",到督促"诸女儿织布及缝制衣袜",从要求"后辈诸儿,须走路,不可坐轿骑马",到说明扫屋抹桌凳、收刈除草,不是有损架子的事,应当"少睡多做"。《家书》中还一再询问儿子:"尔走路近略重否,说话略钝否?""说话迟钝,行路厚重否?"[4]因为,说话、走路不能太急太露太匆忙,宁肯迟钝一些,因为迟钝才会"稳重"(这使我立刻联想到曾经轰动一时的电视连续剧《新星》中的一个细节,来县里视察的地委书记教导年轻的县委书记李向南应当如何"掸烟灰")。

好一个谆谆教诲、循循善诱的严父形象,这同我们在历史书中看到的双手沾满农民起义军将士鲜血、镇压太平天国的刽子手形象,似乎难以联系。依照"阶级成分论"的思维模式,我们可以迅速地判定这是一种反革命的两面性,是带有欺骗性的伪善。可是,当我们比较清楚地认识到"道德自我完善"以及由此所体现的"伦理至上"倾向的意义时,就会发现问题的实质并不这么简单,曾国藩之所以对子女如此千叮咛万嘱咐,在于他相信:封建统治阶级的子女通过遵循建立在封建性的小农生产和宗族团结基础上的一套封建道德,就能够获得"齐家治国平天下"之本,"修身",即个人的道德自我完善同捍卫整个封建统治阶级的利益,维持整个封建伦常政治有着密不可分的关系。

这正是曾国藩强调个人道德自我完善的实质所在。"严父"的"这一面",恰恰同刽子手"凶残"的另一面貌离神合,精神同一。

看重血缘关系,以家庭为本位,以崇尚祖先为宗教的中华民族,在具有"伦理至上"倾向的儒家文化中浸泡了几千年,各代的封建统治者又相当娴熟地运用着伦理秩序这一根本法则,于是,"伦理至上"也就成为一种传统,一种渗透于我们民族生活各个领域的根深蒂固的传统。中国社会中的"知书识礼者"正是这一传统的主要承继者。

不容忽视的是,"伦理至上"的倾向发展到近代,已经到了严重扼杀个体生命力的地步。因为,伦理化儒学的中心课题是人格的完成,而它又是以身、心、灵、神的不同层次的修养,以及正己、齐家、治国、平天下的不同层次的实现为环节的。简而言之,就是通过个人的道德自我完善,来实现"仁",推行"礼",由己而推及他人,推及群体,推及社会。按照一些学者的意见,中国传统文化所设计的理想人格是一种"片面道德力量型人格",它对于道德力量的强调远胜过对智慧力量和意志力量的强调,这种内在人格发展的不均衡,加上外在传统文化的多方面制约,造成了"片面道德力量型人格"向"自我萎缩型人格"的过渡。在封建社会,中国传统文化与中国人的人格之间形成了一种恶性循环[5](见下图)。

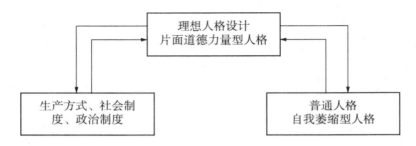

毫无疑问,此种恶性循环在中国知识分子身上表现得尤为明显,以至于我们从现实生活中经常可以咀嚼出如下道理:道德感愈强,生命力愈弱;道德感愈弱,生命力愈强。

当代知识分子能够逃脱"恶性循环"的纠缠吗?

不妨以两部当代艺术作品来透视知识分子的精神现象。

以擅长细致刻画知识分子内心世界而著称当代文坛的北京女作家张洁,发表过一部有一定影响力并获全国优秀中篇小说奖的作品:《祖母绿》。这部以一种名为"祖母绿"的宝石命名的中篇小说讲述了一个动人的故事:在20多年前的反右运动中,女大学生曾令儿为了保住自己的爱人左葳,不惜独担了政治罪名,在度过了爱情的最后一夜后,不辞而别,被当作右派分子遣送到偏远乡村进行劳动改造。由于生下她与左葳的儿子,还增加了一顶"坏分子"的帽子。她一面忍受着社会政治给她强加的屈辱,一面抵抗着现实环境的残酷磨难,独自抚养儿子,同时没有放弃自己事业上的追求。苦难给她带来痛苦,却是一种具有崇高感的痛苦。因为曾令儿是"带着超凡入圣的快乐",以殉教徒的精神去承受苦难的。张洁笔下的这位女主人公承受苦难的意志不能说不坚定:"一生够了吗?还可以再加一生。只要没人戳爸爸的脊背,妈妈不论受什么苦,也是值得的。"可是,打击接踵而来,她唯一的精神依托——可爱的儿子溺水而死。然而,她并不

后悔!

曾令儿——一个受了高等教育的当代女性知识分子是否在重蹈中国妇女世世代代"夫为妇纲"的人生道路?况且,左葳的怯懦、自私以至卑劣的行径已经证明他是不值得爱的男人。表面上看,该作品的女主人公似乎近于"爱情至上主义者",为了爱情,她宁愿承受人间苦难。深究下去,支撑她生存的意志和信念又并非是"无穷思念"这样一个诗意的概括,而是一种以个人道德自我完善来解脱苦难的超越精神。曾令儿始终在寻找一个理由为她的一生辩护:爱是无穷的,苦难就是爱的证明,它同时可以在爱的怀抱中消解,我问心无愧,因为我的个人道德是无懈可击的!

显而易见,曾令儿成功地构筑了一个与现实世界相对的自足的道德世界。

作为一个女人,很难说曾令儿是不可爱的,她毕竟具有无私的献身精神。但是,她犯了一个错误,即在爱的过程中丧失了对爱的本身的价值判断,支撑她去爱的不是上帝,不是救赎灵魂,也不是为了来世的幸福,而是中国式的"伦理至上"的道德追求,是中国知识分子"独善其身"的道德自我完善的人生信念。而《祖母绿》之所以受到推崇,获全国大奖,不也恰好说明了它是在相当大的程度上暗合了我们民族的一种潜在的文化心理。不能忽视作品的结尾,且不论作者的情节设计有无匆匆拔高之嫌,有无掩饰苦难之嫌。(作品有一个理想的光明的美好的结尾,女主人公曾令儿历经磨难,失而复得,不但知识分子自身价值没有丧失——竟然在边陲小城取得了计算机领域的新成就,而且连形象也更漂亮了,把"情敌"卢北河都比了下去。其实,生活中的事实却往往是相反的,既严酷又无情地剥夺你的一切,何况处于动乱的岁月。)就看作者安排曾令儿面对大海获得精神升华,从而真正地超越个人,将生命"在更阔大的背景上获得更大的意义"的情节里,不也就潜伏着在个人道德自我完善之后,进而推及他人、推及社会的思维模式吗?唯其如此,作品才符合了时下流行的价值观念,这又何尝不是一种普遍的民族文化心理?

无独有偶,曾经获得全国单本电视剧奖的《丹姨》几乎重复了《祖母绿》的基本情节,女主人公为了保护她爱情的结晶——腹中的孩子,为了不使孩子的父亲——一个有妇之夫被人戳脊背,在从医学院毕业后,独自背着"生活作风不好"的罪名,来到一个偏远的海岛,受尽磨难,抚养女儿。她挺住了女儿夭折的巨大打击,忍受了被男方遗弃的情感孤独,艰难地生存下来,并逐渐地与岛上的渔民融为一体。这部电视剧以十分讲究的摄影画面,一再地突出女主人公的住处——一幢旧时代留下的天主教堂,以一种特殊的教堂氛围来衬托女主人公的殉道者情怀,爱情支撑的人生在无休止的痛苦和磨难中挣扎着前行……又一曲哀怨动人的女性献身精神的颂歌。比起中国妇女的传统美德来,曾令儿们的献身精神只是更彻底、更无私罢了。

值得深究的依旧是作品的结尾,《丹姨》的结局使作品的思想境界一下子跃上了一个高度,即将对于传统美德的肯定和颂扬转为追问与质疑。当昔日年轻漂亮的女大学生丹姨变成一位貌似当地渔民老姐的时候,这位历经磨难、孑然一身的女性终于觉醒,她痛苦地发出"这一切值得吗"的人生疑问,支撑苦难人生的精神支柱在这一追问的刹那间轰然坍塌!如果说,在听到卢北河分析曾令儿与左葳的关系"如同一个随心所欲的主人,和一个唯命是从的奴隶一样"时,曾令儿竟拼命地否认而表现出九死而不悔的决心的话,那么,丹姨则不但开始反悔,而且开始反思;如果说,曾令儿在作者张洁安排的浪漫的理想的结尾中获得新生、获得精神升华,从而肯定了她苦难的一生的话,那么,丹姨则在严酷而无情的生活现实面前否定了她的人生。这是何等艰难而痛苦的一步,丹姨虽然老了,但她毕竟迈出了这一步。

发人深省的是,曾令儿和丹姨的人生悲剧并非仅仅是艺术里的悲剧,它所表现的"伦理至上"的倾向与道德自我完善的方式在当代知识者身上是表现得相当普遍的,只是通过知识女性来表现,在我们这个注重伦理的国度的读者面前,更能够引起同情罢了。可惜,《丹姨》先扬后抑的进步意义并没有得到评论界和读者的足够注意,反而是《祖母绿》获得了广泛的社会认同,这种现象从一个侧面说明了当代知识者精神跋涉的艰难。

更为重要的是,以道德自我完善替代了对真理的探索,以伦理至上替代了真理至上的价值观念,致使伦理道德抑制了理性的生长,个体修养迁就了社会环境的压力,从而构成了中国知识分子自身现代化进程的延宕的主要障碍之一。胡适在半个世纪前说的话至今看来仍是一针见血:

> 古代的宗教大抵注重个人的拯救,古代的道德也大抵注重个人的修养。虽然也有自命普度众生的宗教,虽然也有自命兼济天下的道德,然而终苦于无法下手,无力实行,只好仍旧回到个人的身心上用功夫,做那内心修养,越向内做功夫,越看不见外面的现实世界;越在那不可捉摸的心性上玩把戏,越没有能力应付外面的实际问题。[6]

说到底,所谓的个人道德自我完善在中国文人那里,往往成了一种与现实世界相抗衡的手段与方式,但深究下去,它又可以看作是一种逃避现实的方式,一种自我安慰的心理,"衣带渐宽终不悔,为伊消得人憔悴"。曾令儿在她的人生历程中,找到了自己的精神支柱,即个人道德世界的自慰自足,并由此付出了她的一生。然而,毕竟还有丹姨,她始自慰终自审的精神历程无疑是一个希望所在。只是,在我隐隐忧虑的心间依旧存有一个疑问:

丹姨能否走出教堂?

注释：

[1] 李庆西：《寻根：回到事物本身》，《文学评论》1988年第4期。

[2] [3] 参见李泽厚《中国古代思想史论》，人民出版社1986年版，第16—28页。

[4] 参见《曾文正公书》。

[5] 参见许金声《从"人格三因素论"看中国传统文化与人格》，《学习与探索》1986年第4期。

[6] 参见《胡适文选》，亚东图书馆1935年版，第148页。

文体的变迁与杂文的命运

一

杂文界的冷落已引起热心者的关注。且不说杂文,历史悠久的散文国度似乎也弥漫着一种寂寞、荒凉的氛围,与小说界的"乱哄哄,你方唱罢我登场"的局面形成一个强烈的反差。当文学面临挑战之时,各种各样的问题也摆到了当代杂文的面前,尽管这些问题尚未成为热门话题,但确实关系到杂文的前途与命运,有探讨研究的必要。

"文体的自觉",是目前小说家与评论者的流行口号,它是一个较"文学的自觉"更具有规定性内容的论题。我以为,仅口号本身就可以视为当代中国文学进步的一个标志。它至少有以下意义:超越狭义的社会功利观,文学既面对人生社会,又返归并回视"自我";在文学"自我意识"觉醒的同时,开始寻求自身的存在、功能与价值,并企图逐步地发展和丰富自我……小说界这种由反思的文学所引起的文学的反思("文体的自觉"是内容之一),对杂文界不无启示。当然,各种文体的盛衰与读者和社会需求等诸多因素有着复杂的关系,我们只是在"文体的自觉"这一点上试图为杂文提供一个参照。

谈及"文体的自觉",我们首先将目光投向"文体"。何谓杂文文体?它到底具有什么样的特质?人们常常引用鲁迅的话:"杂文古已有之。"殊不知,这是一个既有卓识远见又含义模糊的评语。中国古代散文并非当代人错觉中的今日"美文"(习惯上分为两大类:抒情与叙事),往往议论风生,无所不谈,庄谐并至,雅俗皆宜。若将杂文作为一种文体,颇难规范诸多散文。应当说,杂文的特质早已存在,但作为文体,却是直到20世纪才在鲁迅手中得以正式确立。那么,鲁迅的杂文到底又有哪些文体特质呢?这些特质是否还能规范今天的杂文呢?问题几乎是接踵而至的,又都指向文体。从建国前后所提出的"不是杂文时代",到80年代有人提出的"新基调杂文"以及《杂文报》《杂文界》近来所进行的

有关"淡化政治"的讨论，实际上已经触及这一问题，只是讨论涉及面广，尚未"专门化"地讨论文体问题。其实，杂文文体完全可以成为一个真正的学术研究课题，它的研究价值和意义将与日俱增。

二

在新文学运动中，"散文小品的成功，几乎在小说戏曲和诗歌之上"。（鲁迅：《小品文的危机》）鲁迅先生所开创的现代杂文，曾经显赫一时，在文坛占有重要地位。然而，就像我们对杂文兴盛于20世纪三四十年代感兴趣一样，当代杂文的命运更引起我们浓厚的探讨兴趣。

现代杂文具备的独立品格到了建国初期，开始经受历史考验。在对当时大量标名为"杂文"的短文的检视中，我们不难察觉文体的变化："匕首""投枪"式的锋芒渐渐隐没，马铁丁式的"思想杂谈"与秦似式的歌颂性杂文成为此时文学史的典型"标本"。杂文文体陷入抉择中的困惑，一往无前的杂文在匆匆迈进新的历史大门之后，不由地感到茫然，在没有对自身和社会获得一种清醒认识之时，不免显出趔趄步态。杂文家秦似始而热情创作、继而沉寂于文坛的经历可以为证。不过，一种文体的功能在没有丧失之前，总是要生存下去的。在一定社会政治气候的影响下，1965年的杂文出现了兴盛的局面。对此，徐懋庸在他即将出版、而终因反右未能出版的《打杂新集》自序里曾感慨万千地写道："二十年前后，两次的开始，都是偶然的，两次都一发而不可收，但真所谓偶然之中有必然，这必然性在于：一、社会是需要杂文这东西的；二、我是只能写写杂文的。因此我发生了一种复杂的心情，对于我的杂文尚能适应社会某种需要一节，我感到酸辛的快乐，但对于我自己只能写写杂文这一节，又感到快乐的酸辛！"这段话包含有丰富的"潜台词"，其中就涉及杂文文体的问题，结合徐懋庸对杂文的一系列论述，我们可以领会其主要精神。此时出现的以徐懋庸、巴人为代表的一批杂文，真正继承和发扬了现代杂文传统，在文体上表现出对鲁迅杂文的"回归"，这是经过"困惑"之后的"回归"。

令人遗憾的是，"回归"的局面没有维持多久，来自于外界的社会压力就使杂文的热潮变成了朝涨夕落的短暂景色。社会压力从此对杂文文体施以各种"挤压"。"挤压"最终导致了文体的"变异"：杂文以"知识性专栏杂文"的面目出现。此种变异现象具体表现在：杂文的讽刺减少，锋芒收敛，笔锋犀利、酣畅淋漓的传统笔法有所变化，变单刀直入为侧面迂回，化一针见血为欲说还休。此时杂文的整体"变异"之中仍有时时顽强的"回归"。比如，即使是以写《燕山夜话》那样"温良敦厚"的杂文而闻名的邓拓，也同时有《伟大的空话》和《专治"健忘症"》这样颇具锋芒的文体风格的作品面世。然而，即使迫于"挤压"

而产生的"变异"品种仍难以生存。在十年"文革"的历史大倒退中,杂文文体被严重扭曲以至窒息,文体生存的资格被剥夺了。令人啼笑皆非的却是当年随处可见的以"威力大"著称的"小评论"。

当文艺在经历十年浩劫全面复苏之后,杂文文体也重获生命,但"变异"现象直至今日仍然没有完全消失,这直接影响到作为讽刺文学主要品种之一的杂文的发展。对杂文文体与杂文创作,鲁迅先生早有精辟论断:"而小品文的生存,也只仗着挣扎和战斗的。"(鲁迅:《小品文的危机》)这几乎是对杂文发展史的预言,值得我们吟诵再三。文体的存在,决定杂文的命运,那么失去了自身的"挣扎和战斗",文体是不是就失去了存在的前提呢?答案自然是明了的。

三

在当代世界文学史的篇幅里,中国当代文学是极为特殊的一页。虽然不可忽视文学艺术的内部规律,但就迄今为止的一部中国当代文学史来说,我们完全可以将其视为新中国成立以来政治气候的"温度计"。对照当代文学史的几个"马鞍形"发展轨迹,有谁能否认特殊时代的政治气候对于文学发展的巨大外部作用呢?!如果"温度计"的说法可以成立,那么我们是不是可以说,中国当代杂文的创作状况恰好集中地映照在这支"温度计"上下升降的水银柱顶端。

承认并弄清这一点,至关重要。所谓"淡化政治"的说法,不过是一厢情愿的,与杂文发展史不符,也不利于杂文作为一种文体的发展,更不用说当代中国社会对于杂文的需求了。(见拙文《淡化政治与"逆反心理"》,载《杂文界》1987年第1期)我始终以为,无论杂文如何趋向多样化,但其初衷不改,精神不变。不坚持杂文的本质属性,以种种宽泛定义来"扩张"杂文文体,势必导致因外延的无限扩大而模糊内涵的后果,内涵的模糊又逐步减弱文体的独特功能,文体的功能一旦丧失,就有被取代、同化以至消亡的可能。

总之,杂文的文体与命运、杂文的地位与效用等等,都是很有价值的研究课题,一旦开始进行探讨,课题本身将焕发出十足的魅力,因为我们坚信:一个充满自信的国度是需要杂文的。

价值的失落与寻找
——对文学现状的几点分析

五年前，在中国当代文学研究会无锡年会上，我参加了一场情绪投入的讨论，议题是对当时文学状况的评价，大会发言者大致可分为两种态度：失望痛苦于现状，期望超越于现状。无论持何种态度，参与讨论者普遍带有一种伤感情绪，不同之处在于，一些人于失望之中感到前途渺茫，一些人则于坚守文学的信念中期望超越。然而，即使是那些对文学重新选择自身位置并超越困境充满信心的发言者们，也无法预知此后几年文学界的巨大滑坡。真是忆当年太湖论文，衷肠倾吐，既记忆犹新，又恍如隔世。

一、面对市场：作家的三种抉择

商品大潮汹涌而至已是不必细说的事实，每个人都看到了要比文学重要得多、更有价值的东西，公众与政府关注点的迅速转移，使文学界在社会中的地位直线下降，从前的伤感与惆怅已成为弥散于文坛的深深失落感，作家队伍开始分化，人们真正到了不是为文学而是为自身而选择的关头。归纳起来，当前作家大致有如下三种抉择：（1）走出文学界，下海经商；（2）占据文学界，迅速转向市场，将文学包装成商品打入流通消费领域；（3）固守文学界，拒斥市场，淡泊世俗，坚持走纯文学的道路。三种抉择各有其理由：

第一种抉择可称为"文人下海"。"下海"的理由很多，动机也各有不同，很难一概而论。比如像陆文夫、张贤亮走所谓"以商养文"的道路；比如一些作家仅仅是为了一试"海水"深浅，或体验生活，或证明自身能力。当然，也有一些彻底失望于文学者，他们大有从此告别文学、重新开始人生的气概，他们认定，在这个世界上，文学一钱不值，选择文学真是一个人生错误。

第二种抉择可称为"文学商品化"。理由很简单，既然面对市场，文学作品为什么不可以成为商品，作家为什么不可以据此养家糊口？这一理由在陷入生活

贫困的作家中极易引起共鸣。面对作家清贫的普遍状况,诗人公刘发出这样的感叹:"像王朔他们这样的人,才不愧是时代英雄!"而几度流行的"大腕"作家王朔则直言不讳地表白:"有人批评我是钱串子,像蜈蚣一样,每一爪都捞钱,尤其反对我提出的'议价剧本',……我提出'议价'的更主要的内涵还不只为挣钱,我要为'爬格子'谋生的哥们儿出口气,争一争辛辛苦苦该得到的较高、较合理的报酬!《十五的月亮》16元,《祝酒歌》10元报酬,合理吗?"王朔的宣言也可看作是文学界对社会出现不公的一种反应,更为重要的是,王朔以及他领衔的"海马创作室"在商业上的成功,给了文学界一种启示。

第三种抉择可称为"拒绝世俗,固守艺术"。这些作家可能对文学的看法不尽相同,但他们始终保持着对文学的一往情深。他们不为商业化的氛围所动,不以家徒四壁为耻,在一片喧嚣的"下海"声中,默默地耕耘。他们在一种对文学的自恋自爱中认定创作将是唯一的生存方式。

二、面对分化:我们应取何种态度

面对文学界的这种调整和分化局面,我的态度是宽容而不苛求,乐观而不悲观,积极而不消极。

首先,我们要充分认识时代的进步意义,要看到邓小平南方讲话和党的"十四大"之后,中国的改革真正地进入了"起跑阶段",切实反"左"和改革开放成为全民族的凝聚力所在,经济建设真正成为全党、全军、全国人民的中心工作,一向与共和国同欢乐共患难的中国文学界,应当为此而欢欣鼓舞,应当让文学和改革大潮一同前进。

明确了这个根本点,我们就不会对当前的文学处境过于忧心忡忡,就大环境来说,以经济建设为中心,以及不辩论什么姓"社"姓"资"的问题,将给文学界创造一个渐趋宽松的环境。就"文人下海"的情况来说,既然宽松的时代给每一个人提供了多种机会,作家个人也有选择机会的权利。"下海"并非坏事,文人仍是文人,文学也不见得会被完全放弃。即使放弃也无妨大局,且不谈以往文学这条道上拥挤的人过多,就说精简一下队伍也没什么不好,想借文学而获名得利之人,趁早改弦易辙,另行方便。

这里还有一个转变观念的问题。

作家既可以将文学创作作为一种职业,也可以在创作的同时从事其他职业,文学创作仅仅是生存方式的一种,人生选择的一种。一个商人或者其他职业的人,同时也完全可能成为一个成功的作家。文学的价值是否被权力或金钱所污染,大概不完全受职业的影响。看看卡夫卡吧,有谁能否认这个白日平庸的小职员与夜晚伟大的作家之间的巨大反差呢?

即使在国内,不少文人作家"下海"也带来了经济效益和社会效益的良性循环,更不用说走出原有人生模式的作家,肯定将在前所未有的商品经济大潮中获得全新的感觉和新的生命驱动力。因为,今天的神州是日行千里,日新月异的。即将迈入新世纪门槛的作家们一定不要坐失良机,伟大的作品将诞生于伟大的时代。

对文学的前景我们也大可不必悲观。新时期文学的辉煌已成昔日的光荣。在今天以经济建设为中心的时代,文学的位置显然发生了变化:文学正在卸去她肩头过重的负担;她的功能也正在得到全面的恢复;雅俗文学的分流和通俗文学的发展,这些都属正常现象。由于经济大潮所带来的价值变化和热点转移,造成了对文学艺术的一时冷淡也并非失常,也许任何一个亟待经济振兴的第三世界国家都会走过这个阶段。尽管作家要分化,文学要分化,但我们相信:真正的文学是永恒的。就像今天的文学已经经受了包括电视在内的声屏世界的挑战,经受了现代社会多种闲暇娱乐方式的挑战一样,她同样可以经受经济大潮的挑战。因为现代人需要她,中国的改革时代需要她。

在对现状采取宽容态度,对前景抱以乐观态度的同时,我们仍然要提倡一种积极的精神,所谓"让文学与改革大潮一同前进"并非一句轻松的口号,适应改革时代势在必行的文艺体制改革,肯定会触及文学界每一个人的利益。影响你的心态和生活,假如"砸三铁"砸到了你的头上,怎么办呢?我们说,这才真正叫作"改革,从我做起"。我们应当要有一点承受力,有一点自谋生存的生命力。有人把商品经济下知识分子自谋生存比喻成"婴儿脱离子宫",脱离的过程是痛苦的,但要发展,要长大,就得经受这个过程。退一步说,即使因为全民族的利益而损失一些个人利益、局部利益,也是值得的。

我十分赞赏作家梁晓声豁达而乐观的态度。他认为,尽管印刷机每日将成百吨的纸印上商业的标记,造成"快餐"和"零食"一样的文化,但好书仍在出着,好刊物仍在办着,好作品时有问世,生机还是好的,希望还是有的。文学在商业大潮冲击下,原本的位置就应该是一种夹缝式的位置……据说,梁晓声已确立后半生奋斗的目标是拥有一个属于自己的小饭馆,30平方米左右,装修得温馨典雅,以此为生计,保障他写自己认为是小说的小说。

在今天浮躁骚动、失落痛苦、彷徨焦虑的心态中,我们是不是也要有一点梁晓声式的达观呢?虽然,这不是唯一的选择。

三、今天,文学还有没有价值

20世纪末的今天,所谓纯文学、纯艺术的"滑坡"是一个世界性的现象,在中国大陆,除了与世界上其他国家有相近的原因外,文学逐步离开政治的依

托，也是一个关键所在。

所有关注文学现状的人都不可能离开新时期十年的文学经验，尤其是曾经身在文学大潮中的"过来人"。他们完全有理由、有资格怀念文学的光荣时代，并据此对今天的现状表示失望。然而，引起我们深思的是，怀念者对文学价值的确立。

我们知道，中国文人自古就有立德、立功、立言三种功成名就的理想形态，而这三种成就形态又有层次高低之分。所谓"太上有立德，其次有立功，其次有立言。虽久不废，此之谓不朽。"(《左传·襄公二十四年》)立德立功，致君尧舜，做一个杰出的政治家，便是古代文人的人生最高追求，"了却君王天下事，赢得身前身后名"。假如此路不通，只好以立言作为求其次的最后选择。故，学术中人，文学中人，常常具有一种参政济世的"传统情结"。

此"情结"传统同样影响着21世纪的中国文人，加上政局波动、国势危难，国内外各种矛盾对抗此起彼伏，文人们参政济世的愿望也就更加强烈。即使像陈寅恪这样的大学者也在诗歌中反复流露未能从政施展经邦济世之才的遗憾。于是，从孔子时代就具有"文以载道"传统的文学也就自然成了作家手中实现从政思想的武器。新时期十年的文学也大抵如此，作家们对文学价值的确立也很难逸出传统的思路。

这样一来，文学的发展愈是能够与从政和理想契合，作家的内心也就愈充实，也就愈拥有一种自我与文学价值得以实现的自豪感；至于文学和作家自身是处于顺境还是逆境倒并不重要。我在1988年的无锡年会上曾经写了这样一段文字：

> 我们不禁要发出以下疑问：中国作家一旦失去了文学对政治的依托，还准备寻求什么精神依托呢？脆弱的心态似乎一定要在寻求到某个外在东西作为内心精神支柱时，才能获得平衡，他们精神世界的内驱力哪儿去了？

今天，文学界人们的心态是不是变得坚强一点了呢？从表层看，作家失落感是由于经济窘迫、艺术性遭冷落、社会热点转移、文化消费多元等诸多原因所导致；但从深层看，作家传统精神的失落，文学传统价值判断的失落，才是当前作家精神普遍失衡的一个根本原因。中国文学界需要一个重新寻找文学价值并恢复其精神平衡的历史过程。

当然，这并非易事。因为在今天，我们正处于一个被马斯洛称作是"价值观丧失"的时代，更勿论传统观念惯性力量的巨大与社会分配失衡的现实压力。

早几年就有人不断提出在文学界要有一点艺术宗教精神。如果我们从中西文化的所谓"此岸性"和"彼岸性"上来加以认识，或许可以理解谈论者的良苦用心。"此岸性"的追求是入世的，功利的，期望有所兑现与报答的；而"彼岸

性"的追求相对来说却是超脱世俗、超越功利的，无止境的，身心向往的。从对文学的追求或者作家的使命感来看，今天的中国文学界是不是应当多一点"彼岸性"，多一点追求的理想呢？

问题还在于作家追求理想的内驱力从何而来。

不妨引一则资料：

瑞典诺贝尔文学委员会主要以下列六条标准评价获奖作家：

（1）作品表达了高尚的理想和对真理的追求；

（2）作品表达了对人类的同情和深厚的人道主义精神；

（3）作品捕捉了时代的重大主题，写出了人类面临的困难和命运；

（4）作品特别突出了人类的精神困惑；

（5）作品以独特的民族性反映了人类面临的共性问题；

（6）实现了创造性的艺术突破和杰出艺术探索。

如果我们既不对诺贝尔文学奖给予超过其原价值的迷信赞赏，又不随意贬低其价值与权威性的话，那么，我们即可由此发现近百年的诺贝尔文学奖多是授予具有历史责任感和使命感的作家的。诺贝尔文学委员会对获奖作家创作观和创作追求的共同评价在于，这些作家应是时代的镜子、民族的代言人和人类的良心。

今天的中国作家可以从上述几条标准中获得什么启示呢？他们能够在今天这个大变革的时代通过文学做些什么呢？想必不言自明。

价值的失落与寻找，是一个超出文学的重大问题，也是一个一时无法说清、说透的难题。对此，我们将不懈探索。因为我们坚信，值此世纪之交的苍茫时刻，人类将更需要文学这个维系灵魂的精神家园。

注释：

[1] 参见《作家报》1993年10月16日第1版。

[2] 参见孟宪忠《20世纪文学轨迹》，时代文艺出版社1992年版，第52页。

小说的正宗

何谓小说的正宗？往小里说是追问一种文体，往大里说则是追问整个文学。今天，错综复杂的文学形式及渐现颓势的文学教育，促使我们开始这样的追问，既为我们的职业需求，也为文学的生存。

一、主流文坛支撑着一种小说正宗

不必讳言，主流文坛对小说的正宗其实相当清楚，这可以从以茅盾文学奖为首的各种主流评奖的标准中看出，即便是自诩为"学院派"的中国小说学会的年度排行榜和学会奖，也依然相去不远。离读者比较近的各种文学期刊排行榜和年度奖，虽然也考虑了读者喜爱的因素，考虑了小说作品的社会影响因素，但由于刊物的体制、经费的来源，以及它本身就是主流文坛的地盘，其评奖标准也是以正宗为主，略略掺入一些非正宗元素，比如消费化元素，比如另类文化元素。

总体来说，评奖的主办者都是相当谨慎的，他们对小说正宗的维护，除了主流意识形态的原因外，还有对以中国作家身份为自觉的精英立场的维护。假如把话再说得白一点，也是对自己所熟悉所依赖的一套文学标准、一套话语体系的出于本能的维护。何谓本能？立场、理想、审美、趣味、爱好、职业感、话语权，都有那么一点——可以从几个文学事件中看到"小说正宗的反弹"：麦家的长篇小说入选茅盾文学奖，其作品的类型化大受争议，评委被界内人士质疑，作品质量被批评，相关的批评文章甚至被收进颇具学术性的人大报刊复印资料。且不说麦家小说的质量和分量是否上得了茅盾文学奖的台面，关键还是这一类受到读者喜爱、有一定市场份额的作品艺术路数，有别于正宗的标准；另一起事件虽然来得猛也去得快，但留下的问题仍然值得回味，即被文坛公认为纯文学正宗刊物的《收获》，2010年发表了"80后"作家郭敬明的小说，文学界反应强烈，评论家多有评说，加之媒体推波助澜，四面反响的文章篇幅大大超过"小四"的作品，几乎是为这位在文坛内外游走的翩翩少年做了一个大大的免费广告，使人回想起

数年前郭敬明等人加入中国作家协会时的轩然大波,其内在原因之一也是触及了小说的正宗乃至文学的正宗。

二、大学文学教育:从支撑到质疑小说正宗

中国内地大学也从文学教育方面支撑着小说的正宗。

建国60多年来,经过多少次政治运动,经过多少次教学改革,但文学教育的方式、文学课程的模块并没有根本的变化,文学理论中的马列文论、古代文论、西方文论,文学史中的三大块:中国文学史、中国现当代文学史、外国文学史。从文学标准看,西方文艺复兴的、批判现实主义的、苏俄的、中国古代的、"五四"新文学的、延安文艺的,都成为小说正宗和文学正宗的参照物。近20年来,还有两个参照物:西方20世纪现代派文学,20世纪80年代思想解放运动伴生的新时期文学。但是,90年代以来,这些参照物在文学教育中的正宗地位在动摇。其原因可以到文学教育的大小环境中去寻找。

大学现场的现实是,内地大学文学教育背景发生了三个明显的变化:

首先,价值观由一元向多元变化。社会逐步开放,全球经济一体化,市场自由化,政治民主化,网络草根化,意见领袖民间化,国外思潮的冲击,意识形态领域的相对宽松,社会包容风气的逐步形成,城市市民的兴起,世俗欲望的肯定,日常生活美学的流行,崇高理想主义的消解,社会精英的沉沦,传统伦理的质疑,宗教信仰的缺失——所有这些社会变化,使得价值观由一元趋向多元。

其次,社会结构由体制内向体制外变化。1997年以后,大学生不包分配工作,体制内地盘的缩小与市场化地盘的扩大,"铁饭碗"被打破,终身制被放弃,人身依附性同时也被消解。当然,另一种情况在于社会不公的现实依然如故,"考碗族"超过"考研族",大学生自主创业不到1%,大学生"蚁族"遍布一线城市,"80后"大学生实际上面临比前辈更加严酷的生存环境:工作、房价、物价、医疗、环境污染、信息爆炸。

最后,也最不可忽视的是文学教育的对象:"80后""90后""网络一代"在变化。代际差异空前凸显,教师权威迅速消解,青年一代对家长及成人世界和现行教育制度的抵抗情绪愈加高涨。信息世界的开发,使得大学生熟练掌握两套话语系统:对付教育者,中规中矩,就取分数;面对自我,则游戏狂欢,本我毕现;集体主义的放弃,个人主义的崛起——"我时代"到来,青春期的叛逆,青年亚文化形成对一切正宗的天然抵抗。具体到文学教育领域,表现为一冷一热"两极情绪"明显:对文学经典冷,对青春文学热;对传统作家冷,对非主流作家热;对大学讲台上的教授冷,对网络青年"意见领袖"热。一句话,对传统正宗的近于不讲理由的一律排斥,似乎有一种"断裂"的文化现象存在。我在

各大学做过几十场演讲,几乎都遇到一个相近的问题:为什么教授讲的我们都不喜欢,而我们喜欢的教授都不讲?

受制于大社会环境的大学教育的小环境,同样出现变化和动荡。传统的标准、经典的示范受到质疑,文学教育的明显滞后,使得讲台上的说教变得愈加苍白无力,教育者与被教育者的沟通也在形成障碍。

三、中国大陆文学形势变化挑战小说正宗

一直处于文学现场的评论家白烨是对时代敏感的先知之一,他的"文学三分天下"之说,用简洁的语言描述了当下文学的天下大势。也许,我们的学者可以用更加完备的论述给予更加准确的描述,但评论家白烨的强项就是一直与大众传媒保持亲密的接触,在如何利用传媒传播学术思想和学术观点方面,他是当代文学评论家中做得最成功的几人之一。看看白烨的说法——

"在进入新世纪由整一的体制化文学分化为传统文学、市场化文学和新媒体文学之后,三分天下的格局基本成形并日益稳固。在这种结构性的巨大变化之中,不同板块都在碰撞中有所变异、有所进取,但发展较快、影响甚大的,却是新兴的以文学图书为主轴的市场化文学和以网络文学为主题的新媒体文学。"[1]

"梁晓声曾经在一次研讨会上反问我,你说'80后''走上了市场,没走上文坛',也许这些'80后'作者、作品和读者已经构成了一个另外的文坛。这话对我也有启发,他们也许还构不成一个文坛,但至少构成了属于学生阶层所独有的一个自足的文化现象。'80后'的悄然崛起和上面说的这些情况密切相关,也可以让我们从中反省很多东西。"[2]

"但种种迹象都向人们表明:各国文坛的'80后'们,确实在很多方面与此前的写作者有着很大的不同,正在形成自己的知识系统。因而,他们的纷纷登台亮相,在很大程度上是当代文学改朝换代的一个信号。"[3]

文学现场的现实情况可能比白烨的描述还要错综复杂,还要斑驳陆离,主流文坛靠作协系统支撑,依然自成格局,尽管主流纯文学期刊已是举步维艰;市场化文学靠广阔的市场利润和庞大的消费者形成竞争力,其中人口基数也是优势之一。比如,仅仅历史小说这一块就有很大的图书市场前景;新媒体更是我们远没有清晰了解的一块原野,横跨现实与虚拟两个空间,借新技术日新月异,赖青少年"网络一代"热捧,无论是空间的张力,还是时间的冲劲,均无以伦比,精彩纷呈,令人目不暇接,令人眼花缭乱,真所谓太给力,太神马,太浮云。传统的主流的文学评论家们,如何招架得了啊?!

必须强调的是,文学阅读,包括艺术消费的人群已经开始分流,全球化、市

场化的年代,任何计划、任何指示,包括指令都在弱化,层出不穷的新现象,瞬息万变的新信息,都是我们原有知识系统涵盖不了的新领域,甚至是我们视野所无法抵达的新原野。比如网络上的"王道女""腐文学",你很难想象有上百万的青少年女性读者,在近于狂热地创作和阅读一种同性相恋但又不是"同志小说"的文学作品,这个庞大的网络小说人群,就在我们身边,就在大学宿舍的电脑里,就在中学生的书包里。这样一类具有非主流文化特征的小说在创作阅读之中,必然会产生对正宗小说艺术观的全面质疑、挑战和冲击!而我们的教育者和批评家常常处于或批评指责或居高临下、谆谆教诲的位置,跨越代沟、消除隔阂、有效沟通的可能性很小,效果甚微。

还应当看到的是"80后""90后"网络新一代自身的变化。除了精神上的变化以外,他们的身体也在变化——而这一点常常是成人社会所容易忽视的——假如与"80后"进行一下"换位"。我们还会发现一个关于"身体"的观察角度,即人类的身体如何面对急速变化的自然环境与生活方式。[4]大量的研究表明,无论从肯定还是否定的立场,科学家们都承认网络一代由于接受新的信息方式,使得他们的大脑也在发生变化,新一代孩子们的神经系统已经具有了新的质的变化。用一句话概括,他们已经不是同父母一模一样的人了,这话听起来好像有点玄,但不离谱,是事实。关于这些,主流正宗的人们,所知甚少啊!一个是观点不变,唯我独尊;一个是目力不及,一叶障目。

结语:文学转型时代如何把握小说正宗

试图在一篇短文中谈清楚何谓小说正宗,几无可能,更何况其本身就是当下文学艺术界的一大难题。不过,文学研究大家钱穆先生的态度和观点倒可以借鉴。在他看来,文学的正宗是存在的,比如中国文学的"雅化"进程,比如中国诗歌"作者第一",即作品中必须有作者自己,等等。这位大家同时也承认文学有不同的层次,有上下之分,但即便是"文人之文,亦文中之一格"而已[5],他一方面不赞成以一种取代另一种,但又肯定"下层文学亦必能通达于上层,乃始有意义,有价值"[6]。由此揣摩,启发良多。面对转型时代,我们当有包容精神,通达态度,宽广视野,不断学习和不断探索,去维护和发展小说的正宗、文学的正宗。说易行难,因为这里还有一个对文学追求的信仰和境界问题。

注释:

[1][2][3] 参见白烨《我看"80后"》,社会科学文献出版社 2011 年出版。
[4] 参见江冰《"80后"文学的文学史意义》,《文艺争鸣》2009 年第 12 期。
[5][6] 参见钱穆《中国文学论丛》,三联书店 2002 年出版。

文坛两面观
——关于当前文学创作与评论状态的对话

江 冰 朱向前[*]

一、长篇热潮：为何居高不下

江冰（以下简称江）：长篇小说热在我们国家已经持续几年了，它巨大的数量和高招迭出的炒作，特别是最近一二年的炒作，我觉得已经构成了20世纪末文学史的一大景观，这到底出于什么原因，评论界应予以追问。有一种说法是非常流行的：认为一个作家常常由短篇而中篇，由中篇而长篇，似乎只有这样，才是一个作家成熟的标志。这样一种推论，似乎也潜移默化地影响了中国作家。当然，人们对长篇小说有非常高的期望值，"长篇小说是一个时代文学成就的丰碑"。加上有关部门对此也加以鼓励，我们"三大件"的第一件就是长篇小说，而出版社以及第二渠道的书商出于利润的目的也推波助澜，因为长篇小说就创利来说远远超过短篇和中篇。短篇和中篇更多只能在杂志上发表。《大家》杂志10万元大奖，"布老虎"文化有限公司出资100万悬赏，都是看好长篇。至于读者方面的要求，倒没有看到比较权威的调查数据，但是我的直觉是，它很难与80年代的文学热情相比，这就构成一种反差现象：一方面是文学热情的下降，但是另一方面，大批的长篇小说创作出来。一件事情要热起来，它一定有一个供求关系，社会特别需要这种东西时，那么它会大批量地生产出来。为什么现在社会上这种文学热情在下降，各种纪实丛书、娱乐性丛书大行其道的时候，长篇小说却一枝独秀，在出版上仍然有相当大的数量呢？

朱向前（以下简称朱）：回顾一下长篇小说，我觉得至少应该有过三次启动：第一次启动应该是在1990年前后，像张炜的《古船》、张承志的《心灵史》

---

[*] 朱向前，著名文学评论家，曾任解放军艺术学院副院长，现为军事文化研究所教授。

这样一些力作的出现。这次启动是正常的，就是有一批作家经过了 80 年代的创作实践之后，包括对本土的思考，也包括对域外的借鉴，感觉自己比较成熟了，必须拿出自己比较有分量的作品来了。因此，少数的作家拿出了少量的但是水准比较高的长篇小说。这一次启动来自作家本身的内驱力，并没有更多经济的、政治上的考虑。第二次启动就加入了很多经济的因素。具体来说，就是 1992 年底以《白鹿原》《废都》为代表的"陕军东征"。比如《废都》，当时的传媒说这部长篇小说拿了 100 万，这确是出乎作家自身的意料，也是出乎出版社、出版商意料的。一部长篇小说突然又在 90 年代变得那么热，当时真正感觉到超过了 80 年代的一些文学现象。这就是市场效应，很多作家一下子把眼睛盯到了钱上面。这是第二次启动。这次启动使得很多作家卷进去了，它带来很多负面的影响，很多作家不是从文学本身的质量去考虑，首先和出版商一拍即合，产生了大量的质量比较差，甚至是粗制滥造的产品。第三次启动是江泽民总书记提倡抓"三大件"。这是来自官方的、政府的倡导，这一次是在 1994 年。这三级推动等于把长篇小说层层推向热潮。到 1997 年年底，据不同的统计，有的说是 700 多部，有的说突破了 1000 部，总体上，长篇小说热就是这样形成的。关于长篇小说热，我在 1994 年曾经谈到过有三个误区，其中有心态的误区，也有金钱的误区。主要从钱的角度考虑，包括长篇小说改编成电视剧的可能性。中短篇小说相对来说跟影视联姻的可能性较小，现在有影响的电视剧很多都是长篇小说改编的，所以很多人写长篇小说的同时套写电视剧剧本。这边是长篇小说，那边是几十集的电视连续剧，照一般行情，一万元左右一集，作家从电视剧拿的钱至少十几万元，小说本身再畅销的话，再拿几十万，这真是挡不住的诱惑。所以据我所知，即使在军队，比较好的作家也相当多地卷入到电视剧的创作里去了。现在作家要来钱恐怕主要靠"触电"——写电视剧剧本。用长篇小说套写电视剧剧本是最好的办法，一举两得，长篇小说出了，他可以拿出来报职称；电视剧播了，他又可以打知名度，同时有了大量的钱。这个是很刺激作家的。政府的倡导对作家的诱惑也很大。得了"五个一工程"奖，作家也能解决很多问题，房子、职称、奖金……这也给创作带来很多负面的效应。至于作家的心态，刚才你说由"短"而"中"而"长"，我也曾经有过一个概括，就是"以短篇打天下，以中篇坐江山，以长篇攀高峰"，这是作家的一种典型心态。很多作家 80 年代中短篇小说获过全国奖，到 90 年代觉得无论如何得出长篇小说了，他把这个看成一个自然三级跳。实际上这未必是一个创作规律。我觉得，对作家而言，他的才华、个性和文学的体裁之间有内在契合，有一种双向选择的关系，不是说想写长篇小说，长篇小说能赚钱，就能写长篇小说。像汪曾祺，他一辈子基本上就写短篇小说，这是一个明白人，还有林斤澜。当然，最典型的是鲁迅，鲁迅一辈子就写短篇小说，《阿Q正传》是唯一的一个中篇小说。有史料披露他曾经两次有写长篇小说

的计划,一个是写红军长征,还找陈赓了解素材;一个是要写杨贵妃,历史题材。但始终没有写,当然原因很多,比如对红军生活不熟悉等等。但是我认为很重要的一条就是鲁迅这种才华,尤其是他的语言,这样一种非常瘦硬、简约的语言,怎么能想象可以写出一部30万字的小说来,我认为不可能。鲁迅是清醒的,他没有写长篇小说。现在很多作家想拿全能冠军,中篇小说写得精彩,短篇小说写得漂亮,长篇小说又大获成功。遗憾的是,这样的"全能冠军"太少了,偏偏能清醒地意识到这一点的作家不多。当然,现在长篇也不像以前那样神圣了,"长篇是一个时代的文学的丰碑",恐怕很多作家也想不到这么高,就是写一部玩玩,如果脑袋里条条框框那么多,他也许就不敢上去写。所以我觉得作家心态有些误区,好像不写长篇小说不足以证明其实力,不足以在文坛站稳脚跟。其实在文学这个行当里,是不以长短论英雄,以短篇小说成为世界大师的也很多,像19世纪末的欧·亨利、莫泊桑、契诃夫,20世纪的鲁迅,还有茨威格、都德、海明威、博尔赫斯等等。总的说来,20世纪的作家纯粹以短篇小说取胜的不像19世纪那么多,基本上都涉足了长篇小说领域。但我觉得这确实有个双向选择的问题,像我们江西的杨佩瑾,他基本上写的就是长篇小说,几乎没留下什么中短篇。

当然,也不能完全归咎于作家的心态,在一般人的眼里,实际上也有个文学的排序,还是觉得长篇小说更有分量,冠军奖牌还是发给长篇小说。严肃的作家我觉得还是有,商家的经济效益他未必考虑,政治导向他未必考虑,他就是认认真真写长篇小说。但总的看来,让大家满意的长篇小说比较少,量的丰收并没有带来质的相对提升。

二、作家的心态

江:中国的作家,由20世纪80年代走向90年代,他们的心态到底应如何描述?"浮躁"是一种描述,它跟整个社会这样的一种心态是非常契合的。作家就是世俗中的人,而且,作家有可能比世俗的人对利益更具有一种关注,他本身就是体察人情的,他不可能是不食人间烟火的。所以,有的人对作家有一种误解,认为作家似乎也跟某一个闭门造车的学者一样,是不食人间烟火的,其实,他们跟学者不是一回事,何况现在很多学者都已经难以守住自己寂寞的书房,或者说社会已经没有办法提供他们能够守住这份寂寞的条件,没有屏障能够抵挡来自整个社会的喧嚣,以及利益关怀的汹涌澎湃的热潮。我觉得有必要回顾一下,80年代我们整个文坛上唱主角的,应该是两大主力,一是所谓"五七族",一是所谓"知青族"。这两个年龄段的作家,在粉碎"四人帮"以后,我觉得他们主要是靠一种长久压抑然后释放的激情,靠一种与社会变革同步推进的一种气势,

靠一种"我不下地狱,谁下地狱"的悲壮情怀以及我为天下师、启蒙民众这样一种历史使命感。他们靠这些东西来进行文学创作,靠这些东西走上文坛,而且他们这些文学的行为,很多是作为他们人生追求,实现自我、实现他们介入社会或者实现他们中国传统知识分子人生价值的一种方式,更多是作为一种方式,所以他们试图站在民族的、民众的、人道的立场上来叙述历史并且以此作为有效地参与社会变革的行为方式,我觉得这是上述两个群体的作家创作的一个动机和导向。那么到了80年代末,或者说到了80年代中期以后,一批新作家开始登场了,他们的创作动机逐渐开始发生变化,他们先后有所谓先锋派、新生代一直到这几年的晚生代,还有很多不同时期的不同称谓。那么,一直到90年代,特别是90年代中期以后,边缘化、个人化的写作各行其道,显而易见,不同年龄的作家在创作立场上发生了分歧,因此他们作品的风格、他们的叙述方式、他们的语言风格、他们的创作观念以及他们对于世界的看法、对中国传统文化的看法、对现代文化的看法都有很大的区别,甚至可以说大相径庭。虽然有关创作的争论声、批评声此起彼伏,延续了10年,但是新的创作势头仍然由端倪而波澜,甚至蔚为大观,这已经是文坛不可忽视的。不同群体的作家以及不同年龄的作家,他们带着不同的创作观念在今天的文坛上进行创作,那么这批60年代出生的作家以及当下70年代出生的作家,他们的心态显然是不同的,我觉得在这点上来说,作家的心态跟刚才说的长篇小说包括现在整个创作都有一种内在的联系。我想讨论这样一个问题,就是今天中国的作家,他们创作的动机到底是什么?我觉得从前的作家创作动机可能比较单纯,刚粉碎"四人帮"的时候,特别是那批"五七族"的作家,不少人当过"右派",那么,政治运动把他们错判或者打到了底层,他们从底层重新恢复到知识分子这样一种身份的时候,他们压抑多年的那种激情喷发出来,所以在很长一段时间内,像张贤亮、从维熙,这一批有代表性的作家,他们的作品都带有自传体的性质,他们的一种创作动机就是喷发压抑了多年的一种痛苦。另外,那个时候的创作可以使他们从社会底层,借助文学创作非常自然地回到社会显著的位置。后来的作家的价值观念显然发生了一些变化,这显然要牵涉到社会的转型。可以说,今天的作家不再是属于不食人间烟火的,不是一个远离民众的哲学思考者,他们还是试图跟着这个社会的潮流,并在这个潮流中找到他们的位置,发出自己的声音。今天中国的作家,完全反抗于这个社会的并不多。西方艺术家,如高更那样远离世俗,用他们的行为,抛弃一切利益,去寻找艺术的真谛,这样的人生追求在我们今天的中国作家中很少,甚至没有,更多的人还是处于一种利益的关怀之中。

朱:在相当长一段时期,应该说是张承志扮演了一个反抗世俗、抵抗投降的角色。张承志的《心灵史》应该说确实是令人感到震撼的深沉大气之作。但是作为一个生活在现实中的人,他也不能完全免俗。总的说来,中国作家恐怕都很

难脱离一种现实利益的考虑,像西方作家哪种纯粹为某一种艺术的精神在中国作家里恐怕是比较缺少的。(江:恐怕跟传统也有关系,所以我一直认为中国很少有纯粹的审美的文学。)一直和主导或主流意识形态保持一种相当距离的、像沈从文这样的还是少数,大部分作家和主流意识形态联系比较紧。应该说90年代小说,尤其在短篇小说里面,在60年代出生的,新生代也好,晚生代也好,在他们的笔下,比较多地挣脱了80年代所谓"公共话语",更多的是私人化写作,这个和80年代应该说有比较大的区别。80年代不管是从王蒙还是刘心武,虽然他们的风格是不同的,但总是受意识形态的影响,二者是非常统一的。但90年代以后却发生了变化,像陈染等作家的女性化写作,已经遭到了很多的批评,如《一个人的战争》等等。如更年轻的,像邱华栋、何顿、普羊,这样一批人以后的创作,进入了一种私人话语空间。我曾谈到一个问题,就是怎么评价90年代的短篇小说。因为从读者接受的程度来看,应该说,中篇小说还是更为显赫一些,但也有一种意见认为,短篇小说超过中篇小说的依据就是短篇小说完全挣脱了公共话语,而进入了个人话语写作。但我觉得有一个这样的问题:短篇小说的作者相对来说是现在比较年轻的一些人,他们现在正在用短篇小说打天下,打得比较成功的是毕飞宇。包括这次鲁迅文学奖他也得了,包括上次《小说选刊》上的奖他也得了,《人民文学》的短篇小说奖他也得了,他主要精力在写短篇小说,而且得到的承认也比较多。总的来看,我们提到的年轻作家的名字,他们之间其实也比较接近或者风格差异比较小,也在形成一种新的公共话语。和意识形态方面不一样,但他们之间像传染病一样互相传染,这是一种新的公共话语,也是很可怕的。另外,他们有一个倾向,普遍比较远离公共生活,而在中国,要表达一种纯粹个人化的经验,并不是很容易得到承认。人们更需要的是什么呢?是池莉、方方这样的关注,刘醒龙的关注,如果用个性化的话语来表述一个大家都感兴趣的话题,也许能引起更多的关注。这批比较年轻的作家,由于与公众生活的疏离,在社会上少有读者认同,主要还是在评论圈里说来说去,在社会上的影响和知名度都并不是很高,有点圈子里的味道。

江:你谈到过,就是晚生代,它也有它存在的合理性,如果是作为创作的生态平衡,它应该肯定是可以存在的,那么多种形态和声音构成大自然。就我有限的阅读印象来看,我觉得所谓晚生代的不足有两个方面,就是盲目的自恋式的精神优越感,以及不免由此流出的矫情。再一个就是创作者的人格境界不够阔大,不够雄健,文化责任感不够明确,因此也导致他们作品的境界偏小,升体不够。当然,这种私人化的小说,这种边缘化、私人化的写作有它的长处,比如说它往往搜罗了被传统的中国文学所忽视的人的这种隐秘的、零碎的思想和经验,这对中国汉民族多重整体、少重个人的传统来说,也是一个进步。这批作家,跟前面的作家到底有什么明显的不同?动机上我们可以看出一点,与以前的主动对意识

形态的进入、贴切相比，现在他们对意识形态是一种疏离，特别像陈染这些人，她们已经不但是疏离，而且还站得比较远，她们接受教育的背景跟前面的不同，崇尚也有所不同。

朱：这种文学的起点就是在阅读20世纪西方文学的一些经典作品，由喜好而模仿、而借鉴，对中国本土文学传统、对古典文学方面的修养比较欠缺。

三、关于"现实主义冲击波"

江：河北的"三驾马车"曾经非常风光了一阵子，1997年达到顶峰。当然这里面原因非常多，除了自身的原因，是不是有来自社会、读者方面的原因呢？是不是有来自政府的引导呢？这一点确实引起了文坛的争论，对他们的评价有很大的分歧。我觉得这种文学现象完全可以写进文学史了，因为它本身就是有意味的。这倒并不一定表明"三驾马车"的作品可以成为文学史的经典作品，至少可以说是一个阶段性的文学现象。暂且撇开"三驾马车"不谈，我觉得90年代的现实主义小说明显跟80年代的有所不同，有两个基本点：第一就是其主题的焦虑已经消失了，作家不再为表达一个主题思想那么迫不及待、焦虑不安，反而显得更加从容。第二就是艺术的混响形成了。我在80年代初有一个看法，认为大陆的文学在艺术上将经过一个阶段，这个阶段就是充分分化之后的整体把握。经过这样一个过程，现在看来，80年代一窝蜂涌进的各种世界文学艺术潮流都留下了痕迹，都有积淀，构成了今天90年代文学的营养基因，所以新起的小说家拥有更高的艺术起点。因此，今天的现实主义显然也拥有更大的弹性空间和广阔的视野。这个问题在你的上一篇文章中也谈到，在不断整合中开始有一批作家寻找他们自己的独特方式。在这种"地球村"的时代，在这种信息爆炸的时代，他们试图发出自己的声音，我觉得现在中国作家可能已进入这样一种调整阶段。从现实主义方面来讲，来自于社会的这种要求也有它一定的合理性，从政府上来讲，政府很希望这样的一种创作可以配合一些政府行为。比如说改革开放，他们希望有一些文学作品能够宣泄社会情感，引导人们去进行改革。另一方面，中国的读者，对于文学，可能很多人还是希望从文学中间找到他们人生的某种答案，他们对于更加贴近现实生活的作品有一种很强烈的要求。他们并不一定有闲暇去欣赏一些在审美价值上很高，但是跟现实的这种焦虑有一定距离的作品。他们喜欢像最近池莉的《来来往往》、张欣的《你没有理由不疯》这类完全贴近当下生活的作品。我曾经问过一些非文学圈内但爱好文学的人，比如说一些当医生的、当公务员的，他们爱好文学，也阅读了相当多的文学作品，他们仍然是现代文学期刊的热心读者，他们对贴近他们现实生活的作品也是非常喜欢的。我觉得转型时代的每个人已经无法判断他明天将做什么，每一个人都已经很难知道他在社会

中将扮演什么角色,有这样一种骚动的心态,就像汪丁丁写过一篇文章,提出"我们今天怎样做父母"。我们今天已经很难扮演父母这个角色了,我们无法教育我们的孩子怎么做。从一般读者角度来说,他们希望在作品中找到他们的现实生活的答案,或许这种作品可能不一定提供他们人生的现实答案,但是宣泄了他们在现实生活中的一些不能够跟别人进行很透彻交流的情感,从这点上来说,所谓现实主义回归的作品,还是有一定社会需求的。

朱:这个问题我觉得实际上是两个问题。在这次鲁迅文学奖、中篇小说评奖的投票之前,我们评委有个讨论,我曾明确提出来"三驾马车"出一驾就够了,比如《年前年后》。"三驾马车"的历史作用已经完成,通过"三驾马车",包括中宣部的表扬、倡导、号召,已经有相当多的作家关注当下生活了,这一点在这次鲁迅文学奖中篇小说最后入围的20篇作品里面,已经占了非常大的比重,像刘恒的《天知地知》、方方的《埋伏》、池莉的《心比身先老》、李佩甫的《学习微笑》、阎连科的《黄金洞》、刘醒龙的《挑担茶叶上北京》、李贯通的《天缺一角》、李国文的《涅槃》等等,都是关注当下生活的,而在所有这些关注当下生活的作家作品里面,"三驾马车"艺术品位是比较低的。何申的《年前年后》比较集中地代表了"三驾马车"的艺术特点,一是关注当下,二是比较注意生活的原生态,表述方式、表述话语都比较传统一些,和中国老百姓的一般欣赏习惯比较接近。相对而言,何申还是写得比较扎实,比较缜密的一个。至于"三驾马车"的问题,更多的是堆砌生活的表面现象,没有穿透力,缺乏深层的东西。此外,自我重复比较厉害,三人之间也开始重复。"三驾马车"有历史作用,但是完全把现实主义的回归,现实主义重新受到关注,归功于"三驾马车"是过分的。像池莉、李国文的创作,一直是关注现实生活的。老年作家也好,中年作家也好,青年作家也好,现实主义一脉一直没有断过。像梁晓声、刘心武这些作家都在写。"三驾马车"为什么比较引人注意?一是三个人出来得相对比较集中,另外,他们把关注点一个是投注到了农村改革的前沿,写的乡镇这一级,这在以前比较少见;再一个写到了工厂的改革,这有点接续80年代初蒋子龙的《乔厂长上任记》。但是你要从更高的角度、更高的要求来看他们的话,比如塑造典型人物,还不如蒋子龙。他们塑造的人物看完以后,你可以觉得他写得很生动,很逼真,很像我们现实生活中所听到、所看到的东西,但典型人物留给你的印象不够气魄,不够深度,并没有太多值得夸耀的。我们不能让中国作家感觉到,因为关注当下,就可以放弃艺术上的追求和讲究,那也是一种误导。我们评的是鲁迅文学奖啊。"三驾马车"的问题和作家现在的艺术定位还不是一个层次的问题,"三驾马车"不能代表90年代以后中国文学与世界文学接轨的艺术定位问题。我在另外的文章中谈到这个问题,我倒是比较主张、比较赞成选择现实主义的道路。中国的民族习惯、欣赏习惯、阅读传统还有国民整体的文化素质决定了在中

国搞先锋派和种种实验的潮流，至少这十几年的经验证明，它缺乏很强的基础和生命力。现在回过头看，我们评奖入围的20篇作品，至少有十五六篇是比较传统的现实主义。当然还是需要新的东西，但是基本路子是现实主义的，包括茅盾文学奖或者说回顾近年来比较好的长篇小说，也是以现实主义为主。长篇小说更是这样，尤其反映当下中国这种未定型的、急剧变化发展的社会生活，现实主义更加合适一些。我曾经在文章中分析莫言的《丰乳肥臀》，艺术定位基本上仍然是以拉美的魔幻作为参照，我认为是超前的，走得太快，比较越位。相对滞后的是贾平凹的《废都》，继承的是明清小说叙述特点，这显得又过于古董。实践证明，比较合适的还是像陈忠实的《白鹿原》这样的长篇小说。

江：1996年对整个批评家的心态评价非常低调，当时我有一个这样的概括，认为批评家的心态正面临着一种滑坡的过程，这种滑坡历经了三个阶段：神圣感的失去、自我欣赏的维持和自我存在的消解。当时文坛中关于评论界存在所谓失语、失态、失落的说法可以引为佐证。但这样的一种心态劣势在1997年似乎有些好转，有一个明显的表现就是文学界出现批评。张承志、梁晓声两位作家公开登报接受批评，坦言错误，刘心武也以名为《承受尖刻》一文明确表示对文学批评持欢迎态度。作家们开始表现出自我批评的高姿态。另外还有几家刊物也开始行动，试图为文学批评创造一个正常、良好而理性的环境。处于边远的云南的两家刊物动作最快，有从边缘切入文学中心的气势，一个是《大家》杂志，奇招迭出，设一万元的"直言奖"；另一个是《滇池》，推出文学批评栏目，邀请评论家对云南作家进行坦率批评，所谓自我开炮，这应当说也是前所未有的。这些举措一出来，就有一批文学批评家，尤其是青年批评家纷纷撰文，试图改变自身的形象，坦率直言乃至激烈否定的批评文章屡见报刊。比如广东评论界就组织多名评论家对贾平凹品头论足，批评锋芒明显，而且对一些权威也进行批评。另一方面，就是从大众传媒方面，批评家开始明显地进入大众传媒，而且这种进入已经不是个别的现象了，很多批评家都在大众面前亮相发言，面对面地影响大众，甚至可以说，可能在每一个城市都有批评家成为这个城市的文化明星。北京的一些很有影响的电视栏目、报纸专栏、杂志专栏都有批评家在那里唱主角，因为他们开始由一个在书斋中进行文字操作的知识分子转而扮演了一个大众传媒的明星的角色，引起公众关注的一种名角形象，这对批评家的失落心理恐怕多少也是一个补偿。在进入大众传媒的同时，批评家还不断地加盟带有明显或不甚明显的商业炒作，类似于娱乐界、影视界的包装。歌星和影星的这种包装方式已经屡见不鲜了，当然，由于各自的出发点和创意的不同，境界的不同，他们不能一概而论，像《北京文学》与中国当代文学会联合推出的当代中国文学最新作品排行榜，发起者的表态就非常明确，就是为了促进文学创作的健康成长，排行榜的宗旨也是纯粹公正、权威。按照你的说法，就是他们试图在商家的经济买卖和政

治导向之外，再为社会提供一种更加纯粹的文学评判标准。我对该排行榜1997年公布的结果大致认同，但我认为也要防止"圈子化"的倾向。另一个比较引人注目的动作就是《小说家》设作家擂台赛，他们在刚刚宣布擂台赛的时候就有一些不同的说法。有的人认为可以活跃文学气氛，有人则持不同看法。北京的贺兴安就坦率地认为，像这样的擂台赛，以打擂的方式引入文学创作，带有炒作的游戏性质。南京的朱辉也认为，像这样的东西会影响作家的心态。这件事情，争论的声音刚刚平息，立刻就有编辑提出来，这样一种南北作家对抗赛，它不仅仅是形式的因素，它有益于南北文学的交流。他们试图对它进行一种理论上的阐释，不管这东西是什么样的，说它是炒作也好，说它是奇招也好，说它是活跃文学气氛也好，都可以肯定，它里头有很强的CI策划的意识。这样一种CI策划的意识已经大大地激发了中国批评界。看来，批评家在1997年的心态恐怕多少有点好转，但是，这里面肯定也免不了浮躁和泡沫的因素。那么，批评家的心态到底如何准确表述呢？

朱：批评家的心态比作家更为失落。现在作家"触电"写电视剧剧本，挣钱是很容易的，像莫言这样的一流作家的稿酬可以到一万元以上一集，一个熟练的写家甚至一天可以写出一集，一天就是一万多元。而一个评论家一年都可能挣不到这个数，这是天壤之别。同样卖文，作家一天挣的抵得上评论家一年的稿费，评论家的心态能平衡吗？

要心态平衡只能靠评论家自己。我在90年代初写过一篇反对"下海"的文章，主要是表达我的立场。我认为文人知识分子应该与经济之海拉开距离，保持一种批判的权力，为经济活动提供道德前提，为社会生活提供人文阐释，这才是文人的责任。我没有把文学看成一个挣钱的手段，或致富的途径，我觉得不挣钱是很正常的。如果加入了经济因素的考虑，评论家的心态就调整不过来。现在批评家，文化批评家，介入到传媒里面去，也有很多负面效应，一个是消减了深度，传播面越广，它的深度就越浅，这是一个反比。对大众讲得太专业、太深奥，就只能拒绝大众，你必须把要讲的东西通俗化，这样就必然要消减深度。另外，这种活动太多，也影响他的专业研究深度。批评家介入媒体当然也带来一些好处，比如提高整个电视行业的水准，更多人的介入，对电视是有好处的。但是它对批评家个人的研究带来更多的损害，它影响了批评家的时间、精力、艺术心态，有利有弊。整体而言，我觉得如果要做点学问，搞深度研究，还是要有选择、有限度地接触媒体，不能见镜头就上。

但我也曾经谈过批评标价的问题，我反对通过这个赚钱，可它确实有个不平衡的问题存在。评论是非常辛苦的，阅读30万字，思考几天，写2000字，最后得50元钱稿费，这对批评家是不公平的，所以我觉得可以明码标价，既然作家可以，为什么评论家不可以？在这方面缺乏一个规范，真正的评论需要公正的对

待，就要解决报酬的问题，长篇小说的评论那么薄弱，就与这个有关系，它的劳动量太大，但报酬却很少。当然，我们这是从操作上来说，如果从精神上来说，这些都可以不谈，但这个问题不解决，批评家的心态还是很难端正过来。

最后，简单说几句所谓批评的文风问题。这一两年直言、坦言、苛言的文章是多起来了，但一味鼓励"短打"式的文风也大可商榷。这种文章短小、犀利、痛快淋漓，特别受报纸欢迎。但它毕竟不能替代那些系统、全面、深入、细致的研究文章，而且常常有失厚道或意气用事，或危言耸听，于媒体能带来热闹效果，于批评的建设和积累并无太大意义。而且，前些年也并非没有真正的批评文章。不谦虚地说，我在1993年发表的《新军旅作家"三剑客"》就是一篇，全文近5万字，光批评莫言《红高粱》以后的创作就写了8000字，心平气和而又不留情面，尖锐直率而又充分说理。可以说，这种批评今天也不多见。可惜它被1993年麻木的文坛所冷落。但它也被人大复印资料、《中国文学年鉴》（1993年卷）转载，多少也说明了一点文坛的公正和清醒。

新文学人口与新文学群体

"打工文学"兴起多年，早年《佛山文艺》高树旗帜，作者读者十分踊跃，一时名震遐迩；后来深圳接过大旗，政府似乎有更大的支持力度；东莞凭借其经济实力，不甘示弱，也多有声响。总之，珠三角改革开放30年，"打工文学"可谓风起云涌，此消彼长。但主流文坛对此还有争议，比如对命名，比如对意义的评估，难见专章介绍，一是囿于地域，仅限于外来工比较集中的南方，比如广东；二是囿于观念，可否进入主流文学视野和评价体系，其实至今还是问题。如何把一个似乎属于地域、地方的问题，提到一个全国的视野框架中去思考，提到一个庞大的文学消费人群基数去考量，从而考虑一个新的文学人口和新的文学创作群体的出现。我认为值得深入探索。从这一角度看，全国青年产业工人文学大奖的设立，意义非凡，可以载入史册。其意义还可以概括为"双新"，即新产业工人，新文学群体，包括写作者和文学作品特定题材的消费者与拥戴者。

2014年，我参加第二届全国青年产业工人文学大奖作品评选，感触不少，也再次确认了上述信息的重要性与当下性。仅就文学来说，主要有两点：一是这样一批特定题材的作品，很好地从一个侧面书写了中国大陆近20年的移民史，由广大乡村向城市迁徙的历史，可以视作"打工文学"的更新换代。二是丰富了中国当代文学史的内容，在当代大陆写作方式上也颇见新意，草根身份与自我书写，恰好与网络写作相映成趣，构成当下文学写作的独特风景。

一、"草根写作"的亲历现场感

我在连续几届参加《广州文艺》"都市小说双年展"评奖时，强烈地感受到"70后"作家笔下的"写作焦虑"，他们的成长略略晚于中国大陆城市化步伐，且大多生活在乡村或是"都市里的乡村"，缺少真正的城市经验，所以在作品里可以感受到与"50后""60后"一代相似的对城市的陌生、惊惧和怀疑，似乎更多的是一种与农民工进城同步的心态。在他们的作品里，场景的出现也颇有意

味:几乎少有大都市标志性场景,比如街道、大厦、地铁、机场、轻轨、车站、写字楼、大酒店、大商场、奢侈品、时尚场,少美女俊男,无时尚气息。在我看来,人在什么样的场景中,就拥有什么样的气场和心态。进城犹豫,举步维艰;生存挣扎,朝不保夕;生在城市,长在大街;乐在其中,坐享繁华——都可以用场景来烘托,来传达,可惜大部分作家都很少描述城市,更不用说传达都市的气场,远没有张欣20年前都市言情的眉飞色扬,也没有今天郭敬明《小时代》里上海滩的表面浮华。于是,这批面对都市的作家,进退失据,处境尴尬,陷入焦虑。

然而,所有这些"写作焦虑",在青年产业工人文学大奖作品中都变得轻飘,可以忽略不计了。为何如此呢?我以为与写作者的身份有关。这个系列的作者,大多是城乡迁徙的亲历者,他们身在其中,他们就是打工者,属于百分百的"草根写作",而非旁观者,更非下基层采风的体验者。总之,他们写的就是他们的生活。不妨举作品说明。凌春杰的《跳舞的时装》,写为城里人服务的小保姆的心态,以女房东衣橱里的时装打通乡下女孩与都市的认识途径。那些鲜亮时装在小保姆的世界里神奇地变成有生命的舞者,小保姆为此挣扎以至离去。她说:"姐姐,我其实也不想离开你们,再不离开的话,我就真管不住自己了啊!"这是小保姆的心里话。一个来自乡村的花季女孩,因为喜欢女主人衣橱里的时装,偷偷试穿,这原本是不新鲜的细节。作家的高明处有二:一是把时装拟人化了,写时装自己的寂寞;一是把城里主人与乡村保姆的关系进行了"温暖化"的处理,写不同人群之间的沟通,从而传达了人性的高尚和美好。全篇写得生趣盎然,平实之间异峰崛起。更有意义的是敞开了一种乡村人面对都市的友好态度,既基于淳朴的传统伦理,又出于美好的人性本然。

周家兵《亚泰的密室》是一个平实的短篇小说,叙述着平实的故事。一个职业经理人在一家名为亚泰的企业找到一份称心的工作,其中有忘我的工作。这样的故事进程原本平常,但不平常处就在结尾:密室。这是亚泰企业的灵魂所在,是企业文化的核心所在。所有的亚泰人不但有了生存的平台,更有了安置心灵的所在。作品的立意由此升华。一个当代文学寻找民族灵魂的重大主题,在这里有了一个相当朴实的表现。我比较偏爱江北的《牡丹花被》。初读小说,不由地联想到当代小说名篇——茹志鹃的《百合花》。同样一床被子,承载不同内容,时代巨变啊!江北的小说触及了当下外来工夫妇无法享受正常夫妻生活的题材,很家常,也很庸常。但因为有"牡丹花被"这样一个神来之笔,顿时有一种化腐朽为神奇的艺术效果。艺术地升华了欲望,年轻妻子对丈夫爱抚的渴望,与对牡丹花被的喜爱,纠缠一道,相映成趣,既反映了现实问题,又传达了外来工对美好生活的向往——因为这样的要求并非奢侈,格外的感动也就随着"牡丹花的盛开"悄然降临了!

获奖作品中，王选的《南城根》具有艺术与文献的双重意义。城中村不但是中国大陆城市发育历史进程中的一个特殊标志，而且因为它留居了大量的外来工，所以也是一个特殊的"文化集聚地"。《南城根》的文人视角和人文关怀，佐以老道文字，细致书写，给城中村留一剪影，为当下中国留一记录：真实而繁杂，心酸却不绝望。同时，还有一份试图解读南城根的冲动，作者始终保持一种客观的观察者的视角，为书写对象提供多种可能性，也为读者提供更多的想象空间，不失为一份具有社会文献意义的文学观察记。应该说，在这一类非虚构的作品中，作者表达的文字水准也算高层次的，显示了书写者的思想境界和艺术涵养。中国大陆城市发展史中，城中村是一道极其独特的风景：都市里的村庄，村庄里的都市。人口混杂，身份多异。可谓红道、白道、黑道、蓝领、白领、"无领"——也就是无业游民，除了本地人稳做房东以外，其余人都是过客，都是不稳定分子，因此，它就是当下中国大陆最为活跃的"小舞台"，也是主流社会容易忽略或不屑一顾的社会角落。问题就在于，文学时常青睐的恰恰就是小人物、小舞台。无数中外文学名著可以证明这一点。

邝美艳的《青春的见证》聚焦女性产业工人，写出了她们在日复一日的劳作中对青春和美的渴望。千篇一律的厂服变迁，庸常乏味的食堂场景，却在丰富的感受力下呈现出异样的色彩，并不人性化的工厂俨然成为她们曼妙青春的见证，其所包含的酸楚和遗憾是本文意义所在。写一件工衣，细致入微；写一个时代，由此引入。妙在抽离，写作者身体的抽离，具体描写的抽离，个人境遇的抽离。抽离中有可贵的思考，有精神的升华，也有青春的喟叹。缺少神奇、原本平淡的工衣，偶然间也有智慧的发现，比如声音，比如眼神。工衣也因此焕发光彩，在深刻的人生体验中升腾、闪烁！傅淑青的《打工妹手记》，勾画了一个在生活边缘喘息着、痛苦挣扎于社会底层、哭泣的打工妹的形象。作者用密集的细节，压抑而充沛的情感，书写自己的青春生活，无尽悲伤，却没有绝望，因为还有文学温暖冰冷的心。这些作品不一定在文字上有多么高的造诣，甚至在艺术结构上还略显粗糙，但贵在内心情感的全情投入，你可以感觉到"我在现场"的真切，你更可以感觉到文字底下的心跳。日常生活假如是一块冰冷的石头，也被这些一线的工人作者用心捂热了！

二、新文学群体的身名特征

不妨将第二届18位获奖者的职业身份等列表做一个简要的分析。

姓名	出生年	出生地	现居地	职业	
管燕草	1979	上海	上海	编剧	上戏毕业、淮剧团工作
野 歌	1975	湖南	深圳	创作	小学学历、广东打工
叶清河	1980	广东	清远	记者	教师、编辑、记者
周家兵	1972	湖北	深圳	创作	外地来深圳建设者
凌春杰	1970	湖北	深圳	经理	外地来深圳建设者
戈 铧	1969		深圳	创作	外地来深圳建设者
刘宏伟	1977	重庆		编辑	中国作协会员、媒体人
邝美艳	1983	湖南	东莞	工人	南下打工
王 选	1987	甘肃	甘肃	职员	高中毕业、文管局工作
马 行	1969	南京	胜利油田	教师	大学毕业、石油地质系统
蓝 紫	1976	湖南	东莞	工人	师专毕业、南下漂泊打工
泥 人	1970	四川	重庆	工人	多省漂泊打工
万传芳	1978	湖北	东莞	工人	南下漂泊打工
廖金鹏	1980	江西	深圳	工人	南下漂泊打工
马 忠	1971	四川	清远	编辑	南下漂泊打工
王先佑	1970	湖北	深圳	编辑	南下漂泊打工
向明伟	1977	四川	清远	工人	南下漂泊打工
温海宇	1982	安徽	深圳	工人	当过兵、南下打工

据大奖组委会和各地作家协会网提供的数据，我们综合成以上一览表，从中不难了解第二届18位获奖者的职业身份。除了极个别专业创作者，以及少数计划经济时代的工人身份外，绝大多数都是我们所说的"草根"，绝大多数都有着流浪异乡、漂泊打工的经历，而且社会底层的经验比较复杂，个人生存的道路比较曲折。以我在深圳5年的漂泊感受来读他们的作品，可谓"别有一番滋味"，有欲说还休的"苍凉"。因此，我认定他们获取了底层生活的无限感受，他们的所谓"体制外"生存，体现出与"体制内"的某种"无计划性"与"不安定感"，加之珠三角经济的高速发展所导致的社会动荡感与人生颠簸感，应该在相当程度上远胜过内地。据一些作家自述：初到异乡，生存压力极大，举目无亲，内心甚为恐惧。比如获"网络文学奖"的万传芳，"只身一人南下广东谋生，被偷过被骗过被抢过"；比如获"文学新人奖"的向明伟，初中肄业后南下打工，期间做过工厂流水线普工、文员，甚至街头小贩等，至今依旧在一家鞋厂做内刊编辑。因此，他们可以说始终在产业第一线，而且是有别于计划经济时代国有企业的第一线。他们的作品有着从前工业题材没有的新鲜内容，同时也有着属于他

们自己以及这个市场化时代的情绪和情感。也正是于此意义上，他们的文学有力量、有筋骨、有温度、有生命、有历史，并由此有别于专业作家的、别具一格的"中国叙事与中国故事"。

所有上述不懈的文学努力，不但使得"被遮蔽的一群人"走上了社会舞台，走进了公众的视野，而且在写作者身份、进入生活的方式上，新的文学消费群体等诸多方面，均有突破性的新意。同时，他们为中国当代文学增添了新的内容，从一个侧面书写了中国大陆近20年由乡村向城市迁徙的历史。假如，我们再想想，进入这样一个空前绝后的大迁徙、人口基数之巨大的时代，回头再看这样一批"草根写作者"，我们一定会倍感其珍贵，倍感其难得。这也是新产业工人文学必将写入文学史的依据所在。

复活一座城市的记忆
——读梁凤莲长篇小说《东山大少》

梁凤莲长篇小说《东山大少》（花城出版社2009年出版）以最具广州地缘特色的东山为切入点，以广州百年历史风云为背景，以一群活跃在羊城历史舞台上的男人为主角，以灵动的文字复活了历史场景，唤醒了城市记忆，生动地再现了这座南国城市的百年进程，并以众多的人物形象再次探求了羊城以及岭南文化性格，为文坛再添一幅颇具岭南风采的文学长卷。在"提升文化软实力"渐成国策，"重拾岭南文化自信"之声再次响起的今天，梁凤莲的本土创作尤为珍贵，意义非凡。

一、岭南经验："本土言说"的珍贵

我近两年开始接触广东作家的小说，一个突出的印象是入粤外地作家不少，今年参加广东省鲁迅文学艺术奖评选，其所占比例之大，出我意外。改革开放30年，大量人才入粤，"新客家""新移民"称呼已不新鲜，但非本土作家的数量比例，恐怕也是全国各个省份绝无仅有的。这是广东独有的现象："青年女作家群""青年诗人群""深圳作家群"业已成形，共同构成广东的"新移民写作"。评论家张燕玲称誉其为"充满时代感与丰富性的新的文学板块"，可谓有创见的总结。

但是，这些来自外地的移民作家，优势在于故乡与移居地的文化反差，劣势也在于此。来自岭外的童年经验与成年经历所形成的世界观与价值观，必定与岭南有所差异，有所冲突，有所隔膜，这也从另一个侧面显示了岭南文化的独特性。"新移民写作"的创作资源来自反差，但仅此是远远不够的，对于整个广东文学艺术创作来说，对于独具一格的岭南文化继承与建设来说，还需要真正的进入、完全的融入。就此而言，本土作家具有天然优势。关于这一点，我在今年7月省作协举办的一次作品研讨会上，阐释了关于"地域文化的写作难度"的观

点。在承认"以新客家身份移民南粤商业古都,其实也有借助一方水土崛起于文坛的可能,新客家自有新客家的视野与胸襟,不同文化熏陶形成反差就是优势"的同时,也质疑了不知地方方言——内心甚至始终怀有某种无法言说、总有拒斥或隔膜的客籍作家——进入岭南文化的可能性。一是方言等地方文化的熟悉程度,二是对南粤大地故乡情感的强烈程度,都可能成为客籍作家的创作障碍。况且,真正使得客籍作家心动与投入的是近30年的历史,是形成外在文化环境与内在心理反差的"移民生活"。因此,"新移民写作"与我所认可的文学创作的"本土言说"尚有距离。

何谓"本土言说",理论上很难准确界定,但我以为一定与出生地、童年记忆、祖先记忆、故乡记忆密切相关,一定与生于斯长于斯贯穿生命的某种文化传统有关,一定与所痴迷所钟情所热爱的乡土情感有关。仔细品味一下当代作家的作品,出生地的情感与文化烙印,常常在作品中留下这样一种东西:无论你走得多远,无论你漂泊到何处,你的情感归宿在"本土",也许会走得很远很远,天涯海角,千里之外,但艺术家内心的故乡在原处,在老地方,这是命定的归宿,游子的归宿。世界各国作家一概如此,中国作家基于传统尤其为甚。广东"新移民作家"的大部分作品皆可引为例证。

以此思路看梁凤莲,她与她的作品均为珍贵。理由有三:其一,梁是广州本土作家,生于西关,长于羊城,熟悉东山,不缺乡土情感,更有强烈依恋;其二,梁学至博士,且出洋游历,学养深厚,视野国际化,晓岭南地理,知文化三昧,堪称广州通;其三,梁苦干实干,20年坚持不懈,著述丰富,小说、散文、理论、评论等多头并进,为见识拓展,为创作积累。梁志向远大,有"羊城烟雨四重奏"的长篇小说创作计划,可谓雄心四部,长卷一幅。工程浩大,业绩辉煌,其心其志,可圈可点!三点优势集于一身,人才珍贵可见一斑。

二、"东山叙述"与"橘瓣式结构"

梁凤莲在她的《西关小姐》面世四年之后,再推《东山大少》,其为广州羊城文化立传的用意始终不变。"西关的小姐,东山的少爷",这是广州人熟悉的一句老话,因为这都是羊城最有底蕴、最有人缘、最有知名度的两块招牌。论历史悠久,西关可以上溯五代十国中的南汉,南汉在广州立国,共历五主。南汉王室林苑坐落西关,留存今日。西关建筑首推西关大屋,极具岭南特色;而东山呢,一栋一栋中西合璧的红砖洋楼,为羊城涂抹另一层文化底色。假如说,西关大屋代表清以前羊城的千年历史,那么,东山洋楼则代表近百年的广州历史。这个城市的时尚、风气、人脉、财源、权力都在这里上演一出出跌宕起伏的人间大戏。

《西关小姐》以女主人公若荷的人生命运主导全篇,而《东山大少》则以一群羊城男性支撑作品。假如说,前者是一枝独秀地刻画人物的话,那么,后者就是群峰称雄,是一种为广州男人塑造群像的方式。作家梁凤莲除了改变创作路数,还有何种艺术构思方面的考虑呢?《东山大少》全书共分九章,前八章均以男人为主角,唯有第九章以女子范妮为主角。无论作者有意还是无意,男人戏男人唱是这部长篇的第一特色。第二特色也是十分醒目,即叙述方式,以每一章的主人公为第一人称视角分别展开叙述。全书九章就是九"我"的视角,九个"我"的叙述。

重点谈谈作者着力塑造的"东山大少"们吧,先是父子三人,父亲史南成乃入粤军人,与羊城缘分颇深,生儿育子,拥兵护城,视广州为第二故乡。此人虽在东山,却更多地像一个历史道具,以其内心焦虑折射当年陈炯明兵变的复杂局面。由于缺少大的历史场面描写,内与外并不十分"贴",作为文学形象,父不如子。相比之下,两双胞胎儿子更显光彩:东山、东风,一武一文,哥哥直接以东山命名,也可见作者的喜爱。两位青年由军门少爷成为职业军人、再为商人的成长经历,可以视作东山这块特殊土地上走出去又回归,进退自如,出入商界军界,有广州血性的少爷形象的青春成长史。另一位军人是史南成的副官范英明。作者对他用墨不少,褒誉有加,可惜他与羊城的渊源未能深入,性格的立体感尚嫌不够。上述四人属于军人群落。

另一群落是真正的本土男性:同盟会会员梁康鸿,"海归"富商伍子鉴,由商入仕"浪子回头"的刘冕,出身名门的市长助理许凯然。作者把握他们,尤其是写到从商和羊城日常生活,往往胜过写军人,也许他们更接近羊城,更亲近广州。文化的力量神秘且强大,即使作者本人再理性也都无法完全左右,其中创作规律值得追寻。梁康鸿梁老先生是羊城的传统人物,在他的身上可以窥见广州的性格;伍子鉴出身广州名门,留学英美,科技专才,从他的人生经历可见西风东渐的时代潮流;刘冕是西关出生、东山成长的富家子,"浪子回头"的粤商,粤商一脉的强大甚至可以改变人生,其中大有文章;许凯然也是广州望族之后,以市长助理身份介入城建。作者试图以此描述城市的发展,但由于缺少富有冲突的事件,人物塑造与历史叙述有平面化之嫌。再者,广州是有宗教色彩的城市,作品有所涉及,可惜未能深入,本土与外来宗教,也是一个很好的创作资源。总之,此四人与彼四人,各有一章的话语权,梁凤莲用意明显,期望八仙过海,各显神通;八个视角,展现风云;八个人物,塑造"东山少爷"。写人写景,两个意图;作者用心,读者期待。

再说长篇小说结构。八个男性,八个视角,加一个女性,九章各自独立,构成《东山大少》的"橘瓣式结构"。长篇小说中虽然有兵变、护城、城建、商业,以及几位男性与范妮的情感纠葛作为背景,但八人之间并无统帅群体的一号

人物,也没有纲举目张的中心事件。读罢全篇,我不由地猜想作者为何采用此种结构方式。我以为,无论作者有意识还是下意识,以下几点或许可以帮助读者找到答案。

首先是"东山"地域的定位,这是东山大少们的活动平台。东山是20世纪二三十年代广州城市地盘的后起之秀,东山花园洋房一跃而为广州的"政治前台""权倾之地",民间普遍认同的"东山少爷",就是"有权有势住东山"的羊城人物,是可以左右时势的人物。所以,这是历史的舞台,是呼风唤雨的地方。

其次,在作者看来,这个舞台上没有统帅三军的元帅,只有群雄并立各逞其能的英雄。在那个风起云涌的年代,军人、商人、文人、官人都是主角,力量是多元的,文化也是多元的,似乎就不存在北方中原作品里常见的中心人物与中心事件。多元抗衡中心,多元消解中心。就像岭南文化一向不重"参天大树",而更看重草木丛生。"问苍茫大地,谁主沉浮",答曰:没有霸主,只有群雄。

最后,人物刻画透视出多元价值标准。作者在南国的温暖与浪漫中呈现出多层次的男人性格,这是羊城男人的性格吗?既有血气方刚的豪迈,也有似水流动的柔情;既有沧海桑田的淡定笃行,又有倚马可待的执着坚持;既有静水流深的宽阔包容,又有大情大性的淋漓尽致;既有命悬一线的生死对决,又有洞察世事的随缘从容——从这些性格层面中似乎可以感受到一下无法言明的羊城性格,"草色遥看近却无",你难以把握却又无处不在的广州风格:任它天塌地陷,依然一盅两件叹早茶——有点我行我素,有点天不怕地不怕,有点坐看风云包容万物,却也有点麻木不仁,倒还真有点像广州的云吞面:包容、实在、丰富、好味道。家常、日常,不神秘,却又有点像一个谜:广州性格的谜。

也许,上述种种正是我们解读梁凤莲本土言说南国风情的入口;也许,文学本身就没有一统天下的主题,就如日常生活原本就是多个主角同演一台戏的"橘瓣式结构";也许,等到梁凤莲"羊城烟雨四重奏"全部面世,我们才有可能找到问题的答案。因为,作品原本就是阐释的对象,其如山川,如万物,如天空,任何现成的结论都无法概括与穷尽它们的丰富性。

三、文学进入历史的可能性

梁凤莲本土言说南国叙述的用心明确:"我受雇于一个伟大的记忆。"(瑞典诗人托马斯·特朗斯特罗姆)那么,文学如何进入历史呢?有两种途径:一是"新历史主义"方法。真实需要呈现,没有呈现的过程,历史就有可能被遮蔽;历史需要被诠释与书写,否则就会在时间的长河中消失殆尽。二是金庸先生的观点。人们不能在小说和戏剧中去找历史,作品三分真七分虚,历史常常是平淡的,而艺术创作却要选取精彩动人的内容,它们不是历史,而是艺术创造。梁凤

莲的小说创作显然是对上述两种途径两种方法的兼容并蓄。她所试图寻找的既是人类情感的普遍方式，同时也是人类文化普遍规律之中富有地域性的文化探求。具体来说，是寻找广州这座城市的文化性格、情感方式、人性基因。总之，一句话，广州羊城独一份的东西，那无法言尽却又如空气无处不在的东西。

我在1994年参与"赣文化"讨论时，曾提出"赣文化描述论"，我所表述的"描述"是一种文化意义上的描述，它既需要在轮廓形象上的勾勒，更需要在内在精神上的摄取。因为我坚信：任何地域文化的积淀以至主流特征的形成，都与它的不断被描述有关。就好比面对一个相貌极其平淡的人，假如他被众人多次认真描述，那么，平淡之人也可能变得不再平淡，平淡无奇之处也可能凸显出来，进而无处不奇了。

循着这一思路，我们似乎又可以将前文的假设推向一个极端，即使没有岭南文化特征，我们也可以将它"描述"出来。因为，特征可以在描述中凸显，内涵可以在描述中确立，文化可以再描述中显示其特有的风貌。何况，广州所代表的岭南文化一向与北方中原文化迥然不同，她真的是"离中原很远，离大海很近"，不但鸟语花香，而且独立南粤。就我个人感受而言，广东有公认的三大民系：广府、客家、潮汕，各有方言，各有民俗，各有历史渊源。另外，粤西一片，似乎又是三系难以完全兼容，那里来的人们似乎又有自己的操守。四面八方，平安共处，看似包容，其实都有执着坚守的一面。方言上的隔膜，地理上的遥远，加之意识形态上自古就有平视正统、对峙中原的传统，与"赣文化"自古忠实中原、维护正统，一向亦步亦趋的文化姿态完全两样。而广州这座独具地域特色之城既有千年传统历练，又有百年洋风熏陶，文化底色复杂，文化内涵丰富。梁凤莲生于斯长于斯创作于斯，接地气，续人脉，继古今，真是艺术家之幸运啊，我羡慕之。

所谓地域文化特色，自20世纪80年代中期"寻根文学"的崛起，就成为中国文学界的热门话题，至今不衰。但凡新时期以来有较大成就的小说家，大多有一方水土作为创作资源、文化支撑与作品特色。例如，贾平凹之于陕南，路遥之于陕北，莫言之于山东，王蒙之于新疆，邓友梅之于北京，刘震云之于河南，冯骥才之于天津，韩少功之于湖南，王安忆之于上海，叶兆言之于南京，苏童之于苏州，余华之于浙江，迟子建之于黑龙江，铁凝之于河北，池莉之于武汉——国外大家更是举不胜举，按美国作家福克纳的话说，就是需要拥有"一个邮票大的地方"。进入21世纪，全球化、网络化、经济一体化风气日盛，但各国各地各民族反而更加重视各自的文化，防止一元化，鼓励多元化，已成共识。

古人云："橘生淮南而为橘，生淮北而为枳。"其实，今天看来无论橘枳，各有自我，它们是平等的。就艺术而言，关键是有无表现出其特色与气质，那是独一份的东西，草色遥看近却无，却又是可以真切感受的，于表象存在，于深层

抽象。十分显然,梁凤莲在《西关小姐》之后,借《东山大少》在文化描述方面又有大的拓展。散文集《情语广州》是我喜爱的作品,其中粤味,弥散全篇,《东山大少》一以贯之,有增无减,愈加浓郁。对羊城一个"食"一个"商"的描写,更有从形似进入神似的多处妙笔。我衷心地祝愿作者早日成就"广州之于梁凤莲"的创作业绩,"羊城阿莲"成为名副其实的羊城文化传人。

坚韧的姿态
——评陈世旭近年的小说创作

陈世旭20年的小说创作有三个"高潮期"：一是新时期之初以《小镇上的将军》进入文坛，继而他的另两篇短篇小说《马车》《惊涛》与《小镇上的将军》一道，连续三年获得全国优秀短篇小说奖；二是90年代初，长篇小说《裸体问题》引起文坛关注；三是1996年以来，以《镇长之死》《遗产》《李芙蓉年谱》《青藏手记》等中短篇小说再次崛起于文坛，其中荣获首届鲁迅文学奖的《镇长之死》以及1998年初面世的中篇小说《青藏手记》是两篇具有突破意义的作品，可视作第三次崛起的标志。本文将在重点分析这两篇代表作的基础上对陈世旭近年的小说创作进行一番探讨，既总结一点创作经验，又有意于对当下充满流行色的文坛提供不一样的参照与启示。

一、重返小镇：再构"文革"空间

在陈世旭的成名作《小镇上的将军》发表17年之际，读《镇长之死》（载《人民文学》1996年第2期），不由地产生了一种惊喜和感慨。毫无疑问，这是一部感受深刻、内涵丰富的当代力作，这是一部可以反映中国作家从80年代走向90年代精神历程的小说精品。

《镇长之死》中的镇长是作家着力刻画的主人公。镇长的登场极其精彩和富有意味：以迅雷不及掩耳般的夺权方式，立刻把读者带进"文化大革命"那个特定的历史时期。这位曾经把公社机关所有公章用麻绳串成一串当裤带系在腰上、造反起家的农民，靠强有力的政治铁腕，很快主宰了小镇。此后，作者不动声色地通过强行拆屋、向寡妇请罪、救播音员以及迅速发迹又迅速倒台的一系列情节，层层推进，精心刻画了镇长丰富的人物性格。

从诱发读者阅读兴趣上看，镇长如扫帚星划过小镇上空的短暂辉煌很有点闹剧的滑稽，不过由于作者的准确把握，这种"滑稽"并没有表面化，读者很快

就会把目光投向那个混乱颠倒、不无荒诞的年代，人们会在镇长看似矛盾的言行中，产生或深或浅的思索：他，到底是一个什么样的人物？

在这位放牛娃出身、文化水平很低的镇长身上，有着中国文人所崇尚的舍生取义、舍己救人的品质，有着农民领袖般的谋略和气魄，这位乱世中的英雄，既能处乱不惊，因势利导，护一方百姓，又能葆有为人处世的根本原则；他为政清廉，与人为善，锄强扶弱，宠辱不惊，颇有几分侠肝义胆、凛然正气。难能可贵的是，即使潦倒失势，也并不颓唐，并不记恨，全无文人式的伤感失落。他是既葆有民族传统，又带有20世纪时代特点，既粗犷豪放，又不无狡黠的南方农民的形象；是孕育于乡村文明，同时又崛起于"文革"特殊历史时期的人物典型。他是时代的智者？大智若愚？是，似乎又不是。真是一个人物！一个可以折射"文革"、映照国民性的血肉丰满的艺术典型。说他身上具有作家陈世旭"独一份"发现的性格因素，说他身上寄寓了作家陈世旭对社会文化历史深刻而复杂的"独一份"思考，我想，不会是过头的评价。

值得评论家与文学史家反复阐释的典型意义大致可以归纳为三重价值：典型的魅力，典型的镜子作用，典型的时代意义与文化内涵。陈世旭正是在对镇长这一人物形象深层开掘中超越一般，充分显示了作者独运的匠心与深刻的思考。在重新建构的"文革"空间中，政治成了一场游戏，而透过岁月回望的游戏又无疑成了一场旷日持久的审判。在人们淡忘"文革"、遗忘历史之际，陈世旭借小说启开记忆之门，试图展开意义广泛的追问。引起我评论兴趣的还有作者对世俗众生相的描写，这一切入角度，以镇长之死而深化。人生变幻却宠辱不惊的镇长结局悲惨，几乎死无葬身之地，无人理解，无人凭吊，一丘野坟，一缕孤魂。作者在看似平淡的结尾中暗含了一个诘问：为什么会有如此下场？想及于此，作者文中所有不经意的交代似乎都具有了弦外之音，令人掩卷之后陷入难以言说的沉重。作家以抑代扬的艺术手法也使我们更加深刻地再次感受个体生命之"轻"与民族新生之"难"。

值得一说的还有陈世旭的精品意识。《镇长之死》作为一万六七千字的短篇小说篇幅，本来完全可以拉成一个中篇，但作者极其克制地控制着笔墨。也许他明了艺术的奥秘：限制是局限，局限亦是一种优势；与其拳打脚踢全面进攻，不如攥紧五指，猛击一拳。联想到当时一些作家在小说中充分表现机智，宣泄般地铺陈，随意性地重复自己，无疑是一种艺术的浪费。相比之下，陈世旭将丰富的内容压缩在短篇之中，选择了局限，选择了克制，选择了沉重，选择了"独一份"的艺术表达方式，选择了精品的标准。同时也意味着作家对当前文坛非个性化复制状态的努力摆脱，意味着作家在对他人与自身的超越之后趋于成熟。《镇长之死》面世不久即被《小说选刊》《小说月报》等权威刊物转载；两年后，它又在首次启动的鲁迅文学奖中夺得短篇小说大奖，这无疑也是对作品价值的一个

承认与肯定。

成熟是一个有分量的字眼,但成熟并不可能一蹴而就。陈世旭在经历了17年的精神跋涉,17年的艺术探索,在转换了多种题材多种笔法之后,终于开始进入几番过滤一派纯净的艺术境界。他终于重返小镇,在小镇的"话语空间"中找到了时间与空间的交会点,找到了寄托他"独一份"艺术思考的圣地。重返既是回归,更是超越之后的提升。而提升之后的"小镇",自然是独属于陈世旭的"小镇"。我为陈世旭击掌称好,他在《小镇上的将军》写进文学史后的17年,终于又以《镇长之死》立起了中国大陆90年代文学的一块碑石。

二、走进青藏:追寻生命终极

当我们试图以"重返小镇"命名陈世旭近两年再次启动的"小镇系列"创作时,这位正处壮年的小说家却出人意料地突然在青藏高原铺开了一幅高原画卷。如果说"小镇系列"是在棋盘般大的有限格局中咀嚼历史沧桑的话,那么《青藏手记》(载《人民文学》1998年第1期,《小说月报》《中篇小说选刊》转载)则是在更为阔大的现实舞台上进行了一次对当下世人生命意义的庄严叩问。叩问是以第一人称"我"的忏悔开始的。"我"是高原建设者的后代,邮校毕业后分回出生地工作,但让"我"没有思想准备的是高原极为严酷的生存环境,在这个"生命禁区",人的生存竟受到强大挑战,生命的意义在一个十分广阔的高原背景下被一次次地追问。在柔弱生命与坚韧意志之间,"我"与"老那"经受了反复锤炼,"我"一度退却,但又在精神的感召下最终献身高原;老那为高原献出了一对儿女,付出了青春与健康的代价,最终放弃调回内地,成为高原永远的守护者。"献了青春献终身,献了终身献子孙"的口号在这里得到了形象的表述。也许在一些人看来,今天已经是远离理想的时代,"拒绝崇高"甚至成为一种口号。但是,为一线国脉,为神圣国土,就有那么一群人奉献在高原。即便在这个充满利益关怀的年代,他们的人生字典中依然没有"功利""计较"的字眼。这些像高原雪山一样沉默、坚忍、悲壮的建设者们,本身就是崇高的化身,在"生命禁区"生活下去,便是一种人生壮举。就此来说,陈世旭的《青藏手记》无疑是一曲响遏行云的理想之歌。面对他们,我们将不由自主地扪心自问,生命的终极意义何在?贯穿于全篇的这种追问构成了这部中篇力作的深沉意蕴。

细细想来,在如何展示当代理想主义者人生历程这一点上,陈世旭是颇费艺术匠心的。《青藏手记》可贵处有二:一是神圣理想的平民化——以两位小人物作为理想化身;二是以低视点写高位点的精神境界——从平凡琐碎乃至微不足道的庸常生活中自然显现。陈世旭巧妙地将"我"与老那构成现实与理想的两极,"我"的逃避是依着当代人利益关怀的惯性以空间转换趋近"现实"的一极,老

那一辈子忠于职守,以时间推进趋近"理想"一极,而我重新成为奔波于青藏公路上的一名司机,则是在老那"理想"化身的感召下,以无数次灵魂洗礼与精神提升渐渐趋进"理想"一极,并最终以身殉职献身高原。两代人走着同样的道路,但精神境界的展开与提升却有着不同的时代背景。如果说,老那是以"祖国要我守边卡,扛起枪杆我就走"作为人生原则的话,那么,第二代人"我"则是在一种十分清醒而理智地认识个人幸福存在的前提下,以个人欲望与奉献理想始相抗终相融来完成理想实践者的人生历程。陈世旭在没有回避实践理想的人生是沉重而痛苦的同时,既令人信服地张扬了理想主义,又暗示了理想主义的生生不息。不必讳言,表述理想主义到了90年代已经是一件坚硬难攻不易"讨好"的事情,由于对从前文学中"伪崇高"的逆反心理,文学作品想要获得读者"信服"与"感动"成为两道不易跨越的高栏。陈世旭知难而进,敢于攻坚,以其真诚之心传达"感动",以其艺术功力显现"信服",以其对两代人实现理想的不同方式,以及由此进行的对生命意义的追问,在理想主义的题材创作上有所突破。我以为,正是作者人格中的某种坚定性以及崇尚理想的人生观,成为这种追问的原动力,也同时成为作品的深层底蕴。因此,与其说是作者在短期采访中受到的情感冲击太多,不如说作者本人对当下世事浮躁的排斥情绪在高原得到一次释放。青藏高原与作家陈世旭仿佛命中注定地不期而遇,严酷的自然环境,殊异的人情风俗,虔诚的宗教信仰,弥散悲凉气氛的生存状态,大自然的永恒与个体生命短暂渺小的反差,所有这些都共同成为叩问生命的背景。陈世旭在短暂的旅行中居然幸运地把住了高原的命脉。于是,神接千载,风云际会,眼前强烈的感受与作家内心长久的思索迅速接通升华,作家人格主体在这里最终决定了作品的思想艺术境界。"对青藏高原我是既不熟悉又熟悉"的作家表白恰恰可以印证上述结论。倘若我们承认,"在1995—1996年短篇小说中,镇长或许是最生动、最能够被长久记住的人物",(见李敬泽评《镇长之死》,载《小说选刊》1998年第3期),那么,《青藏手记》或许也称得上是近年表达理想主义最感人亦最成功的小说作品。

在表达理想主义这一主题的同时,我们还可以透过字里行间体会出《青藏手记》的"第二主题",那就是对生命的终极关怀。内地来青藏高寒地带连续生活20年以上的人,一旦重返内地,等待的将是因氧中毒综合征所导致的猝死。由此,当在青藏干了30年的老那可以退休回到内地时已经注定无法返回。陈世旭在《中篇小说选刊》1998年第1期转载《青藏手记》时所附的短文中写道:"当我把《青藏手记》交给读者的时候,除了希望读者觉出我的感动,我更希望人们能够理解我更深一层的想法,那就是,在掩卷之余,我们可不可以请求:我们对自然的挑战能否更多一些科学与妥善?我们对人的生存、对人性的最基本的愿望更多一些关爱?对如此珍贵的生命资源、精神资源能否更多一些保护的意识?

倘能，则民生幸甚，国家幸甚！""第二主题"的这层意思容易被作品抒发的理想主义激情所掩盖，但它又是不容忽视的。它的含蓄表达，不但使作品显得更为繁复、丰厚与深刻，同时也体现了陈世旭不同于前辈作家的"现代立场"。我用"现代立场"这个字眼，意在拥有更大概括性与包容性，因为恰恰是处在后一位的"第二主题"容纳了许多属于20世纪的现代人文思想与人间情怀，比如人道主义立场，比如对个体生命的尊重与爱护，等等，所有这些又是可以在人类的精神历程中找到传统的。纵览历史，放眼世界，优秀的作品之所以超越现实穿越时空，对生命的终极关怀显然是重要的支撑点之一。

"是谁带来远古的呼唤，是谁留下千年的祈盼，难道说还有无言的歌，还是那久久不能忘怀的眷恋……"在《青藏高原》这首人们熟悉的歌中回味《青藏手记》，我们可以感受一次"高峰体验"，由此得到如下启示：理想与崇高并非神话，她将是我们每一位当代人现实人生中神圣和永远的召唤。

行文至此，我的情绪在释放之后渐趋平静，仿佛歌手李娜高亢的歌声在慢慢消失之后，沉入寂静与黑暗；夜色如磐，万籁俱寂，一种清凉感觉悄悄渗透全身，并慢慢地汇合成观照反省自我的心境，一种思想不动声色地生长起来：难道仅仅用"理想"可以阐释作品？作品的表层之下还有没有更深层的意蕴？两层主题的归纳是不是已经付出了"概括的代价"呢？我们这辈在意识形态环境中成长的77、78级学人先天会不会有某种宿命般的限定？我们是不是也已经无可逃避地局限在某种既定的观念中呢？于是我开始思索：孔繁森之后，陈世旭还想传达些什么呢？一连串的问号纷至沓来。

贯穿全篇的情绪为什么是悲怆的？几乎所有写到的人的段落为什么始终弥漫着悲凉的气氛？在亘古不变、永恒威严的大自然面前，人如何面对自然，面对自己？人与自然到底处于何种关系？"我"和老那靠什么融入高原？他们的朝圣路与藏族同胞的朝圣路异同何在？这些又是不是可以看作作品深层的"第三主题"呢？

联想到西藏小说家扎西达娃的作品《系在皮绳扣上的魂》。扎西达娃以朝圣者塔贝具有讽刺意味的死亡结局比较汉人世俗世界的合理存在，那么，在生活于江南内地的汉族作家陈世旭的眼里，青藏高原上的汉人传统与藏人坚定无比的宗教信仰之间又应做什么样的评判呢？陈世旭没有说明，但潜藏于文字之下的丰富内容一如海中的巨大冰山，难以预测的冰山底座恰是作品给读者再想象的一个巨大空间，对《青藏手记》来说，"言而无尽"已经成为一个事实。

我尝试着用知识去接近青藏那个遥远而神秘的空间，从而为解开上述疑问寻找桥梁。青藏高原海拔4500米，有大面积的生命禁区，从地理上看相对封闭。处于此间的藏族同胞全民信仰藏传佛教。按扎西达娃的总结：藏人的宇宙观是"三界"：天、人间、鬼神。生是转世，死是投胎，因此藏人对

死亡没有恐惧，认为是一种解脱。由于经济生活落后，商品匮乏，人的名利观念淡漠，藏人没有什么改变生活的欲望，对生活从来都是乐天派。在藏人看来，大自然是有灵的，充满了神秘的内涵而受到崇拜，人是弱者，人对自然的要求是交流。（扎西达娃语，参见《西藏文学七人谈》，载《文艺报》1986年8月16日）。

显而易见，面对扎西达娃阐述的藏人宇宙观、人生观、价值观，面对产生此种观念的青藏高原殊异的生存空间，汉人传统中的"我"与老那不可能不感受到一种巨大的背离与反差，他们的辛酸与悲壮也是命中注定的，因为作为汉人的他们很难完全进入藏民的传统，然而，他们不懈地努力，他们的生命历程无疑也在朝圣的路上，他们的心是痛苦的，因为他们是悲壮的奉献者。如果把话说得更直截了当一些，我们是不是可以这样认为，在青藏高原生活了千百年的人们，也只有在他们特殊的人生价值观的支撑下，才能坦然安详地生存下去；也只有在他们义无反顾、无怨无悔（真正意义上的无怨无悔，而不是被眼下传媒大量消费的不无矫情的、用滥的流行语）的朝圣路上，生命的全部意义才得到一次完全和清晰的显示。就像《青藏手记》以及许多描写青藏的艺术作品都一再表现的藏民去拉萨朝圣的场面，其象征意义深刻且有力地触动了外部世界的每一位艺术家乃至普通人。这一将全部生命虔诚地、毫无保留地一次次支付给佛、给神的举动，仿佛给沉浸于世俗诱惑与感官享受中的人们洞开了一扇通向天国、通向神性、通向人类崇高精神的窗户。《青藏手记》的成功，就在于其不但肯定了"高原是距离神性最近的地方"，而且把这近乎形而上的思索用高原风物来烘托，并别具匠心地用援藏汉人"我"的心路历程来进行形象地阐释。建设者辛酸的人生、牺牲者悲壮的努力，在高原殊异的自然与人文空间中汇成悲怆的生命交响曲，强大的艺术感染力调动了读者怜惜生命的悲悯情怀，并同时向人们昭示一个巨大的想象空间，陈世旭也借此完成了他久藏于心的一次对于生命意义的终极追寻。

三、专注持恒：沉着而坚韧的姿态

在陈世旭的眼中，写作是一种诚实的劳动，他曾经在文章中讲述《庄子》里的三个寓言故事：专注执着的粘蝉老人，不讲得失的卫大夫，"于物无视，非钩无察"持之以恒的工匠。这三个古代人物形象仿佛成为作家时时警醒自己的三面镜子。故事中孔子面对心无二念的粘蝉老人也禁不住感叹："用志不分，乃凝于神。"我以为，正是这种出自先贤的精神，始终激励着陈世旭在小说创作的道路上顽强前行。放眼文坛，我们并不缺少才华横溢、倚马可待的才子作家，眼前晃动的各色旗帜以及耳旁喧哗的各种口号，似乎总在催促他们马不停蹄地制作一次次"流行色"，在这个瞬息万变的时代，文学真的成了快餐文化的一部分？陈

世旭没有在乎这些,他只是默默地思考,沉静地写作,在20年小说创作的一轮轮竞争和淘汰中,在拒绝浮躁与喧嚣的艰难行进中,向文坛推出他的一篇篇力作,从而显示这位当代小说家沉着而坚韧的创作姿态。

不同国度的作家学者都说过大致相同的话,即生命与作品相通,有怎样的作品便要求怎样的生命。面对文学,陈世旭的人生姿态有三:一是坚守立场,二是坚守观念,三是坚守思想。

回顾新时期文学20年的历程,当年与陈世旭一道走上文坛的作家已有不少人"下海"或转行,文学在失去轰动效应之后日益边缘化。如何行走于边缘并固守文学,陈世旭坦诚地这样表白:我闲时看过一些佛学。禅宗认为,诱惑之所以构成诱惑,是因为你把它当作诱惑。不是诱惑在动,是你的心在动。这虽然有些唯心,但道理是有的。搞文学创作,干一切事业,都要有定力。没有定力,一事无成。各人都可以选择,只要他认为他的选择更能发挥他的潜能就行。我选择了文学,是因为我觉得它适合我,最能发挥我的潜能,所以我面对诱惑可以不动心。作家是社会的良知、良心,是要有责任感的,要关心民生、关心社会,对生活的美好充满期望,应该追求真善美,应该有理想、追求崇高。贬低深刻是很可笑的,人要不断完善自己,总不能把自己贬低成经济动物或低级动物。我以为,坚定的人生立场是陈世旭立足文坛的前提。

早在80年代,就有一种得到文坛认同的说法:中国大陆文学界用10年的时间匆匆地走过了西方文学百年的历程。在这样一种文化背景下,如何应对近20年来文坛万端变化、新潮迭起的形势,几乎成为每一个作家无法回避的课题。对此,陈世旭向来冷静,独立不倚,远离时髦,拒绝流行,以不变应万变的态度,坚守着自己的创作观念。《镇长之死》在1997年12月参加鲁迅文学奖评奖时仍被一些评委称为"典型的现实主义作品"。陈世旭表示,我在生活中和文学中都是个现实主义者,这个是不会改变的。艺术上允许探讨,但有些东西不可改变,小说还是要反映生活、深入生活。作家要了解生活,要有自己的生活空间,作为一种表达,要在生活中挖掘有益的思想。生活是创作的基础,思想是艺术的灵魂。唯有如此,艺术之树才能蓬蓬勃勃。对各种艺术探索,没有必要去贬低它,可以学习、借鉴,但学习借鉴的目的也是为了更好地反映生活。我至今没能清楚地了解陈世旭的阅读资源,从他的创作中至少可以得出一个印象:他对中国古代传统文化的一块与西方人文著作的一块都有较为系统的阅读,尤其在先秦文学与西方哲学两个领域用功较多,这显然对他的理性能力有极大的帮助。但是,在他崇拜的作家中,他只提鲁迅、契诃夫、老舍等有限的几位,他对西方20世纪文学大家有多深的接触呢?有一点是可以肯定的,陈世旭对花样翻新的小说文本试验始终保持冷静观察的距离,他甚至在谈到《镇长之死》的简洁精粹时,将没有太多艺术技巧方面的原因归于思想认识的深化,从前用10句话表达的意思,今天可能只需要两三个句子了。句子与句子之间所以留下空白，语言之所以更精粹，主要是思想表达的需要。这种认识，对于将文本形式看作高于一切的作家来说有没有启示呢？我们又到底要如何看待"有意味的形式"呢？

在陈世旭看来，艺术的全部美好恰在于人的生命过程，与人类的生存活动息息相关，艺术家的全部工作无非是艰辛地、当然有时也是很孤单地寻找沟通世界的道路。唯其如此，陈世旭的近作从来不在梦境与现实的边缘停留，而是沉沉地坐在具体时代的现实。在他的小说世界中，个体生命是关注的中心，但他笔下的个体无意逃离世俗的人间，个体的欲望总在社会规则的制约中挣扎、对抗。然而，这种貌似写实的作风，并没有牵制作者对生命的不断思索，即便是现实人生的惊涛骇浪，也没有妨碍陈世旭对生命思索的迷恋。在他近年的小说创作中，这种"迷恋"有时甚至达到了不惜付出削减感性"枝叶"的地步，力透纸背的凝重，肩负大山般沉重，浓重如化不开的浓墨，以至于少了几分丰腴、风姿，多了几分厚重与干练。读陈世旭近作常有这样一种感觉，在他私人化的秘密花园里，他似乎从不陶醉于小说语言绽开的花朵，而是在对自己内心幻象的花朵反反复复端详之后，试图寻找花朵下的种子。顺着花瓣，顺着花蕊，透过夜色，他一步步地逼近种子的核心地带——意义与价值。在意义消解、价值颠覆的时代，他似乎成为固执的夜行客，徘徊在自己内心的花园，寻找答案。陈世旭之所以坚守思想，不但建立在"思想是艺术的灵魂"的信念上，也出自于他生命不止思想不止的激情，就此来说，无论是重返小镇，还是走近青藏，都贯穿着对生命种子的寻找，对人生意义的叩问。这，也许正是陈世旭小说近作魅力不减最为重要的原因。

童话中的精灵与现实中的悲悯
——读迟子建的《世界上所有的夜晚》

一、我期盼与作品达成沟通的默契

面对迟子建的中篇小说《世界上所有的夜晚》（载《钟山》2005年第3期），我在动笔之前首先选择了"读"而不是"评"。在我看来，一字之差区别不小，"读"是一种亲近的态度，一种具有私匿性的个人体验，一种试图与作品达成沟通的心灵默契。而"评"呢，则多多少少带有公事公办的意味，带有大学高堂讲章学术探讨的气势，带有并非属于个人化的公共经验。也许，作为职业读者，后一点是必需的，文学当然是知识谱系中的一个系列，批评家的解读，文史家的论述，必不可少，功不可没。但是，在迟子建"月光的行板"轻响"飞舞的时光"里，在那个属于遥远北极村的小精灵的夜晚里，我宁愿放弃"评"而选择"读"，因为担心那些过于技术化的理论之剑，会无情地摧毁迟子建小说所构建的这个"童话的世界"。尽管这并非童话，至少《世界上所有的夜晚》不是，但我也知为什么，总觉得迟子建的笔下有凄美的童话情调，不由地生出几分不忍，在阅读的过程中，我脑海里浮想到托尔斯泰老人风雪夜里的出走，莫泊桑笔下忍辱求生的羊脂球，川端康成怜惜目光中的伊豆歌女，张爱玲那执拗个性的苍凉手势。为什么？扪心自问，全因为迟子建笔下"世界上所有的夜晚"那份动人的感伤与凄凉。

我曾经在将近五年的时间完全地离开了文学，试图在一种放弃中展开新的人生。我的尝试失败了，苦海无边回头是岸，我的岸依然是文学，命中注定你往那里走。重读迟子建，精灵般跳舞的北极小女子在依旧保留精灵般神采风韵的同时，显然在笔底多了些伤痛与磨砺。窃以为其因于成熟在中年，此话平俗但有理。《世界上所有的夜晚》透露出依旧的青春，但并非青涩，并非蓓蕾，而是雨打芭蕉的泪珠、塘中傲立的莲花。莲花的纯洁与世界的洞察，赤子的情怀与人生

的沧桑近乎完美地融为一体。走过五年的坎，我在《世界上所有的夜晚》面前有一种惭愧，因为迟子建的赤诚照出了我的失落。

乌塘连下的雨都是黑的，当然不是童话的场景，在作品所提供的现实环境中，我们可以轻易地找出许多社会批判的命题，并迅速地勾勒出中国20世纪末市场经济转型期的某一个混乱不堪的生活片断，并由此进入一个大义凛然的解读过程。但是，当我们放弃"评"而选择"读"的话，则会在这部中篇作品中读到更多的东西。那么，是什么让我心动呢？

二、情感与发现：贯通作品的两大河流

"情感"属于作者内心的流程，是个人的内部的；"发现"属于作者所看到的外部世界，是现实境遇中人与事矛盾冲突与发展的另一个流程。从结构上看，也可以视为两条线，或者说两大"板块"，但"线"不免单一，"板块"又嫌生硬。因此，以"河流"代指，一是取其动态，水波流动之态；二是取其交汇之状。因为两者既有各自独立的流程，又时而融会贯通，共造作品汹涌激荡之势。

先说"情感"之流，这是作品全篇的叙述动力。"我"心爱的丈夫，无比疼爱"我"的丈夫，猝然而死，弃我而去，爱情大戏刚刚开始拉开帷幕，一场人祸使美妙的爱情乐章戛然而止，"我"深陷于丧夫之痛而不能自拔。于是"我"逃逸到大自然中，试图以此冲淡悲伤，抚慰自我。然而，天灾又使我误入人世——产煤炭也产寡妇的乌塘镇，我压抑的情感随着现实的人事得以不断地宣泄，在"我"与他者的不断交流与权衡中，"我"逐步地看清了自己，并在与现实生活中经历更大人生创痛的人们相比较中有所觉悟："我"突然觉得，自己所经历的生活变故是那么的轻，轻得像月亮旁丝丝缕缕的浮云。"我"最终在大自然的怀抱中，在对人生更为透彻的理解中，得以解脱与升华。

平心而论，一个文化人由于个人之痛而走向社会走向民间，仿佛从情感的峡谷走向辽阔的平原，在寻求中完成了一次心理治疗。情感疗伤，精神升华，这样的故事模式并不新鲜，甚至有些老套，我们甚至会担心这种叙述动力，是否足以具备将"我"推向精神升华的力量。有一个十分致命的软肋——"我"属于旁观者、采访人，并没有直接介入尖锐的现实冲突。那么，作者靠什么完成这样有力的推动呢？在我看来，一靠作者椎心泣血的情感抒发，二靠作者似乎与生俱来的童话视角。《世界上所有的夜晚》共分六章，除头尾各一章属于"情感"流程外，中间四章，也就是作品的主体部分均是以"发现"为主，"情感"为辅的。迟子建十分恰当地把握了"情感"抒发的节奏，既推动"发现"流，也在移步换景中借景抒情，十分自然地将个人"情感"之流贯注首尾，弥漫全篇。"我"

的心理活动天衣无缝地连缀于情景描写，并在推动叙述的同时调剂着作品情感的浓度，作者的艺术匠心常在不经意间达到了动人的效果。比如，由现实情景的丧礼花圈想到魔术师的葬礼，"我"是他唯一的花朵，而他是这花朵唯一的观赏者。又如，由那张艳俗而轻飘的牡丹图联想到撞死魔术师的破旧摩托车。"感时花溅泪，恨别鸟惊心"，诗人杜甫的千古名句说的正是此种艺术境界。

　　童话是有别于成人视角的一种艺术世界，它与幻想、想象、浪漫主义、童心、单纯、美好、仁慈有关，也许，之所以有单纯美丽的童话存在，正是为了对应现实世界的复杂与污秽。在我的阅读印象中，迟子建是始终怀有一颗童心的，这应当属于她创作个性的一个部分。世界上的小说家有两类，一类是技巧很好，故事动人；一类则是视角独特，怀有童心。后者自然是上品。这里所说的童心也可以解释为拥有与常人凡人可以沟通但一定有相对独立性的艺术家之心灵。所谓别具慧眼，其实根子在于独有一个心的世界。说远了，回到迟子建，还是归结为童心吧！

　　你看，她在作品中写的那场爱情，如梦如幻，在现实的层面上总有所诗化，浪漫得像一场没有人间烟火的游戏。魔术师的命名就值得玩味，是人生犹如魔术不可捉摸，还是爱情本身犹如梦幻变化不定？许多情景的描写也颇具童话色彩。比如那些随时随地离开现实地面飞翔起来的意识流画面，比如那些突发奇想般的童话视角：一只蚂蚁出现了！那么突兀，又那么自然！有时因为情感的喷发，童话的意境却又跳到了近于魔幻的地步。我们无法否认作者描情状物的现实写实功底，但更使人称道的是迟子建随时可以飞翔起来的充满浪漫主义想象的句子，那么有灵气，那么有神韵，仿佛有一只精灵随时在飞舞在歌唱。作品的结尾是一个登峰造极。蝴蝶从装剃须刀的盒子里飞出，一奇。"悠然地环绕我转了一圈，然后无声地落在我右手的无名指上，仿佛要为我戴上一枚蓝宝石的戒指。"再奇！童话般爱情的开头被现实无情地掐断，但最后又在作者童心的召唤下起死回生，重新回到童话的世界。三奇！这种艺术本领当然不是迟子建所独有的，但一定是她别具一格、出类拔萃的原因之一，也是《世界上所有的夜晚》格外动人的奥秘之一。

　　再说"发现"之流。这是作品的主体，中间的四章以"我"之"发现"为主流，话题回到前文所提到的"软肋"，即作品的冲突并不在作者的介入之中，但迟子建的巧妙处在于恰好地运用悬念去形成阅读诱惑力。几乎每一个人每一件事，都可以被作者创造成一个悬念，人物愈重要，悬疑程度愈高，甚至那个没有姓名的瘸脚人，也因为突然失踪形成了一个悬念，无形中也同时成为推动叙述的力量。蒋百嫂与陈绍纯就是最大的悬念，容后专述，这里着重说说迟子建在"发现"主流所把握的哲理层面——男人与女人的关系。大千世界，无非男女，上帝用男人的一根肋骨创造了女人，并让他们一分为二，并从此终生彼此寻找。乌塘

寡妇多，但寡妇中有两类，一类是蒋百嫂、周二嫂之辈，另一类则是违背人性的"嫁死"之流。米兰·昆德拉在他的名著《不能承受的生命之轻》开篇曾经这样写道：

> "最沉重的负担压迫着我们，让我们屈服于它，把我们压倒地上。但在历代的爱情诗中，女人总渴望承受一个男性身体的重量。于是，最沉重的负担同时也成了最强盛的生命力的影像。负担越重，我们的生命越贴近大地，它就越真切实在。"

昆德拉在这里思考了"轻"与"重"的问题，同时也涉及女人与男人的关系问题。女人离不开男人，男人又如何离得开女人呢？周二嫂与周二是相辅相成的世俗关系，蒋百嫂与蒋百是阴阳两隔却必须掩盖真相的异常关系。死了老婆的瘦削摊主则落了一个离了女人也失了阳刚的结局。而"鬼故事"中那个年轻的寡妇，则因为丈夫的魂化作一道金色的闪电索去了狠心的婆婆，而免于成为人间的魔鬼。

也许，所谓"哲理"，只是批评家的臆想，学问家的总结，作家本人只是在生活中发现并感悟，再用小说的方式将其传达出来，类似米兰·昆德拉随时从世俗日常生活中焕发出哲思的光彩，也仅仅是他的一个路数，迟子建自有迟子建的方式，但她在此部作品中"发现"流程中所刻画的人物关系，又的确可以使得我们将思考深入到男女爱情与婚姻的人类普遍性问题里去。优秀的作品总有可以解读的多个层面，而表层可读与深层可读又常常是那么自然地过渡与融合。所以，《世界上所有的夜晚》艺术上的成功取决于两种融合："情感"与"发现"之流的融合，表层可读与深层可读的融合。

三、哭者与歌者：主角的登场与谢幕

哭者，蒋百嫂；歌者，陈绍纯。两个乌塘镇的主角是作者着力刻画用心最多的人物。两个人物的苦难人生为作品确定了悲怆的基调，奠定了作品的社会内容与文化立场，也为作品"我"的情感升华做出了充分的铺垫。

先说哭者。蒋百嫂是作品的核心人物，是推动乌塘镇故事发展的枢纽。迟子建刻画这个人物分了三个步骤：出场前的渲染，荡妇闹事，家中揭秘。作为小说家，迟子建充分地体现了高明的叙事策略，她用足了笔墨，耐心地渲染，沉着地铺垫。未见主角，先见她的儿子和她家的狗，儿子有难以解读的忧郁眼神，狗为主人蒋百已成为一条寻找谜底的丧家之犬，迷局设了下来。随后，蒋百嫂闹酒馆、闹停电，且已成为乌塘镇的新闻人物，人皆可夫，放荡不羁，既烈如野马，又悲如残月。正面、侧面、耳闻、目睹，种种反常表现，更增重重迷雾，悬念让

人期待答案，乌塘让人期待真相。沉默的冰山在"我"的探秘中显露真相，悲剧由此走向了顶端，也走向结束。值得一提的除了作者的艺术匠心之外，还有作者社会批判的方式，在真相暴露时，作者并没有呼天抢地，义愤填膺，而是转为悲悯："这种时刻，我是多么想抱着那条一直在外面流浪着的、寻找着蒋百嫂的狗啊，它注定要在永远的寻觅中终此一生了。"也许迟子建清楚地知道，批判社会并非小说所长，而悲悯生命才是作品之所寻求。然而，作品的社会批判力量并没有因此而减弱，一种情感的震撼显然已经传达给读者。仿佛这位充满巨大生命愤怒的哭者，唯有在凄美的民歌声中短暂地找到宁静，读者也由此看到一种生命的释放。

再说歌者。如果说哭者蒋百嫂代表一种民间现实的话，那么歌者陈绍纯则代表一种民间历史。陈绍纯的形象刻画是与蒋百嫂交叉进行的，两者的精神联系清晰可见。陈绍纯是乌塘最有文化的老者，从人物刻画着墨上看，不如蒋百嫂，生动性也略逊一筹，人物成长也多用交代性叙述。但就其人物抽象意义上看，他作为一种文化符号又有高于蒋百嫂之处。况且，作为蒋百嫂形象的精神补充，又从历史纵深与文化底蕴方面丰富与深化了乌塘人物形象。假若删去这一老者形象，乌塘人就可能成为乌合之众，就可能在丧失民间文化、"文革"劫难等历史记忆的同时，变成苟且偷生的行尸走肉。作品的现实感、历史感、文化感也将大打折扣。在我看来，陈绍纯的形象塑造很有点符号化的意味，中国作家历经10年的现代主义文学的洗礼，世界文学的众多方式与技巧已经水乳交融地体现于当代小说创作之中，尽管我们也可以在曹雪芹的笔下找到相呼应的痕迹，但毕竟在21世纪初的中国，全球化浪潮里的中国小说家已经拥抱了世界，细说文本，多处象征有迹可循："幽长的巷子"犹如历史，"回阳巷"的名称好似民间文化的回光返照；面容清癯的老人在"画荷"，荷花"没有一枝是盛开着的，它们都是半开不开的模样，娇弱而清瘦"；歌声如倏忽而至的漫天大雪一样飘扬而起，没有歌词，只有旋律，那么悲，那么寒冷，又那么纯净；因为濒死体验而痴迷凄婉的旋律，因为"文革"受辱吞食歌本而恢复的民歌记忆。为了这种"符号性"，迟子建不惜将其擅长的童话笔法强化至魔幻的地步：有一回他唱歌，家里的花猫流泪，还有一回他唱歌，小孙子撇下奶瓶，从那以后不碰牛奶了。为了这种"符号性"，作者"无情地"迅速将笔下人物的生命了断于沉沉的暗夜之中，并让那些失传的民歌无声无息地随歌者而去，永久地消逝在人世之间。陈绍纯老人的猝然离世，表达了一种悲剧性的归宿：乌塘最有文化的人消逝了，犹如传递了千百年的民歌彻底地失传了！造成这种命运的原因是什么呢？作者并没有明说，而是颇有象征意味地安排了一个近于荒诞的情节：被艳俗的牡丹图镜框砸死了！画者死了，玻璃碎了，但画却丝毫未损，"红色的红到了极致，粉色的粉得彻底"。陈绍纯老人生前做的最后一件事，他是在掩埋自己吗？至纯至美的悲凉之音，幽长

逼仄的回阳小巷，单薄而阴冷的阳光，娇弱而清瘦的荷花一旦演变成又红又粉的牡丹，歌声便戛然而止，画者即溘然长逝。民间的悲苦与苍凉，文化的执拗与不屈，于回阳巷老人的生命焕发出灿烂的一刻。歌者永远的喑哑与冰山无法永久的沉默构成一种看似反差却蕴含内在联系，一种具有生命爆发力的联系，在迟子建看似轻柔委婉的描写中其实含有一种令人害怕令人颤抖的危险张力。冰山的一角预示着冰山巨大的容量，激愤的哭者与凄苦的歌者将汇合成怎样的洪流！就此，迟子建通过作品完成了现实层面与哲理层面、世俗层面与灵魂层面、人物层面与符号层面的双向书写，它们既交叉互补又各自独立，共同完成了作品艺术结构与艺术意蕴的传达，使作品表层可读性与深层可读性近于完美地合为一体，看似老套的情节被重新焕发了新意，不同层次的读者也从中得到各自满意的收获。

四、结语：双重人格的北极精灵

双重人格是一个用"滥"的老词，但我还是愿意以此来分析我眼中的迟子建。她的第一重是童话人格。属于北极大自然的精灵，童话诗人，自然崇敬，靠心灵与感官逍遥于自然，亲近那片大地是她的本性，也是她作为小说家的资本与潜能。第二重是现实人格。它参照第一重而存在。面对人世，她是智慧的、冷静的、独立的，两重人格造成巨大反差，童话的纯美与世俗的繁杂，在并无明显宗教倾向的迟子建那里，形成一种悲悯的情怀。悲悯使她比社会批判性的小说家超越一点，而童话的纯美又使她在内心在作品里形成更为强烈的反差。反差促成认识，促成表达，于是焕发出对于中国现实生活非同一般、别出一格的艺术传达。反差愈强，情感愈烈。值得羡慕的是，此种艺术传达，无论在世俗还是灵魂层面，迟子建都是比较成功的。话说回来，双重人格也可以平白地表述为童话中的精灵与现实中的悲悯，唯其如此，迟子建才能出类拔萃，"独一份"日愈凸显。

草原的神性符号
——千夫长的《长调》及其创作启示

千夫长的《长调》(首发《作家·长篇小说号》2007年第9期,大众文艺出版社2008年1月出版),荣登中国小说学会2007年度长篇小说最佳排行榜。我以为,这既是对从事文学创作多年的小说家千夫长的一个肯定和赞誉,也是对当前小说创作,尤其是长篇小说创造的一个启示。由《长调》我读出了一些值得思考的问题,期望同大家分享与探讨。

一、少年经验与文学记忆

读千夫长的长篇小说《长调》,再次证明了一个道理:无论你行走多远,故乡永远在你的记忆里。少年时代的故乡经验,往往伴随你的一生。

《长调》里的故事,是千夫长独有的文学记忆,是不可替代也无法复制的。阿蒙在寻找阿爸的过程中,自己长大成人了。小说中的三部分:牧场、旗镇、阿茹,象征原生态草原、现代文明和草原的母性,这些蒙古长调的音乐元素,构筑了一部文学元素的《长调》。一个人的成长记忆,变成了一个小说家的文学记忆。

在深入《长调》之前,有两个必要的阅读心理准备至关重要,假如没有这两个有别于一般小说阅读的心理准备,我们会迷失方向。

尽管《长调》里展示了大量独到的少年经验和情怀,但使《长调》有别于单纯的"成长小说",其中贯穿始终的一条线是对人类命运的关注,对精神世界的探测。从13岁的"我"在那个凛冽凌晨的出发,到"我"和雅图的朦胧情感际会,再到"我"和阿茹简单而幸福的同居生活,无不充满着"我"通过这两个女人探寻人生的企图。即使是那个一笔带过的因难产而死去的产妇,也在"我"的灵魂里占据了一席之地,"我"会经常问自己:"她是灵魂不老,还是因为永远活在了我的记忆里?""我感觉到那个女人的恐怖像夏天飘动的云影,掠过草地,到处蔓延,无所不在"。这种飘忽的记忆,是少年对生与死的思考,这

种思考显然是早熟的、提前的。遍布全篇的这类细节，都让这部小说超越了成长小说所能承载的容量。这或许不是成长记忆的真相，是作者长大成人之后追加或赋予记忆的担当。

此外，《长调》还有一个容易让阅读者掉入误区的陷阱，那就是——"长调"。一些望文生义的人可能会以为这是一本展示蒙古长调的"音乐小说"。其实千夫长并无意为我们展示"长调"音乐的本身，他实在是想给我们讲述一个生命故事，长调只是作为一个象征存在，正如卡夫卡的《地洞》展示的实际上是人类的困境。所以有些试图读出长调悠扬旋律的阅读者，恐怕要失去阅读期待。千夫长并不会把着力点放在音乐上。

千夫长这个出于成吉思汗军团的命名，使我相信蒙古草原对这位小说家有命中注定的影响，《长调》中的"我"并非千夫长，但由于"我"与千夫长本人年龄、经历相近，因此，评论者可以将其视作一段历史的见证人与亲历者。活在活佛的影子里的"我"，从开篇的风雪夜的马车之旅到后来的长调歌手，作者的历史框架中实际上有三个空间，也可视作三种秩序：活佛的宗教空间，神与人的秩序；草原上生命的空间，人与自然的秩序；国家意识形态的空间，以革命为标签的人为秩序。三种空间撞击，五种秩序冲突，构成这部长篇小说的叙述动力。

在小说的叙事模式中，作者预设了一个历史框架，并对"我"的身份做了一个颇具深意的设计："我"是尼玛活佛的儿子，同时又承继了父亲还俗后长调歌手的职业。按照宗教规矩，活佛是不过世俗夫妻生活并且没有儿女的，但"我"的父亲因为20世纪下半叶的社会缘故还俗了。这个人物的设计，在我们的阅读经验中，显得新鲜独特。父亲从寺庙回到故乡，"草地上的人们都聚集来到这条路上看望阿爸，'看望'这个词是政府允许叫的，政府不能阻止人们来看望曾经神秘的活佛，但是不能用'参拜'这个词，更不能有下跪、摩顶这些动作"。可是，"虽然是还俗的活佛，在科尔沁草原上，活佛永远是活佛"。"我"恰恰活在活佛的影子里。"我"来到人世，去到旗镇，所有的人生出发，都是因为活佛父亲。

引发我兴趣的是作为蒙古人，活佛在千夫长的心目中到底是一个什么样的形象。在我看来，"活佛"是提升《长调》中作品的两扇大门：一是揭示文化真相，一是抵达灵魂彼岸。蒙古人自有蒙古人的一套文化体系，蒙古人自有蒙古人的一种文化心理。在汉文化的参照下，其差异性本身就有很大的魅力与意义空间，当然，仅仅靠差异性是不够的。所谓抵达彼岸的努力，从一般意义上说，是从"世道"跨越到"人心"，是对灵魂的追问，而从特殊意义上说，又有可能借一种个人体验上升为对"灵"的追问，进而获得作品更大的涵括力以及可能达到的精神高度。从这一角度来看，《长调》后半部分的人生经验略显单薄，以至于难以支撑在厕所突然发现活佛尸骨这一极具震撼力的细节。《红马》和《长

调》都是书写作者童年记忆的作品,《红马》里有一份飘逸,一份叙述中形成的速度,犹如骏马驰骋。但作品成之于飘逸也失之于飘逸,叙述节奏产生诗意的同时也有了漂浮感。这一点在《长调》中有了变化,草原生活的描写更深沉了,诗意的表达更凝练了!千夫长似乎在一步步地接近他最宝贵的童年记忆。我们在享受像《红马》"树上结满孩子"那种场面一派天真的神韵的同时,也有理由要求《长调》中"我"与阿茹的恋情有更耐人咀嚼的意味。

对记忆的书写是文学的重要功能之一,无论是个人的记忆,还是历史的记忆,它们总是在历史风云烟尘散去之后,顽强而执拗地呈现出来。历史因此不再是教科书里的一段话,不再是历史学家理性的叙述,而成为具有现场感和充实人性内容的历史场景,这样的文学使人物再次成为历史的主角。也正是在这样的高度上,我失望于作品止于少年经验层面而未能提升,惋惜于珍贵的诸多细节未能焕发出更大的艺术光芒。这里既有艺术技巧,比如长篇小说编织故事、创造冲突、幻境想象等处理手段的丰富,更有作者本身艺术境界对蒙古草原文化深层进入高度契合的程度问题。"我"作为活佛的儿子,完全可以通过三个入口进入那段特殊的历史:活佛,我和亲人,"文化大革命"。因为这三种生活空间和社会秩序不但是作品的叙述动力,更是作品提高艺术境界的最大着力点。

二、"原生态"值得小说家去发掘

显然,《长调》吸引阅读者的是作者铺陈开来的少年生活经验、青春成长疼痛、辽阔草原的壮观和蒙古人融于自然、亲近土地的生活方式。无论从扩大人生视野、丰富阅读经验,还是阅读快感、审美享受上,千夫长都没有让我们失望,娓娓道来的生活细节,浓重难化的生活气息,蒙古人与日日相守的动物的生命交流,都让我们在享受的同时,沉醉、赞美,乃至向往那种返璞归真的人类生活状态。我不但为长调与马头琴的歌声、琴声倾倒,而且为马生驹、羊生羔、狗生崽那些生命本真的过程感动,同时也为公骆驼发情追逐女人,公马要骟去卵子那些闻所未闻的细节惊奇。

当然,更加吸引读者的还是那些纯朴的草原人情,千夫长用心灵书写的母爱、情爱、亲人之爱,对此进行了很好的渲染,情感的把握、节奏的控制也都拿捏得恰到好处。亲情灌注下的草原生命之河,流淌着美,流淌着令都市人向往的质朴生命的活力,就像长调《故乡》里唱的:

我的故乡没有遗址
马群就是流动的历史
只要温暖的春天来临
我们就会把寒冷的冬天忘记

严酷的寒冬，近乎原始的草原生活，却遮蔽不了蒙古人纯朴的天性与从不怨天尤人的生命精神，这种美是《长调》的优点，也是千夫长的优势所在。

千夫长，一个地地道道的蒙古人，科尔沁草原的儿子，现居深圳，来往广州。他近年的四部作品——《红马》《长调》《城外》和《中年英雄》，可以视作他两段生活的写照：少年时代的草原生活和中年时代的都市生活。《城外》被誉为中国首部手机短信小说，是一个"4200字卖出18万元，一个手机时代的激情故事"，被称为2004年度文坛最为轰动的事件，美国《纽约时报》，日本《富士山报》，中国内地以《人民日报》、中央电视台为首的上百家媒体争相追捧的一出文学事件。

我读了百花文艺出版社2005年出版的《城外》，心中却不以为然，认为是媒体事件大于文学事件，媒体叙事大于文学叙事。也许手机小说有其天然的新媒体阅读方式，用纸介平面阅读，其本身空灵、轻巧、飘逸的感觉荡然无存，何况以我近年评论"80后"文学的经验判断，千夫长人到中年，尽管进入都市世俗生活似乎不浅，但情感书写依然显得踏实有余而飘逸不足，缺少一种与新媒体形式相契合的青春的灵气。笔滞于物，情驻于世，人到中年，飞翔已难。千夫长尽管敏感，但此类题材显然非其所长。

虽然相隔千里，虽然离家多年，千夫长的根还在草原，他作为小说家的优势也还在生他养他的草原。

中国的小说写到今天，沉浮千年，颠覆百代，内有古代经典，外有世界名著，即便是我国的少数民族文学，我以为也到了"原生态"翻身的时刻了，21世纪的中华"原生态"当有非同寻常的"亮相"。无论是"原生态"的生活，还是"原生态"的艺术，至少在以下方面具有优势：代表一种地域文化，一种文化资源；体现一种历史性，与历史没有割断的延续；体现一种自然性，与自然没有疏离的亲密关系；一种独特性，与全球化之后天下趋同相反的独特性；以及与生俱来的别样的艺术风格与韵味。总之，独特性、多元性、自然性的"原生态"合乎现代人的心理需求，合乎今天社会保护多元文化的总体要求。况且，还有稀缺的优势。就少数民族作家来说，他们的优势还在于具有本民族的宗教信仰，不弃自然、追求彼岸的精神境界，使之天生先定地解决了一个灵魂栖息的问题。这也是我看好千夫长的原因之一。

作为小说家，千夫长积蓄并完成了艺术与人生的准备，他的汉化程度之深，对传统文化理解之透彻，对现代人心理拿捏之准确，在我意料之外，这当然得益于他多年南方生活的无数历练，以及他对艺术的潜心琢磨。这真是一位比我们许多汉族人还要"汉族"还要"南方"的蒙古汉子！听说，他几乎收集了全部蒙古史方面的书籍，对成吉思汗的研究颇有心得，识见卓越，这些也使我对他正在进行的"原生态"的进一步展示，有了更加关注的信心和浓厚的兴趣。

三、当前长篇小说出现简约化趋势？

著名评论家雷达在评价《长调》时指出：作品的文字、技术不错，作者有生活，对草原也有一种诗意的表达，但结构略显单一，后半部分较弱。

雷达先生关于长篇小说结构的意见，引发我的思考——

就目前千夫长已经出版的三部长篇小说看，结构基本上是相对单纯的，主人公多是以"我"出现，自传体色彩强烈。细想一下，他对小说叙述与结构的选择在当下具有普遍性，在传统文体观中，长篇小说的结构是宏大的、错综复杂的，仿佛一座迷宫，但 2000 年以后形势悄然发生了变化，长篇小说结构单纯简化的趋势日渐明显。其大致表现为：（1）人物减少，除主人公外塑造人物寥寥无几；（2）情节简化，线索单一；（3）叙述以第一人称加全知全能；（4）自传体色彩增加；（5）心理描写取代景物描写，氛围渲染取代场面。

我以为，长篇小说结构单纯简化的趋势大致原因为：（1）图像时代，小说的描写功能由外向内转。（2）史诗时代结束，个人时代到来。（3）读者阅读习惯、趣味的变化，耐心降低，兴奋度加强。（4）小说家创作长篇小说周期大大缩短。（5）现代经典的榜样。20 世纪 90 年代以来，现代、后现代创作从观念到技巧受世界文学的全面影响。比如，中国文学界熟悉的米兰·昆德拉《不能承受的生命之轻》，村上春树《挪威的森林》，纳博科夫《洛莉塔》，即便是 2004 年、2005 年的诺贝尔奖库切和耶利内克的长篇小说，也是相对单一的长篇小说结构。

这真的是一种趋势？是形势使然，大势所趋，还是作家取巧，避重就轻？

小说家莫言撰文《捍卫长篇小说的尊严》[1]，提出长篇小说的标志就是长度、密度和难度。对此，我深表敬意。在我对长篇小说文体的期待中，关于历史意识，关于史诗品格，关于人性书写，关于哲学追问都是一些基本要点，我期望在下一篇文章中继续这一探讨。无论怎样，对《长调》来说，我们依然有理由要求一部长篇小说更好地传达蒙古草原文化的巨大魅力，以及人物与更多层面的冲突，同时通过个人成长之痛对时代提出能属于自己的批判命题。这既是对一种文体的要求，又是阅读精品的心理需求。《长调》犹如一块璞玉，千夫长只雕刻了一半就出手了，惜哉！我注意到千夫长对自己也有很高的期望：他希望作品能够成为"蒙古民族的精神废墟"。在《红马》《长调》的封底印有这样的文字："蒙古草原上有两个接近神性的灵魂符号，腾格尔的苍狼和千夫长的红马，他们才是草原上真正的主人。""应该说，是小说里的元素形成一首蒙古长调。这就是命运，一个民族的命运，实际上也就是一个人的命运。"

杰出的长篇小说就像是不能一天就建成的罗马，恰如福楼拜所言：其中充满了焦虑和令人疲惫的努力，是智慧与灵魂的摸索，希望与绝望的战斗。小说家的

使命在今天已非虚言。那么它是什么呢？我愿用"大智大爱"四个字来概括。"大"自然是指其境界，指其对一般理论概念的超越与统括，主要落在"智"与"爱"两个字眼上，智是智慧，爱是爱心。"智"表达作家对人类历史进程的一种洞察与把握，"爱"表达的是对全人类直至个体生命的热爱、尊重与理解。正是在这一高度上，我读《长调》《红马》，并赞誉和苛求小说家千夫长。

注释：

[1] 莫言：《捍卫长篇小说的尊严》，《新京报》2006年1月11日。

论网络传播对当代文学创作的潜在影响

网络对中国当代社会的全面进入已是不争的事实,网络甚至成为一个时间段文学——比如"80后"文学——的重要特征。按照媒介理论权威马歇尔·麦克卢汉"媒介即信息"的理论来看,媒介不再仅仅是媒介,它决定了人类社会及人的思想、行为等等。本文沿着媒介大师的思路,试图从具体案例入手,探讨网络传播对当代文学创作的潜在影响。

一、具有代表性的网络传播事件

如今的网络,无法预测将给整个社会带来什么样的变化和震惊,频频出现的网络事件让我们应接不暇。这其中,木子美事件是强力冲击波之一。这个网名为木子美的南方女子,在一夜之间让天下人看到了她的无所畏惧和胆大妄为,她敢于暴露隐私的举动,让一向含蓄的中国人瞠目结舌!木子美借助于网络这个传播方式最大限度地表现了自己,也让人们对网络传播有了更深的认识甚至惊惧。网络传播的特殊性,造成了一种前所未有的自由度。木子美事件的意义恐怕还不仅是用道德的标准去评判她的性爱日记,而是她发表作品、传播个人信息的方式,她借助网络这种新媒体达成了在传统传播中所不能达成的目的。木子美的文字无疑会对当代文学创作产生影响,使更多人敢于突破禁区,表现自己的个性。对于生在网络时代的年轻写手也许影响更大,因为他们年轻不羁的情感更希望用一种放肆的文字得到释放。

"芙蓉姐姐"也是一个以暴露个人隐私引起网络冲击波的人物。不同于木子美的文字作品,"芙蓉姐姐"的作品是展示其"S"形身材的照片。照片并无多少美感可言,但敢于暴露及超乎寻常的自恋使这些照片带上了某种娱乐性质。网络这一新的传播方式恰好具有将大众传媒娱乐化特性放大的趋势,网络作品不是更多地在乎审美,而是更多地在乎娱乐。因此,"芙蓉姐姐"那些可以娱乐大众的照片自然就受到网民的追捧。这一现象也表明,网络时代,哪怕一些作品看上

去水平不高,内涵不深,甚至就像是个笑话,但它够胆量,够自信,能娱乐,在网络中就会受到注目。这种娱乐态度同样表现在网络写作中,使人们对写作的敬畏感大大消解。

百度贴吧中,由于一个帖子而形成一个文学沙龙的现象是网络造就的另一种创作形态。中央电视台引进的韩剧《加油,金顺!》热播时,一名叫"我爱花痴"的网友贴了一个题为《花痴历程》的帖子,以男主角的口吻描述与女主角的情感心路历程,再现了电视剧的精彩。由于对男主角心理的贴切把握和出色的文笔,帖子一出便受到网友的热捧。一时间,跟帖踊跃,支持者众。《加油,金顺!》播完后,《花痴历程》帖子仍在继续。至2006年2月16日统计,此帖的点击率已达725634人次,回帖16248个,成为百度贴吧的第一长帖!不仅如此,由于对楼主文学才华的倾慕,众多跟帖者不但心甘情愿地奉其为"老大",而且自觉维护"楼"内纯净的文学氛围,争相展示自己的文学才华,使此"楼"俨然成为一个文学创作的平台。其中不少帖子文采斐然,令网友惊叹不已。这些帖子并非命题之作,没有功利的逼迫,率性所为,有感而发,呈现了最为自然的作文状态。

"馒头事件"成为网络作品再次造成强力冲击的又一典型。一个在网上司空见惯的搞笑行为,由于事件双方对"恶搞"的认识差距而迅速升级为法律事件。官司会怎样打暂且不论,我们从中看到的是,在今天的网络时代,不但公众的言论空间得到了扩大,而且发言的形式也有了新的变化。《一个馒头引发的血案》不仅是一个电影短片,也可看作是一种新的评论形式,它以一种调侃的方式解构权威,并以视听结合的多媒体形式达到了极佳的效果。从创作的角度看,一个小青年并不精致的小作品轻而易举地就将大导演的呕心沥血之作挑于马下,《无极》的故作高深其实不知所云成了胡戈"恶搞"的最大突破口。

二、神圣化的消解与平民化的取代

中国传统讲求"文以载道",文章乃千古大事,文人安身立命之所在,立德、立身、立言之维系。又一向被认定为意识形态的一部分,虽有性情消遣娱乐的作用,但总非主流,主流就是"道"。20世纪以降,中华民族生存主题突出,外患内困,危机不断,战火弥漫,文学更成了旗帜,战场的旗帜,斗争的武器,舆论的工具。苏联意识形态与毛泽东斗争哲学的深层契合,使得文学的地位一再上升,知识精英启蒙大众的历史使命感,也使得他们自觉地将文学推向神圣化,这种情况一直延伸到20世纪90年代。当市场经济成为舞台主角时,神圣化逐步消解,但这更多地体现在整个社会结构的变化上,真正深入人心、普及个人的变化是在网络的文学写作及传播空间。

　　与市场化时代接踵而至的网络时代，借助网络传播的力量，似乎使文学回到了"前诗经时代"，回归其"歌之咏之"、有感而发的本真状态。遥想孔子编纂《诗经》之前，所谓风雅颂中占最大比例的"国风"即是中原地带的民间歌谣，发轫于田间乡舍，动情于俗男俗女，完成于俗语乡音，没有发表的门槛，没有功利的欲望，更没有理论的预设，这是不是一种彻底意义上的文学回归？

　　我以为，除了那些名人博客，他们背后有商业目的之外，绝大多数的网络写手最初上网写作的动机都是比较单纯的，抒发情感、倾吐心声、缓解压力、寻找知音等等，这都是他们上网的动力。

　　由于网络传播会迅速地在网上形成类似"文学沙龙"的社会群落，如在前文中提到的因韩剧《加油，金顺！》在中央电视台热播而在百度贴吧形成的"花痴楼"。值得注意的是，在这样一个拥有70万人次点击的群落中，没有金字塔式的权力结构，也没有严密的上下级组织，彼此联系是真正属于网状的，即平等互动的。对文学作品人物的爱好，成为沟通彼此的纽带，真情而平凡，本真而平民。没有矫情，有感即发，或"潜水"（观看），或"冒泡"（发言），一切都发乎性情，出自内心，文学的神圣光环迅速被平民化的真实取而代之。

　　"馒头事件"引发的网上万人签名支持胡戈，其实也可视作一次平民化的集体行为。在凤凰卫视快速反应的专家访谈节目中，北京大学教授孔庆东就高度评价"馒头"的文化意义是"普通民众对文化霸权的抵抗"，而胡戈则被视为"文化游击队员"。显然，这种游击队员具备民间草根的身份，以此形成与文化霸权的一种对峙关系。联系到网络与后现代主义文化的微妙关系，可以肯定地说，"文化胡搞""搞笑文化"将进一步影响当代文学创作。也许有关"后现代"的新一轮冲击，终于从专家学者理论界转向了大众传媒和民间社会，其中不同源头、不同动力、不同方向的冲击的差别何在，也是值得玩味和仔细研究的。有人认为网络诗歌导致了三个方面的权力转移：自发主权，削弱霸权，淡化产权。其实也构成对传统文学神圣化地位的冲击。

　　至于网络对文本写作的影响因素，我在对"80后"文学的论述中，曾联系"博客"谈及自由共享的网络精神。[1]博客的使命是"把属于互联网的还给互联网"。理解了"博客"，就接近了网络文学的精神，同时也让我们理解了"80后"文学区别于中国当代文学其他种类的实质所在。这种自由共享如空气一般弥漫于整个"80后"文学的创作空间，如血液一般流淌于"80后"文学的创作躯体，如旗帜一般引领着"80后"文学的发展潮流。当下，"芙蓉姐姐""超级女声"等网络事件，以及对"'芙蓉姐姐'为什么这样红"的理论盘问，对"超女"风潮的文化评论，其实也都可以帮助我们理解自由共享的网络精神。显然，网络传播的"零进入门槛"出版方式与"交互式共享"讨论模式，对当下的文学创作已经构成了重要的影响，"80后"文学仅仅是一个特例而已，更加广泛的影响与日俱增。

三、潜在影响的若干表现

网络对文学创作的影响既是潜在的，也是明显的、迅猛的，其力度与广度目前很难评估，但至少有以下若干表现已经凸显出来——

（一）欲望表达的扩张

调查显示，网民对互联网的要求集中在两个基本点：一是信息，二是沟通。现代人，尤其是居于都市、承受生存压力的都市年轻人，有十分强烈的沟通、倾诉、表达的欲望。在无数个网站，网民将自己面对亲人、朋友、同事无法诉说的心声都化为帖子，沟通彼此，寻求交流。网络的虚拟空间恰好隐藏了个人的真实身份，所有在现实世界里需要顾及的道德、羞耻、礼貌、规矩、陌生感、警惕性都在从现实世界到虚拟世界的"切换"中消失了。隔膜一旦消失，心理"零距离"反而成为网络上的真实。于是，毫无顾忌的倾诉使得日常生活中的"隐私"很快就变得一览无余。

应当承认，人类作为群居的高等动物，天生具有倾诉和"窥私"两种天性，文学文本也一向承担了满足这两种天性的功能。网络的自由共享精神与虚拟性，不但可以极大地满足上述两种天性，而且比起传统的文学纸介文本来说，有过之而无不及。加之网络写手对现实世界道德的颠覆，对已有法律的突破，显然也影响了当下文学创作的欲望表达。网上的文学首当其冲，比如"80后"文学的欲望表达、隐私展露，明显比传统文本更为大胆，转为纸介媒体后，其方式同时也被正式与非正式地认可。许多叛逆、另类、游走边缘的表达已经被作家和读者，乃至出版界宽容地接纳。由此看来，另类的木子美也是在挑战极限与突破底线。在迅疾变化的现代社会，不可轻视另类的作用，随着另类出现的频率和进入中心的速度加快，欲望表达将随着互联网的普及程度对文学创作有更加明显的影响。

（二）题材与文体的拓展

20年前评价新生代是"看电视长大的一代"，如今评价新生代则是"玩网络长大的一代"。各大网站历次统计数字均表明：18—25岁的年龄段是中国网民的中坚力量，也是最大数量的上网群体。而网络普及空间主要集中分布于大城市的青年人群。不断扩大的城乡差别，使进入21世纪后的网络成为都市文化最为重要的空间之一。"80后"既生于其间，又反过来发展这一文化空间。如果说，"80后"的父辈兄长面对的是"都市里的乡村"，那么这代年轻人却是真正面对与国际接轨的都市，国际文化都市的生活是他们成长的资源与依据。

于是，网络文学青春化、都市化乃至时尚化的趋势十分明显，并如浪潮一般涌入纸介媒体，明显地拓展了当代文学创作的题材范围。当"80后"文学占据

纯文学纸介出版数量的"半壁江山"之时,都市题材比重的加大已经成为史无前例的文学事实。

文体拓展也十分明显。印刷文学与电子媒介拥有的特性不同,其文化归属也不尽相同,因此,网络写作与传播过程中表现出的文体新质也可说是意料之中的变化了。归结起来,大致有以下三点:

其一,出现文体变幻的"泛文学文本"。由于网络的交互共享特性,与其说它是一个文学创作空间,不如说首先是一个交往空间。文学创作常常不是目标,而是一种召唤,一种纽带,当下即兴的快速创作,使得传统纸介媒体中界限分明的文体、文本被大大泛化了,相互融合的"四不像"文体大行其道,而且变幻多端,此消彼长。

其二,宣泄与口语化的言语方式。网络是青春宣泄的主要出口,其文体也就成了重要载体,宣泄的情绪,口语的表述,叛逆的精神,对文体特征也形成深刻影响。

其三,互动方式。网络写手的原始动机是属于互动式的,它同传统文学创作的月下苦吟、内心独白不同。"交互式共享"意味着不是一个人,而是一群人在"手谈"。于是,不断变换视角,不断交流互动也成为网络的文本特征。比如痞子蔡的《第一次的亲密接触》,所有情节与场面描写都是在一种口语化的互动中进行的。上述种种,显然通过网络,以及网络文本、网络写手向传统纸介媒体和文坛的转移过程,发生潜在与明显的影响。这种影响除了创作者以外,读者的阅读思维、兴趣、习惯也反过来对其产生作用。

(三)文本创作与传播方式的变换

本文开篇一段谈及的百度贴吧第一长帖《花痴历程》的写作就是一例,随着网络文学的风起云涌,新的创作与传播方式已经波及传统纸介媒体。比如《羊城晚报》2006年3月5日起连载长篇小说《我的情人,我的姐》,读者可以通过多种渠道(包括传统媒介和电子媒介)边阅读边评点,甚至"指挥"作家该怎么写。该部长篇去年10月在网上连载,两个月点击率高达1400万次,网友自发组成三个QQ群,对此作品进行热烈的争论。原来在报纸、杂志上的"接力小说"一般由作家参与,但由于网络方式的影响,读者也正在参与进来,我们可以相信此类方式将层出不穷,花样翻新。

归纳上述三种影响,显然只是一个初步的工作,其覆盖面不但有限,对其评价似乎也为时过早,更勿论伦理与价值的判断。但是,网络"守门人"缺席,文学门槛降低,"泛文本"大行其道,写作伦理颠覆,也同时导致精神滑坡、价值游移等种种负面影响。对此,我们仍然应当怀有警觉,在宽容的前提下,冷静地对待,审慎地评价,将正面与负面影响都纳入观照的视野,以求在喧嚣浮躁中求得一份宁静与清晰。对网络写作来说,伦理道德是柔性自律的,法律法规是刚

性他律的。人们既需要借助互联网充分发展人性的自由，同时也需要道德与法律来节制约束个体的行为，在看似相悖的彼此制约中探索发展。人性如此，社会如此，文学创作也不例外。

四、并非结语：网络的无限可能

网络的前景如何？下一代的互联网将是什么样的状况？即使是互联网的权威专家都只能预测，而不敢断言。"思想有多远，我们就能走多远"，对网络来说，我们的思想恐怕很难抵达它发展的尽头，也许没有尽头，就像我们至今无法穷尽人的奥秘一样。十分有趣的是，新一代的网络研制专家分为两股力量，物理学界和生物学界。

物理学界致力于寻找一种超乎寻常的智能装置，可以替代人去检索材料，识别语义。人们除了靠点击关键词搜索资料外，还必须对所得到的材料进行阅读，高智商的智能装备——新一代"智能狗"诞生后，这个机器人即可扮演忠实的秘书，为人服务。

生物学界致力于寻找超人装置，类似于克隆人。这种基于互联网的超人装置，可以和人一样地拥有搜寻和识别语义的能力，它的威力由于更接近人而超乎于物理学界的"智能狗"之上。

撇开那些技术的因素，我们可以看到一个明确的事实，科技界在向人靠拢，网络的人性化是因此在增加，还是因此在减少？人是不是总有一天被网络所取代？在这些关乎人类命运和生存方式的大问题前，网络传播对文学——作为人学的一个部分——的影响显然也是与日俱增的。文学界、文艺界、文化界、学术界、传媒界自然都必须面对这种既是现实又是理论的问题。

从上述网络事件看，传播过程中的连带影响涉及社会生活诸方面，也涉及文学艺术创作诸方面，比如观念层面、一元霸权与多元共存的问题；比如伦理层面，网络的隐私与文学伦理空间的极限问题；比如语言层面，符号化与文学内涵的关系问题；比如审美层面，审美与审丑的界限问题，等等。总之一句话，影响既是潜在的、间接的、曲折的，也是明显的、直接的、暴露的。可惜，评论界对此关注太少，敏感度低，反应十分迟缓。当代文学评论界尤其如此。

更加值得关注的是，网络传播对当代文学创作的影响有可能催生关于21世纪文学的全新命题，比如虚拟空间与物理空间的关系，处于现实社会中的自然人，到底对网络的虚拟空间有多大的依赖性？物理空间的现实"沉重"与虚拟空间"生命不可承受之轻"的关系如何把握？当下文学在这个关系的中间地带将大有可为！比如，面对网络时代时间和空间"碎片化"趋势，现代人如何在时间的长河中把握自己，守护永恒，也是文学所擅长表现刻画的大好题材。简而

言之,在同为网络而生的那些对峙关系的词组之间,当代文学家仍有尽情驰骋的疆域,试列词组如下:主流/非主流,精英/草根,传统/现代,经典/非经典,庙堂/民间,霸权/多元,中心/边缘,东方/西方,都市/乡村,公共/私人,等等。

"因特网就在眼前,但是当我们一起驶入信息高速公路时,让我们至少对前方的道路有一个清晰的视野,并且系紧我们座位的安全带。"[2]也许,这位外国学者的话对我们有一种警示作用,扪心自问,我们对前方的路又知道多少呢?我们能否把握网络时代文学的命运呢?但有一点可以确信:21世纪文学的疆域不是缩小,而是极度扩张了,"雄关漫道真如铁,而今迈步从头越",当代文学界仍然是任重道远!

注释:

[1] 江冰:《论"80后"文学的网络特征》,《文艺评论》2005年第6期。
[2] 常晋芳:《网络哲学引论——网络时代人类存在方式的变革》,广东人民出版社2005年版。

网络另类文化：无须回避的存在

对传统平面媒体的编辑而言，2000年以后有两个问题愈显突出：一是网络等新媒体对纸介等传统媒体的挑战，二是中国内地青少年正在成为出版业的主力消费群体。如何应对呢？我以为要认真研究新问题、新现象，不回避，不绕弯，真实地回到社会现场，努力赢得意识形态与消费市场的主动权。本文将通过对一种网络另类文化的介绍与分析，阐释我们的立场：一是要以现代包容精神去面对，二是要以积极的态度去应对。

一、先看网络

新世纪以来，中国最大的变化就是网络的迅速普及，它几乎与中国高速发展的经济指标共同构成世界公认的奇迹，绝对优势的人口数量基数，使得网络的各项指标在10年的时间里就位列世界各国前列。而网络中的代际差异就体现得十分明显，网络主角无可辩驳的是"80后""90后"的一代，他们的成长、他们的青春期与网络同步成长，他们的性格、他们的精神史与网络空间同在。美国学者说："除了上帝，一切靠数据说话。"最新发布的《中国互联网第27次报告》就是可靠有力的证明。

所有数据显示，中国网民在这几年的持续增长，速度非常之快：2005年1000多万，2009年3.84亿，2010年上半年短短半年的时间又增加3000多万。到了2010年年底，最新的数字已经是4.5亿多，而且手机用户过3亿。[1]我们的互联网普及率在全世界的排名属于中等偏上的位置，关键还是增长速度，近于井喷。从报告中，我们还可以清楚地看到中国网民的年龄结构，一个是10—19岁的，即我们现在所说的"90后"，而20—29岁就是我们说的"80后"。这两个群体、两个年龄段占到一半以上，如果再加上35岁以下的网民，可以说，网络就是年轻人的天下。[2]

二、再谈网络另类文化

网络空间是一个文化的原野,也是一个另类的文化空间。"80后""90后"正是与网络一道成长的,青春期特有的叛逆性与网络青年亚文化构成了天然的亲和关系。因此,我们不可忽视网络上的青春文化及其所张扬的另类文化。在此,不妨举网络上很抢眼的"王道女"现象,来说明网络另类文化所构成的消费现象及其影响力。

王道又称 CP(即 coupling,配对),实际上就是两个男明星之间表现出的"暧昧"。王道是两个男性艺人之间的友谊,即便是两个人之间的关系并不亲密,都可以被组成王道CP。"王道女"就是指喜欢幻想男艺人之间的爱情,致力于发掘男艺人之间暧昧动作的女性。"王道女"的另一个称呼是网络流行的"腐女"一词。"腐女"是"腐女子"的简称,主要是指喜欢BL(即 boys' love),即喜欢幻想男男爱情的女性。广东财经大学"80后"文学与文化研究中心主持的课题组,通过问卷调查得知,"王道女"在女大学生中确有存在。在480位被调查的自认有"王道女"倾向的女孩当中,63.33%的人在接触到相关"腐产品""王道产品"以后,依然坚持自己是异性恋者。[3]

为什么会产生"王道女"和"王道女"的另一个称呼"腐女"?我们结合调查报告分析,从内因来讲,一是因为部分现代女孩在青春期对恋爱、情感的新鲜感和对主流意识的叛逆,二是因为女生潜意识里的浪漫主义和"花样美男"情结。其实,大部分"王道女""腐女"的产生还与网络和动漫关系密切。调查发现,女生通过动漫和网络接触到此类观念的比例分别为40.63%和33.13%。另外,国人观念的开放客观上也为这一"非主流现象"创造了相对宽松的社会环境。中国的古典诗词,除了李清照是"千古之一人"外,像蔡文姬等后来的一些才女写的诗歌的数量是相当有限的。除了李清照在中国古代文学史中可以独树一帜,或者可以单列一章以外,可以说,在中国古代社会中,大部分的中国文化主要是男性文化,是男性一统天下的时代,同时也是女性沉默的年代。所有女性的声音实际上都是由男性来述说的,如大量的由男性文人写作的"闺怨诗"。

今天的情况已发生了极大的变化,中国的大学生和中学生中,女生的地位越来越高。人们分析了很多种原因。比如说,在妇女解放的大背景下,现在城市的独生子女,女孩子都比较强,男孩子都比较弱,其重要的原因在于家庭的财权大都握在母亲手上,所以母亲在家庭中比较强势。还有一个,女孩子的青春期比男孩子早两年,她们在初中时远远比男孩子聪明,因为她们成熟了,她们的智商、情商,从身体到精神发育都比男孩子早。所以,在这种体制化的教育中,女孩子永远走在男孩子的前面。我在20世纪90年代在大学教书时就发现这种情况,一

个班级里，前10名可以拿奖学金的学生，基本有7～8名是女生，甚至有的班前10名全是女生。中学也是这样。所以她们把男孩子给压抑了，女生不但比较强，而且越来越强。于是到了网络时代，出现了"男色消费"，构成了别样的另类文化。20世纪80年代，中国妇联曾经搞过一个"寻找男子汉"的活动，最后人们发现中国没有男子汉，只好到日本去找了，找到了日本影星高仓健。但是，20年后的今天又发生变化了，我们在调查中发现，今天年轻人最喜欢的男人是韩国一部获过大奖的著名影片《王的男人》的男主角李准基，一个无比清秀、面容娇美的男演员。这个影星前一段时间要去服兵役，网络上大批女粉丝又哭又喊又叫，非常心疼。由此可以看到，这个时代女性的审美观在变化。

实际上，今天这样一种题材也表达了当下人们对同性恋的认识。人们发现，同性恋实际也是人类本性中的一个部分，不能简单地说它是缺点还是优点。李安在好莱坞确立其地位的电影《断背山》中，就是涉及这个敏感问题。近年来，由于著名学者李银河等人的努力，中国政府已经逐步认可同性恋了。其实在广州、深圳蛇口的酒吧，都有同性恋者的活动，而且同性恋者在网络上也相当活跃。

然而，"王道女""腐女"主要就是喜欢男孩对男孩的爱情。不过，她们喜欢的这种爱情跟同性恋又不是相等的概念。她们喜欢的是幻想中的男男爱情，这也有日本读物和动漫的影响。在调查中，国内网络上也有相当的一批人热衷于此，主要集中在12—18岁、18—25岁这两个年龄段的女孩子身上。她们喜欢这种爱情跟人本身的男女性欲也还不能画等号，更多的是一种幻想，颇有点像艺术中关于性的消费。所谓"王道"，就是指两个男性之间的友谊，这种友谊被这些女粉丝们想象成他们有同性恋倾向，然后专门有一批人做这方面的小说和漫画，去想象、去书写这方面的作品。这些作品在网络上形成一个巨大的圈，在交流，在消费，在形成一种另类文化。

相似的网络现象还有很多，它们的一个共同特点就是：有一个特殊人群，有一个共同爱好，有一个个性十足的话语系统，有一个价值认同的互动空间。具体到"王道女""腐女"现象来说，此类被统称为"耽美文化"的艺术形式，在我国内地的发展虽然不缺少市场，但产业化进程停滞不前。其重要原因就是"耽美文化"在我国的传播对网络的依附性过强。在日本，"耽美文化"的艺术形式可以包括耽美小说、耽美漫画、耽美动画、耽美广播剧、耽美游戏等，这些耽美艺术形式的传播载体包括书籍、杂志、广播、电视、网络等，已经形成大规模的市场。这自然有中国国情的原因，但不必讳言，"耽美文化"业已拥有广泛的青少年受众群体，并越来越影响这部分人的生活和思想，实际上已经完成了将一种艺术形式发展为一种文化的进化过程，尽管它还属于另类文化。我们作为同时承担意识形态引导与市场化开发双重责任的职业编辑，自然无法袖手旁观，回避现实。

　　毫无疑问，不了解今天的网络，就不了解今天的青年，而青年永远代表未来；失去了青年就失去了未来，失去了未来，我们一切东西也都化为乌有。假如我们把说话的姿态放低一点，从编辑这个传统职业去看，当下传统纸媒介向以网络为代表的媒介过渡已经构成事实，"80后""90后"构成"网络一代"与"消费一代"的影响与日俱增，更不必说青少年是网络的消费主体，是所有出版物的消费主体，也可以说是当代中国市场的消费主体。不少民营书商的大胆开拓，已经充分显示了网络出版的巨大商机，如路金波和沈浩波。因此，无论从意识形态管理，还是青少年思想教育引导，抑或文化创意产业，或者就是从一个职业编辑开阔视野、把握最新动向的角度来说，我们都无须回避网络另类文化。今天的中国内地编辑尤其应该积极地面对它、研究它，从而因势利导。其实这样的态度和立场，还关乎这个职业的生存力、影响力以及职场的发展前景。这同样是本文的立意和期望所在。

注释：

[1][2]《中国互联网第27次报告》，2011年1月。
[3]《"80""90"在网络的浸淫中成长》，《羊城晚报》2010年12月27日。

网络与代沟
——人文论坛的师生对话

江冰（主持人）：这次广东商学院（现广东财经大学）人文论坛的标题是"学生反问老师：你 hold 得住网络吗？"在网络面前，在数字化鸿沟面前，代沟的差异是非常明确的。我前两天听一个同事说，他有个亲戚，小男孩，两岁就会在网上打麻将。现在我们互联网的报告是从六岁开始算起，从我们的调查研究数据中可以看到，网民的年龄越来越低，所以在代沟差异当中，真正来到我们的"后喻时代"。在网络技术面前，越是年轻人越对网络熟悉，而且他们是伴随网络成长的。在调查中我们发现，真正对网络熟悉的人是 1985 年左右出生的。我们感兴趣的问题是：在网络空间里到底是一个怎么样的状态。在这个数字化鸿沟中，代沟是否出现？

曾妮（学生）：首先我要说明一下，作为一个连"卑鄙是卑鄙者的通行证，高尚是高尚者的墓志铭"的作者是谁都不知道的人，你们不要期待我下面的话多么地有内涵。我会背的一句话是：45 度仰望天空，青春是一道明亮的忧伤。我有幸参加过一个网络论坛，当时台上的嘉宾在聊天自 high，台下的嘉宾在互相"吐槽"互 high。当我第四次听到郭敬明这个名字的时候，我真的忍不住很想"吐槽"。"四姑娘"固然在网络中是有一定地位的，但是打他出道开始至今，他的主战媒体属于纸质媒体，比如《最小说》《岛》之类的，那么他们就这样硬生生地把"四姑娘"拉倒。接下来，各路领导用论证例证，证实只有更老没有最老。我就想说，皇后娘娘都从乾隆的老婆穿越到雍正他妈，你们居然还讨论容嬷嬷年轻的时候漂不漂亮，有没有意思啊？然后再说一下这次的主题，专家们终于得出结论：网络文学的发展与传统文学的发展是截然不同的两回事，网络文学在发展的同时要取其精华，去其糟粕，要不失去自己的特色。我想说，有意义吗？这个结论，好鸡肋啊！文化研究专家某先生还提出如今的网络文学大部分是言情啊、悬疑啊、玄幻啊，文学类跟不上，需要建立一个公正性的网络文学的颁奖，来推动网络文学的发展。接下来，好玩的事情就来了。台上的嘉宾大谈特谈郭敬

明，讲南国书香节郭敬明签书的那个状况，大有那种中国互联网写手除了郭敬明，还是郭敬明的状况。我们且不谈郭敬明的主战场是纸质媒体这件事情，就算只有郭敬明，他签售的火爆又跟我们这个主题有什么关系呢？这根本就是偏离了这场会。纵观全场的主导发言者，大多是"60后"。他们在传统文学的地位，我不好评价，因为我连北岛和舒婷死没死都不知道。但我对专家们将网络文学的定义停留在郭敬明，感到相当的无语。在列席中，唯一 fashion 的是盛大文学论坛的网站执行总编和他的开放官副总裁，他们的发言同样如此，完完全全地把那场会当作盛大的运营报告会，网站的盈利状况他们不说，我也没有兴趣，他们说了，也不会分给我。被他们当作重头戏谈的有两点：网站的大致运营方向和网站旗下的子公司的特色，这两点都是鸡肋。在座的各位都是青春年少，风华正茂，思想道德高尚。谁不知道：汉文上线王，聊天录腾讯，谈笑有亲妈，往来无萝莉。可以共百度插 CD！这样的会议俨然变成网络的扫盲课，而且教材是好几年前编的。我想说，东方神起都拆分为左上和右二了，你们还在那儿说，我今天听了一首新歌，叫什么什么，挺好听的。

其实，那天参加网络文学会议的并不完全是专家，我在现场也看到了一些大学生和一些网络文学作家。不管这些作家是否出名，大学生的见地是否有你们"60后"的深厚，但是我觉得，这些人在网络文学中是最有发言权的。按理说，观众提问该是这场会议的亮点，可实际上，观众提问也是无语到爆，除去主持人的既定提问，网络作家是没有一个人提问的，唯一提问的一个学生，十分没有亮点，是诗歌如何在网络文学中立足，盛大如何保护好网络知识产权和小学生上网看文多了作文水平低，以及网络文学的发展是否出现瓶颈。这种问题，我真想告诉他，亲，你百度一下就知道。台上的嘉宾都是你夸我，我夸你，夫妻双双把家还，几次三番下来，好不容易压到吃饭的点，也就散会了。

如果说这个会议有什么收获的话，它使我温习了一下，当我青春年少的时候，那个我的骨子里流着的是寂寞的、冰蓝色的血液。然后，会议室的 wifi 也是很好用的。

江冰：曾妮表达了她对网络的真实想法，我觉得重要的不是这个会议它开得如何，其实我们面对的是成人世界，面对着你们的长辈，他们对网络是怎么的一个状态。

孔令薇（学生）：我们不得不承认，在当代中国，后喻社会已经是渐成现实。之前看到一个国家统计局的数据，目前我们国家 25—35 岁年龄层的收入是高于其他年龄组的，这些年轻的高薪族大多有较高学历，主要从事信息、证券、通讯等行业，大多与网络相关。后喻社会的来临，"80后""90后"所形成的青年文化，对我们的社会青年化和青年社会化，已经造成一种不能忽视的影响。文化的反哺现象有利于打破论资排辈的社会局面，提高我们的社会效率。我们的很

多前辈存在一种荒谬的贵族思想,决定一个人的升迁或者获奖什么的,主要看资历以及就职时间的长短,却较少考虑能力。我们"80后""90后"想谋求发展,就不得不拼力打破这种社会局面。文化反哺打破了我们的思维定式。通过文化反哺,前辈可以从晚辈身上得到很多广泛和大量的新知识和新讯息,这不但打开了他们的眼界,也提高了他们在社会中从容面对的勇气和能力。就拿我的母亲来说,之前她不怎么与我们沟通的时候,甚至连东方神起、Super junior 都不知道是什么。后来,她放弃大人的权威,经过学习,已经不怎么 out 了。在后喻时代,经验已经不再起着举足轻重的作用,青年与成年人都是在同一起跑线上。文化反哺是一种正确解决文化代沟的途径,它意味着我们年轻人要承担自我教导的职能,不再依赖长辈的教育。在后喻时代,不管是老师还是前辈,包括我们年轻人,都要改变观念。我们也应该看到自身存在的很多很多的不足。例如很多人具有攻击倾向,喜好公开攻击、批评、报复人和容易发怒,还有些人心灵比较脆弱,经常出现情感危机。还有就是生活自理能力比较差,对生活的要求却比较高。

陈亮(学生):由于网络文学与传统文学的标准不同,加之文学评论关注的领域延伸不够,文学批评家对海量的网络文学基本处于一个失语的状态。"60后"那些评论家的研究还停留在把郭敬明当作是一篇论文,没有达到实质。也就是说,在网络文学研究这一块,他们处在一个迟缓的阶段,也处于一个失语的状态,这一点是需要认真反思的。

李凤(学生):都说"80后"是网络的一代,其实我是从大学才开始接触网络的。然而几年之中,对于网络我也形成了自己的一种想法。我不是传媒所定性的那种人,我有我自己的思想。我觉得,不用网络语言的话你会感觉自己与时代脱节。但是如果用了很多网络语言,你会有种被时代、网络牵着鼻子走的感觉,好像失去了自己的空间,失去了自我。你每天刷微博,却在这过程中失去自己的思想。可是在这个文化大时代氛围之下,你就是这个样子。你在网络阅读、网络文化氛围之中释放了能量,但是没有从中获取能量。你要吸取能量的话还是要通过传统方式,例如一般的阅读、旅行、听音乐、写作等,要在一种安静的状态下获得能量。在网络上恶搞、调侃,你会开心一下,但只是释放了你的压力而已,没有从中吸取需要的能量。从精神家园、灵魂角度来思考的话,我是排斥网络的,我需要给自己留下一个空间,进行自我灵魂的反思。

田忠辉(教师):曾妮刚才的发言给我的感觉是,不是你 hold 得住网络,而是你被网络 hold 住了,被别人 hold 住了。你选择的表述,你讲话的风格用的是一种现场的方式,让我看到一个网络中的你。你是活在网络里面的,你就是个网络控。但是为什么要 hold 得住网络呀?我干嘛要 hold 它呢?它值得我去 hold 吗?

至于曾妮对那次会议的声讨,而且是很彻底的声讨,我比较赞赏。我对那种

会议也是这样的态度,当然我不会去声讨,或者干脆不去,即使去的话也是观赏而已。我们"60后"和你们的区别在于我们对网络不熟悉。但是我不熟悉它不等于我 hold 不住它,你熟悉它不等于你 hold 得住它。因为你完全是被它所左右,你完全进入到现场,你已经成为演员。hold 得住的是谁呢?是导演。谁是导演?组织会议的人。你虽在网络现场,但是你没有能力去组织这样的一场会议,所以你们首先要明确什么叫 hold 得住,什么叫 hold 不住。现场有那么多年轻人,但是话语权在谁手上?这些年轻人现在还是 hold 不住的,因为话语权还没有交给他们。今天这个时代不是单一的后喻时代,它是一个多元时代,既有前喻也有并喻还有后喻。对你们这一代来说,任务很重。如果你们仅仅陷入网络狂欢的话,我觉得未必能担当。网络是现场的,年轻人只是在现场而已,在现场未必你能掌控,未必能 hold 得住。相反,你被它背后的事物所掌控。比如盛大的老总,他就 hold 得住你。你写网络小说可以写很多,也可以赚钱。但是就像西方后工业社会背后,真正的游戏规则在起作用,那才是 hold 得住呢。幕后黑手。你们只是线偶,是被 hold 住的。

熊晓萍(教师):许多年轻人口无遮拦,自由畅快,在网上狂欢,游刃有余。网络看重的是生命与生活的这种境地,所以才能培养出年轻人的这种状态,特别爽。对此,我们"50后""60后"有很多压力。就是给我们网络,说实话,我们也不能很畅快地像他们这样去讲述,但是网络带来的那种精神值得我们追随。以前或者是你有经济地位,或者是你有官场地位,你才可能在媒体上发言,现在就不一样了。据分析认为,当你的微博粉丝是 100 个的时候,你就相当于办了一份内部刊物;当你的粉丝达到 10 万个的时候,就相当于一份都市报;如果达到 1000 万的时候,你就是一个电视台。这样一种新技术带来的东西使我们的国民素质得到一种启发、培养,推动我们国家的开放、民主。早几年我做过一些调查,在我国,40 岁以上的网民不到 10%,很少很少,但这些人又是制定网络政策的,很多网络的东西都是由他们来管理,但他们非常不熟悉网络,所以有时候会有一些很可笑的东西出来。这是因为他们很害怕,对新事物有恐惧的感觉。这就对网络的发展不利,更宏观地说,对我们中国的发展不利。所以说还是要尽量让自己保持 hold 住的愿望。

李凤:我想到一本书《光荣与梦想》,曼彻斯特写的。它讲美国 20 世纪 60 年代所谓"垮掉的一代",我觉得跟我们现在很像。有人觉得我们"80后""90后"就是"我为网狂"的那种人,就是网络狂欢的那种人。所以从理论的基础上,以上一代的高度来俯视我们,以为我们是一群小丑,一群被你们牵引的小丑。我看到有这样的一句话,说 60 年代的叛逆者到 80 年代的时候,他们当初喊出一无所有的人,现在已经功成名就,小腹隆起,然后他们面对新一轮的年轻人的反叛,想起怀旧,就怀旧当年自己反叛的年代。但他们同样成为既得利益者,

他们会怀旧自己当年这个时候的那种狂热。有个评论我觉得很深刻，他说："今天再读《光荣与梦想》的意义不在于向逝去的60年代所代表的一切说 bye – bye，新生代年轻人更生猛，更放肆，更堕落，也更幸福，但就是没有再出现曼彻斯特这样的人，他能站在另一个高度，就是我们作为年轻人，站在另一个高度，既能兼容理论的高度，又是自己体验的那个高度，去融合起来，用更理性的眼光、批判的眼光去反思我们自己所处的这个时代的人。"他最后一句话就是想要说出我们这个时代，不只是体验，不只是感受，而是用更理性的眼光去反思我们所处的这个时代的人。所以，不要以为我们"80后""90后"就是脑残的人，我们还是有自我的，还是更进步的。我还是坚信这一点。

贺钦宁（教师）：你们认为很能 hold 得住网络，是因为你们知道很多的信息。但是这些信息只需要去搜索一下，去百度一下，同样也可以知道。所以说，你们知道很多的信息没什么大不了的，这是第一。第二就是，即便你们知道这些信息，但是你们到底知道多少，对不对。这些信息，你们到底有多少很深地去反思，去理解。其实你们是被科技所异化，是被科技所操纵的，网络在改变你们的思维。其实我们到底能掌控网络多少，我觉得这是一个问题。

网络到底是什么？我们每个人所接触的网络都只是网络的一部分，并非你们这个圈子知道的网络才是真的网络。就像你关于对那个会议的很多批判一样，可能在你是属于理性的角度，但是另外一个人会有他的角度。

还有一个问题就是，我认为每一代人都很脑残。但是为什么我们都说"90后"脑残呢？是因为在青春期的时候，你们的想法，你们的行为正好碰到了网络，然后被公布了，被放大了，被夸张了，所以我们会认为你们很脑残。但是，其实"60后"也有青春期脑残的时候，但没有被公布而已，所以我们要理解你们。但是另一方面呢，你们过早地接触网络，会造成一种假象，就是你们认为你们拥有话语权。但其实你们没有，你们在网上所有的发泄就像我们以前青春期写日记一样，只不过你们有一种能动，一下子可以聚集这种能量，然后夸张。但是这种现象，反而让这代人更失去理性，就像刘忻的粉丝一样，他们排着队在广电总局绕三圈，喊口号，其实这些行为是通过网络来集结的。我有一个 2000 年出生的妹妹，很小就开始接触网络，如今我发现一个更可怕的现象，就是她几乎不接受任何网络之外的东西，任何长辈的任何意见，她全部都否定，她会为了批判而批判。当她喜欢日本动漫的《神奇小子》的时候，如果你跟她讲《棋魂》《海贼王》，她也一概不接受，就是她完全封闭自己了，其实她就觉得自己知道的是最多的，她藐视一切的"90后"，她作为"00后"，藐视"90后""80后"，所以我会觉得这一点很可怕。

江冰：大家想表达的就是不同年龄段的人对网络接受的问题。中国人会不会因为网络而放大了我们的代沟，这似乎也是个很有意思的话题。

贺钦宁：我再补充一个观点。比方说，现在有一个人，他说他不会上网，你们肯定会很瞧不起他，你觉得他连网络也不会上；但是那个人在网络上发了一句言，可能会让瞧不起他的人很崇拜他。其实就只是一个技术而已，有时候只是个技术而已。

熊晓萍：有一个"80后"的在校大学生，他在农村的家里不知道是出了什么事情，是因为拆迁啊，还是因为出了什么事情，反正就是投诉无门。他的长辈一点办法都没有。他却跟他的长辈不一样，他知道网络的作用，想到用网络的方式。后来这个事情引起很大的反响，当地的媒体注意到了，然后这个事情就得到了一定的解决。别以为在那个网上说说什么有什么用啊，胡乱发泄什么的，其实不是的。从传播学来讲，用这样一种方式来传达思想，很有作用。我们应该看重这种精神，在民众当中培养这种精神。这种传播很重要，你鼠标一点，一下子就传播开来，就有很多人享用，有很多人知道这个信息。这种传播的力量是非常惊人的，我非常看重这样的一种精神。网络的传播星火燎原啊。

学生听众A：我个人觉得微博只是个发泄渠道而已。上个学期末，我们09届的女生被安排住新宿舍，不知道什么原因就排成了08届师姐住新宿舍。那几天我上微博，看到09届女生全部是骂师姐、向领导投诉的，但最终这个结果还是不了了之，师姐还是住新宿舍。所以我觉得，微博的声音只能解决一些小事，比如说东西丢了，帮忙转一下，最后帮你找到了。决策者往往只有一个，所以在这个和谐的社会里，我觉得下面的声音再大也传不到上面去的。交际圈窄，我觉得这反而是个好事，微博的僵尸粉那么多，我觉得每个人都应该有自己的隐私，你不希望太多陌生人无缘无故老是关注你，整天被那些眼睛盯着。

王文捷（教师）：我们每一个人，尤其是个体，包括一些群体，某一个阶层的人，对于某一种文化，都还是hold不住的，没有人说我能把这个东西完全掌控在某一范围之内。我们总是对一些新的文化带有一些不确定的感觉，想办法把它拉到一个稳妥的文化框架之内。其实我觉得都是hold不住的。这是我的观点。

江冰：每一种文化实际上都有它亲近的一群人，都有不可忽视的一种权利，当年轻人觉得网络文化对自己如鱼得水时，我们热爱它。但当我们的老一辈或者我们的老师、专家不了解它的时候，我们批判它、藐视它，甚至是排斥它，实在没办法了就"招安"它，抚慰它，耍耍它。其实，这是在网络面前所表现的一种复杂的心态，但是科技毫无理由地往前发展，不会因为我们的感情而停住了。很早的时候，我对网络其实非常隔膜，完全是因为一种理论去研究它，有一段时间很沉溺于研究这个虚拟世界。我认为虚拟空间的经验可能会在人类的未来大放异彩，后来我却又发现，其实人们更加需要在网络中找到真实的自我，所以这又使我产生了一个疑惑，就是人们不是把网络当作虚拟的，而是当作一个现实，所以今天我特别喜欢微博，我觉得微博给我带来很多很多东西。

敖景辉（教师）：我觉得从网络本身这个定义来说，它应该是沟通与阻碍，用 hold 住这个词去界定网络的话，会在无形中竖起一道屏障。我们可能内心里面想为什么要 hold 住呢，而不是打破它，可能你会觉得犹如心中产生了一障碍。其实，网络推进的应该是民主，它应该是更加开放的，更加的多元化，更多的人参与。比如在微博上有什么趣事，什么老师上课啊。也有学生在上课时把老师讲课的情况发到微博上去，大家就都知道。我们学院开会，就通报了这些情况，实际上就促成我们老师和学生之间沟通。另外，也有学生把我们学院一些老师的照片发到网上去，还说这是我们学院最美的女老师，这也是很意外的一个"成果"，从另外一个角度宣传了我们学院的形象。

张宇奇（教师）：我说一些关于网络文化的东西。网络文化，来源于现实，现实又是来源于传统。现实与传统是一种分裂关系。作为学生，作为我们的教师，有不同的形式宣泄，不同的形式反映了不同的文化，网络文化也是我们时代的一个特色。下面我讲一件事儿，关于我的一个朋友。这个朋友，他每天都发微博，当然发得比较多，有时达到几千几万的粉丝。偶尔，由于工作原因，他没有发。于是出现了一种现象，他的微友就给他打电话，问他为什么不发微博。每天都有人去围观、去看他。面对这一类人群，我们还有一种说法，叫微博控，而我们的"控"是主观地控，还是被控呢？我觉得这个需要讨论一下。再一个，我也觉得，网络应该是一种各取所需的地方。不同的人面对同一个现象，他会接受不同的信息，提取我们所想要的不同的东西。

曾妮：你知道我们师生之间最大的代沟是什么吗？我们今天的讨论都可以体现，比如老师们都揪住了到底 hold 得住 hold 不住。其实，我们取这个名字，也只不过是为了时尚一点，所以揪住了 hold。如果现在网络，最新的词不是用 hold，是什么 out 呀，outday 啊，那我们就用 outday 了，我们就不用 hold 了。所以其实这也算是我们的代沟之一。

学生听众 B：网络是公共的平台，属于私人性的东西是不该放到网络上的。你能控制什么人不能放，什么人能放，以及能否处理跟处理得是否恰当。有一个老师说："你们学生就是太微博化微博控了，我不喜欢某某人在我的课上突然听到某一句话就把我的那句话微博了。"他举了一个例子，他上课的时候说云南人不是中国人，但是他说这句话是有前提、有语境的。但当时有很多同学都在上网，突然听到这样一句话，就马上把它微博化了，造成了许多负面的东西。这个暂且不说。就拿微博来说吧，网络在很多方面是有误导性的，最主要有两点，第一，它在传播方面是有片面性的，就好像说你把某个老师的东西微博化一样，说一些你不满或很片面的东西。第二，我觉得在传播的过程中就会使原话或原意变异，就好像那个老师原来的意思就不是说云南人不是中国人，但是在微博的过程中，却把他的意思变异化。所以我觉得在传播的过程中有误导性。

江冰：其实今天我们也没谈到什么 hold 得住 hold 不住，我们谈了很多网络的好话，也谈了很多网络的坏话。网络在中国可能是最活跃的，或者说在中国显示了它多极的意义。这说明它是一种潜能，是能够左右中国历史、中国命运的力量。我们能不能在这样一个网络时代把握好网络，是一个很重要的问题，所以现在我们的政府官员、我们的国家管理者也都在高度地重视网络。所以就这一点上来说，我觉得网络是否能够 hold 得住，既是一个不必深究的问题，同时又是一个大可以谈的问题。

第二辑

网络时代的"80后"文学

"80后"文学的前世今生

自从我研究"80后"之后,同事、朋友见面就多了一个话题:"哈哈,'80后'!"这是常见的招呼,后面的话题也就内容多多,或通俗或高雅,亦庄亦谐,不亦乐乎。"80后"自然是一个意义广泛的话题,就是拉家常也可以拔萝卜带出泥,话题一箩筐。中老年可以嘴角一撇,哼一声"这小辈呵"!青年人可以或兴奋或愤青地表示赞赏或者反对,现身说法者大有人在。我自然不是"百事通",在许多请教者——比如"怎样才能消除代沟"的父母的咨询面前,只能用手摸摸头,不着边际地打声哈哈。

不过,学术界较真的朋友可是很难敷衍的。

2007年年底,广州开中国小说年会,会友中就有不少质疑者,连到会的"80后"作家,"80后"记者也多有异议,其中多少带有一点儿个人情绪,讥讽几句,我以为也在正常之列。文学的命名一向有不同程度的冒险性,概括的代价,抽象的代价,有时是按下葫芦浮起瓢,你想解决东边的问题,西边的问题又冒出来了,你想化繁为简,高度总结,常常又会失去丰富,坠入另一种局限。研究一片森林,还是专注森林中的一棵树,群体与个体的联系常难把握,不过,顾此失彼倒也不是唯一的结局。

话题回到"80后"。放在学术研究上,这显然也属于"代际差异"研究的范畴。所谓"代沟",在中国也是流行了二三十年的名词,它是20世纪80年代学术界里就广泛流行的西方"舶来词"。翻开我在1987年3月购于南昌的那本薄薄的小书《文化与承诺———一项有关代沟问题的研究》,20年前阅读此书时的澎湃心情顿时浮现,年轻时的我仿佛从美国女学者玛格丽特·米德的叙述中,找到了自己的学术激情,找到了压抑已久亟待抒发的情感出口,20年前红笔画过的那段话依然那么有力,穿过岁月传递着青春的豪迈——

> 即使在不久以前,老一代仍然可以毫无愧色地训斥年青一代:"你应该明白,在这个世界上我曾年轻过,而你却未老过。"但是,现在的年青一代却能够理直气壮地回答:"在今天这个世界上,我是年轻的,而你却从未年

轻过,并且永远不可能再年轻。"

——摘自《文化与承诺》

这真是让如今也人到中年的我,同时体验到两种情感:一是回忆年轻。想到热血男儿的年轻时代,我的时代,写诗的时代,"折一根柳枝,高举青春的旗帜"的时代,呵呵,年轻时的激情岁月!二是中年感慨。一声叹息,年轻不再。何况面对全球化的今天,面对"搜主义"的今天,我们虽然曾经年轻,但此时此刻却恰如玛格丽特所言:在今天这个世界上,我从未年轻过,而且没有一点可能性再年轻。子在川上曰:逝者如斯夫。岁月如刀,青春不再,谁又能与时间抗衡呢?真心钦佩当时已年届70的玛格丽特,能够写出如此洞穿生命的文字!

说说这位让我钦佩的玛格丽特·米德吧。1901年她出生在美国费城的一个世代书香之家,父亲是经济学教授,母亲是社会学博士——坚定的女权主义者。玛格丽特获得英语和哲学双学位后,在哥伦比亚大学攻读心理学硕士学位。1924年,她偶然结识了近代人类学的一代宗师弗朗兹·波亚士和他的女助手露丝·木尼迪克特,他们渊博的学识和巨大的人格魅力使年轻的玛格丽特确定了自己的人生目标,她很快完成了心理学硕士论文,与比她年长14岁的师姐露丝·木尼迪克特一样,成为波亚士麾下一员骁将。23岁的玛格丽特克服了文明社会的女性无法想象的艰辛,孤身一人奔赴南太平洋上的玻利尼西亚群岛,研究处于原始荒蛮状态的萨摩亚人的青春期问题。从学习土著人的语言、生活方式到果敢地摆脱那些注意"白人女子有一双漂亮丰满的大腿"的土著求爱者。年轻的玛格丽特的勇敢和付出,令我自愧不如。

1928年,玛格丽特的第一部力作《萨摩亚人青春期的到来》出版,该书的副标题是"为西方文明所做的原始人类的青年心理研究"。此后,她佳作迭出,一以贯之的观点在于揭示人格的塑造主要源于文化环境,而非生物学的遗传因素。1935年,30岁出头的玛格丽特开始挑战已成大家的弗洛伊德。弗氏认为男性是人类先天的行为模式,而女性则不过是被阉割了的男性。男女两性不同的心理发展过程取决于男女两性所具有不同的生理解剖结构,因此,文明社会男女不同的人格也就同样具有生物学上的普遍性。玛格丽特则认为,文化对人格与行为模式塑造起着更为重要的决定性作用。20世纪40年代以后,玛格丽特的视野从原始文化转向当代社会,她以极大的热情关注二次世界大战后社会变迁、家庭解体、种族矛盾以及学生运动、性解放和代沟等一系列社会热点问题。《文化与承诺》即是她生前最后一部也是最负盛名的鼎力之作。

在《文化与承诺》中,玛格丽特提出了著名的"前喻文化、并喻文化和后喻文化"的概念,她将人类的文化划分为三种基本类型:"前喻文化"是指晚辈主要向前辈学习,"并喻文化"是指晚辈和长辈的学习都发生在同辈人之间,"后喻文化"是指长辈反过来向晚辈学习。玛格丽特的大胆与精彩处在于她明确

地指出当下的时代属于"后喻文化",即"青年文化"时代。"在这一文化中,代表着未来的是晚辈,而不再是他们的父辈和祖辈",在全新的时代面前,年长者的经验不可避免地丧失了传喻的价值,瞬息万变的世界已经将人们所熟知的世界抛在身后,在时代剧变的面前,老一代的"不敢舍旧"与新一代的"唯恐失新"的矛盾,不可避免地造成了两代人的对立与冲突。

玛格丽特向20世纪的世界宣告:现代世界的特征,就是接受代际冲突,接受由于不断的技术化,每一代的生活经历都将与他们的上一代有所不同的信息。玛格丽特更为深刻与坦率的结论还在于她没有像人们惯常思维那般把代沟产生的原因归咎于年青一代的"反叛"上,而是归咎于老一代在新时代的"落伍"上。两代人需要平等对话式的交流,但对话双方的地位虽然平等,意义却完全不同,因为年轻人代表未来,而年长一代要想不落伍,唯一的选择就是努力向年轻人学习。

20多年后,玛格丽特的话仍然似一声警钟,音色响亮,力量不减!我重温名著,心情复杂,站在告别青春、遥望老年的分界线上,不由地生发出一声感慨,同时,也慢慢寻找到自己在重返大学后,之所以会选择"80后"文学作为课题的思想脉络。20多年前,她似乎成为我人生选择的一种先天宿命,在幽暗寂寞中导引着我的前行。

哦,还是回到"80后"吧,玛格丽特·米德的生命道路无疑给了我们丰富的启示,基于"二战"后的西方社会,可以平移到今天中国21世纪的社会现实。所谓"四世同堂""五代同堂"的用法,在中国大陆文学界已经用了20多年。为什么唯有到"80后"的提出,"代际差异"才会如此醒目与突出呢?其实这恰恰取决于文化空间的根本改变与传统价值观的某种"断裂"。文化传递的惯性在2000年后被极大地遏止了。文化传播方式的改变,也使得原来依赖意识形态强行预制的文化轨道与生存空间被迅速地消解了。毛泽东当年俯瞰天下、居高临下地放言"世界是你们的,也是我们的,但归根结底是属于你们的……"的那种自信也正在被改变,而站在21世纪时间河流中的我们为何不能面对"代际差异"呢?为何不能用一种更为开阔的胸襟、更为豁达的心态面对"80后"呢?

我注意到暨南大学洪治纲教授的"60年代出生作家群研究",也注意到山东大学施战军教授的"70年代作家研究"。洪治纲从对童年记忆保持某种持续的叙事热情切入"60年代出生作家群",试图说明这一叙事策略的独特性,恰好在于这一代作家"以轻取重"的叙事智慧,折射了他们在规避宏大叙事之后的某些独特的审美思考,并以此昭示20世纪60年代作家群体共同创作倾向的文化历史意义。[1]施战军写于10年前的一系列文章也曾经近距离地触及"70年代人"的创作群体。假如将他对这一年龄段作家群体创作若干特征的概括做一个简单的罗列,我们似乎就不难窥见"80后"的"前世","70年代人"的创作群体的某些

创作倾向，甚至为"80后"的"今生"做出了一个铺垫——

比如"解禁的个人"；

比如"捆绑不住的手脚"；

比如绝对的甜与苦、香与臭、干净与肮脏都"丧失了存在的理由"；

比如彻底过滤掉了"拥护/反对"式的精神遗骸的一代。[2]

同时，我也看到不同学者对代际划分或赞成或质疑的不同意见，这些都给予我的"80后"研究以鼓舞与推动。以价值分野和文化空间来看，用10年作为一代人的划分难免有些笼统，有些轻率。不同的学者完全可以有不同的划分方法，比如新近出版的《香港四代人》就将香港人分为四代，取的就不是"零位交接"。但就中国内地来看，再缩小至中国作家群体来看，10年一代人的划分仍然有其相当大的历史合理性。

平心而论，反而是"80后"一代，由于文化空间变化太快，还真有"三年一代人"的气象。比如网络的普及对20世纪80年代一头一尾出生的年龄段，就有很大的不同。在对女学者玛格丽特表达敬意的前提下，也许细心的文化观察、专业的个案分析，会使我们获得存大同、求小异的认识起点，并在此基础上认可"代际差异"，承认"代沟"。由此，在一条文化传递的轨道上理解"80后"并非"天上掉下的林妹妹"，而是如贾宝玉有其特定的前世今生。

由此可见，"80后"仍然是文化传递链条上的一个环节。

注释：

［1］参见洪治纲《窥探：解开历史的真相》，《文艺争鸣》2008年第10期。

［2］参见施战军《关于"七十年代人"的对话》，《南方文坛》1998年第6期。

论"80后"文学的"偶像化"写作

自"80后"文学浮出水面,"偶像"字眼如影随形,从网站写手的偶像化包装,到大小媒体的明星式运作,直至"偶像派"命名的出现,其存在已毋庸置疑。

我在"80后"文学系列论文之首《试论"80后"文学命名的意义》中已经涉及偶像派,数月以来,一个结论愈见清晰:处于信息社会的今天,许多响亮而显赫的"名头"仅仅是一种暂时性的指称,所有指称在获得命名的同时,就在经受选择、淘汰和沉淀的过程。它的消失也许同它的成名具有相同的速度:快速成名和快速消失。对此,我们大可以宽容之心对待,如果视其为某种"命名暴力"的行为,反而是抬举和高估了它的力量。在网络和新媒体极速发展的当下,许多命名就像奇幻世界中的小精灵,一个个令你眼花缭乱地登场,又一个个变戏法式地消失得无影无踪。当然,"偶像化"或"偶像派"还不是一场稍纵即逝的风花雪月,其存在的合理性与必然性,构成了本文试图探究的动力所在。

一、何谓"偶像化"写作

就"80后"文学形态看,我们试图从以下几点描述"偶像化"写作的基本特征——

第一,追求形式的甜美。被称为"偶像派"的"80后"写手,登场之初就深知形式的重要性,优美轻灵的文字,奇幻飘忽的感觉,浪漫主义的风格,不求深刻但求动人的青春话语……所有这些都很容易使我们联想到广告文案的创作公式——KISS公式,即英文 Keep It Sweet and Simple。直译为"令其甜美并简洁"。KISS公式的核心是甜美,甜美的要领是打动人心。从几千年中国文学史来看,没有哪一个时代的作家和文学作品传播者,比"80后"更看重文学形式传播效果,在"偶像化"写作中,形式常常大于内容。在"80后"的写手和他们身后的市场策划者那里,作品被作为一件可意的商品,精心的包装向消费人群昭示:

"多么甜美动人呀!"打动人心也是偶像化作品传播的第一要义。

第二,"青春偶像"的装扮。"80后"文学的巨大市场是中国上亿的青少年,在14—24岁这个年龄段的青年心目中,偶像的号召力极大。

"80后"文学之前,中国的作家并非没有成为偶像的可能,但在偶像之前,必须有一个成名的阶段:多年艰苦写作→作品巨大反响→作家出名→渐成偶像。这个阶段首先需要相当一段时间,几年、十几年乃至几十年;其次,即便成为偶像,也大多在相对狭窄的领域,因为文学作品在媒介中较之文艺、体育并无传播优势。但"80后"写手在网络崭露头角之始,就已经自觉地装扮成"青春偶像",从而大大缩短了出名的距离。媒体的神奇力仿佛点石成金,丑小鸭变天鹅,灰姑娘成公主。中央电视台《非常6+1》栏目正是今天传媒打造偶像理念的通俗化演绎。

第三,扣住"青春"的书写。"偶像化"写作的一个关键点是紧紧扣住"青春"。他们清楚地知道:扣住青春,也就扣住了人心;扣住了人心,也就扣住了阅读市场的命脉;扣住了市场命脉,也就扣住了"名气"和利润。

一个显而易见的事实在于,"偶像化"写作的内容、题材、风格、形式都属于青年题材,并具有强烈的时尚色彩,作品的主题多定位在当下青少年的"青春遭遇",读者对象也定位在固定年龄段的阅读人群中,同时通过网络达到一种良好的互动。"80后"写手"青春"的书写甚至借助网络空间形成一个相对独立的青年"亚文化群落",或者称之为"青年文化空间"。这种空间氛围的着意渲染甚至造成了一种"圈子",在青春旗帜的虚掩下,原本试图宣判集体主义终结的个人话语,重新"统一"为一种与"公众话语"相对疏离的"分众话语",原本属于虚拟空间的网络竟然成为一个大本营,某种属于"分众"的"断代史"似乎正在被奇怪地书写。而"80后"写手在这一空间中上下翻腾,游若蛟龙。

第四,明确的商业化运作。在每一个成功的现代商业故事后面,大多有一个精心的策划。"80后"文学的迅速成长至少已经是一个商业成功的范例。那么,在"80后"的背后又有什么呢?

"80后"文学成长的背后始终站着一批老谋深算、用心良苦的商业策划高手。回顾中国策划行业,第一拨策划师往往从如何借助媒体抓眼球入手,他们的商业意识更多的是通过媒体炒作、活动宣传来体现。比如新华社记者出身的王志纲,他认为"成功策划的核心是理念设计"。尽管王志纲也强调按市场经济规则办,但他所处的时代,毕竟是中国市场经济发展的初始阶段。

"80后"诞生的年代则不同,网络的泡沫消退了,股市的疯狂平静了,金融的冒险收场了,经受了市场风风雨雨的策划人也逐渐成熟了。他们的策划从一开始就成功地跳过理念,按照市场运作的规律,在鲜明的商业意识的指导下,一步步地实现利润最大化的目标。网站的成长其本身就有赖于高明的商业策划。包装

郭敬明等人的辽宁春风文艺出版社,多年前就以"布老虎丛书"品牌营销成功,从而积累了运作品牌的丰富经验。而"80后"文学"偶像化"的趋向,正是品牌营销和目标营销战略计划的一个具体实施环节。中国历史上某位皇帝眼见青年才俊摩肩接踵进入科举考场,不禁仰天大笑曰:天下英雄尽入我掌中。今天的策划人虽未做仰天状,但内心早已盘算百遍如何将天下之利一网打尽!

二、"偶像化"与"偶像派"

在"80后"文学的写手中,以韩寒、郭敬明、张悦然三人的"偶像化"程度最高。韩寒已经成为反叛现行教育制度的青年偶像。我认为将来写中国当代社会史,韩寒也可提上一笔,因为高考制度把几千万高中生压抑得太惨,终于有一个人站出来"尖叫"一声,"沉默的大多数"虽无法公开响应,私下里都不免津津乐道。很难说韩寒的一声"尖叫"对教育制度改革起到了什么作用,但至少成为"被压抑群体"的一次宣泄。《三重门》发行110万册的惊人数目,多少也说明同龄人的一种回应。韩寒在其成名作《三重门》增订版里自撰的个人简历,勾画出他作为"叛逆者"的形象,文内有这样的一些句子——

  1999年浮出海面,获首届新概念作文大奖
  1999年顽主写《三重门》一年
  1999年看上去很美的成绩单挂红灯七盏,留级
  1999年过把瘾就死于《新民晚报》上抨击教育制度
  2000年活着,老子还没死,老子跨世纪
  2000年一个都不能少,还是七门功课红灯,照亮我的前程
  2000年千万别把我当人,我成为现象,思想品德不及格总比没思想好
  2001年无知者无畏,有人说我无知,那些没有文化只有文凭的庸人

"韩寒现象"引起教育界讨论,也让众多家长担忧,但"被压抑的群体"却自有看法,韩寒遂成"另类"偶像。韩寒成为偶像的原因并不完全在于媒体的包装和炒作,除了他陆续写出的《零下一度》《像少年啦飞驰》《毒》《通稿2003》《长安乱》等作品外,他拒绝了复旦大学允许旁听的升学机会,靠自己的努力成为一名职业赛车手,参加了全国汽车拉力赛,拿了上海和北京的第4名。畅销书为他带来了200多万元稿酬收入,他拥有了属于自己的车子和房子,过着经济独立的生活,因此被称为"开自己奥迪赛车的天才写手"。韩寒年轻、帅气、潇洒,写手+畅销书+赛车手+自己的房子+自己的车子+经济独立,几乎所有的因素都与时尚和偶像吻合。

郭敬明是继韩寒之后的另一名走红大江南北的畅销书作者。与韩寒相同,郭

敬明也是"新概念"作文大奖得主。不过,他是让父母放心的"好孩子"一类,考进了上海一所大学,边读书边写作。从"偶像化"的角度看,郭敬明的商业包装更加讲究,估计出版社也有了更多包装少年写手的经验,因为他没有韩寒"另类"的内核,所以"秀"的成分有增无减。

以正统文学经验的人来读郭敬明的成名作《幻城》,确实会有新奇之感,以至于北京大学的著名教授曹文轩为郭敬明写了赞赏有加、热情洋溢的序,这无疑也提升了郭敬明的身份。打开《幻城》,不能不承认作品所具有的阅读诱惑:神的力量、魔的幻术、人的情感、仙的容貌、侠的武功、商的财富、王的威严,跨越人神两界,尽得天地间风光无限。在作品中,我们可以感受到诸多现代时尚因素的聚合:好莱坞大片《魔戒》的神妙奇幻,金庸武侠小说的侠肝义胆,琼瑶爱情作品的似水柔情,格林童话的瑰丽与奇迹,韩国青春剧的时尚靓丽,日式动漫的潇洒飘逸,福尔摩斯推理破案小说的诡异神秘,007虎胆英雄身怀绝技以及虽危机四伏却有惊无险的悬念迭出……

反过来说,所有这些又同时成为作者想象的起点。假若你不熟悉"80后"的阅读经验与所接触的世界,你会倍感惊奇;假若你逐渐了解并熟悉了"80后"一代所接受的文化资源,你的激赏之心也就会平淡许多。当然,我们这样说,并不等于抹杀郭敬明的写作才能,他在对"80后"一代文化资源的感悟之中,毕竟在某种意义上成了新的代言人。他随后推出的《梦里花落知多少》《左手倒影右手年华》《爱与痛的边缘》等等,都一而再再而三地证明了他的"代言"地位。代言什么?代言一种青春期的宣泄和倾诉,关于友谊、关于爱情、关于亲情、关于成长的疼痛,关于"痛并快乐着"的青春旅途。也因为这种代言,郭受到少年一代的热捧,遂成"偶像级"写手。

应当说,郭敬明的作品定位也相当准确,恰得"80后"一代少年之心。其写作策略正如作者所言:"只要我们以相同的姿势阅读,我们就能彼此安慰。"(《爱与痛的边缘》自序)郭敬明笔下的文字有几分矫情,又有几分真切:"我喜欢/站在一片山崖上/看着匍匐在自己脚下的/一幅一幅/奢侈明亮的青春/泪流满面。""为赋新词强说愁"原本就是少年的青春期特点,加之处于社会转型期的中国少年也自有其压抑的一面,这些也构成了郭敬明作品得到热烈回应的心理基础。

令人惋惜的是"抄袭事件"的出现,这是不是"江郎才尽"的一个征兆?郭敬明近期成立工作室,所出作品的文学性减弱,时尚性增强,偶像化的趋向更加明显。比如2004年8月由春风文艺出版社推出的《岛》。在我的预感中,《幻城》已成为郭敬明自己跨不过去的"一道高栏"。

被《萌芽》网站评为"最富才情的女作家"和"最受欢迎的女作家"的张悦然,是与郭敬明并称为"金童玉女"的另一位"偶像级"写手。张悦然的成

长也具有"偶像化"的因素。14岁开始发表作品,"新概念"作文大赛一等奖获得者,考进大学并去新加坡留学,乖乖女、"好女孩",外形靓丽,一如其优雅的文字。充满小资情调的包装,一如其作品的时尚品位,虽然她没有韩寒、郭敬明那般"红得发紫",却也在"偶像化"的路上名声遐迩,春风得意。加上才女出手奇快,在韩寒、郭敬明二人炽风渐凉之时,势头强劲。《葵花走失在1890》奠定其地位之后,又有《樱桃之远》《是你来检阅我的忧伤吗》《红鞋》《十爱》等作品在2004年相继推出,并连续居文学类畅销书排行榜前列。

把张悦然五本书放在一起,时尚的印象十分突出,尤其是2004年推出的四本书,虽然出自"春风文艺""上海译文""作家"三家出版社,但却不约而同地选择了封面黑底托红的色调,其中作者大幅艺术靓照、文中插图和图片、图书装帧和版式均有强烈的现代时尚色彩。像《红鞋》《是你来检阅我的忧伤吗》更是当下流行的图文小说。上海译文出版社更是精心策划包装,并带有自我炫耀地宣布:"本书是张悦然的最新图文集,……优秀而奇特,是当下最时尚最高贵的文字类型,配有多幅华美的照片,诠释诗一般美轮美奂的意境,人如其文,文如其人,相得益彰。"(见《是你来检阅我的忧伤吗》扉页)"偶像化"的意图十分明显。

《红鞋》被称作张悦然"最新图文长篇小说"。但这一部约有10万字的长篇小说,人物单薄,故事矫情,没有多少文学内涵可言,无法烘托出"红鞋"这原本可能深邃无比的神秘意象。用笔较《樱桃之远》显得潦草,用意比《葵花走失在1890》显得肤浅。张悦然在"偶像化写作"的潮流中似乎同时在写两类作品:为时尚为市场为畅销的是一类,写内心写意象写人性的是另一类,张也因此成为"80后"写手中最有潜质、最具文学性的作家。但愿成为"玉女偶像"的张悦然不为"偶像"所累,在不被潮流吞没的同时,借他人之风潮,扬自我之风帆,在时尚褪色之后,有真正属于自己的本色作品。《葵花走失在1890》与《樱桃之远》使我们对张悦然多了一份信心。

以张悦然的文学历程来看,"偶像化写作"可能抹杀天才,也可能造就大家,至少为大家铺平第一个台阶。不过,是否成为大家,依然取决于作家本人的潜质与态度,而态度尤为重要。

三、"偶像化"有合理性吗

作为文化产业的一种运作方式,"偶像化"的手法早已在所有需要明星的领域里大行其道,操作得十分熟练了。文学,从前只是作为一种后援,一种资源,需要通过艺术形式的转换进入传媒,不过时至今日,文学也急匆匆地挤上前台,推出属于自己的"一线明星"。

1994年出道的香港女作家张小娴就是香港出版界第一个被当作明星来运作的小说家。张小娴在业界创造了多个第一：第一个拿下《明报》头版做新书发布整版广告的小说家，第一个在地铁做广告的小说家，香港第一本本土女性时尚杂志《Amy》的创办人。从量身定做，到设计形象，张小娴的创作生活完全按照明星来包装打造。这位女作家从1997年开始长居香港畅销书首位，被称为都市爱情小说的掌门人。20世纪80年代以来，所谓"文化北伐"中的香港经验对中国内地影响不小。这一次，与国际接轨的香港显然又在为内地文化产业运作提供先行一步的经验。

传统营销中的所谓4P（产品、价格、通道、促销），早已向现代营销的4C（消费者、消费者满足欲求成本、购买的方便性、沟通）转变；产品制造商以前的座右铭"请消费者注意"，已经被"请注意消费者"所取代。市场就在消费者的需求当中，谁能最大限度地满足并创造需求，谁就拥有市场，谁就抢得先机，谁就是最大的赢家！既然将文学作品作为产业化链条中的产品环节，那么这个环节也是可以按消费者的需求量身定做的。于是，在文学产品的制造者那里，传统的教堂布道方式"我说你听"和"我写你读"，迅速转变为"你想听什么，我就唱什么"，"你想读什么，我就写什么"。

倘若将文学也视作文化消费产品，这样做又有什么错呢？

承认这一前提，"偶像化"的合理性也就明确了，我们之所以将作家包装成明星式的偶像，正是为了迎合少年青春期"偶像崇拜"的心理，在时尚的包装下，提供满足并创造一种符合需求的消费产品。按照目标营销的理论，所有市场都可以细分，从而找到目标顾客，提高获利性和经营效率。"80后"文学由"80后"一代人构成"目标顾客"，偶像化正是通往"目标顾客"的有效途径。

对此状态，文坛反应不一。青年评论家路文彬甚至认为："80后"写作的时尚现象已经属于一个世界性的文化现象，写作缩短了与影视娱乐行当间的距离，作家开始逼近偶像，正是一种以迎合和自恋为本位的时尚，其取悦的永远是大众最浅层次的享乐与放松。[1]与路文彬等北京评论家不同，处于南方的学者，大概由于久居商业社会而见怪不怪，比较宽容地用"类型写作"的概念加以解释，他们认为："类型写作和产品相类，产品的诉求对象，就是读者（市场）。那么，'80后'写作，总体上说，是针对同龄人的，所以就没有必要生拉活扯地去和'70后'，'60后'甚至'50后'相比，更没有必要去质问他们：你写出经典了吗？"[2]

一北一南的两种观点，其实恰好从正反两个方面论证了"80后"文学"偶像化"写作的现实合理性。我在"80后"系列之二以一组公式表述"偶像化"的过程，[3]并肯定这一行为的合理性。当"偶像化"成为一种文学趋向时，你是很难通过外在手段随意"叫停"的。因为这同时也意味着文学真正多元时代的到来，文学正在成为满足不同层面需求的审美消费。即使按照文学精英们的原则：呼唤"神圣"，看重"命运"，其实也无须驱逐"类型"。

四、并非结语：风花雪月下的隐忧

我一向看重评论家李敬泽的敏锐。编辑的职业感觉使他少了些学院派的呆板，常有一针见血的智慧之言。针对部分"80后"写手及拥戴者自恋加狂妄、画地为牢的做法，李敬泽视其为"青春的独断和骄横"，"一种毁坏文化的逻辑"。[4]李的文章阐述了两个观点：文化有其无法更改的延续性，反对肆意降低文学的艺术价值。李敬泽的观点是警钟一响！

在我们承认"偶像化"市场前提以及文化消费合理性的同时，不可因此认为平面化、娱乐化、消费化是当下文学的主要趋势甚至唯一出路，也不能因此降低文学的精神高度。我们是在肯定文学品质重要性的同时，承认"类型写作"的合理性，宽容地看待"消费型""偶像化"写作的存在与分流。

即便如此，我们仍将常怀隐忧，担心风花雪月之下的意志消解、精神丧失、人心失重，担心为市场、为时尚创造的趣味成为唯一的趣味。人们在推倒权威的同时，是不是又可能受制于另一种权威？人们在娱乐自己的同时，是不是正在被无形中的力量奴役？当现代消费社会中所有文化产品都只为娱乐人们而存在之时，当所有大师的经典都被强行转化为传媒的娱乐版内容之时，当一切公众话语都日渐以娱乐的方式出现并成为一种文化精神的时候，人类就得警觉起来了。因为，我们可能将面临新一轮的灾难。我第一次在书店里看到《娱乐至死》译著时，就被它的封面吸引：坐在电视机前的一家四口人，人人都是只有躯体而无头颅！世界著名媒体文化研究者和批评家尼尔·波兹曼（1931—2003）生前曾将当下的时代特征描述为"娱乐至死"，并对电视等新媒体导致的娱乐化倾向深怀警觉。尼尔·波兹曼教授在著作中郑重其事地写道："有两种方法可以让文化精神枯萎，一种是奥威尔式的——文化成为一个监狱，另一种是赫胥黎式的——文化成为一场滑稽戏。"[5]

但愿"80后"文学的风花雪月不要演变为"一场滑稽戏"！

注释：

[1] 参见路文彬《"80后"：写作因何成为时尚》，《中关村》2005年第1期。

[2] 参见张念《"80后"写作市场分级和命运共同体》，《南方都市报》2004年12月28日。

[3] 参见江冰《论"80后"文学的文化背景》，《文艺评论》2005年第1期。

[4] 参见李敬泽《一种毁坏文化的逻辑》，《深圳特区报》2004年12月19日。

[5] 引自〔美〕尼尔·波兹曼著《娱乐至死》，广西师范大学出版社2004年版，第201页。

论"80后"文学的"实力派"写作

几乎与"80后"命名同时浮出水面的是所谓"80后""偶像派"与"实力派"之争,它以多种形式出现于各大网络以及平面媒体。在市场化和消费化的时代,这一富有文学以及文学以外意味的现象,完全可以视作走入21世纪之后的中国文学的一个特殊的现象。本文作为"80后"文学系列论文之四,旨在对"实力派"写作本身作一番探讨。

一、何谓"实力派"

"实力派"与"偶像派"的称谓,来自较文学更早迈进市场化和消费领域的娱乐界。娱乐界将那些脸蛋迷人、外形俊美的演员称为偶像派,而将那些主要靠演技展示角色魅力的演员称为实力派。两派各有擅长,均有风光。但从艺术主流派一向的观点来看,撇开市场炒作的因素,实力派更有分量,更有内涵,也更有长久的艺术生命力。在艺术主流派的眼里,他们不反对一个演员以偶像化方式进入娱乐界,但他们更看重一个偶像派演员向实力派的过渡和蜕变。

近百年的艺术史,似乎都在彰显这个道理。曾经当选港姐的张曼玉,如今以国际影星的身份证明了这一点。曾经以"三级片"起步的香港演员舒淇的明星轨迹,也是佐证之一。在2005年3月20日闭幕的第5届"华语电影传媒大奖"颁奖仪式上,刘若英被媒体评为"最佳领奖人"。她获最佳女主角的获奖感言颇为有趣,她先是说:"我觉得拍每一部戏都是希望有好的剧本,好的对手,拍完《天下无贼》之后,很多人常常问我刘德华是实力派还是偶像派。"台下观众正在疑惑这会和她的得奖有什么关系,只听刘若英话音一转:"谢谢刘德华,你让我成为实力派。"同时举起奖杯,现场效果非常好。[1]

刘若英是一位从后台逐步走向前台的演艺界新人,她的歌不是以唱功见长,而是以音乐演绎取胜;她的电影角色也不是靠外形吸引人,而是以其内在智慧魅力征服观众。显然,这位演艺界难得的才女是很清楚所谓"偶像派"与"实力

派"的不同,她以调侃的方式,以刘德华兼得"偶像"与"实力"之誉为铺垫,巧妙地借大众传播完成了自我定位与自我标榜的任务。其秀外慧中,以内在胜外在,以魅力胜脸蛋的"江湖地位"至此确定无疑。刘若英的过人之处,就在于她清醒地知道自己的长处在哪里,并努力将它做到最好。

至此,我们不妨将"偶像派"与"实力派"做一个并非严格意义上的区别。

"偶像派"——先天条件优越,外形靓丽,嗓音独特,适宜媒体包装,吻合时尚潮流,讨好大众趣味,其抓眼球的指数高,更易成为一种类型角色,甚至是文化消费的产物。

"实力派"——先天条件无过人之处,外形一般,并不时尚,甚至可能违背当下的大众趣味。但具有内在魅力,性格独特,有深度,有力度,耐人寻味,有可能被大众趣味拒绝,但又有可能因为"逆时尚而动"反而左右大众心理,成为另一种时尚。

两者比较,"偶像派"大多是青春偶像剧中的主角、武打明星、"当红美女""当红小生"。"实力派"则是影视中的"性格角色"。前者可能红极一时,但多半昙花一现;后者可能并不显赫,但艺术生命长,艺术价值高。前者大多单纯、轻松,后者则多半复杂、沉重、壮美。简言之,两个命名有相克相生,既相互对立又相互依存的关系。仿佛一枚硬币的两面,仿佛一个事物的两极。在传媒化的时代,有"偶像派"就有"实力派",有"实力派"就有"偶像派"。

二、与"偶像派"分流的背后

不必讳言,所有"80后"的写手都沾了"80后"命名的好处,而命名行为的本身其实就是一次"偶像化"手段的成功实施。命名的社会认可,意味着一次成功的托举——"80后"从网络"小圈子"走向传媒"大天地"。但是,"偶像派"与"实力派"之争为何立刻出现并迅速升温?一个旗帜下的战士为何刚刚进入大众传媒即喊着叫着要分道扬镳?分流的动因何在?

我以为,与上述刘才女调侃话语相通相近的"艺术主流"的价值取向,构成一股传统的力量,是导致"分流"最为重要的原因。

艺术主流价值的影响力首先促使一批"80后"写手主动"划清界限",他们一再表白自身的"纯粹性"以便拒绝"商业化",并对"眼球指数"以及书籍印数表示一种拒斥,因为在这一点上,两派的差距十分明显。根据 2005 年 3 月 21 日来自 Google 数据搜索制成的下列表格可一目了然。

点击数、词条数、出版印数等,所有这些数字无形中与商业化、市场化联系起来,于是一种意见就自然地形成了——

姓　名	词　条	备　注
李傻傻	4970	实力派作家
蒋　峰	3280	实力派作家
胡　坚	2710	实力派作家
小　饭	2460	实力派作家
张佳玮	1160	实力派作家
郭敬明	21500	偶像派作家
春　树	21300	偶像派作家
韩　寒	14600	偶像派作家
张悦然	4340	偶像派作家
孙　睿	2380	偶像派作家

首先，媒体上呼风唤雨的"80后"写手实际上只是消费品的组合；[2]除了这批制造消费品的少年们——他们所构成的"80后"写手是肤浅的、低俗的、孩子气的、商业化的——还有一批在"认真地学习大师们同样不被关注的伟大著作并且认真严肃地写作，唯一的遗憾在于他们并未浮出水面"（张佳玮语）。

其次是主流文坛对两派的褒贬，无论介入深浅，无论温和还是激烈，文坛里的作家和批评家们，以偏向"实力派"的居多，其中动作最为明显的是作家马原，当年先锋派的骁将，拍马出阵，亲自操刀主编了名为《重金属——"80后"实力派五虎将精品集》一书，此书在"80后"文学发展历程中几乎成为正式宣告两派分流的标志化产物，意义非同小可。更为重要的还在于"重金属"书名所暗含的价值取向，明褒实力，暗贬偶像，依然是艺术主流价值的观念在发挥潜在的作用。

三、在"商业"与"纯粹"之间摇摆

值得玩味的是，"偶像派"与"实力派"之争被媒体看成难得的炒作材料，推波助澜，点火加油，遂成一出闹剧。世上事物，唯对立可以构成对抗，对抗即有斗争，"实力派"因为可以对抗"偶像派"，成为另一派势力，成为另一面可以抓眼球的镜子。因此，颇有些滑稽的是，本来表示甘愿寂寞的"实力派"人物，又被媒体毫不懈怠地捧为另一类"偶像"——"文化英雄"的偶像，抵抗世俗的偶像，也许来日可以问鼎诺贝尔文学奖的中国少年偶像。

李傻傻即是一例。这位被公认为比较成熟的"实力派"主将就有明显的"摇摆"动作。参照2005年3月21日来自Google数据搜索报告，在词条数目

上，实力派作家明显低于偶像派作家，但唯一可以在数字上抗衡的就是李傻傻，他的词条达到4970；虽然低于郭敬明的21500、春树的21300、韩寒的14600，但高过当红作家张悦然，且在实力派作家中排名第一。这固然与李傻傻网络写作的影响有关，媒体将其封为"少年沈从文"，以及他的长篇处女作《红X》的成功炒作，也成为李傻傻"暴得大名"的重要因素。

李傻傻原名蒲荔子，来自沈从文的家乡湘西，笔下也写湘水流域的乡俗民风，他写散文、诗歌、小说，在新浪、网易、天涯三大网站都有作品专题，追捧者不少；进入纸媒介后，《芙蓉》《散文天地》《上海文学》《花城》等著名文学刊物也相继推出他的作品专辑，是受到广泛关注的第一位"80后"实力派作家。在他的身上有几个与大多数来自城市的少年写手的不同之处：乡村出身，来自湘西，写出了乡村诡异、灵动、神秘的一面，作品更多地涉及了死亡、暴力和性，并以此区别于"校园青春写作"中的小布尔乔亚风格。

因此，敏感的媒体开始使用营销上的"搭车"策略，将20世纪后20年中国最受尊敬，而且是文学排位不断上升的现代著名作家沈从文拉来做大旗，湘西小老乡摇身一变为"少年沈从文"。李傻傻笔下的湘西风情成了沈老先生《边城》名作的流风遗韵。媒体的另一个包装是"先锋派"：与同龄写手相比，李傻傻是"独一无二的""安静、沉默的"；其才华独特，立场纯粹；他的姿态"几乎是余华在《细雨中呼喊》的文学姿态"。还有一句话也被媒体广为引用："80后"女写手春树说："李傻傻简直就是我的偶像。""乡村出身""湘西背景""先锋姿态""春树激赏"，均成为媒体包装的亮点，纯朴的蒲荔子终于一跃而为大众传媒的宠儿。《红X》即可视作李傻傻正式进入文坛之初，在商业与"纯粹"之间摇摆的产物。

四、"实力派"作品的文本分析

还是让我们把目光回到文本，因为当媒体炒作的潮水退去之后，真正留在文学史上的还是文本，尤其是集中文学最高成就的长篇小说。

先看李傻傻的《红X》（花城出版社2004年7月第1版）。

这部21万字的长篇小说首先由《花城》杂志推出，作为"80后"作家的长篇小说被著名大型文学刊物接受，为作者带来了声誉。作品叙述了一个名叫沈铁生的问题少年的逃学故事。因为打架与无所事事，沈铁生被中学除名，他不敢回家，给父母的假象是仍然在学校苦读准备高考。沈铁生以学生的身份在城市里游走，他一面与几位女孩周旋，与她们的肉体狂欢，一面竭尽全力摆脱生存窘困：偷窃、游荡、想发财、做苦力。在躁动和迷茫的情绪中，体验苦闷的青春，最后为女友举刀杀人……

抱着较高的期望值读《红X》，颇感失望。一个乡村少年到城市求学的生活写得虽然真切，但从全篇阅读效果上看缺乏一种"对立面"的对抗，整体感觉琐碎、平庸，少了生命的紧张和焦虑。作者写得比较细致的是主人公与自己的性欲对抗，但由于心理揭示上缺乏深度，很难由此展开"人之困境"。作者同时书写了乡村经验，触及"饥饿"主题，但在社会化和个人化的深度上都无法与莫言、阎连科等走出乡村的当代作家相比。他的"城乡接合部"经验也没有超出当代文学已有的经验范围，很难有新奇感和震撼力，倒是性欲对象涉及母女二人的情节与心理，或有一点新意，但由于缺乏深度，容易与性欲、偷窃、打架、流浪等一同流于供读者消遣的"畅销因素"，从而走向作品精神的平面化与娱乐化。

再说蒋峰的《维以不永伤》（春风文艺出版社2004年5月第1版）。

这部25万字的小说因为篇名出自诗经，似乎为作者带来庄重、含蓄、底蕴深厚的声誉，但作品却似乎没有具备与来自古代题目相匹配的内涵。《维以不永伤》围绕一桩少女奸杀案展开，借此描写了与少女毛毛关系密切的父亲、母亲、继母、情人杜宇琪，以及作为正义化身的警察雷奇。西方小说的圈套式结构设计，富有悬念；好莱坞电影硬汉警察诈死、对罪犯穷追不舍的情节安排，具有可读性。可以看出，作者蒋峰是认认真真地在写小说，精心设计的故事结构，冷静的叙述，简练的笔法，自如的控制，显示出一种为小说而写作的职业才能，青春期不顾一切地自我宣泄在这里已经被某种洞察给化解了，作品似乎在昭示：蒋峰是把小说当作人生使命来完成的小说家。

然而，如此较高的评价恐怕只能限制在小说家职业性的敬业精神上。因为，在消费的泡沫化年代，蒋峰写小说的认真固然可贵，但深究下去，《维以不永伤》仍然是一部可读但不耐读的作品，是一部技巧胜过内涵的作品，苛求一点说，主题不免流俗，艺术难有回味，更难论精神高度了。

最后说说张佳玮的《加州女郎》（湖南文艺出版社2005年1月第1版）。

比起上两部实力派作品，《加州女郎》更难称力作。这部15万字的小长篇像一杯稀释的果汁饮料，全书247页，但读至100页尚没有真正展开故事，作者的思绪仍然停留在对一条手机短信的"无限感慨"之中。太淡，太薄，缺少长篇小说应有的分量：紧张、冲突、人物、情节、环境、心理……作品贯穿着对《加州女郎》唱片的寻找，但这一情节设计细若游丝，随风飘荡，难以凝聚成艺术冲击力。"犀角项链""唱片店主""异国男子A"等花费笔墨描写的人与物，均游离于主情节之外。结婚的人是谁？H是什么样的女孩？面纱迟迟没有揭开，既然不是刻骨铭心的爱，何必如此长篇大论、虚无缥缈地伤感抒情？作者的创作态度不免轻浮。在后记中，张佳玮提到福克纳和村上春树，这使我联想到《加州女郎》主人公试图用音乐家舒曼、克拉拉、勃拉姆斯的人生遭遇自比，作者与他笔下的主人公一样，自恋倾向明显。所谓"看齐大师"也只停留在自我标榜的表

层,缺少生命的体验,缺少心灵的沟通,其实是无法进入大师的精神殿堂的。

上述文本分析,也许近于苛评,但作为以"看齐大师"为口号的实力派,应当承认,他们远没有超出前辈。再苛求地说,他们距离中国当代主流文坛的核心地带尚有不小的距离。

五、文化背景的负面作用

"80后"文学能在文学史上留下什么,是留下一次文学热潮,还是一批有分量的作品?"实力派"任重道远,就像中外文学史上每个时期的文学思潮与流派一样,最后检验其创作实力的,还是应当具有此时期此流派作家特有的"核心竞争力"的作品。

我在"80后"文学系列论文之二《论"80后"文学的文化背景》中,[2] 试图以文化背景的独特,确认"80后"作家所拥有的写作资源,进入21世纪的"80后",由于时代的急剧变化,或许只有依靠自己写自己。"代沟"无情地把50、60、70年代生人拒绝在"80后"的世界之外,但是,"80后"写手能够承担"书写一代人"的历史使命吗?

在"80后"的写作资源中,网络有着重要的作用,但由此我又想到"网络依赖"所导致的负面作用。《南方周末》《网游日志》栏目曾刊出名为《爱情百宝书》的一则网恋故事——

> 女友L是一位婚事没有着落的大龄青年,身边虽有男子无数,却总难入法眼,于是决心在网间寻觅爱情。她等待的时间不长,白马王子似乎便已来到。无论她牵引何种话题,无论话题多么古怪偏僻,那男子都从容应答,显示胸中丘壑。聊天记录证明,在两人多次交谈中,他不但背诵过大把的宋词,还了解霍金的《时间简史》;不但熟知前卫的时尚资讯,还对文艺复兴时期的意大利油画颇有心得。L最后被征服的问题是,我忘记了"行来春色三分雨"的下一句,那人答道:"睡去巫山一片云。"
>
> 这位极高学历的学姐终于决定在本城最有情调的咖啡屋里约见王子。结果,她发现端坐在那里的竟然是一位穿着某初中校服的小男生。他不客气地点了最昂贵的茶水,然后充满嘲笑地对L说:姐姐,你还不知道Google啊?你还不知道它可以在眨眼间为你打开知识大门啊?据说,L心甘情愿地埋了单,她慈祥地看着面前的男孩。离开网络,他几乎是一张白纸,而在网际,他如鱼得水,坐拥整部百科全书。[3]

这个故事耐人寻味,它使我们对依赖网络成长的"80后"写手的内心充实与精神高度有所疑惑。

"实力派"面对的另一个可能的"陷阱"是充满世俗欲望的大众消费文化。尽管我愿意正视市场化时代的大众"欲望",正视"世俗精神",正视"青春书写"与"青春期阅读期待"的合理性,但依然担心网络一代将一切精神产品欲望化、娱乐化、平面化、快餐化,依然担心"80后"写手整体写作的精神高度和人性深度。也许,"偶像派"会以"类型写作"作为理由,他们将理直气壮地说:我们写的就是"青春消费品"。而"另类写作"的春树等人,则可能明确地表达宣泄自我的愿望。但是,以"实力派"标榜的"80后"写手们则没有托词,别无选择,必须在文学的崎岖山道上攀爬,任何对文学马虎、对大师不恭的态度只能成为提升自己实力的障碍。"实力派"呀,你真是无路可退!

当然,文坛还得有些耐心,因为对好作品的期望,还在于"80后"文学是否具有"可持续发展"的可能,以"恨铁不成钢"的急切对应"出名要趁早"的浮躁,难免会失去等待的信心。反观新时期以来的文学创作,"五七一族"、知青作家、反思文学、寻根文学,均有一个对作家自身生命历程"反刍"的过程。相比描写当下的改革文学,回顾历史的作品总是写得更深沉一些。也许,只有等到青春期的躁动平静之后,真正透视"青春期"的好作品才可能出现。人到中年,也许才能够对青年时代有更加深刻的体悟。"曾经沧海难为水,除却巫山不是云"不正是古人回首人生所发出的感慨吗?"50后"生人顾长卫,在与张艺谋搭档多年后,终于走向前台,亲自执导了电影《孔雀》。这位摄影出身的艺术家身手不凡,出手即有国际反响,影片获第55届柏林电影节评委会大奖。静观《孔雀》,你可以感受这一代人对青春岁月的回首、体悟、感叹、惋惜,并由个人的伤感情绪上升为对特殊时代特定空间人性的深度挖掘。影片随处晃动着导演本人的影子,顾长卫的"童年视角"仿佛就是诉说自己,没有20多年的"反刍",没有20多年的"剪不断,理还乱",他能够如此冷静,如此深刻吗?

让我们再读一读2003年诺贝尔文学奖得主、南非作家库切的《耻》吧,读一读2004年诺贝尔文学奖得主、奥地利作家耶利内克的《钢琴教师》吧,其实中外艺术家的心都是相通的,因为人性相通,从《孔雀》《耻》《钢琴教师》,你都能够清楚地知道童年与青春的记忆在大师那里是如何转化为一生写作的宝贵资源,是如何转化为对人类对人性深且广的忧虑与思索。哦,艺术的标杆呀!既然名为"实力派"的"80后"作家愿意向大师看齐,既然你们渴望写出文坛认可的作品,那么,请对你们所拥有的特殊文化背景和写作资源,既充满自信,又深怀戒心吧!

注释:

[1] 参见《南方都市报》2005年3月22日相关报道。
[2] 江冰:《论"80后"文学的文化背景》,《文艺评论》2005年第1期。
[3] 参见冷荼《爱情百宝书》,《南方周末》2004年9月9日。

论"80后"文学的"另类写作"

在传媒呼风唤雨的时代,"另类"大行其道。大众传媒的过度曝光,使另类不但褪去了神秘的色彩,而且由于司空见惯反而变得不那么"另类"了。传媒近于疯狂地对另类进行抽脂整形美容,炫眼夺目般的包装,流水线式地成批生产,使之在迅速走向市场、指向利润的同时,导致肤浅化与消费化。另类正在成为一个"语词陷阱",其意义的捉摸不定,使我们不得不怀有戒心。由此看来,将"80后"文学的部分作品归类为"另类写作",是不是多少也有些理论上的风险呢?还是让我们开始一次尝试性的探讨吧——

一、"另类"是什么

另类是什么?一个大大的问号!

另类首先是一种"出格"的形态表现。

在充斥传媒的"另类服饰""另类化妆""另类艺术""另类音乐""另类建筑""另类文学"名目下,各种奇异的表现形态纷纷亮相,它们一个共同点就是"出格",反常规、反传统、反主流社会。它们剑走偏锋,逸出轨道,不在人们惯常视野中,甚至挑战你的接受极限,让你感到新鲜、惊奇、刺激乃至反感和愤怒,总之一句大白话:他就是有意"出格",和大众不一样!

另类的表现形态也有深浅之分,个体与群落之别。生活中的一件有意裁剪得破破烂烂的牛仔服,一个闪闪发光的白金鼻饰,一对超大型的怪诞耳环,一头爆炸式的染红短发……可以视作个体与潜在的表现形态;蓬乱的、染成黑色或彩色的短发,褴褛的、带安全铆钉的丁字衫、牛仔裤,钢刺护腕,狗的项圈或缠在脖子上的链条,拿着人标志作为徽章,还有一只老鼠作宠物……这是朋克群落里年轻人的装扮。1968年,"嬉皮士"从朋克中出现,他们更是一反传统服饰,追求怪诞奇特的装扮:蓬松的大胡子,不论男女,头发都乱糟糟地披在肩上,佩戴大量首饰,脸上装饰花纹……这是20世纪60年代西方各国年轻人的群落,他们显

然拥有较个体更为鲜明的群落特征。

另类其次是一种观点和精神。

无论是20世纪被官方及文化界命名的"垮掉的一代"的英国青年,还是遍及欧美各国的朋克或"嬉皮士"群落,他们的意义绝不仅止于表面的装扮,而是拥有他们有别于主流价值观念的一整套另类的标准和规范,说穿了,也就是一套非主流的、另类的价值观念和文化精神,是以他们殊异的生活方式昭示一种另类的精神。

另类同时也是一种时髦和时尚。

由于时髦、时尚本身吻合了人类亘古不变的猎奇求新的心理,因此,从文明历史以来,崇尚时髦的欲望历久不衰,时尚的表现也是层出不穷,其中的另类成为时髦、时尚的重要内涵和主要支撑。回首历史,逢天下大乱、纪纲紊乱之际,遇社会进步、自由宽松之时,就是"另类"蓬勃生长的大好机会。中国古代社会所谓"乱世冠巾杂"与"盛世奇妆出",都是很好的例子。到了现代,由于看中时髦、时尚的消费性与商业价值,"另类"更是借东风扶摇直上,飘荡于消费的天空。看看来势汹汹的互联网,就是另类起舞的最佳空间之一,另类借助各种传播力量,在市场利润与人类心理的牵引推动下,迎来了它前所未有的黄金时代!

简而言之,另类是一种复杂多变的表现形态,是一种受时间和空间限制的概念,但其本质精神是共同的,即保持与主流、传统不同程度的对立,包含有挑战、叛逆、求变、颠覆、革命和个性的因素。另类作为一种精神,与中世纪禁欲主义、人文主义、文艺复兴、启蒙主义、青年文化与青年运动都有着千丝万缕的联系。归宿有三:或短命消亡,或融入主流,或挑战成功,蔚为大观。其对人类、对历史、对文明的影响,或消极或积极,或难以界定,或兼而有之。我认为,从"另类拉动观念"的角度看,另类一不可无,二不嫌多。说偏激一点,另类不但拉动观念,同时拉动历史。

二、"80后"文学的另类表现

"80后"文学从它的诞生之日起,就表现出不同于传统主流文学的多种创作观念与作品形态,它的"出格"明显可见,在"80后"文学系列之首,我对韩寒、春树等"另类"作品的定义为"带有年轻人叛逆精神的作品","属于所谓青年'另类'文化和叛逆精神的偶像","说通俗一点,'坏孩子'是另类,基本归属'80后'"。[1] 半年后的今天,随着"80后"写手队伍的分化,命名的严格区分已不那么重要,因为无论是"坏孩子",抑或是"好孩子",依据上一节的理论判断,"80后"的作品普遍具有别于主流文学的"另类"因素。不妨从以下

几个关键词入手，结合文本探讨"80后"文学的"另类"表现。

一是"焦虑"。凡是带有自我倾诉型的"80后"作品，大多透露出一种深深的焦虑，一种发自内心、出于生命体验的焦虑。春树的两部长篇小说最为典型，《北京娃娃》《长达半天的欢乐》显然带有自传性质，对于这一点，春树在接受媒体采访时也坦然承认。作品女主人公在失学后的生活中，几乎时时处于一种焦虑的状态之中，生活漂游，精神彷徨，天天无所事事，青春日日虚度。

表面颓废，内心焦虑，是春树笔下的北京少女与韩寒笔下的中学生形象的共同特点。《三重门》主人公林雨翔的日常行为远不如春树的北京少女另类，但其内心对现有教育制度压抑的抵抗却相当顽强。李傻傻的《红 X》更是让主人公在生存的焦虑中动刀杀人……

20 世纪 90 年代，中国文学处于彷徨的转型期，恰于此时，"80后"文学趁势而上，"80后"文学与"80后"们同样面对的是中国社会的转型期，转型期的一大特点就是社会的方方面面，从生活到精神都处于剧烈的变化之中，在这样的"失范年代"，每个人都处于激烈的震荡之中，惶惑、彷徨、无所适从。传统的东西不灵了，新的规范尚未建立，精神无所依傍，行为也随之失范。加上市场竞争加大了"80后"求学的压力，作为小康社会中年轻学生最大的生存障碍，它同时也是父母社会强加给年轻人生存预备期训练自己的唯一途径。巨大压力所导致的挫折感、压抑感也进一步加剧了年轻人的普遍焦虑，价值观的断裂与分数教育的高压，构成了"80后"的双重痛苦。于是，文学这种被弗洛伊德称作"白日梦"的写作行为，也就成了焦虑心态的直接宣泄。

二是"自由"。一边是焦虑，一边是对自由的向往。尽管"80后"并不一定清楚自由的概念到底是什么，但他们借文学倾诉，表达向往自由、渴望理解、寻求慰藉的强烈欲望。米兰·昆德拉说过："青春是一个可怕的东西：它是由穿着高筒靴和化妆服的孩子在上面踩踏的一个舞台，他们在舞台上做作地演着他们记熟的话，说着他们狂热地相信但又一知半解的话。"[2]"秀"与"说"构成"青春写作"与"青春阅读"的两大特点。这样一来，"80后"写手的撒娇与愤青也就不难理解了。压抑之下需要释放，焦虑之中需要倾诉，"80后"有幸找到了最适合方式——互联网时代的新媒体和新渠道。

比如手机短信，比如博客语文，比如 MSN 语文。手机短信已随着手机的普及如水漫金山般弥漫到全社会。人们可以迅速地、低成本地享用那些原本上不了台面的、与宏大叙事沾不上边的、不成体统、谐多庄少、对社会秩序及道德礼制有所调侃揶揄，属于随意、即兴、民间、边缘的言论，一句话，就是有点"出格"的言论。博客语文是只说私事，不言公事，是"公开的情书"，"大白于天下的私人日记"，"惊世骇俗的性爱写真"。"木子美事件"为博客网站做了一回面向大众的广告，其效应足令任何广告客户妒忌。"人在江湖飘，哪能不发骚？"

一位网友的留言恰好道出了文青、愤青、城市白领的共同心声。难怪在学者的眼里,博客空间被视为"个人性情展销会","自恋集中营",而博客语文则被称为一种自恋的、炫技的、少戴面具的、任性撒娇的与率性直陈兼容杂糅的语文。MSN语文是网上即时聊天的一种文体,在"相见恨晚"与"百感交集"的心绪中,尽情倾吐的急迫与打字速度之间的反差,居然衍生出一种时髦,即在MSN语文中,海量错别字不但没有成为一种交流障碍,反而成为网民们热衷的网络时尚,尽情地"错",即兴地"错",居然生出一种前所未有的快感,透过冰凉寂静的网络,你仿佛能感受一种火热,美女被写成"霉女",帅哥被读成"衰锅",驳杂的口音泛滥,汉语的规范被颠覆,圈子外的人如看天书:"偶稀饭滴淫8系酱紫滴",意为"我喜欢的人不是这样的",还有"偶稀饭"(我喜欢),"粉稀饭"(很喜欢)之"口音"居然已成为MSN上的"语法"和"行规"。[3]

这真是一次网络语言的狂欢,"80后"在这一狂欢的背景下表达对自由的向往和追求。新的媒体不仅提供了"80后"的倾诉平台,而且迅速地成长为一个自由表达的空间,在中国这样一个古老传统的国度里,这一"自由空间"的出现是历史空前的,其意义之非凡很难用几句话论定。明乎此,"80后"文学的另类表现——无论是情绪表达,还是文字风格的特点,都可以找出一些注解。

三是"崇尚品牌"。"80后"眼中的品牌主要是符合小布尔乔亚和城市白领、中产阶级趣味的各种现代产品,当然,多数也属于舶来品。南方日报报业集团主办的《城市画报》,一向以新潮小资者著称,是城市青年白领的心仪刊物。《城市画报》将崇尚品牌的青年一族命名为"新贫贵族",颇有意思。编者是这样描述的:与从前那些勒紧裤腰带买回名牌套装以应付职场需要的男女不同,"新贫贵族"的消费更多的是为了表达自己的专属品位,而不是凸显身份,或是应对社会压力,更不想建立什么"高人一等"的贵族感,他们有意无意地抹杀了传统奢侈品的隆重感,转而青睐所谓的"STREET FASHION",又或者索性贯彻"HIGH STREET FASHION"精神,即将传统的奢侈品牌街头化——这些昂贵的顶级奢侈品被"新贫贵族"们混搭得崇高感全无。一到周末,这些"新贫贵族"便脱下千篇一律的校服或刻板的套装,换上有强烈个人风格的街头服装,以各种姿态出现在北京、上海、广州这些中心城市的街头。对他们来说,奢侈品就是必需品,穿一条3000多块钱的指定品牌牛仔裤对他们而言,比吃一顿山珍海味,或者睡在高床软枕,更有意义。

"新贫贵族"的主体是一群生于20世纪80年代的年轻人,在崇尚品牌的他们看来,重要的是建立属于自我风格的"LOOK",消费的不仅仅是T恤、牛仔裤、鞋、包、手机乃至越野车,而是这些品牌后面的文化。值得注意的是"新贫贵族"对"圈子"的认同,因为他们需要在同一"圈子"里被认同,同样欣赏的新奢侈品,具备了情感亲和力,就像春树笔下诗人与摇滚乐手圈子里的男孩女

孩也有着相同的情感基础。[4]

　　类似的与物质消费相联系的情感因素的社会现象在20世纪并不陌生，70年代欧美嬉皮士就用自己特定的趣味和模式对奢侈品进行"另类"的选择、过滤和诠释，用以表达自身的"LOOK"，并以此实现对于主流的抵制。从青年文化的角度看，物品都是一个隐喻，年轻人以"另类"的形式表达自己。联系到"新概念"征文获奖作者写作资源和文化背景的庞杂，不难看出"80后"写手逸出传统视野，对21世纪"世界视野"目力所及的所有品牌，包括精神层面到物质层面的产品的"照单全收"。来自国外强势文化的文化与物质产品，给予他们一种超乎寻常的丰富想象，于是这种想象的产物也就顺乎逻辑地使"80后"文学具备了有别于中国传统的"另类"品格。

三、另类文学的轮回与前景

　　从2005年往前推20年，正好是1985年，有三部作品可以被视作青年"另类文学"，倘若与今天我们所检视的三部长篇小说摆在一起比较，让人不由地生出感叹：这真是20年文学的一个轮回！试比较分析如下：

　　刘索拉：《你别无选择》VS 春树：《长达半天的欢乐》；

　　徐星：《无主题变奏》VS 韩寒：《三重门》；

　　陈村：《少男少女，一共七个》VS 李傻傻：《红X》。

　　刘索拉的《你别无选择》当年影响不小，近于轰动，批评界毁誉参半，美学家李泽厚说这是他所读到的"中国第一部真正的现代派小说"。女作家描写的是中央音乐学院作曲系学生的生活，虽然貌似"另类"，但骨子里仍属于文化精英，学生们抵抗的只是守旧势力的代表"贾教授"；到了少女作家春树的《长达半天的欢乐》所描述的人群就大为不同，他们属于被主流社会边缘化的"中国朋克"一群。他们的对手就不仅仅是一个贾教授，而是整个主流社会，因此，春树的作品也有被主流媒体始拒绝后宽容的一个接受过程，春树笔下的主人公似乎没有回到主流的意思，而在刘索拉的作品里，结尾是庄重而光明的，表达另类青年重返主流的愿望。

　　徐星的《无主题变奏》面世，即被1985年的文坛认作彻头彻尾的另类，主人公毫不忌讳"代沟"在人生中随处可见，他大胆地嘲弄现行的一切成才之路——因为那些是使他感到压抑的社会所规定的人生程序。他虽以"痞小子"姿态反主流，但他的思考路径似乎仍然属于知识精英。著名西方哲学家费尔巴哈的一句话让"我一直琢磨至今"。什么话？有一点深奥："人没有对象就没有价值。"尽管徐星比刘索拉更"另类"，作品人物走得更远，对传统成功标准、青年人的"自我设计"更加不屑一顾，但他依然带有几分文化精英的贵族气。《无

主题变奏》的开头与《你别无选择》的结尾异曲同工,依旧呼唤一种并非反传统的理想,因为当年的徐星"还持着一颗失去甘美的种子",他的希望仍然是"待生命的来年开花飘香"。相比之下,韩寒以他个人的言行及作品则更为决绝地拒绝了现行的大学制度,《三重门》的主人公林雨翔几乎就是韩寒的代言人,他的生活中只有障碍和挫折,也似乎已经放弃了对主流的回归和认同的可能。韩寒最终成为一名赛车手,其职业选择也有很强的象征意味,从人生姿态上说,他与春树确是"80后"文学中另类的代表。

陈村是一个十分庄重和有使命感的小说家,但1985年他居然也写出《少男少女,一共七个》这样另类的青年小说,令人有些惊讶。作品的意向浅显,但对延续至今的高考制度的抵触,我们在李傻傻的《红X》中也可以找到呼应。七个少男少女没有一个想真正刻苦读书,他们偷东西,卖西瓜做生意,骑摩托兜风,当裸体模特,谈情说爱,未婚同居。他们糊弄父母,嘲笑大学,试图摆脱父母,却又无法自立。20年后李傻傻的《红X》表现的也是相似的求学生活,只是更加"另类",更加欲望化,更加具有人生挫折感。人物变了,但相近的青年成长环境并没有因为岁月而改变!

真是一个轮回呀!历史也的确有惊人的相似处,但我宁愿相信似曾相识的河流下面有着不同的河床。"80后"的文学创作显然比刘索拉、徐星、陈村走得更远,21世纪提供的文化视野与人生经验毕竟比20年前要宽广深刻一些。但是,这并不等于说"80后"文学的"另类写作"达到了怎样的一个精神高度与艺术深度;相反,我认为这一派代表青年叛逆精神的作品只是刚刚起步,"另类"的青年生活经验如何提升,还需要更加深刻的洞察力,同时也需要更加精湛的艺术手段使之成为属于中国"80后"的经典。"另类"是一个很好的跳板,但不等于成功,不过,时代的飞速发展,的确又为"另类"的生长提供了良好的空间。因此,我们有理由对"80后"文学的"另类写作"怀有期待,因为,青年总是希望所在。

注释:

[1] 参见江冰《试论"80后"文学命名的意义》,《文艺评论》2004年第6期。
[2] 转引自《青春的第三种救赎》,《文化先锋》www.whxf.net。
[3] 参见黄集伟《2004语文观察报告》,《南方周末》2004年12月30日。
[4] 参见杨凡《新贫贵族》,《城市画报》2005年第7期。

"80后"文学的文学史意义[*]

信息的爆炸、节奏的加快、媒体的炒作，使得种种社会事件发生的密度加大，从而导致人们关注点的急速转移，例证之一就是网络流行语的快速更替，每个关键词的寿命都在不断地缩短，以至于当代人对时间的感觉也在悄然变化：悠闲消失，紧张突出；记忆淡化，遗忘加快；昨天发生的事仿佛久远，因为又有层出不穷的事件迎面扑来。日子过得太快了，而且越来越快！光阴似箭已成日常。在这样一个时代背景下，谈"80后"文学的文学史意义，我们或许可以提供话题合理性的两个例证："80后"是网络流行时间最长的关键词之一，这也说明其内涵与内存之强大；时间密度的加大与网络传播的加速，既加快了文学形态的形成，也使她具备了极大的社会扩张力与影响力，从而也增添了史的意义。

一、凸显文学的代际差异

"80后"不仅是指20世纪80年代出生的一代，更是一个代际符号，一个文化符号。其代际意义特殊：文化"断裂"的一代，从印刷文化向数字文化过渡的一代。文学的代际差异与每一代人的自恋情结一向有之，但"80后"文学由于上述两点代际特征，其意义也就显得非同寻常。

五年前，我在论文中曾经做过这样的描述："在这个急剧变化的年代，代际差异凸显，一条条代沟无情地将50年代生人、60年代生人、70年代生人、80年代生人隔离在彼此的河岸。'十年一代'，正是中国当下社会的现实，而'80后'的青年文化正是以精神层面上的某种'断裂'以及价值观的全面'裂变'为标志。在'80后'的青年文化中，全球化、现代化、后现代、网络化、消费化、大众化共同构成一种真正的'无主题变奏'，而在他们日常生活中亲密接触的网

---

[*] 本文系2008年国家社科基金课题"'80后'文学与网络的互动关系研究"（项目批准号：08BZW071）子课题成果。

络、武侠、动漫、手机、随身听、咖啡厅、party、摇滚乐、前卫电影、网恋、足球、明星、文身、名牌、任天堂、俄罗斯方块、圣斗士以及 VCD、DVD、MP3、掌中宝、数码相机……那些只有他们自己听得懂的网络语言,那些令他们自我欣赏、自我陶醉的手机短信和图片传送……"[1]

今天,当 21 世纪的第一个 10 年即将消失之际,我观察"代际差异"的角度已经不仅仅限制在文学或文化的角度,站在"80 后"这一代人的立场上,我们不难看出他们与我们——上几代人所面对的人生命题也在发生变化。如果说"50 后""60 后"乃至"70 后"人生轨迹已经由社会事先做出了某种预设的话,那么,"80 后"进入社会,或者说成人之时,预设的力量日愈衰微,预设的前提渐不存在;如果说前几代人是在摆脱预设中挣扎,那么,"80 后"则是在既定轨道消失后的茫然无措。市场化使所有职业重新洗牌,大学生毕业不包分配工作,社会保险形同虚设,大众媒体极度扩张,信息泛滥成灾、难以选择,环境污染、食品污染,城市房价节节攀升,生存压力增加,生活成本加大,生活风险提高。更为重要的是价值观的混乱,你找不到方向!从前你是别无选择,今天你是无法选择!幸好还有网络,但网络无边无际,又从另一个方面加大了选择的难度。

假如与"80 后"进行一下换位,我们还会发现一个关于"身体"的观察角度,即人类的身体如何面对急速变化的自然环境与生活方式。20 世纪对人类来说是大飞跃的世纪,其中最为重要的一点就是科学技术的大发展,但负面的影响也很大,30 年前未来学家的预言几乎都成事实。事实在催促我们做出思考:当我们"改变"世界的同时,身体也在被改变,值得追究的是这种"改变"有没有一个极限?专家在疾呼这个危险的极限——人类的身体已经不再适应今天的世界,人类的世界已经产生了极大的错位!关键是此种错位对于青春期的"80 后""90 后"来说,伤害更大!一个非常醒目的事实就是社会心理成熟与身体成熟之间的错位。[2] 了解了这一点,也许可以使得我们在理解"80 后"乃至"90 后"时多一些宽容:新生一代的生存命题并不比上几代来得轻松!

在春树的长篇小说《长达半天的欢乐》中,我们其实可以透过狂欢看到青春的落寞与茫然。春树笔下的女主人公春无力,在与情人们的交往中并没有获得热情与快乐,生活中那些依稀的美好与纯洁已成虚幻。她恐惧孤独,而恐惧的结果就是变本加厉地寻求狂欢,她从不后悔一次次短暂的交往与分手:"我们已经上路,我们过着愚蠢的青春,我们乐此不疲。"小说最后一章,春无力死在了朋友小丁的刀下。生命的茫然于此达到巅峰,但希望并没有完全泯灭,恰如春树诗句所言:"洗掉文身,你就是一个干干净净的人。"身体的狂欢与心理的寂寞是春树——也是不少"80 后"作家表达的文学人物的常见境况,这既是社会心理成熟与身体成熟之间的错位,也是我们社会的一个错位。

我们还可以看到,由于时代动荡所导致"代沟"的凸显,每一个时代的人

们在今天都表现出空前的自恋，这也许是中国文学在 21 世纪的一个特殊现象。大家都想为自己这一代人建一座纪念碑，几乎到了形成"集体自恋情结"的地步，老三届、新三届、知青一代、"50 后""60 后""70 后"，不胜枚举。媒体更是推波助澜，不停地撩拨培育每一代人的"自恋情结"，多么有趣又有意味的文学现象！然而，应该感谢"80 后"，正是他们的横空出世，让"50 后""60 后""70 后"都进了文学与社会的视野，真是"十年一代"啊！中国文学的"代际差异"空前凸显，涉及创作、传播、观念、实践等多个方面。

二、携手互联网：拉动文学变革

需要再次强调的是，没有互联网就没有"80 后"，没有网络就没有"80 后"。与"80 后"的横空出世相比，文学其实只是很小的一个部分，在"80 后"看来，文学主要是一种代言。恰如福柯所言："在我们这样的社会中，基本上也是在任何社会中，有许多种权力关系渗透到社会机体中，确定其性质，并构成这一社会机制；如果没有某种话语的生产、积累、流通和功能的发挥，那么这些权力关系自身就不能建立、巩固并得以贯彻。如果没有一定特定的真理话语的体系借助并基于这种联系进行运作，就不可能有权力的行使。我们受制于通过权力而进行的真理生产，而只有通过对真理的生产，我们才能行使权力。"[3]确认了这一点，就不难理解"80 后"文学对主流文学的全面拉动。

首先是文学传播方式的改变。21 世纪最重要的特征是信息化、全球化、网络化。确立上述特征的一个基础，就在于人类传播方式的改变，网络传播不但改变了人类的社会结构，而且以动摇传统固定空间领域为前提，造就了全新的文化空间。这一点在今天的中国表现突出，一个开放而多边的网络，正在形成一个既虚拟又现实、双向互动的文化空间。

我们不能忽视一个巨大的不断增长的数字，因为在这个迅速壮大的人群中已经矗立起了一个与现实社会相对的网络空间。2008 年年底，中国网民数量达到 2.98 亿，互联网普及率以 22.6% 的比例首次超过了 21.9% 的全球水平。而据最新的中国互联网络发展统计报告公布，截至 2009 年 6 月 30 日，我国网民规模达 3.38 亿，宽带网民达 3.2 亿，手机上网用户达 1.55 亿。中国青少年网民规模为 1.75 亿人，半年增幅为 5%，目前，这一人群在总体网民中占比 51.8%。调查显示，81.6% 的网民对网上办事节省了很多时间表示认同，77.5% 的网民觉得生活离不开互联网，网络已经深入到人们衣食住行的方方面面，广大网民也感受到了网络带来的生活便利。随着互联网对人们生活的日益浸入，它给人们带来心理上的距离感即社会隔离也在逐渐增大。34.4% 的网民感觉到互联网减少了其与家人相处的时间。而由于使用互联网感觉更孤单的网民也增加到了 22%。调查显示，

目前有16.4%的网民表示一天不上网就感觉难受,也有17.4%的网民觉得与现实社会相比,更愿意待在网上,平均每6个网民就有1个有上网成瘾的倾向。毫无疑问,网络已成为"80后""90后"生活的"第二生存空间"。

需要特别谈到的是网络空间的"虚拟体验"。专家预见:在不久的将来,每个人都会拥有现实与虚拟的两个身份,可以自由地出入现实与虚拟的两个生活空间。而网络虚拟的出现将会对我们的生活乃至人类的文明产生近乎颠覆性的影响。这一点,对于"80后""90后"来说,已经成为现实;但是,中年以上的人群对此却相当陌生。数字鸿沟在此直接转化为代沟。隔岸观火,握有话语权的中年人群常常大惑不解甚至大光其火。其实,不要将这种"数字化代沟"轻易地上升到意识形态的层次去对待,需要的是包容态度下的学习与理解。家长们极易将其划入网络游戏,管理者也会视其为"网瘾"的源头,文化人又可能将它看作"去经典化"的后现代行为。我以为,对虚拟世界存在的合理性以及有益性的质疑,还要持续相当一段时间,这也并非异常现象。

问题在于"80后""90后"人群已经身处其中,数字化的环境已然是生活的有机部分,不可或缺,与生俱来。虚拟世界与虚拟体验,为青春写作与网络文学提供了不同于传统文学的全新体验空间,几亿网民在网络生存的"第二生存空间"里成长,形成一种你无法忽视的阅读经验与认知方式,以及对于"虚拟体验"的强烈欲望与诉求,同时,这也意味着人类新的审美方式与审美习惯的形成——比如空间界限的模糊、时间长度的消解、历史时空的穿越等等。也许,庄子逍遥游的境界,封神榜众神的演义,可以帮助我们去联想那种完全自由的天地。由此来看,"80后"文学的两个表现形态——以纸媒为主的青春写作与以新媒体为平台的网络文学,与传统文学并非仅仅是共荣并存的现状与前景,而是一个时代有一个时代文学的问题。

明乎此,"80后"文学对传统文学全面变革的拉动也就可以理解了,其态势岂止是侵入与渗透。我在2008年、2009年两个国家社科基金课题所开展的大面积社会调查中可以深刻地感受到"80后""90后"文学体验方式的变化,以及虚拟世界的深刻影响。从郭敬明的《幻城》,到网上大批的"历史穿越"小说的出现,以及他们受欢迎的程度都可引为例证。

结语:另类视角提供新的文学经验

文坛以接受"80后"代表作家和"拥抱网络"两种行为,表示对于"80后"文学的亲近姿态,所谓"传统文学、青春文学、网络文学三分天下、平行发展"的新格局说法也渐被认可。但在我看来,冲突与妥协的结果,并非简单的融合,"80后"文学也并非只是作为一种流派此长彼消,关键还在于"80后"

文学将为中国当代文学带来"新质"的多种可能性，而我看重和强调的即是"新质"。

我在论文中曾经写道："80后"文学欲以自身独特的创作成就取得应有的文学史地位，就必须逾越青春资源、都市生活、网络空间这三大标杆，否则即可能成为喧嚣一时、过眼烟云的文学现象，而不能造就属于"80后"这一代人独有的文学纪念碑。[4]今天看来，它们既是标杆，也是特点和优势。在韩寒、郭敬明、张悦然、春树、李傻傻、颜歌、笛安，以及唐家三少、饶雪漫、明晓溪、郭妮、尹珊珊、安意如、我吃西红柿等一大批纸媒与网络写作的"80后"作家作品中，我们都不难看到他们同传统主流与纸媒作家迥然不同的题材、角度、技巧、风格、观念，也许根本的差异还在于体验世界的方式与人生价值观的不同，这里肯定不仅仅是年龄差距的问题。而所有的不同，我暂且都称之为"另类"。目前可以得出结论的是：另类的网络时代、另类的青年形象、另类的生存空间，为我们提供了另类的文学阅读经验。我们可以批评"80后"作家写手们的浅尝辄止、经验虚拟、类型化的情景设置、日韩剧的模式影子、商业化的运作，但不可忽视的正是他的"另类"，属于"80后"的"另类"。吸引我们走进"小时代"，走进"他的国"，去欲望一把，去另类一把！这既是一个"大鱼吃小鱼"的时代，也是一个"快鱼吃慢鱼"的时代，一切都在流动，一切都在变化，当我们的学者用"液体和气体"来描述时代，"轻灵与流动"便成为一种常态。[5]在我们阅读"80后"作品的时候，"流动的现代性"理论概括仿佛就成为眼前的现实。"80后"文学的文学史意义也就是在这样一种历史语境中逐渐生成的。

注释：

[1] 江冰：《论"80后"文学的文化背景》，《文艺评论》2005年第1期。
[2] 〔英〕彼得·格鲁克曼著：《错位》，李静等译，上海科学技术文献出版社2009年版，第35页。
[3] 〔法〕福柯：《两个讲座》，转引自〔美〕马克·波斯特《信息方式》，商务印书馆2001年版，第120页。
[4] 江冰：《终结"80后"文学的三大标杆》，《文艺评论》，2007年第3期。
[5] 参见〔英〕齐格蒙特·鲍曼《流动的现代性》，欧阳景根译，上海三联书店2002年版，第3页、第35页。

论"80后"文学

本专栏特约主持人夏康达（天津师范大学教授、中国小说学会副会长）：现在回忆起来，我是在新世纪的文学现象中首先接触到"80后"这个概念的，逐渐地，媒体上就用"80后"来指代20世纪80年代出生的年轻人。乃至现在有了"90后"的称呼。我起先对这个提法并不感兴趣，无非是说二十多岁的小青年；哪个岁月都有这个年纪的人，每个成年人都是从这个年龄过来的。每个时代的这个年龄段都有拔尖人才，"五四"时期，有无数二十几岁的青年才俊走在这个伟大运动的前列。就说现代文学史，郭沫若、老舍、巴金、曹禺、丁玲等，哪一位不是当时的"80后"（二十多岁的年轻人），他们那时的文学成就和成熟程度，是今日"80后"能同日而语的吗？

不过，也真不能这么比。等到"80后"文学的青春写作形成规模后，我们已经不能无视这个文学现象了。现在，"80后"已经到了而立之年，中国文坛和"80后"自己必须意识到，将来的中国文学迟早要由"80后"（不一定就是现在活跃在文坛的"80后"成名作家）们与"70后""90后"共同来支撑。所以对"80后"的前期与未来的研究，就是评论家的一个重要的历史任务。先哲有言，"少年强，则中国强"，即使他们中诞生不了大师，他们还是要支撑一片天地的。

江冰教授很早就关注"80后"文学，2007年专栏发表的《论"80后"文学》影响很大，《新华文摘》等重要文摘刊物用较大版予以转载。这是"80后"文学发展过程中一篇阶段性研究的重要成果。作者以客观、冷静、务实、宽容的学者的态度，做出一个文学评论家对"80后"文学比较全面的评价。此后他申请一个国家课题，始终对"80后"文学进行跟踪研究。值此"80后"文学进入后青春期的而立之年，我们特邀江冰教授在这个重要的转变时期，再次对"80后"文学进行全面研究，希望对这个文学现象和作者的相关研究都具有里程碑意义。

2004年，中国文坛最引人注目的一笔无疑是属于"80后"作家们的，

"80后"文学也无疑成为2004年文坛最为瞩目的文学现象。

所谓"80后",简单说来就是指一批出生于20世纪80年代、正在尝试写作的文学爱好者,他们代表着中国当代文学最年轻的力量。"80后"在写作领域里崭露头角的约有百十人,经常从事写作的大约有千余人,他们有一个专门的网站"苹果树中文原创网",签约作者近两万人。这样一个庞大的写作群体,如果总在我们的视野之外,就算不是一种冷漠,至少也是一种失职。据北京开卷图书研究所近两年的图书市场调查表明,以"80后"为主体的青春文学书籍占整个文学图书市场份额的10%,而现当代的作家作品合起来,也就占有10%。这就是说,在当下的图书市场,他们和他们的前辈们是平分秋色的。对于受众如此之多、影响如此之大的写作群体,我们怎能够熟视无睹,不予关注?

一、"80后"文学的命名

无须讳言,美国《时代周刊》对"80后"的命名起到了推波助澜的作用,此后,"80后"不但成为圈内外的焦点,而且成为一个正式取代其他称呼而被广泛使用的命名。

2004年2月2日,北京少女作家春树的照片上了《时代周刊》亚洲版的封面,成为第一个登陆该杂志封面的中国作家。同期杂志还把春树与另一位20世纪80年代出生的写手韩寒称作中国"80后"的代表。这一明确命名与定位,引起人们对20世纪80年代出生的一代文学写手(简称"80后")以及他们的写作行为与作品的关注,关注度迅速地从网络、从圈子上升至读书界、文学界。

(一) 两个成长平台

假如以《时代周刊》命名"80后"为界,可分为命名前与命名后两个时期。

命名前的"80后"文学依赖两个平台成长——

首先是网络。可以说,没有网络就没有"80后"。如今赫赫有名的"80后"作家,无一不是早几年就驰骋网络的少年骑手,各人在网上都有一批追随者。不少人是在网上"暴得大名",然后才由出版商出版出版物,从而名利双收,获取更大声誉。比如春树,2000年,也是她的17岁时写出《北京娃娃》的前后,就以另类、出格被列为用"身体写作"的"上海宝贝"卫慧的同类,引起广泛争议。比如李傻傻,其作品专辑被新浪、网易、天涯三大网站同时推出。网络成了这批少年作家宣泄、倾诉、表达欲望的平台和自由成长的空间。更为重要的是,网络正好是20世纪80年代出生的这批年轻人共同的空间,为

他们提供了成长的土壤及庞大的读者群。

其次是《萌芽》杂志。在目前中国的文学杂志极不景气、难以维持的情况下，《萌芽》杂志成功策划了"新概念"作文大赛。"80后"代表作家中有相当一批出自"新概念"。比如韩寒，1999年首届"新概念"作文大赛一等奖得主；郭敬明，"新概念"第三、四届一等奖得主；包括周嘉宁、张悦然、蒋峰、小饭等都是"新概念"一、二等奖的得主。"新概念"作文大赛富有创意地整合了多种社会资源，巧妙地利用了现行大学招生制度以及广大考生与家长的心理，既相左于当下"分数教育"的呆板，为少年写手尽情挥洒才华找到了一个宣泄出口和展示平台，又因大学的介入获得高考优惠待遇而形成有大回报的激励，抓住了广大中学生及学校的"利益点"和眼球，并能迅速地连接市场，"80后"的写手们借此台阶，平步青云，进入文坛。

在青春少年已成气候之时，《时代周刊》的介入，命名后的迅速崛起与集体登场，也就是水到渠成的事了。

这一命名也给媒体和出版界带来一次冲动，一些自诩为"先锋姿态"的报纸急不可待地宣布"文坛已到了以'80后'为中心的年代了"。出版界更是看好命名后的巨大市场，期望在韩寒、郭敬明出版奇迹之后再创高峰。"80后"写手的作品大规模登陆。

（二）命名从争夺到抛弃

"80后"命名前后，关于谁能代表"80后"的争论异常激烈。但命名后的短短的几个月，"抛弃命名"一说出笼。

被称作"偶像派"的几位少年直接被冠名"80后"，也许是出道早、知名度高、作品销量大的缘故，其态度相对平和。郭敬明表示："每个人写的东西都是千差万别的，因为每个人的生长环境是不一样的。他笔下反映出来的世界始终是他自己思想下的世界。有些人喜欢按年龄来划分出我们这些80年代出生的写作者，称之为'80后'。'80后'其实并没有一个整体定型的风格。我和春树的风格是完全不同的。我个人认为'80后'这个概念本身就是不成立的。""有些人的作品有一定的高度和思想，但是有些人的写作纯粹是爱好，我觉得自己应该是后者，我在文学上没有过多的追求，我觉得就是一种生活习惯。"关于"谁是'80后'文学的代表"，郭敬明表示，20世纪80年代出生的人的写作各不相同，本来就不能互相代表。春树也表达了类似的观点："我讨厌当什么'80后'的代言人，因为我并不了解他们，当然也无法代表他们。"与此同时，她也相当自信，认为自己的写作是走在同龄人前列的，是"偶像和实力"的结合。[1]

"偶像派"之外的"80后"写手们反应快且尖锐。春树刚上《时代周刊》封面，2004年2月17日，"新概念"作文一等奖获得者AT即在《南方都市

报》发表了《谁有权力代表"80后"发言?》,对春树等人能否代表"80后"及"80后"文学提出质疑。文章被多家网站转载,争夺"命名"的话题急剧升温。自视为"实力派"的少年作家则态度激烈地自我辩护,张佳玮郑重陈述道:"请不要误会'80后'写作就是肤浅的,就是单一的,就是低俗的,就是孩子气的,就是商业化的,也请不要误会所谓文学就仅仅是叙述完一个故事、抒发一下感情、让人领悟人生的体式。"同时他有意将这些误解归咎于那些具有商业化色彩的写手。小饭甚至直指"偶像派":如果人们印象中的"80后"文学就是传媒所宣布的这样,那是一件很丢脸的事。韩寒、郭敬明等人写的东西称不上文学,只是一些廉价的消费品,他们打着文学的招牌却靠一些文学外的因素吸引注意,而这些被偶像化的写手,遮蔽了"80后"写作中富有创造力的部分,混淆了"80后"写作的真相。小饭和张佳玮一样,对"80后"的写作相当自信:"我们接受的信息和阅读面都相当广,而且作品质量也是前辈在同一个年龄段所无法比拟的。""将来'80后'肯定会出现一些站在世界文学顶端的人,他们是无可替代的。"[2]

2004年7月8日,上海作协召开了"80后"青年文学创作研讨会,代表作家蒋峰、小饭、陶磊及众多"80后"写作者,首次集体向评论界及文坛表示和韩寒、郭敬明等先期走红的"80后"划清界限,并表达自己对"80后"这一概念的反对。在随后的媒体采访中,李傻傻也明确表示:生于"80后"的写作者要想真正地创作而不只是期待市场的宠幸,就必须抛弃所谓"80后"的概念。李傻傻甚至主张废掉"80后"概念。同样被邀请上中央电视台"80后"专题节目的作家李萌表示赞成李傻傻的观点,她认为在"80后"这个概念的掩饰下,那些媚俗的、浅薄的、不合格的文学产品也堂而皇之地装进了这个箩筐,这就使得人们对所谓"80后"文学产生了偏见。[3]

为什么自我否定,而且在如此短暂的时间里忽然变脸?仿佛昨天还在争夺一面旗帜,今天却恨不得连这个代表席位都彻底取消!

道不同不相为谋?还是有人占了便宜,有人占不到?"80后"这群写手对"80后"的命名显然产生了不同的理解。过河拆桥,升级换代,抑或是"公共汽车心理":我得上,拼命往上挤,挤进了,人太多,其他人别上!或者更进一步,这车太挤,我得换辆新车!真是林子大了,什么样的鸟都有。值得庆幸的是,"80后"如今有了比他们的前辈更大的选择空间。

二、"80后"文学的三大文化背景

作为中国进入21世纪社会发展阶段的特殊产物,"80后"文学成长期的文化背景值得探讨。我认为,以下文化构成当下"80后"文学的三大文化背景——

（一）网络文化：自由表达的生长空间

很难用几句话来评估和表述网络对于20世纪80年代生人的深刻影响，也许"影响"这个词仍意味着一种外在的进入，真实的情况或许更像"现实空间"与"虚拟空间"在网络中的融合，80年代生人正在这一空间中成长。他们有幸享用着全新的网络，一无障碍地接受着网络文化的高科技性、高时效性、开放性、交互性以及虚拟性，而这些在80年代（恰恰是"80后"出生的年代）新启蒙运动中成长的知识精英那里，却是陌生的、有隔膜的，更勿论知识精英所持有的传统姿态与价值观本身就与网络交互、平等的特性有所抵触。

中国知识精英从20世纪初直到今天所形成的心理状态，以及千百年中国文化传统所养育的表达习惯，使他们更多地将网络作为一个工具平台，而不像"80后"写手那般，将网络作为完全归属于自我表达的文化空间。简言之，在文化精英那里，文本第一，网络第二，网络大多成为文本传播的平台；而在"80后"写手那里，网络就是文本，文本就是网络，他们的精神呼吸、欲望表达、思想观念如茂盛的野草，随时随地在网络的土壤里丛生。

从文学创作的角度来看，网络对"80后"文学的推动至少有两个表现：一是零进入门槛，二是交互式共享。

所谓零进入门槛，指的是网上的个人出版方式，即所谓"五零"条件：零编辑、零技术、零体制、零成本、零形式。任何人想进入文学领域，无须按照传统程序，就能达到发表作品的目的。[4]按照一些评论家的话，就是绕开文学的CEO，传播学中的"守门人"不见了，文学传播开始了从大教堂式到集市模式的根本转变。在这一过程中，受网络学者方兴东等人竭力推崇的"博客"（blog）网站，催生出了"共享媒体"（WE MEDIA）和一种崭新的"交互式共享"[5]的讨论模式，为"80后"文学写手们带来了全新的文学体验和观念冲击。从一对多的传播，发展为多对多的传播，上网者能自由地参与到文学创作中，无障碍地沟通，快速地即刻阅读、反馈、创作，个人的传播能力得到空前的强化和扩张。

在传播障碍消失、"守门人"隐退的同时，文体的边界，道德的规范，观念的限制也随之松动，"80后"文学因此获得较传统纸介文学更大的自由度。"非主流的声音"频频出现，"众声喧哗"迅速形成浪潮。但在"个人的宣泄和表达"无约束的同时，文学中一些属于内核的东西也在被稀释、忽略乃至抛弃，文学作品在高速写作的同时，既出现了新质，同时也出现了"一次性消费"的"失重"。更值得深究的是由网络传播所引发的"80后"文学写手们艺术观念的变化，文学接受者阅读观念的变化，最终导致文学观念的变化。这些变化已对传统主流文坛，以纸介媒体为正统的主流文学构成挑战，具体形态

研究远非本文所能展开,但当下的种种现象,已毋庸置疑地昭示网络文化业已成为"80后"文学最为重要的文化背景。

(二)青年文化:"裂变"的价值观念

观察"80后"文学的青年文化背景,使我回想起20年前刘索拉的《你别无选择》、徐星的《无主题变奏》、陈村的《少男少女,一共七个》,以及由这批作品所带动的一种属于青年文化的创作倾向。我曾把这一创作倾向命名为"骚动与选择的一代"[6],将其特征归纳为反文化、反价值、反崇高和反英雄,在当时的批评界,这批作家的这些作品受到的评价可谓毁誉参半,褒贬不一。20年后的今天,这个并没有持续发展、蔚为大观的"短命"的文学创作倾向,其实更具有社会文化的意义,与其说它是"先锋小说",不如说它是青年文化在文学上的一次冲动。这种创作冲动之所以短暂,原因之一在于其创作尚缺乏属于青年独立性的思想和文化基础,在大文化背景下,亚文化群落尚未形成,除了青春期反叛的经验外,写作的独特文化资源不够,无力供给支流源源不断的原创力。

相比之下,"80后"文学显然拥有较深厚的青年文化基础。或者说,刘索拉、徐星一辈尚未从父辈和前辈的文化精神中分离出来。而"80后"则截然不同,价值观念真正而全面的"裂变"始于70年代生人,但迅速地在80年代生人中实现。

让我们回到"80后"文学,对"新概念"大赛的作品作一次文本分析——

上海《萌芽》杂志2004年第3期,公布"中华杯"第六届全国"新概念"作文大赛一等奖名单,并列出复赛赛题《我所不能抵达的世界》以及刘强、刘宇、刘宁三人的同题作文,另有两位一等奖获得者的文章:章程的《飞翔》、李正臣的《凌波微步》。

五篇作品给我一个整体印象:在作者的内心独白中透出强烈的诉说愿望和苦闷压抑下的激情释放,文字无一例外地才华横溢,介于抒情与说理之间,有西方文论的理性色彩,也有先锋小说的流风余韵。兼具象征意味、虚拟空间、意识流动,迷茫中的内心挣扎,质疑中的一份自信、思索、探询、叩问。少年作家落笔成文,倚马可待的才气,在华丽辞藻中回旋自如,在古今中外的历史空间中游刃有余。

他们洞察历史,穿越空间,评点名人,平视权威,毫不胆怯,毫无敬畏,更无仰视之态。作者的价值观若隐若现,变幻莫测,有时坚固如磐,有时海滩沙器,难以把握。读书、心境、青春期的遭遇:苦闷、挫折、失恋多为抒情的起点。存在主义、结构主义、现代主义、后现代主义、马克思、尼采、黑格尔、卡夫卡、博尔赫斯、海德格尔、乔伊斯、萨特、达利、梵·高乃至李白、

沈从文、郭沫若、张爱玲、阿城、余秋雨、贾平凹、李泽厚、棉棉，等等，都是他们探寻的对象。与其说他们是试图站在伟人的肩膀上，不如说他们是企图穿透伟人的心灵，用自己的方式去解说人类文明历程中里程碑式的人物，阐释加重构加解构。那些在他们眼中尚不入流的名人则遭到轻率的揶揄和嘲弄。

值得一提的是李正臣的《凌波微步》，金庸小说《天龙八部》中人物段誉所擅长的武功与精卫填海、明星乔丹、NBA 竞技、中国围棋、儒家思想、姚明出场"一勺烩"，成一拼盘。文风如纵横捭阖的杂文，批判之剑横削竖挑，笔笔诛伐，锋芒毕露，用意颇深，耐人寻味，于种种生活现象中生发出别致的道理，令人击掌！

倘若将五篇作品视为"80 后"文学的一个标本的话，不难看出作者写作的几个特点：属于自己的青春书写，敢于质疑并评点一切的自信和狂放，写作资源的丰富和庞大，无视文体规范和边界的洒脱。当然，我们也可用一组相反的词语进行概括：肤浅浮泛的青春书写，怀疑一切的相对主义，知识的拼盘与背景的庞杂，对传统文体的肆意颠覆，等等。

看待"80 后"的文化背景，有两个结论可以明确：

一是 20 世纪 80 年代出生的一批青年已初步具有了属于他们自己色彩的青年文化，这种文化由于同 50、60、70 年代生人存在明显的"代沟"而凸显。还必须承认，所谓"裂变"，是因为在全球化的网络时代，整个"语境"发生了根本的变化，不是"80 后"精神层面出现断层，而是整个社会的价值观念出现了裂变。"80 后"青年文化因此也拥有了较 20 年前"骚动与选择的一代"更为普遍和深厚的社会文化基础。

二是"80 后"文学的文化背景，是一种丰富庞杂的文化，是一种在全球化语境下具有中国特色的动态发展的青年文化。莫言在对张悦然的评价中，有十分精辟的观点："他们这一代，最大的痛苦似乎是迷惘。""这代青少年所接触的所有有关的文化形式，基本被她照单全收，成为她的庞杂的资源，然后在这共享性的资源上，经过个性禀赋的熔炉，熔铸出闪烁着个性光彩的艺术特征。"[7]

以莫言的概念放大至整个"80 后"文学，乃至整个 80 年代生人的文化背景，可以看出，"迷惘"是他们前行探索的动力，"庞杂"和"共享性"的资源，则是青年文化色彩斑斓而又个性突出的原因所在。

（三）大众消费文化：书写一种欲望

现在被我们统称为"80 后"的一代作家，由于价值观念的"裂变"，原有社会所提供的"青春读书系列"供给线也戛然中断。依据惯性前行的青少年文学读物已无法对接 80 年代生人"精神断层"后的阅读期待，于是当年被评论家讥讽为新潮实验小说的"自己写、写自己、自己读"的"自我循环"境况

在更大范围中成为现实,"80后"开始自己经营自己的精神家园。

80年代生人书架上文学书籍目录的变换就是明证。

从单纯明快承继父辈观念的《小朋友》《少年文艺》,到试图进入青少年精神世界的汪国真、席慕蓉的诗,琼瑶等的言情小说;从郑渊洁的《童话大王》到秦文君的中学生系列,以及铁凝、曹文轩等"主流作家"的少年小说……而对中国2.5亿少年儿童这个庞大群体的需求量来说,中国作家对这一"年龄段"的创作不但力量薄弱,而且供应量极少。传统"供应链"的终结可能发生在1998年3月——网络上出现了台湾大学生蔡智恒(网名痞子蔡)的长篇小说《第一次的亲密接触》。痞子蔡以平均两天一集的速度,从1998年3月22日到5月29日,费时两个月零8天在网络上完成长达34集的连载。海峡对岸,一位大学生个人的写作行为,为"80后"文学带来了巨大的启示,"第一次亲密接触"所具有的"轻舞飞扬"的风采,顿时折服了无数年轻的网民,迎合了他们青春的渴望,无数次的"亲密接触"由此发端,网络写作一发不可收拾。80年代生人终于在中国网络中造就了一次关于"青春书写"的文学运动。

这种"自我书写"直接满足了80年代生人的"阅读期待"——

春树:寻求"边缘化"的个人生活圈子的情感需求,以"另类"姿态张扬自我;

韩寒:表达现存教育制度压抑下个人精神自由的渴求,以叛逆行为抵抗社会;

郭敬明:明丽的"青春忧伤"与亲情渴望,强烈地表达一种青春期的情感诉求;

张悦然:青春的迷惘与成长的疼痛,在美丽而迷幻的境界中讲述伤感的故事。

所有上述表达都十分贴切地叩响了成千上万青少年的心扉,为"青春期阅读"提供了生理的快感、审美的愉悦以及成长的答案。笔者曾就"80后"文学在300余名不同专业的80年代出生的大学生和一些中学生中做过问卷调查,有90%以上的学生阅读过"80后"文学作品,有80%以上的学生认为"80后"文学比其他作品更能安慰和愉悦他们,理由很简单:他们写的正是我们这一代人。一位17岁的女生在问卷中写道:"非常真实的情感,能够引起共鸣,让人怀念青春的一切幸福的故事。社会对青少年的定义过于陈旧,在现实中,我们的心智远比大人们想象的成熟许多,我们无法与他们沟通,同时渴望一种认同,于是在'80后'的作品中找到了我们所需要的东西,郭敬明就是一个典型。"

网络上追捧"80后"写手的庞大网友群,出版物上百万的发行量,连续

数月居于榜首的畅销书,"80后"的文学创作很好地形成了自己独立而完善的循环系统,可用以下两组公式表述:

表述一:作家→作品→读者→作家

表述二:包装偶像→偶像作品→点击率与发行量→偶像走红

"80后"写手网上作品受到热捧,"青春的叙述"获得热烈的反响,满足青少年的阅读期待,文学消费成功实现,网站因此成为热门,反过来激赏作家,并以现代方式进行偶像包装,广告推广,进一步刺激生产和消费。作家于是提供更多的作品,新的循环迅速开始,雪球越滚越大,"马太效应"出现。网络升温的同时,媒介转换成功,使文学资源转换为更大的利润。

在网络经营者和出版商眼里,"80后"的文学作品由于进入了"产品→销售→利润"的快车道,成为巨大的利润符号。80年代生人的"青春消费"与市场在此达成了一种默契,多边互动,同惠共利,皆大欢喜。谁是最大的赢家?自然首先是以大众消费为支撑的市场,其次是利益的分配。"北京娃娃"春树在接受央视栏目《面对面》采访时,就直截了当地回答了网络出名后出书的动机:"我需要钱!""80后"写手们书写的"青春欲望"在某种意义上与"市场欲望"会合,构成了21世纪中国社会的一道奇异景观。

三、"80后"文学需要超越的三大标杆

20世纪80年代文坛的作家,曾经有所谓"五世同堂"的说法,比如"左翼作家""解放区作家""右派作家""知青作家""60年代作家"。的确是各有擅长,各有不可替代的风格。"70年代作家"刚刚命名,未成阵势,"80后"文学就一个浪头覆盖,来势汹汹!居然也有文学市场"半壁江山"的份额。当然,岁月推移,势头自会消减,我们要追问或期望的是,作为"80后"一代,能否拿出自己独特的文学作品,为中国文学史留下不可磨灭的"一格",就是将来"90后"出来,"80后"也不会被覆盖。探讨"80后"文学"历史定格"的几个要素,也可称为"80后"文学发展应当逾越的三大标杆。

标杆一:青春资源的成功转换。

精神分析大师弗洛伊德曾表述:少年时代的记忆往往影响人的一生。[8]

可以说,凡用心写作的作家,尤其是依赖个人经验的小说家,其作品很大程度上都晃动着青少年时代生活的影子。例如,《红楼梦》主要描写了大观园的贵族少男少女,这正是来自于曹雪芹出身官宦世家的亲身经历。鲁迅小说中也无处不晃动着绍兴水乡少年鲁迅的影子。当代的作家中,凡有较大成就者,其作品都在相当大的程度上带有"自传体"的性质,从"右派作家"至"知青作家""60年代作家",从王蒙、从维熙、刘绍棠、张贤亮到韩少功、王安

忆，再到莫言、余华、格非、苏童，几乎少有例外。历届获诺贝尔文学奖的小说家，也屡屡提及少年时代对其写作的决定性影响。例如，2003年、2004年两届诺贝尔文学奖得主：南非作家 J. M. 库切，如果没有处于白人与黑人、西方与非洲之间少年生活的经历，他很难将南非社会形态的现状在其名作《耻》中以文学的特殊方式进行描述并提出令世界警醒的文明冲突问题；奥地利女作家埃尔弗雷德·耶利内克，出身小市民家庭，自幼受到怀有望子成龙梦想、集暴君和刽子手于一身的母亲的严格管束，又与精神失常的父亲相伴多年，自己一度也出现过精神心理疾病，以致休学一年，其代表作《钢琴教师》里变态的母女关系，显然带有强烈的自身体验。

因此，青春资源是一个以写作为职业的小说家写作的重要资源。

目光回到"80后"作家，青春资源更是他们重要乃至唯一的写作资源，假设删去此项，就很难想象他们靠什么作为作家的经验支撑！青春资源既是"80后"作家的强项和特点，也是他们的弱项和软肋。从正面说，80年代生人的青春经历与心理经验确与前辈有某种断裂性的区别，这是"80后"存在的理由，也是"80后"迅速自成格局的主要原因。从负面说，当青春资源成为"80后"作家写作的唯一资源时，他们的视野也可能因此被限制。当"80后"作家在网络上一再宣布他们的文学只能是他们自己圈子里的事情时，一种夸大自恋、自我局限、闭关自守的状态就有可能于有形和无形中形成。事实亦是如此，诞生并勃兴于网络的"80后"文学，已然通过网络这一既虚拟又现实的"小世界"形成他们自己的平台和"王国"。

这是好事，还是坏事？恐怕很难用非此即彼的方式评价，因为"80后"已不单纯是一个文学现象。我想要表达的仅在于："80后"作家能否实现青春资源的成功转换，将是决定其能否真正留在文学史上——以其作品成就，而不仅仅是一种文学现象——的前提所在。

如何转换？关键在于能否通过自身的创作和青春经验打开一条通道，与社会、群体、民族乃至人类记忆相沟通。当然，这里所说的沟通是建立在作家个体思考体悟的基础上，而非取悦大众或是"小圈子"的"大路货"。本雅明所言，小说只诞生于孤独的个人[9]，即为此言。唯有实现此种沟通，"80后"的作品才可能在提升中走出"青春困境"的小格局，拥有21世纪文学的大境界。

标杆二：都市生活的深刻体验。

可以说，对都市生活的体验是"80后"作家的强项。80年代生人的成长过程，正是中国大陆城市迅速成长的过程，人与城市共同经历了"青春发育期"。感同身受的"80后"，具有其他时代作家完全不同的生活经验，他们身在其中，恰如游动在城市中的一条自由的鱼。

中国当代文学的发展形态也印证了从乡村走向城市的历史过程。

20世纪80年代以前,中国大陆真正书写城市经验的作品十分罕见,有专家认为唯一的一部就是周而复的《上海的早晨》。当然,40年代以前,像张爱玲等人还是有一些城市体验的作品。但五六十年代可以说是农村和战争题材的天下,因为作家缺少这方面的经验,"都市里的乡村"普遍存在,用乡村的视角书写城市,是几代作家——且不说从城市重返乡村体验生活的柳青等老一辈作家,就是到了写出《手机》的刘震云那里,仍然是以乡村情怀览城市风云,最终的精神归宿还在乡村。城市在他们的精神体系中仍像雷达网中飘浮不定的UFO,难以清晰地把握。"走向城市"的道路似乎比现实生活中农民工走向城市还要艰难。

陕西已故作家路遥的长篇小说《人生》,拍摄成同名故事影片后,其情节颇具典型性。以乡村青年高加林试图走向城市而最终失败的结局,勾勒出一条乡村→城市→乡村的回归路线图,并以巧珍的形象表现了城市诱惑下一种永远的失落。几年后,处于改革开放前沿的广东创作拍摄的电视剧《外来妹》,几乎与《人生》一样指导了农村青年走向城市的人生历程。耐人寻味的是,在特区挣足了钱的打工妹重返故乡寻找爱情归宿时,却发现自己已无法离开城市。从深一层看,这位返乡结婚的打工妹并非留恋城市的繁华,而是选择了属于城市文化的人生观,于是新的人生选择路线图又出现了:乡村→城市→乡村→城市。

这是否是中国大地上一种观念的进步?

可惜,上述观念的进步在当代文学创作进程中始终未能成为主流,尽管也出现了武汉的方方、池莉,上海的王安忆、程乃珊,北京的陈染、邱华栋,广州的张欣、张梅等一批城市题材的小说家,但真正属于现代城市文化的中国城市文学仍然在艰难的成长中。

然而,这种艰难到了"80后"作家手中,似乎一下子被化解成月亮边上的缕缕轻云,原有的文化冲突、观念碰撞忽然消失。因为"80后"作家没有前辈的乡村记忆和观念参照,他们是改革开放春风里播的种子,逐步发育成熟的现代城市文化空间是他们呼吸的唯一天地,全球化时代迅猛发展的历史浪潮,构筑了代沟,形成了某种记忆"断裂"。在春树的《北京娃娃》《长达半天的欢乐》中,缠绕中国几代作家的乡村记忆荡然无存,浏览"80后"作家长长的名单,除李傻傻之外,几乎全部成长在都市:韩寒、春树、郭敬明、张悦然、周嘉宁、苏德、张佳玮、胡坚、小饭、蒋峰……

"80后"作家显然拥有对现代城市完全进入的天然优势,因此,能否将对现代城市生活的个人经验转换为一种更具典型性、普遍性和深刻性的文学体验,既成为"80后"作家的机会,也成为他们是否能取得更大创作成就必须跨越的标杆之一。

165

标杆三：网络空间精神的超越。

作为期望取得更大创作成就并加入文坛主流的"80后"作家们，显然需要谨慎对待网络对文学的正负双面的影响，在自由共享的网络精神大肆张扬的同时，延续几千年的文学精神是不是也在被消解和解构。比如：

——文学中的游戏心态，导致核心价值的消解与玩世不恭的游戏人生，从而放弃文学对于苦难、怜悯、爱心、善良、坚强、坚守、坚持等人生状态的关注；

——文学中的自恋心态，导致以个人为中心的自我膨胀，博客等小圈子可能形成的自我封闭，使得社会视野随之狭窄；

——万花筒式令人眼花缭乱的状态，导致文学体式的变幻不定，即时快捷的发挥替代处心积虑的精致刻画，图像型、马赛克式、非连续性的艺术思维替代通过文学的再想象，重构现实人生图景的艺术追求；

——宣泄式、口语化的语言表达消解了作为语言艺术细致入微、曲折委婉的无穷魅力；

——互动式、零碎化的文学创作进行式，造成文学作品艺术"整体性"的解构，"碎片化"趋势进一步明显，口语简洁灵动效果所带来的结构松散、抒情泛滥的负面效应，似乎失大于得。

上述这些由"80后"文学所表现的网络特征也许还不是最重要的，对文学传统致命一击的还是对于文学本质意义的漠视与放弃。说白一点，"80后"文学作为青春化写作，在获得同代人认可和市场回报的同时，也可能使自己"堕落"为一种消费性的类型写作，在媒体炒作与市场销售额的"双重谋杀"下，"80后"的文学生命有可能终结于此。这才是致命所在。

文学作为人类精神活动的产物，一如日月大地般伴随着人类的成长。倘若从人类的文明史中剔除文学，人类的文明史即刻变得残缺不全，人类的精神也因此成为残疾。我不是在此夸大文学的作用，事实恰恰相反。2005年9月我出席第8届中国小说学会年会时，曾与甘肃作家雪漠有一次辩论，我和这位曾经研习多年藏传佛教的作家有一观点正好相反。雪漠以为文学的力量很大，好比司马迁的《史记》胜过汉武帝的武功。我则认为文学是无力的、软弱的，文学不是改变世界的刀和剑，她是人类社会崇山峻岭中的一股清泉，一阵清风，一朵洁净的白云，成为一个人们向往的东西，一个召唤心灵原则和信仰的东西，一个对世俗功利进行某种精神超越的东西。表达这个意思的动机在于试图说服我的作家评论家同行：文学应该缩小自己的范围，回归一种平凡的角色，千万不要把文学说得太高尚、太重大，甚至有一种拯救世界的悲壮感觉。同时，文学应当找到自己独特的方式，这种方式包括表现方式，包括对人类影响的方式，等等。

表明上述态度并不等于降低我们对作家精神品位的期望值，可以肯定地说，缺少精神、缺少信仰、缺少崇高心灵的作家肯定写不出好作品，即使一时红火，一时大卖，但一定走不远，红不久。道理很简单，这类作家的作品最终会因"含金量"低而无法长时间地吸引读者，无法经受历史的淘洗。

10年来，无论我对文学作用和地位的看法发生过多少次变化，但依旧认定好作家、大作家通常都需要具有一点"准宗教情怀"，之所以使用"一点"和"准"两个概念，也在表明一种谨慎和节制的态度，同时也表示对"80后"作家的一种善意提醒。"80后"文学发展至今，终结并非危言耸听，精神的标杆也非虚妄不实。相信文学虽历经沧桑岁月，却自有恒久不变的东西存在。

这，也许就是我们与"80后"作家沟通的关键所在。

注释：

[1]《2004中国文坛风流榜》，《太原日报》2005年1月19日。

[2] 公孙血：《"80后"文学实力派与偶像派之争》，《南方都市报》2004年3月11日。

[3] 蔡达：《"80后"作家要求抛弃"80后"概念?》，《南方都市报》2004年7月23日。

[4] 方兴东、胡泳：《媒体变革的经济学与社会学》，《现代传播》2003年第6期。

[5] 方兴东等：《博客与传统媒体的竞争、共生、问题和对策》，《新闻与传播》2004年第7期。

[6] 江冰：《论"80后"文学的文化背景》，《文艺评论》2005年第1期。

[7] 莫言：《她的姿态，她的方式》，张悦然：《樱桃之远·序》，春风文艺出版社2004年版。

[8] 〔奥〕弗洛伊德：《图腾与禁忌》，杨庸一译，中国民间出版社1986年版。

[9] 〔德〕瓦尔特·本雅明：《讲故事的人》，《本雅明文选》，马海良，陈勇国译，中国社会科学出版社1999年版。

当代文学的三次浪潮

"网络一代"的文化趣味

以网络为首的新媒体为"80后"青年群体寻找和建构自己的身份提供了一个既虚拟又现实、既模糊又安全的平台,不但培养了新一代的消费方式,同样也养成了他们的文化趣味和审美习惯。各种不同类型的网络青年亚文化迅速繁殖和发展,其中最为典型的几种类型有恶搞文化、山寨文化、迷文化、情色文化等等,表达出一种非主流文化趋向。

恶搞文化,又称为 Kuso(恶意搞笑之意)文化,是指经由过程戏仿、拼贴、夸张等后现代伎俩对被主流文化视为经典、权威的人物、事物和艺术作品等进行讽喻、解构、重组乃至颠覆,以达到搞笑、滑稽目的的一种文化现象。如在网络中出现的胡戈恶搞电影《无极》的《一个馒头引发的血案》、伟胜兄弟俩的《恶搞西游记》《四六级恶搞》《我爸是李刚》等等。

山寨文化,是指依靠抄袭、模仿、恶搞等手段发展壮大起来,反权威、反主流且带有狂欢性、解构性、反智性以及后现代表征的亚文化现象。随着市面上模仿产品越来越多地出现,网络中也出现了类似的文化类型,如山寨明星、山寨视频、山寨电视剧等等。山寨文化的出现在一定程度上被视为一种侵权行为,侵害了原创文化的形象等各方面权益,但由于山寨文化具有更适应大众口味的特点,在网络中依旧盛行。

迷文化是偶像文化在网络中的一种变化发展,由最初的青年群体对明星偶像的崇拜迷恋慢慢扩展为迷恋偶像明星之外的更多对象——某一事物或产品、国际品牌、游戏、动漫、服装等等,并沉浸在一种非理性的喜好和世界当中。在这一文化领域,青年群体容易表现出疯狂的痴迷,一旦迷上某一种事物,在看到或听到与之有关的一切事物时,都会表现出十分的关注和渴望,甚至采取一切可能的手段达到获取它的目的。

网络的出现,使得情色文化流通并泛滥,这也许是整个社会真正实现了对性的解放的过程,但也是一个容易造成爱欲横流的污染的过程。

网络青年亚文化的分类并没有一定的标准界限,除了上面的几种较为典型、影响力比较大和熟悉程度比较高的类型外，还存在着其他网络青年亚文化形式，如网络语言、网络文学、影视音频、酷文化、跟帖、人肉搜索、晒客、御宅族等。非主流文化这一概念，是相对于主流文化而言的。网络上非主流文化似乎已经成为一种标签，类似非主流图片、非主流音乐、非主流空间、非主流个性签名、非主流头像等等，不胜枚举。

什么是非主流的文化趣味呢？也许，伯明翰学派对亚文化研究的三个关键词——抵抗、风格、收编可以帮助我们理解。第一，所有的亚文化对主流社会都有一种抵抗，我要把牛仔裤搞破就是一种抵抗，抵抗整洁庄重的传统。第二，要形成我独特的风格——无论是衣饰装扮还是行为方式，无风格毋宁死，这就是亚文化的生命和标志。第三是收编，是指商品社会对青年亚文化的收编，把个人的风格转化为商品，为大众享用；把个人的主张变为主流的一个部分，无形中化解你的独特性。富有意味的是，在今天，这个收编的过程比从前缩短了很多，其原因在我看来还是以网络为首的新媒体的发展和普及。

从前亚文化的参与者比较少，支持者人群也比较少，而到了今天这个网络的时代，出现了"网络一代"，他们成长于网络，网络是他们名副其实的"第二生存空间"。于是，在新媒体环境中成长的这一代人拥有相近的价值观念、相近的认知方式、相近的知识结构和相近的文化趣味，并借助网络等新媒体的传播和扩散，由小而大，由弱变强。进入现实社会，当年青一代普遍拥有这种观念和文化趣味的时候，启发是普遍的，力量是普遍的，影响也是普遍的。当他们开始成为主要消费者的时候，商家的反应更加迅疾。因此，这个收编的过程被大大缩短了。进而言之，亚文化的气氛和非主流文化趣味的形成不仅仅是依赖一小群人，而是依赖网络改变的整整一代人。

简而言之，在当下文学的"三分天下"格局中，"80后"乃至"90后"在三分之二的格局中占了重要的位置，他们既是创作者，又是消费者，"网络一代"的文化趣味已经不再是无足轻重的了，它如一只"看不见的手"，不但影响着文学，也悄然改变着原有的社会文化，理应引起文坛和学术界的高度重视。

"80后"文学:"我时代"的青春记忆*

也许,只有青春时代的记忆最能表达一代人的特殊情怀,最可彰显一代人之所以不同于其他的"特殊性",而这种"特殊性"常常又是这一代人维系精神的所在。面对文学空前自恋的当下时代,由青春记忆切入,相信会有不同角度的全新发现。

一、当代文学的青春记忆

回顾60年的当代文学史,明显的"青春记忆"文学书写大致有四次:

(一) 20世纪50年代以王蒙为首的"青春万岁"的表达

20世纪50年代中期以前,社会在历经近百年战乱后,休养生息,人心思定,执政党朝气蓬勃,共和国蒸蒸日上,一切向东看,苏联老大哥是榜样,共产主义目标明确,青年人自觉融入时代洪流,青春万岁与祖国万岁互为一体,"少年布尔什维克"与红色党旗相映生辉。亲爱的祖国、党、人民与时代、青春、革命均水乳交融,共同汇成时代颂歌,文学青年发自心底吟唱,其情亦真,其调亦高!就连杨沫取材于从前往事的《青春之歌》也在多次的修改中,自觉地将青春记忆纳入颂歌时代的宏大叙事之中。此种青春记忆的投入之忠诚,也可从王蒙于20世纪八九十年代陆续出版的系列长篇小说中得以印证。

(二) 七八十年代以北岛、刘索拉为代表的青年文学

在现行的文学史教材中,没有将北岛与刘索拉联系起来谈,对我来说也有一个思考和发现的过程。80年代中期,中国音乐学院作曲系学生刘索拉写了一篇小说《你别无选择》,颇有影响,随后徐星发表了《无主题变奏》,上海作家陈村又写了《少男少女,一共七个》,相近创作倾向的还有陈建功的《卷

---

* 本文系国家社会科学基金项目"'80后'与'90后':网络一代的传播方式研究"阶段性成果,项目编号为09BXW026。

毛》、刘西鸿的《你不能改变我》、刘毅然的《摇滚青年》。我当时认为一个文学流派的雏形出现了，并将其命名为"骚动与选择的一代"。这是 80 年代中期出现的一种青春写作，可以说是一个亚文化的现象。

2004 年我进入"80 后"文学研究之后，进一步的史料研究又使我在北岛等开始于 70 年代的诗歌创作与刘索拉等 80 年代的小说创作中发现一条"青春写作"的历史线索，这条长达 10 年的线索呈现了当年一大批青年作家写作精神的来龙去脉，牵涉面极大。概言之，北岛的"今天诗派"是对 80 年代意识形态的以"我不相信"为号召的一种知识精英式的抵抗，北京作家居多，政治色彩难免与 80 年代的思想解放运动合流，勇敢地发出年轻人自己的声音，也是当时的时代最强音！到了刘索拉等人的小说里，"我不相信"的时代呼唤转为小人物的苦闷与迷茫，开始具有青年亚文化的特征，精神面貌与文学格局陡然一变：由宏大而微观，由激动昂扬而伤感消沉，由愤世嫉俗而玩世不恭。但仔细辨识，其中脉络依然一以贯之，北岛是愤世的开始，索拉是嫉俗的结尾。他们共同的特点是以一种价值追求抵抗宏大叙事，其中的"个人"依然隶属于一个庞大的抵抗集体，个体的人生追求也依然有一个隶属于知识精英的理念。刘索拉的《你别无选择》有一个理想而高贵的曲式，徐星的《无主题变奏》以费尔巴哈的名言为宗旨，"人没有对象就没有价值"——何等精英的人生追求与文学想象啊！因此，一是融入集体的"个人"，二是对意识形态的"抵抗"，成为第二次"青春记忆"的时代特征。

（三）"60 年代生人"的青春记忆

以余华、苏童、格非、北村、海男、毕飞宇、艾伟、东西、陈染等为代表的 60 年代出生的作家群，在他们的一批作品——主要是小说中表达着对少年时期的青春记忆，这种与"文化大革命"特殊历史时期相吻合的青春记忆大面积地在文学叙事中的出现，俨然构成了对于一个时代的集体记忆。虽然同样的叙事也出现在前辈作家中，但与青春期的密切程度却是这一代作家所独有的。历史正是以不同的方式进入不同年龄段的中国人的记忆，在历史记录相当不健全的今天，文学依然承担了历史记忆的重要功能。也许青春期的压抑更具有个人色彩，在可能释放的条件下，被压抑的部分也就成为最有激情的写作动力，以及对这一代作家来说最有个人体验的写作资源。

余华就不忌讳地谈到少年记忆对他小说创作中"血腥"与"暴力"描写的影响："我从 26 岁到 29 岁的 3 年里，我的写作在血腥和暴力中难以自拔……白天我在写作的世界里杀人，晚上我在梦的世界里被人追杀。"因为那就是一个充满了血腥与暴力的时代。毕飞宇虽然强调记忆常常会带有道德化和美学化倾向，但他依旧承认童年时代的记忆是他文学想象的起点，在童年场景中通过想象虚拟的世界可能比他当年生活的那个真实世界更真实。苏童的说法

就更加直截了当,他在余华的小说里看到"一个躺在医院太平间水泥台上睡觉的小男孩形象",在毕飞宇的作品中则看到"一个乡村男孩要突破藩篱看世界的野心",至于自己,潜藏在自己作品后面的"是一个身体不好、总在一条街区上游荡并东张西望的少年"。[1]这一代作家的青春记忆的特征是一种"战栗的世界与狂欢的图景",不断重复出现的童年视角,不断被激活的人生初始经验,几乎全部都和与青春期相交的时代密切相关。[2]

第四次就是本文重点论述的由新世纪正式开始的"青春写作"。

二、"80后"文学:开创"我时代"的青春记忆

(一)从极端集体主义到极端个人主义——一切以个人为中心,进入"我时代"

在20世纪80年代以前的一个时期里,"军民团结如一人,试看天下谁能敌",个人消融于集体,小我服从大我;从80年代开始,思想解放运动发出个人声音,但依然属于一个集体;90年代,市场经济,肯定消费、肯定身体享受,由个人感官打开个人禁锢,个人浮出水面;直到2000年以后,网络时代、全球化、地球村,"80后"开始彻头彻尾地"个人化","90后"则完全享受这一历史发展过程的结果,因此,"90后"的"个人化"程度最高。在多种"80后""90后"的大学生调查中明确显示:在利己又利人或利己不损人的前提下,先为自己利益着想的人数在50%左右。表现在"80后"文学和网络青春写作中,主人公"我"的地位空前突出,传统作品中的"集体"逐渐淡化以至消失。这一点几乎颠覆了此前当代文学作品以集体利益为首位追求目标的创作状态。

(二)从极端信仰到极端无信仰——价值茫然,信仰分散

红色时代,共产主义曾经是最高的信仰,但中国社会历经几个历史时期,已经发生变化。也许说"信仰真空""价值真空"是过头话,虚妄之言。但近日我们"80后"文学与文化研究中心的一项调查表明,"80后"大学生对"何谓信仰"并不十分明了,往往将一般价值观与信仰画等号。我们最近进行了一次完全由"80后"大学生设计实施的问卷调查:《广州地区高校学生信仰问题调查报告》。此次调查以随机抽取的方式调查了200名大三、大四的学生,在一个"你认为当今大学生的信仰状况"的问题中,有40.3%的人认为大学生出现了信仰危机,关于信仰主题具体数据见下表。

信仰状况调查

信仰类别	宗教	国家	文化	权利	金钱	共产主义	祖先	道德	都没有
受调查学生(%)	7.7	29	26.5	7.1	9.7	8.2	9.7	35.2	12.2

从上表可以看出,受调查的学生普遍认为自己有一定的信仰,但"80后"学生并不清楚信仰的概念。信仰是一种价值追求,有其不可逾越的底线,它同信念、价值观等的差别在于人们可以为自己的信仰付出任何代价,而受调查学生未能对此进行深入的考虑,将一般性的价值追求当成了信仰。[3]

无论上述信仰主题的设计是否符合学理,但有一点是明确的,即从上表可以看出,受调查学生虽然普遍认为自己有信仰,但在具体信仰方面则出现较大的分歧,没有一项比例超过三分之一,信仰主题相当分散。一个民族或者社会的凝聚力源于人们对某一价值观念的普遍认同,若人们的价值选择太过分散,则难以有效面对共同的危机或者挑战。这也许是我们民族在21世纪遭遇的最有挑战性问题之一。

(三) 从人格压抑到自我狂欢——中国历史上思想言论表达最自由的一代

网络空间"匿名性"与社会民主的逐步开放,使得"80后"成为中国历史上思想言论表达最自由的一代,"90后"则更加自我、大胆,民族性格悄然变化,真正成为"断裂的一代"。

网络狂欢体现了新人类对新媒体的天然亲和关系。众多"80后"能迅速介入网络写作,形成一种文学现象,说明他们对网络有一种天然适应的媒介素养。虽然"80后"的作品还远谈不上深厚和纯熟,但不要小看这一群青少年,在以往的历史上,在纸介媒体中,从未有过如此之多的青少年投入文学写作,只有网络的出现,才让众多青少年有参与制作和发布信息的可能。作为传播者,"80后"比上辈人更熟悉新媒体的特性,更懂得如何在新媒体中生存和发展,使用键盘比使用笔更得心应手,他们是新媒体造福人类的最大受益者和见证者。就中国的社会现状来看,为何几代人同时面对网络,唯有"80后"进入最快,得风气之先?结论是,"80后"的青春期与中国互联网成长几乎同步,而作为尚未形成固定世界观的青少年最易接受新事物,也最易受到新事物的影响。"80后"有幸于21世纪初的生存空间中遭遇了互联网,网络的特性与"80后"价值观念的开放与多元相契合,形成强有力的亲和性。真是如鱼得水的历史机遇![4] 网络帮助这一代完成了从人格压抑到自我狂欢的转换,中国历史上思想言论表达最自由的一代也由此产生。

(四) 从印刷文化到数字文化——文化载体过渡的一代

网络时代的数字化生存就在眼前,"80后"成为从印刷文化到数字文化过渡的一代,"90后"则是数字化的一代。他们所面对的是从P时代(印刷时代)到E时代(互联网时代),是进入影像时代、图像时代。以平面印刷符号文字为媒介的传统文学正在受到挑战,新的文学标准与观念正在进入"文学重建时代"。同时,"80后"文学属于青春文化、青年亚文化,处于非主流文化与边缘另类文化之间,她是全球化、网络化、民主化、市场化背景下的文化,是成长中的文

化。作为一种文化形态——"80后"文学继"先锋小说"与"七十年代人写作"之后,彻底完成了"去意识形态化"的文学过程,并以青春文学与网络写作两种形式蓬勃生长,形成与主流文坛的某种对峙与挑战的态势。可以说,旷日持久的当代文学的"意识形态写作",在新的青春写作中被真正终结了。"80后"文学作品中的网络特征以及洋溢全篇的"青春风貌",不难看出他们异于传统作品的写作立场。

注释:

[1] 《作家们的小时候》,《信息时报》2009年12月13日。

[2] 洪治纲:《中国六十年代出生作家群研究》,江苏文艺出版社2009年版,第30页。

[3] 温远扬等:《广州地区高校学生信仰问题调查报告》,广东商学院(今广东财经大学)"80后"文学与文化研究中心,2009年11月。

[4] 熊晓萍:《传播学视角下的"80后"文学》,《天津师范大学学报》2007年第3期。

"80后"：青年亚文化的生成与影响*

"80后"作为名词，出现在21世纪最初几年的文学界，随着互联网的发展，她开始在网络流行。按照一般规律，一个流行词的生命期是两到三个月，但"80后"不但流行不衰，而且蔚为大观，从文学领域走向大众媒体进而走向社会，并由此衍生出包括"50后""60后""70后""90后"及其代际差异、青春写作、网络青年亚文化等一系列名词。可以不夸张地说"80后"作为一个词源，已经形成了一个名词系统。这里固然有媒体和商业的炒作，但其内在旺盛的生命力和外在强大的概括力也是不容忽视的。本文从青年亚文化的视角，对"80后"一代形成的青年亚文化做了一个大致的描述，意图证明其存在的社会合法性与时代影响，进而说明其与主流文化互动交流的可能性。

一、作为文化符号的浮现与凸显

21世纪初，"80后"一代人尚未登上历史舞台，他们年纪大的刚满20岁，处于高考前后求学阶段，小的还在中小学，处于青春萌动期的阶段。在中国历史长河中，青少年的话语权很小，甚至到了一些学者认为"中国历史没有青年这个概念"[1]（邝海春，1991：34）的地步。20世纪初的五四运动是一个例外。也许，一百年为一个历史轮回；也许，互联网的全球化打开了视野；也许，富足的饮食提前催熟了身体。在21世纪，"80后"这一代人抢先登上了舞台，开始发出属于他们自己这一代人的声音——独特且反叛的声音。

声音首先由文学——这个赋予情感色彩的领域——"青春写作"中发出，个别微弱之信息却借助现代媒体快速壮大，积少成多，汇流成河，进而在网络新媒体中呼啸奔腾，形成浪潮。先是在上海《萌芽》杂志的"新概念"大奖赛脱

---

* 本文系国家社科基金课题"'80后'文学与网络的互动关系研究"成果之一，项目编号为08BZW071。

颖而出的韩寒、郭敬明、张悦然一跃成为"青春偶像",后是各大网站推波助澜,促成"青春写作",传统报刊与出版和网络新媒体共同发力,在媒体竞争和商业竞争的动力下,提前催熟和引发了21世纪第一场青年文学运动。引起我们关注的是"80后"青春写作出现伊始,就具有强烈代际特点的青年亚文化特征。

从文学流派和思潮的角度看,"80后"文学尽管有"偶像派"和"实力派"之争,但作者内部却以"拒绝命名"为开端,同时罕见地一致拒绝团体化,并在2007年以后迅速出现"三极分化"趋势——回归主流文坛、进军消费市场、介入公共领域。无论流向如何,"80后"作家内心都有一个相同的目标:改变乃至反叛原有文学准则,书写属于"80后"一代人的青春,自我书写高于现行既定的文学原则。充分个性的"我"独立行走,充分自由的"我"放松写作,与充分张扬的种类繁多的青年亚文化小圈子一起活跃于网络,相映成趣,相互呼应,文化英雄与娱乐偶像的互为一体,使文学作品与文化消费的界限日渐模糊。每一位出名的青春写手都有网站等商业推手隐藏其后,都有大量的粉丝围绕其侧,但同时又缺少扛大旗的人,缺少号令江湖的领袖,缺少为各方服气的评论家,于是"80后"文学在形成文坛新势力的开端,就始终弥散着一种"拒绝命名"的情绪,不同作家群体所表现的一致态度就是拒绝团体化,其精神取向即追求个性化的艺术自我——这对形成某种文学流派几乎是致命的一击[2](江冰,2012),但对导向青年亚文化具体形态,却是顺理成章的流向。

关于青年亚文化,西方的学者根据"二战"以后西方的社会状况做出了开创性的理论贡献,美国的玛格丽特·米德是其中杰出的代表,她在《文化与承诺》中提出了人类"文化传递"的三种基本类型:前喻文化、并喻文化、后喻文化,她充满激情地高度肯定"后喻文化"即青年文化的积极意义和历史作用,并确认了"代沟"即代际差异的学术命题。米德女士的关键启示在于:代际差异即是现代世界的特征,"每一代人的生活经历都将与他们的上一代有所不同的信念"[3](米德,1987:1)。美国的另一位学者迪克·赫伯迪格(2009)则延续了英国伯明翰学派亚文化的理论路径,在他的名著《亚文化:风格的意义》中,用"抵抗、风格、收编"三个关键词,深刻阐释了青年亚文化的内涵和外延[4]。汲取学者们的价值判断,我们可以试着评估出"80后"文学的青年亚文化特征及其社会意义。

就文学视角来看,"80后"文学是"80后"文化的主要形态之一,它属于青春文化、青年亚文化,处于非主流文化与边缘另类文化之间。她是全球化、网络化、民主化、市场化背景下的文化,是成长中的文化。作为一种文化形态——"80后"文学继"先锋小说"与"七十年代人写作"之后,彻底完成了"去意识形态化"的文学过程,并以青春文学与网络写作两种形式蓬勃生长,形成与主流文坛的某种对峙与挑战的态势。对原有意识形态的消解贯穿于其成长的全部过程，而这一消解过程又可以从以下四个方面得以体现——精英与草根的对峙与交流，主流与非主流的冲突与融合，边缘与另类的张扬与生长，印刷文化与视觉文化的抵触与妥协（米德，1987）。在文学中浮现的"80后"，继而在互联网构筑的网络世界中得到凸显，这才是青年亚文化正式形成的重要园地，也是本文论述的重点所在。

二、网络成为"80后"青年亚文化的大本营

我在最初开始课题研究时，试图用"4个圆"来限制"80后"概念，即大都市、独生子女、现代消费、新媒体，我以为，4个圆相交的部分是"80后"中人群最具有代际特征的人群。在北京、上海、广州三地10所大学的一系列问卷调查，一个网络人群的浮现：1980年到1989年出生的人群可以分为"前""80后"和"后""80后"，网络上也有"85后"这一称呼。我同时注意到互联网在中国的发展历程有"两个10年"：一是"技术的10年"，一是"普及的10年"，前者是1994年到2004年，后者是1998年到2008年。而1985年出生的人，正好在14岁遭遇互联网在中国大陆一线城市进入家庭。将研究人群的目光向后推移，"90后"开始进入视野，下限终于落在1994年，因为，他们的14岁与2008年重合。我开始决定将这个年龄段的青少年命名为"网络一代"。无论这样一种界定如何需要在不断的质疑中去发展，其实我都看到了有一种力量在明里暗里地推动着我和我的团队，那就是互联网，就是网络，就是新媒体。毫无疑问，学校家长的升学要求，社会转型的冲击影响，对"80后"乃至"90后"构成前所未有的生存压力，此时，相对宽松的网络虚拟空间为处于现实压力中的他们提供了自由交流的社交平台和卸掉包袱的减压空间，类似草根的广场式狂欢，类似网上网下两套话语系统和多重人格，其实都是"80后"对抗成人社会压抑的合乎情理的表现行为，真正属于"80后"的文化大本营非网络莫属，非新媒体莫属，中国大陆青年亚文化的生成土壤也由此产生。

总体上看，中国内地的青年亚文化的表现是比较温和的，他们没有如欧美"二战"以后的那种明显打出反抗主流社会旗帜的社会组织，活动范围大多限于虚拟空间，更多的还是属于互联网时代的"网络部落"。比如"怪咖""萝莉""御姐""宅男腐女"，等等，与其说是一种网络组织，倒不如说更像是青年人网络互动常用的空间符号，青少年们根据此符号形成松散的"亚文化部落"，他们更多的是一群类似 Geek（极客）、"怪蜀黍"等某类新奇古怪、特立独行、有主张有趣味有创意的人。在台湾话中，"咖"是"角色"的意思，"怪咖"意指以"怪"为主要行为特征的群体，是另类青年群体的符号标志。他们以创新、个性、独立见解为前提，以趣缘方式聚合，从网络与现实生活中建构出新的青年交

往公共空间,同时在互动中不断合理"怪"的行为,重新整合了一支有理想、关注公共生活,甚至处于社会边缘情景中的具有时尚型的青年群体。可以说"怪咖"们跨越了主流的文化价值空间体系,在青年人群体中建构着新的价值空间(周晓霞,2012)。[5]

网络中出现的亚文化部落,对"80后"具有极大的吸引力,他们既是消费者也是创作者,即在接受信息的同时消费亚文化,又在发出信息的时刻创作亚文化。也许,享受这一过程就是最好的回报,除此之外,别无他求。网络"字幕组"的投入,就是无功利驱动的生动例证。这是一个在网络上为外国影片配中文字幕的人群,他们为网民找片源、制作字幕、压制视频、提供下载,他们从不打出真实名字,他们统一叫"字幕组"。这些网民一般拥有专业技能,有时为了一个闪现几秒的字幕,要花费几小时的制作时间,但他们行事低调,不计报酬,辛苦无名。他们做事动力来自何方?回答是:"这无关利益,这是为自己的名誉和兴趣而战。"[6](梁爽,2012)这世界再功利再不堪,依然会有利益之外让人全身心投入的力量——难怪外国学者将兴趣和热爱看成人生工作三境界的最高境界。在此,我还愿意把"字幕组"的工作与摇滚音乐中的JAC(即兴演奏)的境界联系起来理解,因为在既棋逢对手又知音相遇的艺术情景中,你会享受一种美学意义上的"高峰体验",其乐亦融融,非寻常快乐可比。这种出于兴趣、无关利益的本性,也许就是互联网信息源源不尽的动力源泉。UGC是"user generated content"的缩写,中文可译为"用户生产内容",即网友将自己DIY的内容通过互联网平台进行展示或者提供给其他用户——这是伴随着以提倡个性化为主要特点的WEB2.0的概念兴起的全新意义的模式。在这一模式下,网友不再只是观众,一跃为"网中人"——更为重要的是为"人人都是艺术家"提供了条件,充分满足了当代青年进入城市、进入现代"陌生人社会"——愈加强烈的交流、共享、寻求慰藉、求归属的普遍愿望。

从"自组织"的理论视角,可以帮助我们进一步提升对于青年网络自发组织的认识。处于社会转型和结构重组的关键时期的中国,经济意义上的市民社会已经初孕而成,政治文化意义上的市民社会则初露端倪,众多依托网络而诞生、依靠互动而发展的自发性青年组织的出现,就是对此做出的回应。方兴未艾的各类青年自发组织同时得益于网络化社会动员的优势,"相较于采用行政命令和工作布置的手段开展诸如开会、群众性学习、听报告等传统形式的面对面或层层发动式的社会动员方式,青年自组织采用的网络化动员方式,利用新兴媒体双向互动的快速传播似乎更具优势。他们主要以智力优势(人才)、资源优势(信息)、效率优势(速度)、效益优势、成本和竞争优势(时尚)为表现形式,在提供了一个前所未有的自由讨论公共事务、参与活动的空间的同时,还以一种更加时尚的方式增加了动员成效,形成了网络新媒体的影响优势,迎合了当代青年群体多元化、自主化的追求和民主参与的意识"[7]（任园，2012：28）。

网络中的"碎片化"与"聚合化"，是一个硬币的两面，既有巨大海量的碎片，也有瞬间飞速的聚合，这就是互联网传播的神奇之处，不经意间，一条小小的微博可能引发山呼海啸，"蝴蝶效应"处处可见。关于互联网空间的负面，外国学者已经做出了不少富有见识的描述：从肤浅无聊而非深思熟虑的海量信息，从需求导向的世界"变平"到充分"私人化"的真理消解，从毫无价值和原创性的"恶搞"到欺骗感情的虚假信息，无数用户生成的内容已经威胁到了"文化把关人"，传统的价值观正在被削弱[8]（基恩，2010：15）。这种担忧不难理解，关于主流社会对新媒体的质疑几乎与新媒体诞生同步出现：20世纪初，电影的出现，人们讨论是否带孩子去看电影；20年代，收音机问世，社会关注孩子为何比家长更熟悉收音机；30年代，社会一片责难：收音机里的暴力节目是不是太多？40年代，卡通漫画对我的孩子有坏影响吗？50年代电视进入家庭，孩子的目光全被吸引啦！60年代的摇滚乐使得孩子们学到太多我们不熟悉的东西；70年代，我们的电视节目有太多暴力镜头！80年代，电子游戏侵占了孩子太多的时间；90年代，孩子上网了，四面八方则大声惊呼网瘾[9]（卜卫，2002：3-4）。目前，我们社会出现的绝大部分对于网络新媒体以及青年亚文化的种种质疑与责难，大多延续前世的文化惯性，只是在中国转型期间，由于时代动荡变化剧烈，这种话语变得更加尖锐罢了。然而，以新媒体为表征的技术文化并没有给人类带来灭顶之灾，人类依然没有停止从必然王国到自由王国的文明进程。我们理解对于新媒体以及与新媒体互为表里、相伴相生的青年亚文化的多种判断：悲观消逝派、乐观革命派、温和建构派，他们共同构成人类对于自身发展的清醒认识，各有角度，各具价值，而我们的包容态度和阔大襟怀恰恰是建立在如此认识立场上的。

三、融入现代文化建构的可能性与必要性

我们讨论问题的起点，首先在于要接受一个事实，即"80后"青年亚文化是当今大时代的产物，其时代的合理性与社会的合法性，不但构成现代文化不可忽视的部分，也是融入现代文化建构可能性的前提条件。

中国内地青年亚文化发端于20世纪八九十年代，2000年以后借助网络逐步形成，产生不可忽视的社会能量和文化影响。稍稍回顾，青年亚文化20年的生成轨迹，包容了太多的历史内容：社会转型带来的动荡、价值多元带来的迷茫、消费社会带来的宣泄、网络时代带来的民主诉求、娱乐时代带来的享乐主义、市场时代带来的物质至上、全球时代带来的文化撞击、富裕童年带来的生活享受、城乡差别带来的社会分层、传统媒体与新媒体冲突带来的媒介转型、炫目电光视

觉带来的图像时代、高富帅白富美与屌丝、官二代富二代与穷二代之间的隔膜——所有这一切都不由分说地涌入"80 后"一代人的青春期,青春成长线与社会转型线、互联网发展线同时并行,相互缠绕,共同构成了一代人青年亚文化的生成背景,既错综复杂,又精彩纷呈,既惊心动魄,又汇入日常。因为是整整一代人共同的景观,他们的享用、他们的喜好、他们的趣味、他们的圣经、他们的青春"小时代"。可以毫不夸张地说,父母与儿女的分歧——从审美到日常,从生活态度到人生追求——空前地"强烈而巨大","代沟"从未像今天这样明显!于是,如何沟通理解两代人乃至几代人的思想,如何在社会巨大的文化调色板上协调各种文化,也就成为现代文化建构中无法回避的问题。

目前,主流社会的心态比较复杂:视而不见、轻蔑忽视、拒斥害怕、压制杜绝、收编接纳、消解异己、淡化差异、改变风格——可谓五味杂陈,五花八门,一个比较典型的心态是不得不承认青年亚文化的存在和影响,但内心依旧抗拒,不友好,不亲切,不重视。一个徘徊于意识与潜意识的观点:中国传统强大,这些与全球化和互联网相关的亚文化"无伤大雅",漂浮无根,来也匆匆,去也匆匆。加之青年亚文化的一些负面表现和不良影响,以及与主流意识形态和现行教育制度的冲突,经过当下媒体的放大与"强调式"的传播,构成了某种不恰当的社会恐慌的心理渲染,比如"网瘾",比如"网恋",对良性互动有形与无形间构成了多种障碍。其实有三点事实可以帮助我们改变既定观念:一是"二战"以来,欧美发达国家青年亚文化的流动轨迹,他们大多在良性互动中融入了主流社会,在现代文化的建构中起到了有益的历史作用;二是改革开放以来,青年亚文化已经成为时代的合理产物,他们在青年中的普泛性毋庸置疑,青年代表未来,孩子就是希望,失去他们也就意味着失去未来,友好接纳是主流社会的积极态度;三是互联网时代的网络化、全球化、信息化已成不可逆转的现实,21 世纪的新媒体技术景观还将日新月异,我们必须面对网络,必须介入其中,唯有如此,主流社会方有选择历史机遇的可能性,这也是不二选择。

那么,我们如何在现代文化建构过程中获得良性互动呢?在看待当前中国文化现状时,我赞成用两种模型来深化认识。一是"同心圆"模型,简言之,就是以主流文化核心价值为圆心,以非主流文化为包围,以另类文化为边缘。主流文化起稳定圆心的作用,而边缘与非主流始终保持一种指向主流的运动力量。当边缘由非主流渐渐融入主流之时,圆心得以获得新鲜血液的补充,同时新的非主流与边缘又出现了。二是三种文化"缠绕共存"模型。国家文化、精英文化与大众文化三种文化相互缠绵,相互影响,相互依存,共同发展。国家文化是主流意识形态文化,精英文化是以知识分子为主体,以承继传统为己任的高雅文化,大众文化是民间的市场的消费的通俗的文化。在健康的社会发展中,三种文化之间的互动、交流、补充至关重要。我们过去传统的做法,一般比较重视国家文化

与精英文化的互补整合,对大众文化却有着忽视的倾向,现代文化的传播和教育模式中也有着更多属于前两种文化的成分与特性,其结果往往因为忽视了来自民间底层大众文化的补充,而未能形成一种良性互动的格局[10](熊晓萍,2011)。我们之所以需要对文化结构进行上述富有弹性的表述,就在于强调指出不同文化构成之间不是铁板一块,更不是水火不容,而是有望在良好的社会氛围下进行良性的互动。

关于良性互动的可能性,欧美发达国家的文化道路给予我们信心与启示,但我们仍然需要找到适合中国国情的发展道路。我读德国学者乌尔里西·贝克(2011)的学术专著《个体化》有一个强烈感受,即西方社会学理论为我们展示了一个近于完整的知识谱系,众多缠绕纠结且反复论证的思考,透露着不懈的探索,其间"中国模式"也是他们所看重的,不少思考触及深层,但真正的完成还要靠中国的学者。[11]不过,目前有两大障碍横亘在面前:体制约束与自身超越。我们呼唤超越世俗的学者,先别说引领世界潮流,我们需要"中国视角",我们需要在理论借鉴之后的"中国叙事"。比如,西方理论界普世视角下的"个体化"趋势,显然与现代化、与本文论述的青年亚文化有着直接的关系,但中国有中国的现实问题——目前被世界所关注的中国中产阶级的崛起——巨大购买力背后张扬着享乐主义与消费伦理,他们与同处一地时空的"屌丝"人群——受过大学教育却对个体未来失望与沮丧的人群——之间构成强烈反差。试想,前者的中产阶级趣味与后者的青年亚文化趣味,分别会对社会的主流价值观产生何种影响?他们的"个体化"分别采取何种表现形式?他们之间又有何种冲突呢?再如,传统社会向现代社会转型的一个普遍趋向:集体主义向个人主义,宏大主流叙事向个体私人叙事,传统社会金字塔结构向现代"去中心化"网络结构过渡变化——试问,中国的现状是什么?青年亚文化可能扮演什么角色?其正能量与负能量又如何评估?等等,问题错综复杂,现象纠葛无限,需要我们冷静分析,因势利导,在具体的现代文化建构的过程中进行理论和实践的探讨。

我们需要学习欧美发达国家的经验,更需要切合实际的"中国视角"和"中国叙事";我们需要宽阔的理论视野,更需要建设而不是破坏的博大胸怀。中国现代文化建构是一个艰巨而漫长的历史过程,也是一个必须不懈探索、不懈追求的社会过程。我们相信,对于"80后"青年亚文化的正确阐释,将有助于推进这一过程,我们的工作是具有理论与实践双重意义的。这是中国学者的职业行为,更是中国学者的历史使命。

注释:

[1] 邝海春:《中国为什么没有青年概念》,《青年探索》1991年第3期。
[2] 江冰:《后青春期:再论"80后"文学》,《天津师范大学学报》(社会科学

版）2012 年第 2 期。

[3] 〔美〕玛格丽特·米德：《文化与承诺——一项有关代沟的研究》，周晓虹等译，河北人民出版社 1987 年版。

[4] 〔美〕迪克·赫伯迪格：《亚文化：风格的意义》，陆道夫等译，北京大学出版社 2009 年版。

[5] 周晓霞：《"怪咖"青年与城市公共空间建构》，《青年探索》2012 年第 1 期。

[6] 梁爽：《字幕组："隐者"的江湖》，《羊城晚报》2012 年 9 月 23 日。

[7] 任园：《当前中国青年自组织的意识状况和行动能力》，《青年探索》2012 年第 2 期。

[8] 〔美〕安德鲁·基恩：《网民的狂欢》，丁德良译，南海出版公司 2010 年版。

[9] 卜卫：《大众媒介对儿童的影响》，新华出版社 2002 年版。

[10] 熊晓萍：《论网络传播中的文化变迁》，《现代传播》2011 年第 1 期。

[11] 〔德〕乌尔里希·贝克：《个体化》，李荣山等译，北京大学出版社 2011 年版。

第二辑 网络时代的"80后"文学

"80后":新媒体艺术生成的文化背景*

一、代际差异凸显形成庞大消费群

"80后"作为媒体的热词,经久不衰,代际称谓因此浮出海面,构成了21世纪初最引人注目的一种文化现象。这里尽管有媒体商业动机的推波助澜,但社会基础的因素不可忽视。其中最为重要的原因在于"80后"代际意识的凸显,青少年的呼声响彻云天。

2004年,美国《时代周刊》抢先推出中国大陆"80后"人群,四个代表人物里有两位作家,一位摇滚歌手,一位网络"黑客"。而影响最大的是上了《时代周刊》封面的北京少女作家春树,以及因发表长篇小说《三重门》而闻名的韩寒。春树的影响在于她14岁就发表了半自传体长篇小说《北京娃娃》,后来有影响力的长篇小说还有《长达半天的欢乐》,作品集中描写了"80后"这一代人中包括朋克人群在内的边缘人群的生活,被誉为"中国新生代的代表人物和文化偶像"。韩寒的影响就更为长久,他的《三重门》不但创造了出版奇迹,在青少年中有极大影响力,而且由于表达了接近两亿中学生对于现行教育制度的抵抗意愿,同样被奉为"青春偶像"。除了这两位,还有一位影响巨大的"80后"代表人物是郭敬明,他的文字表面上看似乎没有前两位的叛逆与反抗,但"近于忧伤和忧郁的青春表达"和"以45°仰望天空的特殊姿态",同样表达了"80后"乃至"90后"这一代人的青春苦闷。我注意到三位作家的写作都开端于18岁以前,他们鲜明的"自传体"色彩,同时也表明作品呼应的就是一个庞大的中学生人群——背负着来自学校和家庭的双重高考压力、处于青春期的天然叛逆期、具有强烈的倾诉欲望——几乎就是当代中国此时此刻的一个"未成年人群体"。

---

* 本文系国家社科基金课题"'80后'文学与网络的互动关系研究"成果之一,项目编号为08BZW071。

183

中国传统社会讲求"三纲五常",讲求厚古薄今,讲求尊重老人,青少年的话语权很小,甚至到了一些学者认为"中国历史没有青年这个概念"[1]的地步。20世纪初的五四运动是一个例外,梁启超"少年中国"的宏论是个例外。也许,一百年为一个历史轮回,中国少年"80后"再次发出属于他们自己的声音,他们的身影第一次以独立的身份活跃在社会舞台。细究下去,为"80后"推波助澜的还有媒体市场化趋势以及由此导引出的意识形态相对开放,当然还有商业化中时尚的力量,世界性的一个时尚转向——由传统的"尊老"转向现代的"扮嫩",青年、少年、青春、年轻与时尚水乳交融互为一体,全方位的消费社会焦点不再是老人而是新鲜出炉的少年。于是,"80后"最初作为"娱乐亮点+消费亮点+商业亮点"的符号频繁出现于大众媒体,也就不难理解了,也可以说市场化媒体环境的推出稳固了"80后"的文化地盘。

经济一体化与全球化的趋势,也使得古老封闭的中国再次获得面向世界的历史机遇,中国"80后"全球视野的一天天拓展,欧美发达国家的历史呼应终于有了回应——历史常有惊人的相似之处:"二战"以后的世界范围的青年亚文化运动,似乎也在中国社会进程的一定阶段得以重现。世界学术界对代际的关注,全球化青少年亚文化运动的近似背景,社会发展相似阶段的某种相似性,都在明里暗里牵引左右着中国青少年运动,它所构成的中国特色的横向影响无疑也是一种世界范围的文化接受和文化交际运动,不过,恰如美国《时代周刊》所言:"与西方的叛逆青年不同,中国另类的主要方式是表达而非行动。"[2] 以上述三位"80后"作家为拥戴的"80后"人群,就是活跃在新媒体上的"表达人群"和消费人群,因为新媒体艺术的消费特点之一既是消费者,也是创造者,换言之,他们既是"80后"代表作家艺术家的粉丝——消费着"表达话语",同时在消费的过程中传播和进一步创造着"表达话语",他们的内心拥有一个高度一致的理念:"80后"的共同召唤。代际呼声由此而生——同时可以视作"80后"新媒体艺术消费的"内驱力"。

二、互联网高速发展促成新媒体文化空间

现代社会与传统社会的一个区别,就在于人们从传统的"熟人社会"走向了现代的"陌生人社会"。过去,大多数人都居于乡村,乡村的特点就是血亲家族共同生活,乡土中国的一大特征就是故土难离;进入20世纪,随着中国城市化步伐的加快,大批乡村人口向城市流动,加之城市独生子女人群的扩大,现代人的孤独与"陌生人社会"的冷漠相互映照,愈加促发现代人沟通交流与寻求慰藉的需求,这一点在"80后"这一代人的身上表现尤为突出——两个事实可以说明:国家体制内的"80后"家庭几乎都是独生子女,这一批独生子女是中

国大陆真正充分享受互联网的第一代青少年。

互联网的高速发展,恰在此时提供了前所未有的功能强大的社交媒体。"80后"这一代人的青春期,与互联网社会性软件所构成的互动平台成长几乎同步。早期的社会性软件 Email、Chatrooms、Usenet newsgroups、BBS 等,拉开了"80后"网络社交的帷幕。对于最早的 BBS 用户来说,尽管面对的只有枯燥的文字,简单的界面和曲折的交流方式,但毕竟突破了单向传播的界限,使得他们开始了真正的社会化互动交流。BBS 一开始具有纯文字、纯键盘操作的特点,为了表达丰富的语言、行为,网络符号应运而生,如":)"表示微笑。在网民中有开创性影响的台湾理科生痞子蔡的网络小说《第一次的亲密接触》,就是以两位网民通过 Email、Chatrooms、BBSE-Mail 和 BBS 等网络交流方式发生的一段感人而又悲伤的爱情故事。痞子蔡时代的网络小说,大多带着幽默调侃与感伤交织的色彩,表现出网络生活特别是网恋带给青年一代的快乐与失落。在网络进入"80后"生活的时候,网恋题材的红火也从一个侧面表达了"80后"寻求精神慰藉的强烈需求。随着因特网的普及与基于 HTTP 协议而发展出来的多媒体网页盛行,传统纯文字式的拨号 BBS 和 BBS 网络很快就被网络社区所替代。

第一代网络社区以 1998 年 3 月大型个人社区网站西祠胡同的创办和 1999 年 6 月全球华人虚拟社区 ChinaRen 的登陆为标志。其中西祠胡同发展了以讨论版组群为主导的社区模式,而 ChinaRen 则第一次以聊天室为核心,开发了游戏、邮件、主页、日志等一系列以用户为中心的服务内容。另一个知名度较大的网络社区是天涯社区。它的发展说明使用互联网的中国用户由精英人士发展到普通大众。其主要功能是实现信息分享与互动服务,具有相同兴趣爱好或相关行业、领域的网民聚集其中,进行沟通交流以及信息的共享和汇集。网络社会的虚拟性得到充分体现,不仅表现在人机对话的交流模式,还表现在社区成员"见面不相识"的网上虚拟交际中。随后,强调实现"真正的人与人对话",以人和社区为中心的第二代网络社区开始逐渐兴起,以 SNS(Social Networking Service)为典型代表。从内涵上讲,就是社交型网络社区,即社会关系的网络化,它将现实中的社会圈子搬到网络上,再根据不同条件建立属于自己的社交圈子。2003 年,SNS 网站在美国兴起,国外著名的 SNS 有 Myspaces、Facebook,国内有开心网、校内网。与第一代网络社区相比,第二代网络社区进步的一点在于它强化了真实的社会联系。第二代网络是以现实社会关系为基础,模拟或重建现实社会的人际关系网络,并将其数字化,是网络社区人际交往模式的一次革命。下图的统计数据就清楚地表明网络空间的交往已经构成了现实社会交往的"第二空间",而且与现实空间社交的相似度极大。

社交网站还有一个特征,就是用户年龄的年轻化特征非常突出。据 2009 年的统计,用户群以 20—29 岁的青年为主,占到半数以上,达到 52.6%,在这一

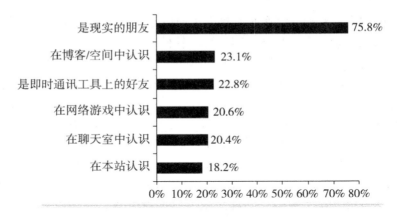

网站用户添加的好友来源[3]

年龄段高出全国网民平均水平 22.8 个百分点,而在其他年龄分段上,均低于全国网民的平均水平。由于社交网站中有相当一部分是针对校园和学生群体的网站,而这部分网站用户又以大学生为主。国内青少年、大学生以及城市白领的社交网站的活跃,几乎也与世界同步,甚至有过之而无不及。国外有风靡世界的 Facebook、Twitter,中国有深受青少年喜爱的开心网、腾讯 QQ 以及近年异军突起的博客、微博和微信。这些发展迅速、交际功能不断改善的社交软件,显然为"80 后"的社会交往打开了全新的天地,其意义还在于为"80 后"这一代构建了青春文化的大本营:特定人群的聚集,文化权利的行使,文化形态的生成。"80 后"代际文化的大本营由此诞生,新媒体的文化空间也随之诞生。

三、"价值重建"导致非主流文化趣味

处于转型期的中国社会,毫无疑问地面临"价值重建"的挑战,假如我们把中国学者和外国学者分别撰写的《当代中国八种社会思潮》[4]和《中国大趋势——新社会的八大支柱》[5]两本描述当下中国社会的学术著作参照起来阅读,就会发现不同角度却有一致的理论指向:中国社会的变化是空前巨大的,其中主流价值的确立呈现出一个艰难的历史过程。"八种思潮"与"八大支柱"十分巧合地用"八"表达了"多"的状态,即错综复杂、多项博弈、相互缠绕。恰如批评家孟繁华在他的著作《众神狂欢》[6]里所传达的中国图景:日渐模糊的文化地图,日渐失望的价值解体。简言之,展示在"80 后"这一代人面前的世界纷繁多变,难以把握,而现实中的双重压抑又有增无减:教育制度和生存压力,于是,压抑的结果之一就是一种新的意识形态的产生,即"非主流文化趣味"。它的直接体现就是"80 后"熟练地操作着两个截然不同的语言系统,一个是适应

成人社会的系统，一个是适用于网络空间的系统，前者体现妥协式的适应，后者表达反抗式的宣泄。

用传统的思想体系去解释"非主流文化趣味"以及由此生成的新文化现象，试图收编，试图整合，意图明确，意愿良好——以"古已有之"囊括统辖新的文化版图。比如，2000年前后，中国文学界批评界对网络文学、新媒体艺术的研究大致沿此思路，但多有隔靴搔痒和隔岸观火之嫌。在我们看来，文本、平台、形式都在其次，关键是皮囊中的那股子劲头，那股子精神气，弥散其间，左右大局，维系整体，俨然中心。传统的文学研究者，由于"双重阻隔"，难以进入。[7]不过，说"精神"太高端、太系统，说"趣味"则比较准确，是形成中的精神状态，是尚未构成体系的文化表达话语系统，是一种尚未完全清晰的艺术消费选择：一半是模糊的爱好冲动，一半是自认的当下时尚；一半是青春期的逆反和叛逆，一半是颠覆传统的快感宣泄；一半是韩寒小说中貌似屌丝飙车族的疯狂，一半是郭敬明45°仰望天空的少年维特之忧伤；一半是春树笔下北漂一族残酷的青春，一半是李傻傻《红X》中边缘少年的迷茫——总之是属于"80后"乃至"90后"的青年亚文化的一种情绪化色彩浓郁的趣味，也许没有哲学深度，也许没有美学高度，甚至没有民族历史渊源，但他们普遍存在于这一代人，与"80后"如影随形，几乎与生俱来，成为一个代际的标志。

我在观察当代文学史最近20年的发展，就明显地看到1985年与2005年前后两个时期"青年文学"一弱一强、一衰一盛，一是昙花一现，一是蔚为大观的反差对比，同样的文化趣味，却有了不一样的社会呼应和文化支持。[8]毫无疑问，相同文化趣味在短短20年的社会待遇的落差，其实就生动地说明了文化背景的变化，同时也说明了文化冲突多方力量的彼消此长。显然，在主流文化不断受到挑战的调整时期，非主流文化迅速成长，首先在"80后"这一代那里找到知音，在网络空间里找到最佳的繁殖土壤。而"80后"中最富时代特征的城市独生子女群落，又在教育体制化的压力、父母望子成龙的过高期待的压力，以及城市化进程快速发展的生存压力的反面衬托下，激发出一种"社会身份"人群的叛逆反抗情绪，从而助长了非主流文化趣味的形成与普及，网络空间"80后""90后"的聚集，又使得趣味成为一种富有号召力的旗帜，由此蔚为大观，由此弥散现实与虚拟两大空间。

从代际差异的视角，可以帮助我们理解新媒体庞大消费人群形成的背景。代沟凸显于社会，差异普遍存在。艺术消费特殊人群逐渐形成，消费新媒体的同时创造新媒体，并在不断互动中强化新媒体艺术的特征，新媒体艺术消费的心理与模式日渐形成，所有这些都离不开正在发生和不断变化的大的社会背景和文化背景，新的时代当有新的解说，新的现象当有新的策略。当然，这并非易事，我们面对的是一个全方位变革和变化的时代，风云际会，变幻不定，我们可以把握吗？也许，这就是一个众神狂欢的年代；也许，这就是一个六神无主的年代；也许，我们的国家和民族就要经过这样命中注定的跋涉，重建我们的价值体系，重建我们的世界观。正是基于这样的信念，我们拥有一份看待中国现实的自信，未来就在眼前，期待全新发现。

注释：

[1] 邝海春：《中国为什么没有青年概念》，《青年探索》1991 年第 3 期。

[2] 参见 2004 年 2 月 2 日美国《时代周刊》封面评论。

[3] 引自《第 25 次中国互联网络发展状况统计报告》。

[4] 马立诚著：《当代中国八种社会思潮》，社会科学文献出版社 2012 年版。

[5] 〔美〕约翰·奈斯比特等著：《中国大趋势——新社会的八大支柱》，吉林出版集团 2009 年版。

[6] 孟繁华著：《众神狂欢》，今日中国出版社 1997 年版。

[7] 江冰：《"80 后"与网络：文学批评的双重阻隔》，《南方文坛》2012 年第 1 期。

[8] 江冰：《"80 后"文学："我时代"的青春记忆》，《文艺争鸣》2010 年第 8 期。

后青春期：再论"80后"文学

从1999年韩寒获得首届上海《萌芽》"新概念"作文大赛一等奖，到2004年2月2日北京少女作家春树的照片登上《时代》周刊亚洲版的封面，"80后"文学的兴起大概花了五六年的时间。在这一时间内，它完成了由个别写手、个别作品到文学群体的飞跃，并形成了不同于20世纪中国当代文学史上任何一个青年写作群体——如50年代的云南"新边塞诗人"，80年代的"寻根文学"作家——的青春风貌。关键还在于，其"青春写作"并不仅仅与青春有关，还与"另类""改写""颠覆"等字眼有关。在这一文学现象延续10年以后，也可以说是在"80后"这一代人逐渐度过青春期以后，我们对他们的文学评价才有可能具有了一种文学史的眼光，具有了一种喧嚣之后渐渐归于平静的心态。2007年，我撰写并发表《论"80后"文学》[1]，随后被《新华文摘》2007年第17期转载，迄今已有4年，这是一个沉淀的历史过程，同时也是我将此文命名为"后青春期"的缘由所在。

一、三极分化：止步于传统意义的文学流派与文学思潮

2007年，"80后"文学开始出现三极分化的明显趋势。以张悦然为代表的作家开始回归主流文坛，尽管先前写作观念与文本风格已有变化，但明显避开与主流的观念冲突，在身份确立上也尽量靠拢主流。以郭敬明为代表的作家继续走"明星路线"，义无反顾地进入图书市场，文学创作与市场营销的紧紧握手成为制胜法宝。相比之下，韩寒尤显特立独行，他的文学写作已经被网络博客写作的影响覆盖了。进入公共领域，提出公共话题，成为意见领袖，已是韩寒的不二选择。也许这样的比喻不一定恰当——博客成就了韩寒，韩寒也成就了中国的博客——但事实的确如此。尽管在博客兴起的那一段时间里，吸引无数粉丝的不仅是韩寒式的社会言论，但应该承认，公共话题是博客也是今天微博的主流话题，也是第一主题。

当时主流文坛的举动恰好构成了分化的潜在背景。2007年8月,中国作家协会公布新一批入会会员名单,吸收张悦然、郭敬明、蒋峰、李傻傻等加入作协,而与此同时,韩寒却明确表示"作协一直是可笑的存在"[2],"80后"代表作家呈现完全不同的态度:韩寒依旧"玩世不恭"地另类写作,并由文学领域跨界到网络公共领域;郭敬明竭尽全力打造自我偶像,直接进入市场;张悦然则逐渐回归传统文学的轨道,试图消除市场"偶像派"的光环。张悦然似乎同时在写两类作品,一类是适合市场口味的、附以精美照片与设计的时尚畅销书,另一类则是袒露人性、抒写内心的纯文学作品,而《誓鸟》的问世与成功,显示了张悦然日后写作的主要方向。"80后"偶像派作家中,在纯文学的道路文坛新势力的开端时,就始终弥散着一种"拒绝命名"的情绪,但不同作家群体所表现的相同一致的态度就是拒绝团体化。这对形成某种文学流派几乎是致命的一击。我们看到,拒绝命名,各行其是,妨碍了写手群体在较短的时间里打出旗帜,另立山头,失去了与诸多媒体携手合作的机会。他们中的张悦然无疑走得最远。2006年,张悦然从新加坡国立大学毕业后来到北京,经人牵线搭桥和北京作协签了约,随后又经白烨推荐加入了中国作家协会。加入作协在张悦然自己看来是"一个非常顺理成章的过程",在新加坡的孤独写作让她感到没有同道者,加入作协有一种"归属感"。

无论人们如何评价郭敬明的文学创作,一个公认的事实是他在商业方面极为成功。在迎合市场方面,郭敬明几乎有近于天才的敏锐:《岛》发行两周年后,上海柯艾文化传播有限公司成立;《最小说》将阅读人群定位于中学生与低年级大学生,发行销量至今居高不下。2007年新作《悲伤逆流成河》上市一周,销量突破100万册,两个月后销量则达到了260万册。郭敬明将自己定位在"大众时尚偶像",他不但以一个商人的姿态来面对文学,而且是当下最能把握青少年读者阅读心理和网络销售的文化商人。《小时代》升级版的不断面世,使得郭敬明的市场号召力得以继续保持。

《南方人物周刊》把韩寒评为2006年度最经得起考验的文化先锋,同时获得这一称号的还有李银河、陈丹青和易中天。一个1982年出生的青年与阅历丰富的学者们并肩出场,证实了"韩寒现象"的社会关注度,"意见领袖"的影响开始逾越青少年人群。韩寒的奇特在于他对原有意识形态符号的极度熟悉,其嬉笑怒骂的言论游走于主流媒体的底线却又那么游刃有余,确实有着不可否认的机敏与老道。他出版了十多本书,时常占据销量排行榜的前列。他同时又是一位优秀的职业赛车手。他不参加研讨会、笔会,不签售、不作讲座,甚至不参加颁奖典礼。韩寒的专辑《十八禁》中的一段歌词似乎能表达他的内心:

偶像露出嘴脸/英雄开始下贱/所谓的尊严/不值一钱/你竟以此共勉/没有偶像的年代/万物一年被淘汰/人们礼尚往来/内心却很坏/我最怀念某年/

空气自由新鲜/远山和炊烟/狗和田野/我沉睡一夏天/没有信仰的年代/我们等着被变卖/我们只会发呆/发成了痴呆/这是最好的年代/充斥最假的情爱/噪音变成天籁/金钱换的爱。

2008年2月3日,"新概念"作文大赛10周年庆典的台上,韩寒、郭敬明、张悦然的手握在一起,出现了"80后"文学一个标志性的场面。对于作品、市场、媒体,三人看法各异,近于南辕北辙。"80后"三位代表作家在经历市场与文学的分化后,选择了截然不同的人生道路,三极分化趋势明朗。韩寒是完全按照自己的个性去做,写作也好,赛车也好,他始终特立独行。郭敬明则成为文化商人,依照市场的动向来赚得更多的钱。而张悦然回归到传统文学领域,忠于文学创作,希望当一名青年作家。[3]

到此为止,"80后"文学不但止步于传统意义的文学流派与文学思潮,而且大大地逸出地界,其现象本身的意义已经远远超出文学的范围。

二、三种特色:呈现网络时代的精神风貌和文学风格

(一)代际差异:网络一代的"青春写作"

可以断言,没有互联网等新媒体,就没有这一代人的文学。因为"80后"乃至"90后"正是网络下的一代,新媒体下的一代,他们之间有着历史的、时代的和社会的延续性,这是他们之间代际特征延续可能性的前提。但在延续间,依然有着代际差异凸显的可能性。我对"80后"和"90后"有两个基本的概括:如果说"80后"是"从平面印刷媒体向数字新媒体过渡"的一代和"价值断裂"的一代,那么"90后"就是"完全数字化"的一代和"重建价值的一代",同时又是更加自我的一代,也可能是更加远离传统并试图探寻新价值观的一代。无论定义如何再发展、修正,一个趋向是明显的,即他们共同拥有的数字化背景,以及这种背景的不断深化。以网络为基础的新媒体恰恰是新一代人成长的核心关键词,"网络"一词最终凸显在文学形态的面前。

正是基于以上的认识,2008年我申报并获批国家社科基金课题《"80后"文学与网络的互动关系研究》之后,旋即又与熊晓萍教授合作研究2009年国家社科基金课题《"80后""90后":网络一代的传播方式研究》,将视野延伸到传播学领域。我主持成立的有28人参加的多学科团队——"80后"文学与文化研究中心,先后在网络青春写作、无厘头文化、新媒体与农二代、新媒体与现代设计、网络新艺术等学科领域全面开花,共获省部级课题六项。我在这样一种研究环境中,始终感到互联网新媒体的巨大作用。我深切地意识到,网络新媒体在这一代人身上的深刻烙印。从代际研究回到文学,其实我们也不难看到,这一切入视角极有价值和延伸空间,即了解和把握新媒体时代文学乃至艺术的变化,及其

新的生成方式。[4] 此种研究指向未来，其核心问题是一个时代转换的巨大问题——传统纸媒向数字化媒体转型。在此种背景下，我们的研究无论在广度还是深度上均有十倍的意义提升。了解媒体时代的转型，我们就可以逐步回答以下问题：为什么会有"网络一代"的出现与发言？为什么会用"青春文学"的形式？为什么会出现愈见明显的代际差异？为什么会出现以网络文学、网络艺术为代表的新的艺术形式？

（二）以个人为中心的"去意识形态化"

新时期文学30年的历史发展，主流文坛的文学标准始终处于变化之中，从维持了几十年正统地位的传统现实主义，到外来西方现代主义的冲击，精英文学的价值观似乎一直处于同意识形态的协调、融合、冲突的博弈之中。从洪治纲《无边的质疑》[5]到邵燕君《茅盾文学奖的风，将向哪个方向吹？》[6]我们可以从"茅盾奖的矛盾"中感受到主流文坛的变化，看到精英文化的变化。理解了茅盾文学奖标准变化的基本脉络，我们就不难发现，意识形态与当代文学的紧密程度随着"50后""60后""70后"作家的写作呈逐步淡化趋向，而彻底终结"意识形态写作"则是在"80后"文学中实现的。

我们试图用两种模型来描述当前中国的文化现状。一是"同心圆"模型。简言之，就是以主流文化为圆心，非主流文化为包围，另类文化为边缘。主流文化起稳定圆心的作用，而边缘与非主流文化始终保持一种指向主流的运动力量。当边缘由非主流渐渐融入主流之时，圆心的新鲜血液得到补充，同时，新的非主流与边缘文化又出现了。二是三种文化"缠绕共存"模型。国家文化、精英文化与大众文化三种文化相互缠绕、相互影响、相互依存、共同发展。国家文化是主流意识形态文化，精英文化是以知识分子为主体、以承继传统为己任的高雅文化，大众文化是民间的、市场的、消费的、通俗的文化。三种文化之间的相互补充十分重要。我们过去比较重视国家文化与精英文化的互补整合，对大众文化却有着一向忽视的倾向。现代文化的传播和教育模式中就有着更多属于前两种文化的成分与特性，往往因为忽视了来自民间底层大众文化的补充，而未能形成一种良性互动的格局。

"80后"文学是"80后"文化的主要形态之一，它属于青春文化、青年亚文化，处于非主流文化与边缘另类文化之间。它是全球化、网络化、民主化、市场化背景下的文化，是成长中的文化。作为一种文化形态——"80后"文学继"先锋小说"与"70年代人写作"之后，彻底完成了"去意识形态化"的文学过程，并以青春文学与网络写作两种形式蓬勃生长，形成与主流文坛某种对峙与挑战的态势。对原有意识形态化的消解贯穿于其成长的全部过程，而这一消解过程又可以从以下四个方面得以体现——精英与草根的对峙与交流，主流与非主流的冲突与融合，边缘与另类的张扬与生长，印刷文化与视觉文化的抵触与妥协。

可以看出,与青年亚文化、网络密切相关的"80后"文学,正是在上述对峙、挑战、冲突的过程中蔚为大观,开始了一个属于21世纪的文学新时代。引发文化冲突的原因,也恰恰是青年一代对传统权威型文化的一种挑战。传统权威型文化所代表的庄严、持重、宏大、集体、中庸、规范被打破,如同平稳坚固的城堡,被掏了一个小洞,中庸之道借由"恶搞文化"走向"酒神文化",无拘无束、狂放不羁、抨击社会、展现自我,而且集体地进入了巴赫金狂欢理论中所提出的"狂欢生活"。这种与强调服从等级秩序、严肃禁欲的"日常生活"相异的"反面生活",则是平等、自由、快乐、无拘无束,充满对权力、神圣的戏谑和不敬。[7]

三、三个前景:后青春期文学演变发展的多种可能

(一)加速文学类型化

"80后"文学从一开始就呈现出"青春写作"的风貌,无论从题材、内容、主题,还是美学风格上都有强烈的青春气息与青春色彩,它之所以可以独具一格,一个重要的原因就是文学的类型化。这个类型化当然也有它特有的内涵:青春期的叛逆与忧郁,"非主流"的文化趣味,以及网络一代的独有方式。还有一点,这个类型化的青春文学是由他们自己完成、自己消费的,"80后"作家写手与"80后""90后"读者之间似乎就是一个相对封闭的文化消费系统。这不由使人想起法国学者让·鲍德里亚在其名著《消费社会》中的开篇语:"今天,在我们的周围,存在着一种由不断增长的物质服务和物质财富所构成的惊人的消费和丰盛现象。它构成了人类自然环境中的一种根本变化。"[8](P45-46)也许正是"80后"群体在文化消费上的强烈欲望,构成了这一代自己写、自己读"青春文学"的丰盛现象。同理,借助整个社会的文化消费浪潮,"80后"的作家和写手们,在"80后"文学的第一个浪潮——也可视作"准文学思潮"短暂呈现——之后的进一步表现,即身体力行推进和加速了当代文学"类型化"的发展趋势。

"类型化文学"于20世纪90年代即开始在图书市场中形成,但蔚为大观却是在网络文学网站。自1994年3月中国以"cn"为域名加入国际互联网后,同年就有了电子文学月刊《新语丝》。截至2001年6月30日,我国已有以"文学"命名的综合性文学网站约300个,以"网络文学"命名的文学网站241个,发表网络原创文学作品的文学网站268个,其他各类非文学网站中设有文学视窗栏目的达3000多个,仅文学网站"榕树下"的作品库中就储藏原创作品100多万篇。第一代网络作家基本是"70后",他们普遍是大城市生活条件比较好的白领,理科、商科出身,爱好文学。选择了技术含量高的互联网来完成他们在现实生活中

不能完成的"文学梦"。但是很多网络作家出名之后,纷纷选择了退出。第二代网络作家以"80后"为主导,专业背景多元化,写作类型化、职业化、高产化,成长于各大文学网站。代表作家明显呈现出类型化特征,比如玄幻奇幻小说的辰东、萧潜、牛语者、梦入神机等;历史军事小说的当年明月、曹三公子、唐家三少等;都市言情小说的饶雪漫、明晓溪、郭妮、罗莎夜罗等;武侠仙侠小说的我吃西红柿、舒飞廉、沧月等;科幻灵异小说的天下霸唱、南派三叔等。随着"80后"的成长和网络技术的发展,一方面,他们开始在《萌芽》"新概念"崭露头角;另一方面,更多爱好文学的青年们,开始在文学网络上开辟自己的天地,抢滩网络文学。从2003年开始,继"榕树下"之后,起点中文网、晋江原创网、红袖添香、幻剑书盟、17k中文网、腾讯网读书频道、新浪网读书频道等网站陆续成立,笼络了一批网络写手加盟,通过底薪、网上付费、订阅分成和网站稿费给网络作家发工资。于是,第二代网络作家写作速度普遍惊人,有人同时写作4~5本书。2008年7月4日,盛大文学公司在上海宣布成立,收购国内三家知名原创文学网站:起点中文网、晋江原创网、红袖添香网。它整合了网络文学的优秀力量。业内专家认为:盛大文学公司的成立是国内原创文学界的标志性事件,将使文学更为普及,走向大众,促使网络文学渐成主流,同时也有力地推动了当下文学的类型化趋势,使得文学真正融入文化消费的大潮。[9]

作为类型化网络文学主力的"80后"作家写手,无论在文学观念还是艺术方式上,都与传统纸介写作作家拉开了距离,其中原因不完全是意识形态的,作家职业身份的重新认定、数字化背景下的媒体转型等也是不可忽视的因素。无论历史如何评价,我都把它视为"80后"文学的余波之一,也是其后续前行的前景之一。

(二)推进新媒体文学

10年来,我们一直处在对于数字化既欢呼又担忧的矛盾心情之中,2010年年底出版的两部美国学者的著作以及媒体对它们的报道就是例证。一部是《我们改变了互联网,还是互联网改变了我们?》[10],另一部是《浅薄——互联网如何毒化了我们的大脑》[11]。前者属于欢呼派,在揭示互联网与人类大脑相似性的同时,充分肯定互联网的伟大作用,鼓动我们利用好互联网;后者属于担忧派,质疑互联网的优势,指出互联网的负面效应:人类正在被毒化,正在变得一天比一天浅薄,正在丧失专注、沉思和反省能力。一个有趣的现象在于,多家报纸报道了后一本书,而对前一本书有意忽视。这里既有纸介媒体对数字化无可言状的抱怨和恐惧,也有主流意识形态对"数字化崇拜"的警惕。主流文坛的犹豫彷徨作为原因之一也不能除外。传统文学批评家对数字化现象也持谨慎态度,我一向钦佩欧阳友权先生的提前涉入,他和他的团队对数字化新媒体文学的理论论述可谓先行一步。但一批理论成果的出现,倒使我有一种"理论提前量"的感觉,

即新媒体文学艺术尚未成型,理论紧跟而上试图解释,价值判断远远多于事实判断。其勇气可嘉,但实际效果并不一定贴切,用传统的文艺理论真的可以解释新媒体文学吗?我总有几分疑惑,宏观的学理描述难免大而有疏,我们很难由此把握其细部的变化及其具体的形态。[12]反而是广州的一批学者相对踏实,他们从传媒时代的文学存在方式入手,借助文学与图像、影视、广告、网络、博客、短信等平台,阐释文学与媒介的关系,试图描述当下文学的真相,在不断的描述中让我们接近新媒体文学。[13]我对试图用传统文艺理论解释新媒体文学始终抱有疑惑态度,因为你的尺子可能有问题,尺度标准发生变化了,你如何把握新的现象?看似自信的价值判断反而可能是误导,从而造成更大的隔膜。也许描述需要更踏实可靠一些吧?我们毕竟在面对"千年未见之巨变"啊!北京的主流文学气场太过强大,关于新媒体文学的论述声音微弱。批评家白烨身处前沿,对于"80后"文学和新媒体,早有体悟:"种种迹象都向人们表明:各国文坛的'80后'们,确实在很多方面与此前的写作者有着很大的不同,正在形成自己的知识系统。因而,他们的纷纷登台亮相,在很大程度上是当代文学改朝换代的一个信号。"陈福民、邵燕君等学者也有精彩论述,但大多以肯定赞誉姿态描述新媒体文学时代的开启,文学本体形态的描述尚待深入。邵燕君在重申自己坚守精英文学立场的同时指出:以如此精英文学为标准,今天我们的"主流文学""纯文学"都需要脱胎换骨,其新胚胎骨骼或许正在新媒体文学中孕育生长。[14]依这位批评家推论,"80后"文学包含有新媒体文学的元素,而新媒体文学可能又是文学未来的发展归宿与艺术形态,因此,"80后"文学也为中国当代文学的总体发展做出了贡献。推论是鼓舞人心的,但要把它们之间的关系梳理清楚又是相当困难的,因为社会转型、观念转型、尺度标准发生了变化。南辕北辙,刻舟求剑,我们在理论上,今天依然容易掉进古人早就论定的陷阱。

要用准确的定义去概括新媒体文学既容易又不易,易处在于定语明确,难处则在于定语的变幻不定。但我们通过一些新媒体现象,可以努力地接近它的形态。比如在"80后"文学中去寻找与传统纸介文学不同的地方或许就是有效的路径;比如网络文学以及那些无法用文学所涵盖的网络写作,作为网络一代青春期的发散物,都带着前所未有的表现形式与内涵特征:交互共享、大众狂欢、公共空间、"去中心化"、搞笑风格等等;比如与传统纸介媒体的文学相比,网络文学更多地建立在"虚拟空间",而网络等新媒体提供的"虚拟空间"的成长经验是"80后""90后""网络一代"与前辈最大的区别。与网络普及同步,网络成为"第二生存空间"。网络空间的"虚拟体验",是网络一代区别于前辈的重要特征。一个可见的事实在于,"80后"一代的每一个人几乎都拥有现实与虚拟两个身份,可以自由地出入现实与虚拟两个生活空间,现实与虚拟两个世界的不同"人格"往往反差极大却又和平共处,而这在前辈人群中间却是十分困难的

事情。

简言之，尽管方兴未艾，尽管不是一蹴而就。"80后"文学借助网络等新媒体，为新媒体生成新艺术探索了一条新道路，并拉近了新媒体与传统纸介文学的直接距离，吸引并稳定住一批年轻读者，促进了当下主流文学的新一轮突破，同时推进了新媒体文学的出现。由此，我们试图探讨了两个问题：什么是新媒体文学？"80后"文学是否推进了新媒体文学？前者没有结论，后者答案是肯定的。

（三）代际特征中的公共话题与社会镜子

无论是对网络的依赖、对手机等新媒体的喜爱乃至对信息处理方式的改变，还是对自我的重视和对集体的疏离，以及非主流文化趣味的凸显，伴随互联网长大的"80后""90后"一代，都有着巨大而普遍的变化。在数字化鸿沟面前，我们不难看到新中国成立60年以来最为明显的代沟；而延续并不断强化"80后"文学的代际特征，为"80后"乃至"90后"进入中国社会不断提出新的公共话题，并使之成为中国当下社会的一面镜子，将是"80后"一代写手作家的创作前景之一。

在学术名著《文化与承诺——一项有关代沟的研究》中，美国学者玛格丽特·米德提出了著名的"前喻文化、并喻文化和后喻文化"的概念，她将人类的文化划分为三种基本类型："前喻文化"是指晚辈主要向前辈学习，"并喻文化"是指晚辈和长辈的学习都发生在同辈人之间，"后喻文化"是指长辈反过来向晚辈学习。玛格丽特的大胆与精彩之处，在于她明确地指出当下的时代属于"后喻文化"，即"青年文化"时代。在这一文化中，代表着未来的是晚辈，而不再是他们的父辈和祖辈，在全新的时代面前，年长者的经验不可避免地丧失了传喻的价值，瞬息万变的世界已经将人们所熟知的世界抛在身后，在时代剧变面前，老一代的"不敢舍旧"与新一代的"唯恐失新"的矛盾，不可避免地造成了两代人的对立与冲突。[15]玛格丽特向20世纪的世界宣告：现代世界的特征，就是接受代际冲突，接受由于不断的技术化，每一代的生活经历都将与他们的上一代有所不同的社会现实。玛格丽特更为深刻与坦率的结论还在于，她没有像人们惯常的思维那般将代沟产生的原因归咎于年轻一代的"反叛"上，而是归咎于老一代在新时代的"落伍"上。两代人需要平等对话式的交流，但对话双方的地位虽然平等，意义却完全不同，因为年轻人代表未来，而年长一代要想不落伍，唯一的选择就是努力向年轻人学习。玛格丽特·米德的理论无疑给了我们丰富的启示，将此产生于"二战"后西方社会的理论，平移参照中国21世纪的社会现实——所谓"四世同堂""五代同堂"的用法，在中国大陆文学界已经用了20多年。为什么唯有到"80后"的提出，"代际差异"才会如此醒目与突出呢？其实这恰恰取决于文化空间的根本改变与传统价值观的某种"断裂"。文化传递的惯性在2000年后被极大地遏止了，文化传播方式的改变，也使原来依赖意识形态强行预制的文化轨道与生存空间被迅速地消解了。新的一代开始呈现出不同于前辈乃至"颠覆性"的青春记忆与文学风格，全球化、网络化、数字化、市场化、民主化、自由化、个性化、另类化、虚拟化、娱乐化——所有这一切都构成产生与制造公共话题的可能性。从前的孩子看着父亲的背影，今天的长辈看着孩子的背影，也许台湾的社会变迁比大陆稍早，因此，我在龙应台的《亲爱的安德烈》[16]一书中读到了一种全球化视野下对于"代沟"这一世界性主题的别样阐释。人文学者出身的龙应台，通过母子对话所要传达的是一种人文情怀，在承认不同文化背景、不同代际之间存在"代沟"的前提下，她顽强叙述的是一种试图跨越"代沟"障碍的人文传统，关乎伦理，关乎价值，关乎立场，关乎信仰。尤为可贵的是作者的态度，是包容的、温和的、切磋的，是充满自我质疑和自我批判的，尽管这种质疑是痛苦的，这种批判是犹豫的。我最看重的就是作者理性叙述的坦诚与纠结，因为坦诚，所以感人；因为纠结，所以使得话题愈显深度及其复杂性。龙应台及其两位公子的独特之处，在于多头线索的交集：国际家庭、跨国成长、母子分离——文化碰撞中的代际差异油然而生。于是，一个世界性的"代沟"主题在历时性与共时性两个方面展开：历史跨越几个时代，激烈动荡；地理空间交叉碰撞，漂移不定。假如把玛格丽特和龙应台的上述两本书放在一起阅读，可以更加强烈地感受跨越半个世纪的世界性的"代沟"主题。尽管中国大陆的人文学者尚未如此深刻地感知与描述这一点，但可以肯定地说，"80后"文学以及它所生发的所有话题，都将会在相当长的一段历史时期中顽强而尖锐地存在。

从传播学视角解读"80后"文学，不难看出其超出文学的诸多意义。大众狂欢与改变"认知失调"是"80后"文学的创作动力之一，人们在制造偶像的同时，实际上是在塑造自我，而网络公共领域则构成"80后"人的特殊生存空间。在传统的大众传媒中，传播者的角色受到种种限制，并非人人都能获得传播主体的权力。然而，在"80后"文学的传播中，情况发生了逆转。众多的传播者（即写手）是普通平民，而且大都是青春期的青少年，这些"80后"俨然成为传播中的主角，口无遮拦，百无禁忌。他们队伍庞大，十分活跃，建网站、开博客，创作热情和创作数量令人吃惊，呈现出群体狂欢的状态。与网络同步成长的"80后"写手们，由于网络的这种特性，也十分自然地改变着文学创作者的身份属性，他们不但传播文学信息，还常常传播文学以外的信息，这使他们表现出与传统作家很大的不同，因而也引起更多的争议，最具代表性的当属被视作"意见领袖"与"公共知识分子"的韩寒。

在国外媒体看来，韩寒整洁而又大摇大摆的个人风格是对中国知识分子的猥琐形象的颠覆，也同时具有杰克·凯鲁亚克和贾斯汀·汀布莱克的风范——他几乎本能地被描绘为一个中国年轻人的象征，这可不是纯粹的恭维。他是生在毛泽

东时代之后、赶上了一胎政策的"80后"。这一代人是在讨论价值观和国家角色等诸多问题上的一个分水岭，类似于"婴儿潮一代"对于美国的意义：他们是出生在社会变革拐点处的那代人，这种变革使得他们与父辈产生了代沟，也使得他们要么被说成是很有自知之明，要么被说成是自我放纵——当然这取决于你听谁讲。[17]

著名法国学者傅勒在《思考法国大革命》一书中指出：当一个历史事件失去了当下一切的参照意义，不再是一个世界想象的镜子之后，"它也就从社会论战领域转移到学者讨论的领域中去了"[18]。那么，反过来说，如果这个历史事件仍有当下参照意义，仍是一个世界想象的镜子，它就注定不可能只限定在学者的讨论之中，不能不依然存在于"社会论战领域"，成为社会关注的公共话题。在此，我们需要强调的还不仅仅是"80后"文学依然是"一个世界想象的镜子"，恰恰是当下社会还没有充分认识它的历史意义。同时，我们可以预言其历史意义将与日俱增，在中国社会全面转型的时代，成为一面独特非凡的关于21世纪中国大陆社会的"想象与现实相互映射的镜子"。

四、并非结语：后青春期的意义

也许，传统的文学标准已经无法约束"80后"文学，但仍然不妨碍我们去评判："80后"文学并非文学流派，也不是有纲领、有旗帜、有口号的文学思潮，但由于明显的代际差异，它也可以被视作是一次"准文学思潮"。我把它的"全盛期"称作"青春期"，而把它的后续期暂且称作"后青春期"。此文即是对"80后"文学后续期、余波期的一次理论阐释。我们坚信："80后"文学虽然已过全盛期，但余波未了，影响深远，对其各方意义的阐释也远未终结。由文学而"80后"，由"80后"命名而迅速成为一个流行符号，从文学走向社会，从精英视野走向公共领域，"80后"文学不但余波未了，其非凡意义还将不断凸显。

注释：

[1] 江冰：《论"80后"文学》，《天津师范大学学报》（社会科学版）2007年第3期。

[2] 韩寒：《绝不加入作协　作协一直是可笑的存在》，《南方周末》，2007年11月8日。

[3] 江子潇：《论"80后"文学的三极分化趋势》，《文艺评论》2008年第3期。

[4] 江冰：《"80后"：新媒体的艺术方式》，《南方文坛》2011年第4期。

[5] 洪治钢：《无边的质疑》，《当代作家评论》1995年第5期。

[6] 邵燕君：《茅盾文学奖的风将向哪个方向吹？》　［EB/OL］，http://

www.eduww.com. 2011-08-15。

[7] 熊晓萍:《传播学视角下的"80后"文学》,《天津师范大学学报》(社会科学版) 2008年第3期。

[8] 〔法〕让·鲍德里亚:《消费社会》,刘成富等译,南京大学出版社2008年版。

[9] 江冰、崔艺文:《论网络写作群体的形成与生存现状》,《天津师范大学学报》,(社会科学版) 2010年第4期。

[10] 〔美〕杰弗里·斯蒂伯:《我们改变了互联网,还是互联网改变了我们?》,中信出版社2010年版。

[11] 〔美〕尼古拉斯·片尔:《浅薄——互联网如何毒化了我们的大脑》,中信出版社2010年版。

[12] 欧阳友权:《网络文学的学理形态》,中央文献出版社2008年版。

[13] 蒋述卓、李凤亮:《传媒时代的文学存在方式》,广西师范大学出版社2010年版。

[14] 邵燕君:《倡导"好文学"和直言的批评风格》,《文艺报》2011年2月2日。

[15] 〔美〕玛格丽特·米德:《文化与承诺——一项有关代沟的研究》,河北人民出版社1987年版。

[16] 龙应台、安德烈:《亲爱的安德烈》,人民文学出版社2008年版。

[17] Evan Osnos. THE HAN DYNASTY: How Far Can a Youth-culture Idol Tweak China's Establishment? [EB/OL]. http://www,newyorker,com/reporting/2011/07/04/110704Ia-Tact-osnos, 2011-07-04

[18] 〔法〕弗朗索瓦·傅勒:《思考法国大革命》,生活·读书·新知三联书店2005年版。

"80后"文学研究的信心与隐忧

一、信心来自中国大陆当下的社会现实

"80后"作为一个媒体命名,并没有如某些专家预测的那样来得快,去得也快;也并没有重蹈覆辙,如其他命名一般在网络上维持3个月的保鲜期而迅速消失。相反,由媒体、时尚界走入日常生活,成为普通民众耳熟能详的生活话语,并随之带出"50后""60后""70后""90后""00后"等一系列代际称谓。其支撑的现实依据,即是中国大陆当下社会现实中的"代际差异"明显存在,无法抹杀。我的基本态度始终不变,不同代际人群,需要持续不断的沟通,需要真诚平等的理解。同时,我接受一种文化模式理论,并将其比喻为一枚鸡蛋:蛋黄是主流文化,蛋清是非主流文化,蛋壳是边缘文化,它们共处一体,会有一个相互调节的关系。我们期待三者相互交流,不断融合,吐故纳新,形成一种和谐共生的关系,并由此理解文学作品,理解"80后"与网络新媒体的关系。我们可能不无偏执地确认:"坏孩子"才是我们所认定的"80后"文学的主角,"80后"文学不等于所有20世纪80年代出生的作家写手的作品。我们的研究对象是有选择范围的,我们研究视野里的"80后",比日常生活中"80后"的定义范围更窄、更小。我们着眼于"80后"这一代人中最具变化特征的一群人,城市的、独生子女的、现代消费的,最后也是最重要的,他们属于互联网新媒体的。无论概念是否准确无误,我们的初衷就在于有所限制中有所抽象,抽象为"80后"文学以及"80后"这一代人变化的特征。我给予团队的三个研究关键词:代际差异、新媒体、亚文化。同时,我们自始至终满怀期望:从"坏孩子"到亚文化,都可能对当下的中国社会和文化有一种良好的补充作用。

我的信心还来自于一种观点:学术研究领域需要更大的包容心。一种学术胸襟的体现,往往说易行难,往往对他人易,对自己难。而对代际差异明显的中国社会现状,学术界一样也有代际差异,所谓"50后""60后""70后"乃至

"80后"学者,在思维方式、审美理想、艺术趣味乃至文学喜爱上肯定也有所不同,这是自然的现象、不可回避的存在,不必夸大,也不必讳言。背景变了,土壤变了,硬件、软件都变了,学者也是世俗中的生活者,自然也会发生改变。鲁迅当年关于青年的思考,其实就是看到变化,评估变化。记得我们这一批80年代成长起来的学者,曾经也或明或暗地埋怨前辈学者的保守持旧;如今,轮到更新一辈学者登场,我们自有前车之鉴。学者陈思和最近有一个观点,大意是"每一代人感受时代都有自己的方式,也形成相应的独特表达。我和同一代作家一起成长",其实这里就包含着一种开放的胸襟。在我看来,每一代学者、每一代评论家都有自己的黄金时代,都有自己屹立潮头的光辉岁月,但随着时代的变化,主角的位置会更替,新的一代会登场。对此,你可以说你的话,坚持自己的观察视角,同时更要倾听,至少允许后辈人说话。古人云,江山代有才人出,各领风骚数百年。如今时代急剧变化,我以为各领风骚,十年足矣。我在完成国家社科基金课题"'80后'文学与网络的互动关系研究"、出版专著《新媒体时代的"80后"文学》(人民出版社,2014年)以及它的副产品——一部关于亚文化的30万字书稿,并合作完成国家社科基金课题"'80后''90后':网络一代的传播方式研究"之后,突然有一种"再无话可说"的心境,是不自量力进入全新领域的长年疲惫呢,还是艰难攀登高山峰顶遥不可及的心境苍凉呢?爬上一个山坡,前面山坡重重,而峰顶岂止一步之遥,问题岂能澄清?迷惑或许更多。但我至少明白:这样的课题研究是有价值的,这样的学术选择是正确的。而我已经尽力,更远的山坡将由我的"80后"文学与新媒体研究中心团队、更年轻的学术伙伴们去继续攀登;同时,对于此项研究的价值意义,初衷未改,信心依旧,因为代际差异愈演愈烈,因为社会现实需求强烈。

二、新媒体的高速发展导致失去控制的隐忧

在研究"80后"文学的过程中,我们高度肯定基于互联网技术的新媒体的作用,甚至为她高声欢呼。但新媒体的高速发展,导致失去控制的隐忧不仅挥之不去,而且日益强烈。缘于网上一篇署名杨宁的文章,标题是《手机将在5年后消失,颠覆已经开始》。作者的思路建立在"科技的颠覆性"上。他认为:"这种颠覆性是不断往纵深推进的:当初是PC互联网时代颠覆了传统线下,如今则是移动互联网时代颠覆PC互联网时代。不久,移动互联网时代也将被颠覆,而且颠覆其实已经开始。"[1]手机时代刚刚拉开大幕,谢幕人似乎就登台了——感觉有几分突然,又有几分触目惊心。

作者描述道:我们即将进入"智能一切"的时代。在智能一切的时代里,你的手表、你的项链、你的戒指、你的眼镜、你的汽车、你的桌子、你的房

子……你的所有终端设备都是智能化的。当通讯、收发信息、各类应用和功能成为所有智能装备的标配，我们为什么还需要一个装在裤兜里的手机？当全智能时代来临，我们将被各种智能设备和智能机器人包围。未来没有智能机器人的日子，你将难以适应，就像现在如果没有互联网、没有手机，你将无法生活一样。从你睡醒睁开眼的那一刻，你已经生活在一个智能机器人充斥的环境中：你的家本身就是一个智能机器人，智能卫浴会为你自动调整洗浴水温；智能厨房会为你自动烹饪早餐；等你出门上班时，交通工具会是一辆无人驾驶的机器人汽车；当你走进办公室，你的智能桌子会立刻感应到，并为你打开邮箱和一天的工作日程表。作为开启一切智能的端口，你将根本不再需要一个笨重的手机，只需要一枚带感应和身份认证功能的戒指；如果你想打电话，只需走到桌子旁边，用戒指敲击（tap）下桌子，桌子自动调取你的个人通讯录，你想呼（tap）谁，桌子就可以直接打电话；你走到冰箱前敲击（tap）下冰箱，冰箱会自动告诉你哪些水果没有了，你可以在冰箱上直接下单购买；你走到衣橱前敲击（tap）下衣橱，衣橱会自动告诉你哪几款适合搭配，你甚至可以通过衣橱直接进入淘宝页面选购新款衬衣……就像一枚魔戒一样，戒指成了开启一切的根本。

　　阅读后的直觉：几分标题党？几分事实真相？我的知识一时无法判断。但沿着作者的思路，全智能又是完全可能的。以戒指换手机，以魔戒再次召唤奇迹，似乎顺理成章，似乎水到渠成。我在微信上表达了上述看法后，朋友圈纷纷发表看法：有人说，英国有部电视剧，前两年号称神剧的《黑镜》（*Black Mirror*）就探讨了类似的问题，即科技对人性的利用、破坏与重构。灵感来源于人人都有的"黑镜子"电视屏、电脑显示器、智能手机等。有人又说，我不知道手机是否消失，但生活智能时代却已来临。近日已见报端在推销家居声控智能。随之而来的魔戒开启，你的人文担心也将成为现实。更多朋友认为手机方兴未艾，此文危言耸听，不足为信。这使我不由地联想到30年前读到未来学家的著作——托夫勒的《第三次浪潮》[2]和约翰·莱斯比特的《大趋势》[3]，30年前的预言和警示已然成为现实！高科技如列车飞驰，我们无法停止脚步。1993年，我在21世纪出版社出版了一本文化批评的书，名为《20世纪大飞跃》。其中专门有一章阐释科学技术如何影响人类生活，在那里我表达了科技是"一把锋利的双刃剑"的想法，我引用了科学家在1968年制定的著名的"机器人法律"，不妨介绍如下。

　　第一，机器人不得伤害人类，也不得坐视人类遭受伤害。

　　第二，机器人必须服从人类向他发出的命令，除非此等命令与第一条法律相抵触。

　　第三，机器人必须始终保护自己的生存，但这种保护不得与第一和第二条法律发生抵触。

　　毫无疑问，这个法律是以保护人类利益和安全为前提的，人类预设了一个安全控制线，而在这种预设中，我们又可以明显地感到一种突破控制线的危险。20世纪90年代以来，"动作机器人"开始向"智能机器人"发展，我在写作《20世纪大飞跃》的90年代初，怀着相当乐观的态度，充分相信人类的智力以及无穷的潜力，并不担忧机器人会统治世界。我写道："应当挺起胸膛，充满喜悦与自信地迎接21世纪——机器人时代的到来！"[4]光阴似箭、日月如梭，转眼就是中年，年轻时的豪迈犹在，对互联网的乐观没变，但更多了几分清醒和忧虑。

仔细琢磨自己的内心，除了中年怀旧所导致的古典情感的流露以外，对当下人类处境的忧虑与日俱增——我担忧的是魔戒打开的世界，将给予人类加倍的虚妄感，会冲击肉身的现场感，以至于疏离对大自然的亲密感；来自先祖的记忆可能瞬间解体，来自远古先民的淳朴伦理不复存在——忽然想起刚刚读到的网络消息：河南近日破获最大电信诈骗案。警方抓捕行动成功后，戴手铐的犯罪嫌疑人坐满高铁两车厢，押解的警察也有上百人之多。一时冒出一个念头：这两车厢的人一旦拥有魔戒，神州何以宁静？人类在获得一枚魔戒的同时，会失去一个真实的世界吗？还有灵魂的安顿问题：在全智能的时代，肉身都有可能虚拟化，魂不守舍还会远吗？高技术下高情感失衡如何把握？宗教、美学、艺术，哪一个可以充当平衡的砝码？人类文化共同体真的需要科学的不断发展？我们真的可以紧紧握住科学技术这把双刃剑走向明天吗？这是对我们的挑战，更是对"80后""90后"网络一代的挑战。

总之，信心与隐忧并存，即是我当下的心境。

注释：

[1] 杨宁：《手机将在5年后消失，颠覆已经开始》，http://www.huxiu.com。
[2] 〔美〕阿尔温·托夫勒：《第三次浪潮》，生活·读书·新知三联书店1984年版。
[3] 约翰·莱斯比特：《大趋势》，中国社会科学出版社1984年版。
[4] 江冰：《20世纪大飞跃》，21世纪出版社1993年版。

"80后"青春写作的文化资源
——兼评张淳的长篇小说《禁步》

一、"后儿童时代":少年阅读的奇妙阶段

(一)从幼稚向青涩过渡的青春期

网上有一位美国华裔女孩关于"成年人要向孩子们学习什么"的演讲视频,生动有趣,意味深长。演讲者稚气十足却很自信,质问大人你们就不幼稚吗?世界飞速发展,大人屡屡犯错,学习能力并不领先孩子。这使我再次想起提出"代沟"理论的著名学者玛格丽特·米德夫人的名言,大意是年轻人永远占据优势,因为年轻,而中老年人却再也没有可能年轻了[1]。换我们中国人的说法就是年轻人代表未来。我们年轻时,有中老年教训指导。今天,我们成了中老年,我们还真的具备指导年轻人的资格和能力吗?面对这个"真是心乱如麻"的世界,我们不禁发问:谁在犯错?这个充满错误的世界是谁之罪?是年轻人造成的吗?

2011年底,我出席由中国小说学会、文艺报、21世纪出版社共同发起的"儿童文学和后儿童时代的文学阅读"研讨会,在论及"后儿童时代"时,上述感受变得尤其尖锐。因为议题与我研究的"80后""90后"关注点相通,还因为有了观点碰撞的对立面:几位儿童文学作家都在强调世界、文学、孩子没有变,论据之一是人性没有变,文学的本质没有变。我理解他们试图坚持文学恒定不变立场的态度。但近年来我对大陆文化人偏于定性结论,偏于将一个宏大的叙事立场与涵盖各个领域或显著或微妙变化的做法,愈感受愈见偏颇,愈加以为是一种值得需要修正的文化习惯,且不说其中还不免包含某种精英式的傲慢与偏见了。

那么,什么是"后儿童时代"呢?

从儿童文学的视角观察,通常认为儿童文学是0—14岁的文学,但实际上,12—14岁的少年已经很少自觉或被引导阅读儿童文学图书了,这个年龄段恰恰

是一个青黄不接的阶段，是由幼稚向青涩过渡的青春期的开端，此时的儿童文学阅读面临一种尴尬，即被业界称作"后儿童文学时代的尴尬"，即当下少年文学的儿童化和少年文学的青春化。说得直白一点，就是上下不搭，读儿童文学吧，嫌它幼稚；读少年文学吧，现有的读物又无法满足当下"80后""90后"青少年的情感与精神需求，何况，现代生活也使得当下青少年的身体发育时间提前。十分显然，这就是"后儿童时代"青少年文学阅读的一个普遍尴尬。

这一状况描述恰好与我研究课题中发现的一个现象不谋而合，即当代青少年阅读有一个"断裂"的过程，"80后"书架上文学书籍目录的变换就是明证。

（二）奠定"80后"青春文化的一个阶段

这里所说的"后儿童时代"，既是指儿童向少年过渡的一个青春期的发端时间概念，更是一个特定的历史时期的概念。其缘由就在于这个发生于1995—2000年前后的时间段——恰好属于中国内地社会前所未有的一个转型期，这个转型期有三条轨迹相互重合，它们分别是思想转型、经济转型和媒体转型——三种转型所构成的巨大动力，又推动着"80后"一代人的青春期成长。因此，我把这一阶段视作奠定"80后"青春文化的一个重要阶段。限于篇幅，这里我们主要说说新媒体。

美国《连线》杂志对新媒体的定义简单明了："所有人对所有人的传播"，它是以数字信息技术为基础，以互动传播为特点，具有创新形态的媒体。国外学者认为其特征为 digital（数字性）、interactive（交互性）、hypertextual（超文本性）、virtual（虚拟性）、networked（网络性）。新媒体的快速发展深刻改变了主流文化生存的舆论环境和条件，原有"党管媒体"的管理体制和"指令式"舆论调控模式已被打破，新的舆论格局和引导模式尚未完全确立，主流舆论应对工作出现了"老办法不管用、新办法不会用"的局面。于是，拥有相对于纸介媒体更加开放更加自由的舆论环境的网络，迅速成为"80后"一代人实现"自我书写"的平台，以及"集体狂欢"的广场。

二、互联网：接通文化资源的广阔平台

（一）"网络一代"的出现

网络传播改变人群，使中国人"代际差异"凸显，在我们对"80后"一代人的研究中，就已经试图以五年一代划分"前80后"与"后80后"，其依据就是1998年电脑在中国大城市家庭的普及，而1985年出生的"80后"恰好在14岁青春期开始接触电脑。理论依据还在于，一个人在青春期世界观未形成之时接触网络，与世界观基本形成后接触电脑，会产生不同的影响及导致不同的世界观。沿此思路，我们也将打破"十年一代"的零位对接模式，将网络对中国人

的影响定位在1985—1994年出生的一代,将其称为中国的"网络一代"。青年代表未来,"网络一代"所生存的网络空间,显然也就因此具有富有内涵的文化变迁的意义。

"网络一代"最为显著的变化就是将网络视为"第二生存空间"。少年因此变化——几乎所有的方面;青年因此变化——从精神到生活,从思维到身体。在我看来,"80后""90后"是有深度的,他们拥有了互联网,拥有了全球视野。网络,巨大无边的网络给予他们许多许多,我们不熟悉的那许多许多,我们可能隔膜却并没有意识到隔膜的许多许多——因此,少年也是有深度的,轻易地将他们与"幼稚"画等号——恰是我们成人社会真正的幼稚。寻求沟通吧:方式、态度、立场、出发点。学会做父母、做教师、做少年的朋友吧!这是每一位中老年人的新课题,也是我在2011年南昌儿童文学研讨会上获得的启示之一。

(二) 文化资源的开放与青年亚文化的勃兴

没有网络就没有"80后"。网络对于"80后"而言,不仅是孕育的温床,崛起的平台,聚合的空间,更是一种生命的空间,一种生命的存在方式。这一表述同样适用于观照"90后"。青年亚文化在"代际差异"中的凸显,恰恰是新文化空间诞生的有力佐证,而一切其实又都维系于新的网络传播方式:技术→行为→文化方式→文化空间,一切都在呼之欲出的实现之中,水到而后渠成。也许,青年亚文化在网络空间的崛起,就是网络造就新文化空间最有说服力的例证之一。无论从"80后"文学,还是网络音乐、网络游戏、网络动漫、网络绘画等诸多方面,都可以看出以"虚拟社群圈子"的文化认同普遍替代原有文化认同的现象。其表现比比皆是,不胜枚举。有一点毋庸置疑,那就是这些多少带有叛逆的网络青少年在改写他们形象、语言、行为、符号的同时,不仅改变了他们自己的人生,也改变了文化的景象,共同构成具有解构与生成双重意义的新的文化空间。

具有解构与生成双重意义的新的文化空间,同时促成了文化资源的开放与青年亚文化的勃兴。青少年广泛涉及网络,将真实地面对全球的信息,而网络则大大提升了文化交流的速度。比如遇到新鲜信息,网上青年志愿者即刻翻译——志愿模式新颖,传播速度迅捷,几乎是全体网民介入信息传播,形成一种全民性的动力强大的传播运动。谷歌的开放系统打败了诺基亚可为例证——利用全民的谷歌显然比依赖专家的诺基亚占有人力资源的明显优势。也可以说,正是维基写作和谷歌开放式的信息平台,促发了当代青少年"全民写作"和"全民运动"——类似"集体狂欢"的广场式文化行为。由此,也直接导致了青少年文化资源庞杂,文化接受的开放的现状。

我们认为,了解了网络一代的文化趣味,就找到了解释青年亚文化的一把钥匙。正是在代际差异、网络新媒体、青年亚文化的背景下,我们论及"80后"

作家写作的文化资源,也正是在这样一个论述的背景下,我们开始观照"80后"作家张淳的长篇小说《禁步》,试图阐释其作品产生的文化背景,并将其作为一个文化标本来进行探讨。

三、《禁步》的现代主题与驳杂的叙述风格

(一)另类人物的"现代性"观照

资料显示:禁步是古代女子挂在裙边的一种金玉饰物。腰际佩挂禁步,可约束女子的举止,起着规范仪态的作用。莲步轻移,坠饰轻撞,丁当悦耳,方显得体态轻盈,仪态万方;行走稍快或跨步稍大,则丁当乱响,声音激烈,即有步态失仪之嫌。古代女子讲求笑不露齿,行不露足,禁步既可压住裙角,以免举步时裙幅散开,有碍观瞻,又可显示尊贵身份。玉禁步渊源于先秦时代的组玉佩,身份高贵者佩之,须行步舒缓而见其尊,故有节步之意。后世组玉佩的形制与佩系方式都有了变化,但其中蕴涵的礼制含义仍然保留下来。张淳的长篇小说《禁步》(广州出版社 2011 年版)取名"禁步"之用意明显,是当代女性写作的惯常视角,用"现代性"观照古代妇女的命运,从而阐释"人的解放"的主题。

通篇读来,无不是被"禁步"或试图挣扎摆脱"禁步"的女子:叛逆的胜儿,禁锢的刘璃,多难的燕凡,清高的秋壶——相比之下,男性则逊色不少,除了着墨较多的秋宇,大部分男人犹如一面面镜子,是女性的衬托,是女性的陪衬,是扶花的绿叶。张淳显然更善于写女子,甚至把男儿也写得有几分"娘"。总之,女人,"禁步"的女人,是此作的主角,而主角中的主角就是光彩照人的方胜儿。方胜儿是这部长篇小说的"小太阳",没有她,作品光彩的十之八九将黯然失色。而她最诱人处就是另类,就是与"禁步"反其道而行之的叛逆。她身世微寒,出生草根,幼年丧母,13 岁才见到生父,但却有着老鼠一般的超强生命力:"上蹿下跳,里外热络。她俗气、狡黠、肤浅,但她总能找到吃的。"她对父亲不冷不热,对男人更是如手边的棋子随意指使,她天生属于繁华的东京,东京也让她青云直上,炙手可热,17 岁就当上了百合绣庄的庄主。她如鱼得水,她大展身手,一个小女子照样金戈铁马,疆场驰骋,把商场对手锦绣名门赶出了东京。然而"心比天高,命比纸薄",虽然强势于人,却依然逃不脱男性社会的"禁步",堕胎自杀,悲惨结局。主子秋先将对手冤家送来的风烟纹禁步转给了方胜儿,其实就已经提前规划了小女子的命运,因为老谋深算的主子清楚:美艳的女子和有才华的女子皆近于妖。所有的女子只能在男人规定的轨迹中运行,你想越轨,死路一条。胜儿自杀了,但她远嫁的道路依旧,侍女昭儿冒名顶替,最后落得与亲人无法相见,其情凄惨,堪比命丧!此等命运设计,何尝不是对中国古代男权社会的又一次含泪的控诉?!张淳的用心在于并不声嘶力竭,

并不轻易跳到前台铺陈道理,其叙述立场的"现代性"却是既含蓄又饱满的。我看重这位"80后"年轻女作家的"现代性",以及由此焕发出的创作灵性,比如,那枚风烟纹禁步就如具有灵性的神物,如影随形,笼罩胜儿,"现代性"的思想、富有哲理的点化、主人公的命运、具有质感和美感的传统象征,多项寓意会合一处,顿成风云际会之势,使得小说千姿百态摇曳多姿,平添不少可读性。

所谓"另类",是我近年愈加感兴趣的一个思想艺术特征,推而广之,另类常常是出新破格的另一种表述。由此来看,方胜儿的另类恰恰是长篇小说《禁步》最为重要的艺术收获。由此铺开,放眼望去,张淳笔下的人物出彩之处就在另类之处:身世的另类、性格的另类、思想的另类——归结起来,还是得益于作家张淳别出机杼的另类思考。可惜这另类还来得不够猛烈,还多少有些小心翼翼。但作家的才华和个性在此也得到初步的表露。

(二) 庞杂的文化资源牵引多变的叙述

读《禁步》最引我兴趣的还是属于"80后"的张淳多变杂陈的小说叙述风格,以及隐藏其后庞杂的文化资源。因为,在我看来,正是庞杂的文化资源牵引着多变的叙述。这与我近年一直关注的"80后"青春写作有关,与"80后"作家写手写作资源的出处有关。你看,《禁步》一起笔就在浓重的乡村叙述中陡然变化:先是涂满乡土色彩的南方海边渔家画面:濑尿虾、鼻涕鱼、淡菜、番薯、蟛蜞、鱼露,笔锋一转,语言理性:"胜儿的母亲韩茹恕就是大了之后把家里的秩序扰乱的。胜儿大到13岁时,也把舅母家给'调整'了一番。"现代小说的口吻浮现。再看第21页更是精彩纷呈:"蓝田玉"一节叙述极为流畅,不但交代了方胜儿"出战"锦绣名门,得到一块禁步,犹如为日后命运定了一个基调之外,还介绍了方胜儿的个性,及其她与父亲方三郎、主子秋先、姐妹刘璃、公子秋宇的复杂关系,简洁、跳跃,常常是一个细节作为支撑交代一种关系,庄重诙谐,感性理性,时而犹如章回体叙述,时而回到流行言情小说,时而插科打诨仿佛网络搞笑,时而深沉无比寓意无限。比如,用"非暴力,很合作"6个字描摹父女关系;比如,用一双"错到底"小鞋写姐妹之间的明争暗斗;比如,用一句近似网络语言:"我喜欢他够流氓"道出方胜儿的开放大胆。在《红楼梦》加现代言情小说为底色的叙述中,偶尔也来上一两行极其理性又有几分现代感的句子。比如第26页,"每个事物都有它的起承转合,例如生命,例如爱情"。

张淳是写诗出身的,小说叙事多用精短句子,段落短小,分行明显,近于诗行。其出彩处在于夹叙夹议,轻灵精巧,时见生花妙笔,其劣势处也是优点的另一面,少了朴拙少了顿挫,流畅有余而含蓄不足,技巧有余而大气不足,有时还有用笔过于顺滑,从而导致蜻蜓点水、浅尝辄止的遗憾。深究下去,还是有文化资源庞杂、接口太多的原因。虽然不乏叙述才华,虽然古今穿越,纵横千年,却尚无融合,尚无贯通,唯有"拼盘"之象,唯有驳杂一体。平心而论,张淳毕

业于名牌大学中文系，与同时代年轻人相比，她的文化素养和传统熏陶当属高档，然而，即便如此，她依然受到文化资源庞杂、知识繁多而难以消化的影响。也许，对于这一代作家来说，互联网时代的知识交叉和"文化拼盘"本来就是常态，如何在信息全球化面前找到自己、坚守自己本来就是最难事情之一，而"80后"作家恰恰就要在这个转型的时代经受严峻的考验。我寄望于出生于1984年的"80后"小说家张淳，就在《禁步》地域文化的纠葛与反差：东京与闽阳，中央与地方，都市与乡村，虚构与真实，阅历与经历，间接经验与直接经验，中原与沿海，陆路与水路，历史与现实，东方与西方之间——期望他们为今天的中国小说家找到自己的叙述方式和叙述风格。就长篇小说文体来看，厚重宏大是基本要求，《禁步》的结构单纯，视点单一，生活质感描写欠缺，恐怕也与文化资源接口太多来源极不稳定有关，这同时也给张淳预留了上升的艺术空间。艺术道路漫长而艰辛，艺术成功也常在跨越关山之后。我寄望张淳，寄望"80后"作家。

注释：

［1］〔美〕玛格丽特·米德：《文化与承诺》，河北人民出版社1987年版。

物质主义的英雄
——读郭敬明的《小时代2.0虚铜时代》

从阅读《小时代1.0折纸时代》到《小时代2.0虚铜时代》（长江文艺出版社2010年版），一晃就是两年的时间，郭敬明小说的叙述风格没有变，一如眼前这个浮躁而喧嚣的社会没有变，反而变本加厉一般。我不由地想起法国学者让·鲍德里亚在他的名著《消费社会》第一章的开篇语："今天，在我们的周围，存在着一种由不断增长的物、服务和物质财富所构成的惊人的消费和丰盛现象。它构成了人类自然环境中的一种根本变化。"[1]透过这个"丰盛"的景象，我仿佛看到了"小时代"的内幕，看到书写者既爱恨交集又兴奋有加的心态。

一、"虚铜时代"属于什么类型的小说

假如说在读《小时代1.0折纸时代》的时候，我们可以顺着"青春写作"的读物套路来确立《小时代》的小说类型的话，那么，在网络文学类型化蔚为大观的今天，我们可以十分轻易地将《小时代2.0虚铜时代》归类在"言情加商战"的类型。引起我兴趣的是，郭敬明似乎比一般套路的类型小说家有多一点的"意义追寻"，之所以说他是"多一点"，出于正反两个方面的理由：一是作者对其笔下"80后"同辈人的一点偏爱，不无真情流露，此点倾向言情；一是制造情节跌宕的过于"用力"，时常压抑了对于人物情感的深层探寻，浅尝辄止倒向商战。前者为正，后者为反。

从文学批评的立场出发，我期待"升级版"有某种提升和突破，但从大众文化和流行文学的角度，我似乎又可以宽容地理解《小时代》所保持的一以贯之的叙述风格。尽管如此，在间隔两年后，再读郭敬明的新作，还是有一点小小的失望，第一本给予的新鲜感消失了，重复性的拖沓在2.0版的前1/3篇幅表现严重，直到第76页，作者才仿佛刚刚过完"言情""偶像"的烟瘾，一个激灵，开始加快情节节奏。但似乎惊天秘密的出现，并没有辅助人物情感的铺垫，在我

刚刚读到作者有可能深入人物内心的关键时刻,他放弃了,转而用一种近于轻佻肤浅的抒情排比句稀释了情感浓度,草草地交代了一种情绪变化,随即迅速过渡到新的情节,故事的讲述因为失去了角色的内心支撑而显得肤浅,故事的结局也因为轻率的处理而显得有几分"小儿科"。难道可以用流行文本来解脱,难道可以用固有模式来解脱,言情也需要新意,商战也需要构思。推敲之下,顾里、顾源夜半潜入公司偷窃宫洺资料的情节设计就显得幼稚,有失顾里这类用尽心思近于女妖的行事水准,既对全篇的核心情节有了一个负面的解构,又不利于刻画商战中人物的出人意料与特立独行,此为败笔。当然,我对顾里危机处理的几个细节还是肯定的,有一定的生活体验和现实基础,或许对于涉世不深的中学生读者来说,这样的情节力度也就足够,但对于真正有分量的商战小说而言,郭敬明在生活体验与情节构思上尚有很大的提升空间。就此来说,快速消费之下的快速写作,可能很难避开掺水稀释的做法,因为他们永远有续集,类似肥皂剧。也许,我原本就不必用要求纯文学的那一套来取舍,每想到此,我有点释然,但又不甘:稍微慢一点,他可能会写得更好一点吧?

二、继续"大上海"城市的另类书写

郭敬明在《小时代2.0虚铜时代》里对"大上海"的描写依然唤起我的兴趣,也许更多的理由是我们对于这座有着"东方巴黎"美誉的中国一线城市的兴趣。我在《小时代1.0折纸时代》版本的评论中谈到上海,并将其定位于中国版图中的"另类城市"。[2]

上海的前世今生,与一个"洋"字分不开:"十里洋场""东方巴黎""东方纽约""香港前世",都是不同写照下的"貌离神合"。茅盾《子夜》、鲁迅杂文、非主流的"鸳鸯蝴蝶派"、张恨水的言情、苏青的女性文学、张爱玲的"沦陷区小说"。近30年来,叶辛的知青文学,时代风云中挥之不去的"老上海"情结,王安忆由浅入深的"上海叙事",从《本次列车终点》到《长恨歌》,还有程乃珊、王小鹰等一批有影响的作家,卫慧为首的一群被命名为"上海美女作家"的"70后"的"上海宝贝"也掀起波澜,"80后"这一茬,周嘉宁、苏德、韩寒等相继出场,加上后来居上、声名日隆的郭敬明,"上海叙事"一条线索清晰可见。

两年来,我参加了广州文坛的活动,亚运会前后的"广州本土意识"空前高涨,"本土写作"的呼声不绝于耳,但为什么广州就是缺少有强烈冲动描写本土的作家、艺术家?我时常想到北上广三座"一线城市",我们有京派海派,却总叫不响粤派,也许可以在文化中找原因:北京得天独厚,从元朝建都开始就是"皇城根下",且不谈,就说上海与广州。她们的城市发育成长都与开户开港有

关、与殖民文化有关，但上海的文化力量似乎更鲜明更具边界感，上海人看天下所有人都是乡下人，自我优越感相当明显，崇尚西洋力挺时尚面向世界，你和他们待在一块，上海人就是要不断地提醒你：我是上海人，你不是！必需的。相比之下，广州人就要和气包容得多，不但笑迎天下客，而且宽容各种文化，表面上也会向来自北方的一切文化俯首称臣，当然骨子里依然自我，依然有固守不变执着的一套。或许可以比较地说，上海人是强势的，广州人是弱势的；上海人外露爱"装"显摆会"作"，广州人内敛不"装"低调包容。从两地人的衣食住行，从世博会和亚运会的宣传风格，均可看出大大的不同。但这还是没有回答为什么上海作家写上海的艺术冲动就是要超过广州，也许就是那份恃才自傲的高调，那份溢于言表的自信！哦，还是一个需要不断琢磨的问题，暂停，话题回到郭敬明。这位进入上海不久的青年才俊显然十分迷恋这座城市，这种迷恋贯穿于《小时代》，成为他笔下人物的活动空间与背景，尽管郭对城市的散文式描写有时只能成为一块布景板，与情景交融尚有一段距离，但他试图将城市气质与人物性格相互映衬的努力还是值得肯定的——

  它可以在步行 120 秒距离的弹丸之地内，密集地砸下恒隆 I、恒隆 II、金鹰广场、中信泰富、梅龙镇广场，以及刚刚封顶的浦西地标华敏帝豪 6 座摩天大楼；它也可以大笔一挥，在市中心最寸土寸金的位置，开辟出一个开放式的 14 万平方米的人民广场——这就是上海，它这样微妙地维持着所有人的白日梦，它在浩渺辽阔的天空上悬浮着一架巨大的天平，让这座城市维持着一种永不倾斜、永远公平的，不公平。

  在上海，也许顾里和顾源的这种爱情，比较符合这座城市的气质——等价交换，天长地久。

  但是，以郭敬明的微薄之力根本无法抗衡新上海滩巨大的气场，我在赞扬他天生灵巧聪明富有悟性的同时，其实也感受到他的彷徨犹豫以及力不从心，他就像顾里之于宫洺，白蛇之于法海，悟空之于如来，上海城巨大的气场就像一个铺天盖地的天罗地网，任你小四子上蹿下跳纵横驰骋，你就得迷惑其中不得解脱。你有坚定的持守，我给你无穷的诱惑；你有犀利的看法，我给你绚烂的迷幻。因此，我们在作者对上海矛盾的看法中，不难读出他的偏爱，在他价值判断的困惑中，也不难感受到他的立场的模糊和游离。一个是自诩传统的"我"林萧的内心表白，试图维持一种传统道德的判断；一个是顾里们英雄行为的铺张描摹，似乎又不无炫耀和赞美。可以肯定地说，郭敬明的《小时代》以小说的形式触及了 21 世纪初中国社会从"文化英雄"向"物质英雄"过渡的历史事实，并由此对接了上海这座"另类城市"既隐秘又彰显的地气，暗合和呼应了这座城市"80 后""90 后"的内在精神过渡与外在生活逻辑的变化。尽管这种对接还是肤

浅的、还是不坚固的，但其与这座城市的连接意义却是值得肯定和值得阐释的。也许，我们没有标准答案，也许，肤浅犹豫就是这个飞速变化的时代的品格之一。

三、顾里是《小时代》的核心和女王

顾里依然延续着1.0版本的性格路数，没有变化缺少升华，让批评家不满足，却符合流行文本的基本原则。她是小说真正的核心和女王，美丽而冷酷的富家子女：虽挥金如土，但精于算计；看重金钱，追逐财富；确认一生遵循趋利避害原则，崇尚丛林法则。宫洺——顾里的一个男性翻版，换言之，这两个人物的相映生辉共同构成当代上海滩"物质英雄"的形象。

2.0版本继续深化顾里与宫洺的对立关系，不惜介入阴谋，不惜加进搏杀，顾里永远崇拜着宫洺，因为她的人生目标就是成为宫洺——一个半人半神的财富象征。这样一位拥有权力的商场豪杰，几乎吸引了郭敬明的全部目光，所有对于顾里的魅力描写，不如说就是指向宫洺这样的"物质英雄"，宫洺即是顾里的境界，宫洺即是顾里的来生。可惜在已经显出肤浅轻飘股份置换阴谋的设计之后，郭敬明呈现了一个偷窃资料公司夜场的同样粗糙肤浅的情节败笔，使得顾里这一人物的光彩大为消减。可惜啊！不过，作为郭敬明笔下，《小时代》里作者最为钟情的女性，顾里依然值得一说。因为我一向看重男作家笔下最美的女人，以及女作家笔下最美的男人，按照弗洛伊德大师的理论，这个切入点自然是进入作品核心的隐秘通道。郭敬明不能例外，他反复描写顾里，笔触抵达她生活的方方面面，一如古希腊美少年纳西斯自恋般的"水中倒影"。包括这位奇女子不凡的身世，包括她在冷酷外表下的柔弱，但所有这一切都抵挡不住她的拜金至上的价值观。在阅读中，经常可以产生如下感觉：作者是用小资的想象，超越中资的富裕，直接进入大资的豪华贵气场面。作品第89页，顾里在五星酒店酒会上的美艳登场就是例证。在郭敬明描写顾里迷恋物质的同时，我们似乎也感到书写者自己的沉沦，迷恋中的沉沦，自觉的沉沦——恰如鲍德里亚所言："我们所说这种'丰盛'社会是其自身的神话——'您所梦想的身体，就是您的'，一种巨大的集体自恋导致社会在其为自己提供的影像中自我混淆和自我宽恕——我们寻找着榜样，却凝视着自己的映象。"[3]

我承认流行文本有它自成一格的套路，有它为读者提供阅读快感的理由，以及"爽就是好"为原则的合理性。但是，优秀的流行文本，有可能经受淘洗跃为经典的流行文本，最终还是有它的一套有说服力的价值观，一套具有普世影响，具有传统承传的吸引人的东西在那里，一如金庸的武侠，一如涵盖千年的《红楼梦》。就顾里的人物刻画来说，其成功与否，作者对其可否实现超越，直

接关系到《小时代》的艺术分量与艺术消费的长久性,"上海叙事"中的郭敬明难道不想推出一个可能进入文学史的艺术典型,就像王安忆笔下的王琦瑶,张爱玲笔下的曹七巧。也许,我又对郭敬明有太高的期望,也许《小时代》只是作者"炫"给中学生的小说,也许上述的意义追寻都是属于传统文学批评路数的期望吧,姑且言之,并期待系列长篇小说主人公顾里们有更加精彩的表现。

注释:

[1][3]〔法〕让·鲍德里亚:《消费社会》,刘成富等译,南京大学出版社2008年版。

[2]江冰:《小时代:"80后"的另类经验》,《小说评论》2009年第4期。

第二辑 网络时代的"80后"文学

在历史与幻境之间

一、"80后":我阅读,我期待

2004年我重返大学后,第一个关注的就是"80后"文学,在当时的阅读中,张悦然的《葵花走失在1890》超凡脱俗,独立标杆。在这部充满浪漫想象与唯美情调的小说中,作者化为梵·高笔下的一株葵花,一株深爱着天才画家的葵花,演绎了一场美人鱼的故事。古老的故事模式,世人熟知的金色葵花,在作者富有想象力和激情的演绎中被赋予了新意。少女作家试图用自己独特的阐述洞穿梵·高的心灵,探寻天才的世界。这是艺术家的才情,也是小说家的本领,自此,我对张悦然刮目相看,并认可她是"80后"众多写手中最具潜力的小说家。

但是,这位才女随后快速推出的四部长篇:《樱桃之远》《是你来检阅我的忧伤吗》《红鞋》《十爱》却又使我生出一层担忧,恐怕畅销书的排行榜导致竭泽而渔,会提前支付了少年的才华,也担心"玉女偶像"的诱惑会迷失这位文坛新手。我曾经在评论中写道:以张悦然的文学历程来看,"偶像化写作"可能抹杀天才,也可能造就大家,至少为大家铺平第一个台阶。不过,是否成为大家,依然取决于作家本人的潜质与态度,而态度尤为重要。《誓鸟》(光明日报出版社2006年版)在我对"80后"文学的期待视野中投进一道光,我似乎舒展地吐出一口气,因为作品告诉读者,少女作家穿过了偶像的光环,依然坚定地前行,其才华有增无减,其潜质强劲,其态度虔诚无比。而这次《誓鸟》进入中国小说学会2006年度中国小说排行榜就是一个明证。

二、女巫般地编织梦境

张悦然生长于山东。山东是孔夫子的家乡,"子不语怪力乱神","不知生,焉知死",是贴近现实的人。我去了蒲松龄家乡之后,才亲身感受到山东齐文化

中灵异的一面,看看蒲松龄小说中的仙狐狸,猜想悦然才女是不是也有齐文化的浸染与承继呢?张悦然无疑是编织梦境的高手,她不但会编故事,排情节,更有一种女巫点化梦境的本领,有如神助,有如神启,下笔生灵气,文章逸仙风。

一个名为春迟的中国女子泛海舟下南洋,历尽千劫万难,却因失去记忆,生活在近于荒诞自我封闭的精神世界中,她的全部生活都投向一个目标——在大海无数的贝壳中寻找属于自己的那一枚——以此复活她作为一个中国人的生命历程。

人生情节犹如倒装句,揭开谜底并非春迟本人,而是春迟的养子,那个叫作宵行的少年,如果把散落的人生片断按时间顺序重新组合,春迟的人生故事仅仅是一部个人的南洋漂泊传奇,但在张悦然梦幻般的讲述下,23万字的长篇小说不但从一开始就呈现出富有悬念的阅读诱惑力,而且全篇通过精巧的结构,将梦的片断编织得天衣无缝,如幻如真,令人迷醉。不要忽略作品中那老巫婆的形象,她神奇的指法可以开启海螺的秘密,春迟于是也成了自己的女巫。在这里,大海的贝壳既作为具象,又成为意象,并借此作为展开浪漫主义想象的基点与平台,既有其现实的合理性,又有其诗意的提升。"贝壳"为全篇定了一个基调:它既是作品女主人公生命的凭借,又是她灵异梦境的依托,幻觉的紫雾由此升腾,用另一种字体呈现的历史传奇故事借此排挞而出。《誓鸟》的作者也因此获得了叙述上的自由:轻而易举地从现实跳到幻境,仿佛敦煌那美轮美奂的花神飞天,轻盈飘动的身影徘徊于天上人间,时而在祥云之上,时而又从云端降临大地。这种幻觉是作者珍爱的境界,也是她能够成功地将看似荒诞奇幻的事件与现实中人生故事合理对接的制胜法宝。张悦然充满浪漫想象的奇幻人生因此也有了令人信服的现实依据。

值得提到的还有张悦然的文字,唯美、诗意、干净、华丽、凄美、伤感,又有点残忍。她的第一人称叙述十分细腻、抒情,主观感受笼罩着客观描写,具象与意象常在叙述中相互叠合,形成一种殊异的美感,唯美的比喻俯拾即是:

> 他不再是那把经受过无数风雨的伞,带着湿漉漉的雨天气息以及令人忧伤的皱褶。现在他是一张弓,在天空撑开,将这里笼罩在颤动的阴影里。
>
> ——《投梭记》P67

> 落日把最后一丝光热传到她们身上之后,就跳进了大海,她们是黯淡的天地之间最亮的一簇火焰。从这一刻起,她们的命运被紧紧地连在了一起。
>
> ——《磨镜记》P99

这些比喻常常准确地刻画了人物,并推进了情节。当然,避开沉重结实的客观描写,上述文字表现确有灵动便捷之优势,但重复使用同一手法,难免单调,作为长篇也有视野较为狭小、人物关系相对单一的弱势。面对长篇小说创作,张

悦然难免功力不逮，但女巫毕竟是女巫，张悦然自有其过人的聪明，她善于以灵气补大势，除了渲染调节氛围之外，她还深知把握情节的重要性，跌宕起伏的造势，疾徐张弛的叙述，常有剑走偏锋迭出奇招之妙处。一些意料之外的情节设计，常使读者在峰回路转大起大落中忘记了作者手法的单调。对情感的饱满度也有较好的把握，比如《种玉记》对淙淙临死前报复心理的铺陈：酣畅、丰盈、多层次展开，恰好地对应了春迟的内心，两个人物的心理冲突被激化至顶峰，颇有震撼之力量。当然，如何更有深度地刻画人物，不仅是主角，还有配角，是张悦然长篇小说创作的新考验。

三、在历史与幻境之间

"80后"写手的创作速度令人吃惊，尤其是在网络中发表的长篇小说，几近泛滥之势，但通病在于太轻薄太稀释太随意。假若说靠一点灵感一点文字功夫可以很好地营造敷衍一部短篇乃至中篇小说的话，那么作为重量级的长篇小说，轻功往往很难扛举，内力的不足，积累的贫乏，均影响了作品的厚度、深度与难度，而这"三度"恰恰又是长篇小说不可缺少的因素。

《誓鸟》延续了张悦然业已形成的创作路数，但较前几部长篇小说又有大的进步，这一点集中表现在她对历史背景的巧妙处理上，用另一种字体排版的南洋华人史料与历史故事的不时插入，很好地呼应了作品情节。这是《誓鸟》的成功之处，也是张悦然避开"80后"长篇创作通病的一个努力，一个充满了机敏智慧的努力。

> 沿着螺旋状的楼梯一直往下走去，这沉坠的王国却并不是地狱。一直走，直到风声塞满耳朵，灰尘蒙上眼睛，荆棘缠住双脚，记忆的主人才幽幽地现身。

所有的历史故事都有这样一个开头，它既合乎春迟以贝壳寻找生命记忆的方式，又合乎现实逻辑中再现历史的意图。张悦然沉浸于自己精心构筑的历史幻境中，在虚构的人物身上寄托自己的情怀。然而，所有人事并非童话，并非海市蜃楼，因为郑和下西洋的壮举，华人几百年迁徙开拓南洋的往事，均已成为作品实在的历史背景，幻梦的呈现是因为有一个更为阔大的历史舞台。作者没有刻意地去阐释历史，再现历史，但艺术想象所展示的南洋历史长卷，却无处不透露出历史文化的丰富信息。张悦然同时也拥有自己的历史观念与人性立场，不过这些理性没有被硬性地简单地加入作品，那些关于史料书写的故事被恰到好处地嵌入到作品的各处，仿佛成为支撑这座迷宫的支柱。坚实的支柱与华丽的迷宫相映成趣，在这虚实之间、亦幻亦真之间，作者显示出既富有激情又有冷静理性，既童

话诗意又悲悯现实,既超越现实又回归历史,既是浪漫主义又是现实主义,既年轻又成熟的一面。在《誓鸟》兼具浪漫主义与现实主义的品质中,我欣喜地看到一位"80后"的中国女孩,如何在"全球语境"下写好"中国的故事",如何深切地表达出她对民族对传统对历史的一份敬仰与爱意。

四、优势的另一面是弱势

撇开所有写作者的艰辛不说,作为写作人的张悦然也可算是一帆风顺,令人羡慕。她迅速地从"新概念"站台搭上了"青春写作"的快车,并在"80后"文学的浪潮中,先网络,后出版,先玉女,后偶像,旋即在"偶像派"与"实力派"之间,在市场与文坛之间,左右逢源,各有斩获。一面不断声明"告别'80后'",一面又自然地融入明显运作的商业流程,可谓如鱼得水,如日中天。小小年纪就已敲开市场与文坛的两扇大门,并受到隆重礼遇,获得桂冠多项。进入2007,文坛主流的认可成为一个标志。张悦然下一步往哪里走?她的创作到底还有什么障碍?在此,不妨以《誓鸟》为话题,在前文所谈及的轻巧有余厚重不足的论点上深入展开一步,谈谈张悦然在《誓鸟》中所表现的小说创作之弱势。

弱势一:避重就轻,缺少场面描写。

张悦然自认为是一个很有想象力的人,她曾引用一位编辑的话描述自己:不是一个贴着地面走路的人,写着写着文字就会飞离现实本身。[1]在《誓鸟》的后记中,她更是索性以"我是痴人卖梦为生"作为题目。这一点是她的才情所在,也是特色所在。但五部长篇写下来,优势之蔓延泛滥似乎又成了明显的弱势。最突出的表现就是场面描写的严重不足,一般的场面描写刚要展开,幻觉启动了,现实客观场面即刻被轻巧虚化了。我们几乎很难在《誓鸟》中满足自己对南洋海岛景色的求知欲望,一些几乎无法回避的、与表达主题人物有重大作用的场面也被作者随意地放弃了。比如《投梭记》第67页中,春迟再次见到土著首长骆驼时的情景。骆驼成为发动战争的马来人的首领,他手握长刀,屠杀生灵,已经由春迟的深情爱人变成一个凶残的刽子手。但场面描写只有"桫椤树""班达岛"等个别字眼,叙述的动力只来自于春迟的内心,没有肖像描写,没有人物动作,只有两行唯美的散文句子,以"伞"与"云"的比喻即交代过去了。

由于场面描写的虚化,富有现场质感的细节描写也太少太少,我们不排斥主观抒情,不排斥通过叙述者讲述推动情节的发展,但是所有这些都无法替代小说中的细节描述,这种富有质感的细节,常常是小说中饱含力量与美感的所在,这种细节要求真实与丰满,而且处于日常生活之中,用细节来表达,往往比直白的倾诉更有力量,而且更具审美情韵。优秀的小说家常常具备这样的艺术本领,通

过对日常生活细节的精致处理,复活一个历史的场面。在这一点上,张悦然显然有点轻飘,尤其是在处理她并不十分熟悉的异国场面上。

弱势二:叙述视点单一,叙述空间狭小。

与场面描写不足、事实层面被架空、细节刻画被虚化相联系的是作者叙述视点的单一化。评论家施战军曾经指出王安忆的《长恨歌》的要害在于鸽子、王琦瑶、老克腊三重视点均为作者的视点,作品因此显出叙述的单向和言说的疲惫。[2]依此思路,《誓鸟》中的所有叙述视点也基本上是属于作家本人的,即使是春迟养子宵行在《贝壳记》中直接用"我"第一人称叙述,但作者本人作为全知全觉的叙述者影子浓重地投射其中。虽然每章均有新人登场,但他们的叙述视点也都是作者本人的,甚至男性角色的叙述也因此变得女人化十足。涂涂因为在复仇心理上刻画得有些深度,略有摆脱,淙淙因此也成为作品中比较有生气的人物。比较之下,男性角色都显得苍白,只是春迟的附属,或者成为一种主观叙述的道具。他们常在一种相对封闭的叙述空间里成为作者叙述的木偶,推动故事的情节,成为提拉木偶的线索。线索不动,木偶自身的生命力也就非常有限。最苍白的男性角色就属那个信仰佛教的马来少年苏迪亚,一个跑龙套的角色,在狭窄的叙述空间里,与春迟度过了一段恋爱时光。轻轻地来了,又轻轻地走了,似乎真的不带走一片云彩。

张悦然是不善于处理小说事实空间,还是一味沉浸在自己的主观氛围中?每一个男子的出现,与春迟的关系总是在一个相对封闭的时空中展开的,完成一段关系,再上场一个,只有轮番上场,没有同台表演,马来首领骆驼、信佛的少男苏迪亚、宦官钟潜、荷兰57岁的老牧师、春迟的养子宵行、骆驼的兄弟栗烈,几乎无一例外。这种人物活动空间的安排,也限制了作品整体的开阔性,限制了文学审美感受的复杂性与多样性。作者为《誓鸟》设置的历史背景原本是一幅阔大深远的恢宏景色,但读者所得到的却是比较单纯、相对单一、格局要小得多的审美感受与历史感悟。

五、长篇小说:一座险峻的高山

整个20世纪,中国作家大多顺着先短篇中篇然后长篇的路子走上文坛,不少作家只在中短篇耕耘,不敢轻易触及长篇。这里自然不仅仅是篇幅长短的问题,还有时间、精力、素材积累、艺术准备等诸多问题,比如鲁迅先生一生没有写出长篇,至今仍为中国文学的一个遗憾。20世纪80年代以来,长篇小说的地位也是与时俱进,不少作家都以拿出一部有分量的长篇作为终身的文学追求。不少重要的文学奖项,更多的社会赞誉,广大读者的需要也倾向于长篇小说,历届诺贝尔文学奖也有偏爱,就看近四年,除了2005年颁给戏剧家以外,2003年、

2004年、2006年均颁给了长篇小说的作者。进入21世纪以后,文学界的不断倾斜,报酬与市场对作家的不断诱惑,长篇小说出版数量在中国大陆也是与日俱增,长篇小说写得越来越快,有人戏之为从前"十年磨一剑",今天"一年磨十剑"。"80后"作家更有勇气,一上手就是长篇,网络连载,出版畅销,煞是热闹。但质量就很难说是成正比,严格的批评家甚至认为几千部长篇,上及格线的可能只有几十部,关于长篇小说的创作成了评论界近年的关注热点,一些作家也提出要捍卫长篇小说的尊严。在市场化的年代,数量无法人为控制,但质量应该如何把握呢?这无疑是一个现实课题。在这样的创作与理论背景下讨论张悦然的《誓鸟》,我们有理由提出更高的要求。

小说之所以成为文学诸多文体之首,我以为与人生经验有关,现代人借助科技,活动范围增大,视野与思维的领域也较前人有极大的拓展。因此,他们也有更多的对经验"消费"的需求,对精神慰藉、对安顿好了肉身却还要安顿灵魂的需求,也在更高的层次上对文学以及文学衍生出的文化艺术作品与进入消费的产品提出了需求,而小说是最能够满足这种需求的文体,其中长篇小说又是集大成者。这同时对长篇小说的作者也提出了更高的要求。

我们知道,所谓往事记忆对作家来说就是一种经验资源加感觉资源,这里有作家直接的经验,也有间接的经验。《誓鸟》所传达的正是一种南洋华人的"往事记忆",无论从"私人叙事"——春迟寻找记忆,还是"历史叙事"——华人南洋史料片断连缀,都是作者试图再现的一段历史,试图重新进入的历史,但我们在作品中感到底气不足的正是作者经验的匮乏,无论是直接的经验还是间接的经验,张悦然都无法支撑起作品背后那个宏大的历史图景。直接经验作者已经用尽了,延续前四部长篇小说的创作惯性与经验,《誓鸟》已经呈现出艺术上的重复,无论人物刻画还是表现手法;间接经验,包括对除少女以外其他人物角色的内心体验,更重要的是对南洋这个特定时空人、事、物、景方方面面的体验都十分有限,于是小说经验的充实性与地方性都显出一种言说的空洞与疲惫,经验的自我复制导致了角色内心的雷同,甚至人物行为的一致性。长篇小说原本应当呈现的复杂性与丰富性被大大消解了,新经验的储备与积累已成张悦然小说创作的瓶颈。

文体尽管是人为的划分,但它并不是简单的约定俗成,而是在一定篇幅与叙事规则中体现出一种文体的特异功能。长篇小说文体尽管也在不断地被挑战被颠覆,但我以为仍然有其文体的边界、规则的极限及美学的临界点。一句话,有其小说叙事的显规则与潜规则。前文所言及的长度、难度、深度当毋庸置疑。正是从"长篇小说是一座险峻的高山"的认识出发,我们在肯定《誓鸟》结构精巧、互文性丰富、想象力飞扬、善于营造氛围、文字唯美干净等亮点之后,进而提出如下追问:在《誓鸟》这出充满浪漫主义的爱情悲剧中,张悦然到底在多大程度上传达了她对南洋华人先祖的关于历史的感悟呢?! 她编织那个浪漫爱情悲剧的内心冲动到底有多大?!

注释：

［1］ 七月人：《〈十爱〉一爱》，《那么红，青春作家的自白》，中国文联出版社2005年版。

［2］ 施战军：《最后关头的倾说》，《爱与痛惜》，山东文艺出版社2004年版。

小说内外的韩寒和郭敬明

一、"80 后"的一对"欢喜冤家"

媒体之所以喜欢把韩寒和郭敬明放在一起 PK，是因为他们有很多共同点：都是男性，都是"80 后"，都是通过"新概念"作文大赛出名，年龄只相差一岁，而且他们的居住地都在上海。郭敬明更有特点，他是四川人，到上海上大学，然后对上海很迷恋，由衷地喜欢上海。韩寒曾经讽刺说：郭只有在上海这样的大都市才能找到安全感。说自己则无所谓，"我到乡下去也没关系，我本来就是乡下人"。他们可以说都是上海这片土地成长起来的年轻俊杰。

"80 后"文学在 2007 年就出现了"三极分化"的趋势：首先就是韩寒向社会化、公共性领域进军；郭敬明向文学的商业化、市场化、消费化进军；张悦然则回归主流文坛和传统文学。他们的身份也是这样三极分化的。韩寒，一手博文，一手驾车。在写作之外，他找到了职业赛车手这个身份。郭敬明，他干脆是走了青春文学、消费化、市场化这样一条道路，甚至直接做了一个出版商人。张悦然的身份都是传统的——北京作家协会签约作家，出文集，走专业作家的道路。她和他们已经迥然不同了。韩和郭通过网络开始全面发展，远远逸出传统的文学圈子。韩寒由于其评判公共事务的社会批判性，得到了两个美名，一个所谓"公民韩寒"，一个所谓"当代鲁迅"。这两个评价都是媒体加给他的，但是这样的评价使韩寒的粉丝开始转移到中年，甚至知识分子阶层，公共的领域。中国人民大学张鸣教授对韩寒的评价是，整个中国知识界的力量加起来都比不上一个韩寒。评价不可谓不高，可见他的粉丝已经发生明显变化。另外，韩寒占据了一个很重要的传播平台，就是他的博文。他的博文接近 4 亿的点击量，在全世界都是一个奇迹，也是网络传播带给我们的一个巨大的奇迹。有近 4 亿人在网上点击韩寒的文章，真有点不可思议。

作为小说家的郭敬明一开始就把握得非常准，他始终走青春文学路线。有一

段时间他作品的定位就是12岁到16岁,甚至更低龄的学生。这个年龄段的学生正值青春期,是需要有人去理解他们的。在我的观察中,2000年以后,安徒生、格林兄弟、曹文轩、秦文君、郑渊洁的作品渐渐地不能完全抓住少男少女了,当代作家的作品被青少年渐渐地疏远,传统的作品显然无法满足新生代。恰在此时,郭敬明给他们提供了一半明媚一半忧伤这样的东西,大受喜爱。左手是什么,右手是什么,这样的东西他们喜欢,他们需要这样的读物。郭敬明的粉丝相对来说比较低龄一些,可能"90后"相对多一点。"80后"跟韩寒的可能比较多。我在网上浏览时还有一个发现,韩寒跟郭敬明PK的文章中间,一般挺韩寒的人多,鄙夷郭敬明的不少,我觉得其中其实有一个非常深刻值得玩味的缘由。

二、南辕北辙:对原有意识形态的消解

韩寒和郭敬明从不同的角度,以南辕北辙的方式,对我们原有的意识形态,或者说对我们原有的观念都有冲击和消解,只是一般人不一定看到这一层。而且把他们两个放在一起PK也是很有趣的,PK是媒体为了抓眼球的一个惯用手法。不要说他们两个人了,只要随便什么人,都希望他们能够PK起来。因为只有PK才能制造一种张力,张力就可以给读者阅读提供一种诱惑力。这是惯用的手法,其实大可不必在意。为什么在网络上很多人在挺韩寒,贬郭敬明呢,因为韩寒的一个特点是:虽然1981年出生,但对于中国"40后""50后""60后"的话语系统极其熟悉,在他的小说当中我们随时可以看到对于"前意识形态"的讽刺,那样的一种揶揄,那样的一种批判,这种批判是在原有的话语系统下的一种颠覆。但是,现在的网络公共议论空间里面挺韩多、挺郭少,恐怕与参与者的年龄段有关。而我恰恰关注郭敬明另外的一种方式。他们两人的符号和套路是完全不同,南辕北辙的。

韩寒和郭敬明有相同处:都是青春化的偶像,都是年少出名的公众人物,粉丝均达数亿;都是体制外生存,也是市场化生存。不同的地方呢,我认为关乎海派文化,韩寒虽然是在上海出生、上海成长,但是他身上没有上海那种买办文化的色彩,对于物质的迷恋,他不强烈,他恰恰没有什么"上海的味道"。但是他又保留了海派文化中那种敏锐的、批判的、质疑中原文化的一种精神。所以最近我有一个突出感受是:"上海的两个男人让我改变了对上海的印象",一个是韩寒,还有一个就是清口创始人周立波。韩、周二人在本质上有相似的东西,此点另文再述。再说郭敬明,他本非沪人,但在上海上大学,继而开始迷恋上海,在他的身上反而显示出了很多海派文化的色彩。比如对物质的迷恋,强烈的物质主义;比如对消费的迷恋,财富至上的观念。他多年排在中国作家财富榜的首位,2009年虽然调到第二位,仍然名列前茅。可以说,郭敬明保持了非常好的财富

记录,他的每一部作品均稳居畅销书排行榜前列,他的商业化操作也十分成功。那么郭敬明代表的是什么呢?假如说韩寒是一种在原有话语系统中的崛起,表达一种质疑,那么,郭敬明则是完全把你原有的那一套东西摆脱了,回避掉了,我所关心的就是我个人的生存,我个人的消费,我个人的生活。所以,"我时代"这样一个"80后"的概念,在郭敬明身上体现得更加充分。但是,网络上的愤青比较多,关心公共事务的热心人比较多,他们更看中韩寒。而在传统的观念中,对文人的要求也会倾向韩寒那一种,而不是郭敬明这一类。但是,郭敬明恰恰从另一个方向去发展我们的文学,就是"去意识形态化",他把文学做成一个艺术消费的东西。其实,文学本身就是这样的东西,只是我们从20世纪开始给文学加了极其重的负担。文学为什么非要是工具、是匕首?鲁迅的杂文产生于一个非常特殊的年代,使文学呈现了那样一个性质。毛泽东的时代把鲁迅推向了一个旗手的位置,实际上也是强化了文学的某一种功能,而文学其实具有一个消费和娱乐化的功能。在市场化的年代,郭敬明及时地把握了这一点,这同"80后""90后"成长的历程也是相当吻合的。

从2006年到2007年,韩寒、郭敬明就显示出南辕北辙的趋向:韩寒理性,是一个挥舞利剑活跃在公共事务领域的批判分子;而郭敬明舞动长袖在商业领域中如鱼得水。郭敬明极其勤奋,善于抓住每一个商机。即使从这样一个角度来说,他也是"80后"中的一个商业天才。韩寒代表了公民社会的一个价值追求,他批判社会现实;郭敬明代表的则是消费社会的一种价值追求,这是一种普世的价值观。如果说"80后"和"90后"有区别的话,可能"90后"更注重物质,这可能也是中国由发展中国家过渡到发达国家的一个正常社会心态。而且"90后"就认为,郭敬明所写的东西,就是他们所想的;郭敬明所表达的那些东西,他们也喜欢。有什么理由不喜欢呢?难道我们的长辈们一生就穿那么几件衣服、一生朴素地生活就是唯一值得提倡的吗?难道人们不能生活得更好吗?这可能就是世俗社会的价值追求。或者我们换句话说,韩寒是为这样的社会而奋斗,而郭敬明就在描述这个社会的通道。他们两个人的作用从这一点来说,是异曲同工的。这是很有意思的选择。韩寒的关键词是"叛逆的另类",他是一个意见领袖,活跃在博文的公共领域里面。而郭敬明是一位青春代言人,而且他构成了一个物质社会消费的符号。可见,韩寒、郭敬明大有区别:一个是精神的,一个是物质的;一个是理性的,一个是消费的。其实再深入地说,他们是从两个方向解构了原有的意识形态。

三、回到小说家的韩寒和郭敬明

在我看来,任何一个东西都有多元性,世界上有诺贝尔文学奖,它支撑着文

学最高的标杆。但同时在广泛的意义上来说，文学也是人们修身养性、愉悦大众的，在这样一种愉悦的过程中实现教育和审美功能。其实，韩寒的文学观还是比较传统的，而郭敬明的文学观相对来说有新变化。郭敬明对时代的一些描写，起初偏于幼稚，但到了2007年的《悲伤逆流成河》，他开始获得自己观察社会生活的视角，对学校和父母——成人世界的"对峙主题"已然形成。他的《小时代》1.0版和2.0版也是对于生活的写照，至少在他眼睛中的世俗生活开始具有不同于传统的一套价值观。韩寒的小说，总体上说人物关系比较单纯，叙述视角也显单一，虽然在《光荣日》中的"魔幻现实主义"的艺术处理有可称道之处，但总体上看，也是巧妙有余，深沉不足，诙谐有余，哲理不足，艺术上也比较粗糙。应该说，韩寒和郭敬明在小说创作上都是有待提高的。也许，我们重要的不是看他的艺术，而是看他的思想，他所表达的价值诉求。

我可以肯定地说，在韩寒、郭敬明、张悦然、春树、李傻傻、颜歌、笛安，以及唐家三少、饶雪漫、明晓溪、郭妮、尹珊珊、安意如、我吃西红柿等一大批纸媒与网络写作的"80后"作家作品中，我们都不难看到他们不同于传统主流，并与纸媒作家迥然不同的题材、角度、技巧、风格、观念，也许根本的差异还在于体验世界的方式与人生价值观的不同，这里肯定不仅仅是年龄差距的问题。而所有的不同，我暂且都称之为"另类"，目前可以结论的是：另类的网络时代、另类的青年形象、另类的生存空间，为我们提供了另类的文学阅读经验。[1] 即便单论今天韩寒和郭敬明在小说内外已经取得的成绩，他们作为"80后"文学的代表已经在文学史中占有一席之地。如果下一部文学史写到2000年以后，不写他们两个人的话，我觉得是不成熟的文学史。当然，迄今为止，韩寒和郭敬明的小说文本影响，还有很多文本之外的东西。另外，他们的小说创作也还大抵上属于纸媒语言的范畴，与新媒体的网络小说创作还有距离；换言之，他们的小说创作手法还大致属于传统的白话文创作，因此，我们也有理由在艺术上对他们提出更高的要求和期待。从小说艺术上来讲，他们远非成熟，还有很长的一段道路要走。当然，他们的可能性和将来的发展，也有赖于社会的发展。

简言之，韩寒以小说起步，迈过《三重门》，走进《他的国》，寻找《光荣日》，如今俨然是举足轻重的"意见领袖"；郭敬明同样以小说《幻城》发端，在经历《梦里花落知多少》的青春梦幻之后，掀起《悲伤逆流成河》，重塑新上海滩的《小时代》，并以《最小说》紧紧抓住庞大的少年读者……不必讳言，他们已经成为当代小说不可忽视的存在，他们对"80后""90后"乃至全社会的广泛影响，将为当下的小说创作提供丰富而多样的启示。

注释：

[1] 江冰：《"80后"文学的文学史意义》，《文艺争鸣》2009年第12期。

第三辑

互动时代的"本土化"文学

地域文化：纳入人文教育的可能性

江冰　曾广南

　　岭南独特的地理风貌，独特的民系融合，造就了广东独特的地域文化。广东财经大学人文与传播学院开设了"人文论坛"这一学术研究平台，下设"80后""90后"研究与地域文化研究两大板块，并坚持数年，在教学与学术两个层面开展学术活动。前者有多个国家与省部级课题，后者则致力于探寻广东地域文化性格，开掘广东地域文化养料，由文化的内部，糅合广府、客家、潮人、粤西四种因子，期望在地域文化的研究中，将其纳入人文教育系统。本文将根据我们的学术实践和体会，试图从几个方面说明将地域文化纳入人文教育的必要性与可能性。

一、地域文化应纳入人文教育视角

　　中国教育发展到现代，各科体系相继建立完善，而在人文教育一块，更多理论提出并试行，收效却未见佳。现代社会的人文精神，主要是针对唯科学主义、技术决定论、物质主义、整体主义和专制主义的流弊，倡导发扬人的自由与解放、人的价值与尊严。中国教育，特别是中国人文教育，将地域文化纳入其中，是中国总体文化乃至地域特殊文化、科学人文乃于个人所必须完成的一种转化。

　　在晚清时，此种转化已开始。康、梁的清末新政，带动了各地普及国民教育，进而倡导以白话办报和写作教科书来开民智。光绪二十四年（1898年），无锡已开风气之先，出版了白话报，随后，上海、长沙、安徽、江西、北京、杭州、苏州、潮州甚至蒙古都相继以白话办报。至于广东，粤语人士同样在以粤语书写、培育广东地域文化方面做出了充分的努力，不仅出版了《妇孺三四五字书》（陈子褒著），成为晚清采用粤语编写妇孺教科书的先锋，而且先驱梁启超更独具匠心地试验"新民体"———一种糅合粤语白话、日语以及其他外来语的文体。如梁启超为某学校音乐会创作的剧本《班定远平西域》，以粤剧旧调旧

式,融合粤、英双语为唱词:"(……钦差唱杂句)我个种名叫作 Turkey,我个国名叫作 Hungary,天上玉皇系我 Family,地下国王都系我 Baby。今日来到呢个 Country,(作竖一指状)堂堂钦差实在 Proudly。可笑老班 Crazy,想在老虎头上 To play(作怒状)叫我听来好生 Angry!难道我怕你 Chinese?难道我怕你 Chinese?(随员唱杂句)。"[1]

由文言过渡到白话,再具体化到粤语,的确是中国文化转化为地域文化、人文精神转化为个人修养的一条可取之路。但时过境迁,如今要实现这种转化已不能再仅仅停留于语言文字,更需要将其重点转向对更深层次地域文化的内核的开掘中。由地域文化体认总体文化,才能实现总体文化个性化地给养地域文化的良性过程。

二、地域文化培养一种独具特色的人文精神

广东,地处岭南地区;广州,地处文化中心;而广东财经大学地处广东广州,其培养人才也多在广东就业,因此其人文教育自然也必须符合"独具"广东特色的性格,方才有为。广商,粤商,通在一个"商"字。论商,广东地域有三大民系,因而有三类商人:广府商人(粤商)、潮州商人(潮商)、客家商人(客商)。

历史上,"粤商"是依托海洋商贸发展起来的——由初期的晒盐,到中期的渔业,再到后期的商贸——"粤商"天然地有着一种"海洋性":实干、垦拓、敢为天下先。这些更多的是讲广府商人与潮州商人的优点,但我们要讲的"粤商",还包括客家商人的"儒商"特性。清末粤商郑观应便是一个"粤商"精神的模板。他不仅经商,而且从政,甚至著有商战指南《盛世危言》。他的"商战论",明确主张要以商认国,"商务者,国家之元气也;通商者,疏畅其血脉也",这是对封建糟粕"重农抑商"思想的反驳;他为发展商业提出了独到的方案,"士农工为商助也,公使为商遣也,兵船为商置也",主张调动一切资源助商;最难能可贵的是,他认识到提高商品质量是保证商战成败之关键,"商务之盛衰……尤必视工艺之巧拙。有工以翼商,则拙者可巧,粗者可精",切中"商性"之大弊。《盛世危言》一出,可谓振聋发聩,光绪帝读罢,下诏分发给朝臣阅读,张之洞点评此书:"上而以此辅世,可谓良药之方;下而以此储才,可作金针之度。"[2]

精的钻研,通的视野,商的致世——糅合广府商人的精打细算、潮州商人的国际视野、客家商人的经世致用,便是我们要提出的"粤商"精神。而"粤商"精神,正好与广东财经大学"厚德、励学、笃行、拓新"的校训相契合。"粤商"精神深层次的内核与多层次的内涵,更有待我们做进一步的研究与挖掘。

三、技术层面的开掘与精神层面的发扬

当前,中国的教育主要分成两块:一大块是知识类教育,体现为小中学、大学、职业学校的各类知识性课程学习,这与"为社会培养需要的人才"的主流思想相吻合,直接导致了"实用技能型"的教育追求;另一小块是人文教育,有中小学素质教育、大学与职业学校的思想道德课程、各 MBA 课程中的商业思想课程等形式,空洞无物的宏大叙事,人文思想的商业应用,致使人文教育仍然秉承"实用技能型"的教育理念。

在古代的学徒式教育中,学习实用性技术知识的人,还需接受来自家庭、家族或教会(就西方而言)的关于"道德礼义"的宗法式教育。所以,哈佛大学本科教育目标是:把学生培养成一个"受过教育的人"(an educated person)。也就是说,哈佛要培养既"有能力"又"有教养"的人,既"道问学"又"尊德行"的人。[3] 而中国的"实用技能型"教育,往往忽视的就是使学生"有教养"而"尊德行"。

缺失行之有效的人文教育,导致隔着靴子没有搔到真正的痒处。传统的政治思想教育需要改革,教学现状愈发呼唤一种从人类灵魂根本出发的教育。因此,以地域文化弥补技术性和应用性教育的德育缺失,当属良策之一。为此,我们坚持了几年这方面的尝试。

第一,连续性地倡导学生进行"80 后"研究与地域文化研究,以己观己:"80 后"看"80 后",本地域看本地域,它是向内看、向己看、向内心看的;并要从"80 后"看后来的"××后",由内向外看,反观世界,看到外在世界的内在。

第二,承接几年来的成果,拟将"80 后"学术报告会与地域文化报告会,由人文与传播学院内部的学术交流,扩大为全校性的文化讲座,不仅在本部,而且在三水分校区举行大型的专题讲座,让学生的研究成果真正惠及广大学生,让更多的学生认识自己这一代人的特点、自己这一地域的特性,进而摆脱中学以来空洞划一的"宏大叙事"。

由此及彼,地域文化之于人文教育当有更多的可能性。人民教育出版社等出版公司,既然已经在中小学推出了"沿海版"教材,何不进一步推行"广东版"教材?近几年珠三角城市已率先推出各地自主编写的课本,这种做法应该在广东乃至全国得到推广。而有没有注意到地域文化的不同,有没有结合地域特色精心编写,有没有在核心价值观中融入地域性格,则是教育者需要认真考虑的问题。

教育的实用性、市场化程度的加深,对人文教育便愈加呼唤。但出于就业的压力,不少学生总在辨别哪一科的知识有用、哪一科的知识无用,选择文科吃

香、还是选择理科有前途之间徘徊——其实,这种功利的想法反而导致效益的最低化。有用于有用时无用,无用于无用时有用。人文教育、地域文化的研讨,正是这一种无用之大用。而这一种意识的缺乏,正是我国教育最终有可能彻底沦落为实用技术培训的缘由之一。以大学专业为例——中文专业并非"秘书培训班",法学专业也并非"司考培训班",我们面对的现实是,愈是实用性教育,往往就愈缺乏实用性。这是一个教育的怪圈,我们如何摆脱这一怪圈呢?

今时今日,受教育学子,毕业后流向了社会,更多地需要面对本地域的人群。他们如何克己辨人、扬长避短?在我们看来,这些疑虑的产生,也并非因为中国教育知识体系无法涵盖,而是缺乏对本地域文化的深层次挖掘与体认。比如,对于秘书培训班,不仅要练笔力,更要锻心力。人文观照下的技术,才能最有效地弥补技术的人文缺陷。

王国维在其《论教育之宗旨》中写道:"教育之宗旨何在?在使人为完全之人物而异。何谓完全之人物?谓人之能力无不发达且调和是也。人之能力分为内外二者:一曰身体之能力,一曰精神之能力。发达其身体而萎缩其精神,或发达其精神而罢蔽其身体,皆非所谓完全者也。完全之人物,精神与身体必不可不为调和之发达。"这个"完全",依赖人文教育。而人文教育,又必须依赖各具特色的地域文化开掘:依托本地独特的地域文化,才具备丰厚的滋养土壤;仰仗本地独特的地域文化,才拥有高能的热烈阳光,才能开出文化奇葩。由此来看,中国教育特别是人文教育,作为培养一代高素质国民的文化场,尤为需要一种经地域文化转化而来的场力,地域文化既是资源,也是动力。

注释:

[1] 程美宝:《地域文化与国家认同:晚清以来"广东文化"观的形成》,生活·读书·新知三联书店2006年版。

[2] 刘正刚:《话说粤商》,中华工商联合出版社2008年版。

[3] 甘阳、陈来、苏力:《中国大学的人文教育》,生活·读书·新知三联书店2006年版。

论广东文学的文化差异性

一、从地域文化角度看广东文学

广东地处岭南，古代百越文化积淀而成的底色，千年中原文化的撞击交融而成的杂色，以世界贸易港口著称、海洋文明的蓝色，共同汇成的多色调的岭南文化，无疑保留了一份有别于内地文化的岭南特色。而岭南文化源远流长，自成一格，色彩纷呈，内涵深厚，其资源的丰富足以作为当今广东文化、文学发展的支持。

岭南文化不同于内地文化的特色，即是文化上的差异性。我们知道，文化中一些根深蒂固的东西，一些融化在血液和气质中的东西，很难消灭，很难同化。广东人到了内地，不但外貌上有差异，开口说话口音不同，更重要的是生活态度、思维方式、观念有所不同。一个外地人移居广东，不出几年，回到故乡，难免产生"格格不入"的感觉，为什么？就在于岭南文化与内地文化观念上的差异性。

探究下去，一切都与广东特殊的地理位置有关。"五岭北来峰在地，九州南尽水浮天。"在中国历代"夏/夷"这样的政治地理视野中，广东一向被视为蛮荒之地。白居易对当时的广东有这样的描述："翕郁三光晦，温暾四气匀。阴晴变寒暑，昏晓错星辰。瘴地难为老，蛮陬不易驯。……不冻贪泉暖，无霜毒草春。云烟蟒蛇气，刀剑鳄鱼鳞。路足羁栖客，官多谪逐臣。"你看，在大诗人的眼中，广东是气候恶劣、野兽出没、犯人流放的瘴病之地。它与白居易的"江南好，风景旧曾谙。日出江花红似火，春来江水绿如蓝。能不忆江南"几乎构成了一个天堂、一个地狱的强烈反差。从文化发展上来看，广东文化也比中原地带晚了一千多年，以至于一向自信心极强的清末广东新会人梁启超考察"广东位置"时也感慨道："广东一地，在中国史上可谓无丝毫之价值者也……崎岖岭表，朝廷以羁縻视之；而广东亦若自外于国中。"[1]

然而,随着全球化序幕的拉开,广东的位置却发生了根本性的变化。法国年鉴派大师布罗代尔在考察世界各大城市特征后指出,可能世界上没有一个地点在近距离远距离的形势上比广州更优越。美国汉学家费正清建立了认识中国的"沿海/内地"的理论框架,认为中国的现代化是沿海先行,逐步过渡到内地,沿海为"新"中国,内地则是"老"中国。[2]

也许,正是因为跌宕起伏的历史变化,使得各方大家对广东的评价褒贬不一,毁誉参半。这种异口不同声的评价,显然出于不同的立场,不同的角度,但也从一个侧面证明广东文化多面性所构成的差异性。

这种"差异性"丰富而复杂,并非一个"商"字、一声"叹世界"、一句"牙齿当金使"可以概括,其中包含了许多主题:人性的、社会的、时代的、政治的、经济的、文化的。总之,从精神高端到世俗底层,从意识形态到生活方式,各个侧面,各个层次,应有尽有,"差异性"随处可见。不过,尽管外在特征可辨,但内在精神却一言难尽,需要捕捉,需要提升,需要描述,"差异性"往往处于"模糊地带",而这种"模糊地带"恰恰是广东作家大显身手之处。

二、广东文学面对"双重文化差异"

所谓"双重文化差异",一是从外部看,一是从内部看。外部是指岭南文化与中原文化的差异,内部是指广东文化包含了汉族三大支系的文化。

先说岭南文化与中原文化的差异。

岭南文化的成熟迟于中原文化,隋唐以前少见历史记载,形成于宋代,发力于明清,而真正可以与中原抗衡只是在19世纪末20世纪初。差异之所以存在,包含以下几个原因:广东距王权中心偏远,在交通不便的古代,恰恰是"天高皇帝远",民间社会受国家意识形态、传统道德规范影响相对要弱,但是从地理上看,离中原虽远,离大海却近,所以去中原难,出海却容易,从"海上丝绸之路"到清朝的"一口通商",广东经商传统所培育的文化显然不同于中原的农耕文化。再一个是移民,广东一向是移民大省,无论是翻越梅关,从南雄珠玑巷散向珠三角的广府人,还是徘徊于赣闽粤山区、最后定居岭南的客家人,还是从闽南迁移至沿海一带的潮汕人,历代移民逃离家园的流浪心态与开拓精神,都构成了一种对中原文化规范的强大离心力,于是在生命的迁移中,在不同的生存环境中,一代代的广东人逐渐造就了岭南文化的开放性、包容性和创新性。"敢为天下先"是最为鲜明的精神标记,翻开史册,被誉为"岭南文化第一人"的慧能和尚即以个人创见奠定南宗。到了近代,中国第一个留学生容闳、为太平天国运动制定第一部先进治国纲领的洪仁玕、第一个剪掉辫子的冯镜如,还有林则徐广东禁烟,洪秀全太平天国,孙中山北伐战争,以及20世纪80年代中国改革开放

的排头兵，所有这些与其说离不开广东这块土地，不如说离不开广东特殊的、有别于中原的文化环境。

再说广东文化内部的差异。

在北方人看来，广东一片"鸟语花香"，广东话被称为"禽声鸟语"。其实广东话里有粤语（即白话）、客家话、潮汕人的方言。广东人始终坚持认为，白话是广府人的母语，客家话是客家人的母语，福佬语是潮汕人的母语。除去少数民族，除掉1949年以后的新移民，所谓"老广东"，主要就是指广府、潮汕、客家三大民系。他们都属于汉族，但由于来源不同，分属于汉族的不同民系。三大民系各有其体现历史渊源的祖居祠堂、民俗风情、生活方式乃至性格特征，即使在传媒发达、世界一体、地域特征逐渐淡化的今天，广东三支民系依旧坚守各自的语言与民俗，其民系族群的身份认同与人文内涵，坚守与凝聚力量的强度恐怕在其他省份都难以见到。

广府人占住珠三角最富庶发达的地盘，潮汕人则占住粤东沿海一线，客家人则多在广东最贫困的山区。一般认为，广府人灵活，潮汕人勇敢，客家人刻苦；广府多实业家，潮汕多商人，客家多学者；广府人依恋故土，潮汕人愿意出外闯荡，客家人有中原情结。这三大民系族群，各具特色，构成反差，其中包含的人文信息，具有丰富的差异性。

三、从岭南文化所体现的"差异性"入手

回顾百年历史，广东的地位不可小觑。从清末民初洪秀全的太平天国，康有为、梁启超的戊戌变法，孙中山的革命军北伐，到20世纪80年代的改革开放，广东先行一步，再到1992年的伟人邓小平"在中国的南海边画了一个圈"，广东两度崛起，以强势"北伐"，冲击全国。早在10年前，学术界就有"20世纪90年代广东与北京、上海构成'三足鼎立'新格局"之宏论，但在肯定广东地位的同时，也提出疑问："广东，这个经济大省，真能成为文化大省，乃至成为整合、提炼民族新文化的重地吗？"（杨东平语）

10年前的发问，声犹在耳。不必讳言，当下的广东文学缺里程碑式的作品，缺有冲击力的大作家、大评论家，缺足以影响全国的文学思潮、文学流派。广东文学作为文化建设的重要部分，如何能与广东的历史地位相当，如何借经济勃兴之势突破自我崛起于文坛，既是迫切使命，也是面临的难题。

10年后的现状，催人奋起！

反观近20年的中国文坛，各路人马驰骋，各地名家亮相，多与本乡本土的地域文化关系密切。形成群体雄踞一方的陕军、鲁军、湘军、晋军、京派、海派无不靠一方水土养育；得故乡天地灵气滋润的作家作品更是精彩纷呈。如韩少功

的湘西，汪曾祺的苏北，贾平凹的商州，莫言的高密乡，张炜的芦青河，郑义的太行山远村，李锐的吕梁山厚土，李杭育的葛川江人家，叶兆言的秦淮河掌故，刘心武的京味小说，王安忆的海派风格，冯骥才的津门奇事，张承志的回民高原，扎西达娃的神秘西藏，马原的冈底斯山脉，乌热尔图的大兴安岭……地域文化作为当代文学的重要资源和文化支持，成功范例可谓举不胜举，广东文坛至今可为大家和经典的欧阳山与《三家巷》、秦牧与《花城》，也属此列。

从上述成功范例看广东文学，我们将得到宝贵启迪。我一向持有"文化描述"的观点，认为地域文化的积淀和发展与它的不断被"描述"有关。比如西部文学，作家一提笔就有一种素朴特色和历史沧桑感，这与西部严酷的生存环境和最初的"走西口"形象有关，但也与这种特征被诸多流放文人不断地描述吟咏有关。历史上大批文人被流放到西北包括东北边陲，他们创作的内在情感就是思乡，漂泊感刻骨铭心，西部文学也因此更加苍凉悲壮。按照文化发生学观点，地域文化形成就是在不断地强化中积淀。而广东作家对岭南文化进行描述、强化的使命感似不强烈。比如，西部文学有流传不绝的"太阳"原型，有移民"走西口"的千年咏唱，而广东文学却很难找出一个一直被描述的主题，一个被久久咏唱的旋律。

广东也曾出现过一批享誉全国的影视文学作品，如《雅马哈鱼档》《外来妹》《商界》《公关小姐》《情满珠江》等，其广泛影响除了观念领先的社会原因外，浓郁的岭南特色以及覆盖其中的"差异性"也是不可忽视的因素。可惜广东文学界文艺界没有保持这股影响全国的作品势头和艺术后劲。京津作家邓友梅、冯骥才只是通过小小的鼻烟壶和子虚乌有的神鞭，就活画出京津文化的神韵，苏州作家陆文夫笔下的一个美食家形象，衬托出苏州古城的风采。类似的文化承载物，广东一省遍地皆是，且独具一格，别有韵味，呈现出与内地中原文化迥然不同的精神风貌。比如珠玑巷走出的广府人与经商传统，比如"逢山有客客居山"的客家人与客家围屋，比如漂洋出海的老广与开平碉楼，比如被称为"中国的犹太人"的潮汕人与民间信仰。还有大量的古代历史题材、近现代革命题材以及广东改革开放先行一步的种种人与事，真是文学创作的一座富矿！我们正处于前所未有的经济时代和商业社会，广东全民重商，已为传统，但天下文章多说徽商、晋商、江浙商，少说粤商。时下有学者总结福建商人，认为闽商集中体现了闽人"爱拼才会赢"的精神，相比之下，粤商的特色是什么呢？近年广东省话剧团有讲述广东商人之事的剧目《十三行》上演，对有价值的题材加以开掘，其胆识可嘉。但愿这是一个良好的开端。

因此，我认为从岭南文化所体现的"差异性"入手，寻找受到岭南文化支持的广东文学的"独特性"，将是广东文学寻求突破的可行之道。但差异性并不等于独特性，前者是途径，后者则需要开掘，需要作家的审美化提升与艺术的表

达。进而言之,广东文学只有真正找到自己不同于其他地域文学的独特性,才有可能真正崛起,获得属于广东文学的一片天空,从而取得当代文学史上应有的地位。广东近现代两度崛起的历史事实,岭南文化令吾辈骄傲的丰富性与独特性,自当成为广东文学寻求突破的信心与资源所在。目标在前方,路在脚下。

注释:

[1] 引自《梁启超全集》第三卷,北京出版社1999年版。

[2] 参见《广东九章》第29页,第1页,广东人民出版社2006年版。

对现代化与全球化的一种回应
——谈《从远古走向现代——黎族文化与黎族文学》

一

重返大学后,我遇到的第一个理论话题就是"现代化与全球化"。这使我立刻回想起20世纪八九十年代托夫勒的著作《第三次浪潮》《未来的震荡》,以及另一位同样是美国未来学者的约翰·奈斯比特的著作《大趋势》。1992年我在撰写《二十世纪大飞跃》(21世纪出版社1992年版)一书时,曾深受上述著作的影响。预测得到了印证,"地球村"成了现实。拥抱还是拒绝"全球化"?它是吹过海面温暖的风,还是铺天盖地的一场沙尘暴?21世纪之初,我们依然是无法逃避。恰在选择课题的彷徨之时,王海无意中聊起的话题引起了我的兴趣。通过具体文化形态的研究,来接近和实践一个理论问题,是我在10年前多有收益的一种方式和途径。《中华服饰文化》(山西人民出版社1991年版)一书的撰写就帮助我进入传统文化,接近那些内在的东西。

2004年夏天在京广线疾驶的火车上,我与周振林教授、李征坤博士连续七八个小时讨论世界局势,周对"世界霸权"的评论、李对"美国观念"的阐释,尖锐而有趣,对我多有启发。说者无意,听者有心,我在一种完全放松的旅途聊天中,更坚定了与王海合作,探求民族文化在现代化与全球化双重夹击下的处境。这也许就是我决定合作撰写《从远古走向现代——黎族文化与黎族文学》一书的最初动机。

我在进入黎族文化领域之初,就强烈地感受到黎族文化在汉化的过程中有被"覆盖"和"遮蔽"的情况。这是一种强势文化对弱势文化的进入,黎族历史上有"黎化""汉化"两个过程,应当就是一种事实的印证。关于"汉化"的问题,我曾经与徐肖楠教授专门讨论过。他在其专著《走向世界的客家文学》中对客家文学进行了完整的描述。拜读之后,我在书的扉页上写下一段文字:关键

不在于各位文学大家，比如黄遵宪、郭沫若、李金发、张资平、钟理和、韩素音……他们的客籍，而在于如何从这些人的精神中来找客家文化的烙印和因素，寻找其特质。犹太民族千年不灭，自有其精神所系，文化所据，甚至以此顽强的民族精神复活了民族的母语！客家人的精神有无独特之处？汉民族拥有巨大的消化力、同化力，客家是否已被消融为一体？客家文化本来就来自中原，即属正宗，岁月淘洗，特质何在？徐对上述问题的思考，给我启示。

2004年7月份，《南方周末》开始刊发由读经活动引发的文化保守主义的专题讨论，引起广泛关注，其中许多话题饶有趣味，值得进一步思考与探索。我的大致想法是，传统文化作为中华民族的文化资源，一定要珍惜和保护，但仅仅只谈保护和抢救是不够的，也是比较被动的，同时还得讲"动态的发展"。学者雷熙先生举例说明：清末民初国人"剪辫子"也曾遇到激烈反对，认为有违"传统"，其实辫子也不过是只有200余年的历史，何况当年留辫子也是经历过"留头不留发，留发不留头"的武力压迫，流血后的改变。只200年时间，就成了难以割舍的"传统"。（参见《南方周末》2004年8月21日）

二

王海是黎族的后代，他的父亲参加过著名的黎族起义，祖辈与家族的记忆为他的创作提供了难得的文化资源。倘若说今天的王海具有评论家和小说家双重身份的话，我更看重的是后者。我甚至多次十分郑重地对王海说，你不写小说，是你的损失，也是黎族的损失。

纵观王海的小说创作，笔者认为发表于1988年的《吞挑峒首》是其作品轨迹的一个"亮点"，或者也可以说是一个"高点"。

小说十分生动地为黎族文学人物长廊提供了一个峒首的形象——帕赶阿公。

峒是黎族最具民族特色的社会组织形式，起源于古老的地缘氏族部落组织，既以血缘关系为纽带，又是一个地域区划的概念。同时，峒有首领，有规矩，有公产，有势力，而峒首则是一方之公众领袖。峒首的权位是世袭的，他拥有军事和行政的权力，负责峒内峒外的一切事务。

帕赶阿公是一位德高望重的峒首，深受村民爱戴。他不但办事热心，为人厚道，而且保持着普通劳动者的本分，日出而作，日落而息，属于具有原始氏族公社色彩"为民办事，谨守美德"的传统型峒首。

黎族的传统美德是作品主人公的内涵，黎族的社会组织——"峒"的秩序是作品主人公权威的支持，黎族村落的日常生活是以峒首为中心。王海的巧妙处就在于其迅速地将传统社会人际框架勾勒出来，然后不动声色地让一个个人物登场，所有出场人物与主人公的"碰撞"从多个方面展示了传统人际关系从稳定、

牢固、完整向动摇、瓦解、分化方向渐变，传统的权威、峒首的地位在悄无声息中受到挑战。以峒首为化身的传统价值观因一个年轻出狱犯人的返乡而面临倾斜，那些从大山外面来并充满诱惑的"新奇事物"似乎轻而易举地就夺去了村民的注意力，黎峒"新焦点"出现了，且大有对"旧焦点""旧权威""旧中心"的取代之势。

王海不动声色地将一场原本可以尖锐冲突起来的矛盾化解在黎寨的长夜之中——

"这一夜，帕赶阿公倒头便入梦乡，睡得好酣畅，好沉实。而亚通却翻了好多次身，直至天色将白才蒙眬睡去。"

延缓了数千年的传统生活正在受到冲击，原有的秩序即将解体，山外新生活的冲击已经搅得峒首帕赶阿公的小儿子亚通辗转反身，彻夜难眠。

作家王海的高明处，除了艺术上的含蓄、节制、点到为止外，就是借小说表达了一种思考，一种对于本民族进入现代生活的思考，一种包含复杂情感难以尽言的思考。

三

著名学者杨匡汉近年来提出了"大中国文学"的概念，其内涵之一，涉及"多民族的共和"。"大中国文学"就是"多民族共和"的文学。他提出要珍惜和尊重"那些遥远的地方传来的民间、民族的声音"，"唱得最好的夜莺不是在都市的楼群上空，而可能是在遥远的山林"。

目前，文化的多样性已成为世界热门话题，人类文化的多样性和丰富性，正是人类继续在这个星球上生存下去的精神资源，失去这些宝贵的资源也就在一步步地丧失自己。黎族文学与黎族文化就是珍贵资源之一。

20年前的"寻根文学"运动没有影响到黎族作家群，客观地说，黎族作家还在当代文学的竞技场之外，尚缺少像张承志、乌热尔图这样直接切入新时期文学大潮的名家，黎族作家进步的障碍到底出自何处？有没有外在的限制呢？

女作家铁凝有一个观点：小说家应该从"生命的气息中"创造出"思想的表情而不是思想本身"；"更应该耐心而不是浮躁地、真切而不是花哨地关注人类的生存、情感、心灵"；还"应该有将过去与未来连接起来的心胸"。（参见《铁凝文集》后记）

以此观照王海的《吞挑峒首》其中的"思想表情"与铁凝所论不谋而合，可惜王海未能借此作品深入。笔者曾就此问题专门询问作者，王海回答，写完《吞挑峒首》后就面临创作上的困惑，困惑源于思考，本想在帕赶阿公之后写一

个人物系列，但正因为没有想清楚，又不愿平面重复自己，于是就搁了笔。

王海在黎族代表作家中，一向被评为"在作品的数量和成就上仅次于龙敏"的青年作家，他在小说描写上重细节、重刻画、重心理，知克制、知含蓄、知内敛，其艺术功力和创作潜力在《吞挑峒首》中体现出上升势头，令人欣喜。未能持续，实为可惜。

自1985年后，"寻根文学"在中国文坛大行其道，红火数年，可惜未能对黎族当代文学产生推动，在这个时代背景下，王海已经感受到黎族当代文学创作必须有所变革，他在《吞挑峒首》作品里流露出的文化反思意识，在今天看来，尤为珍贵。

王海虽然转向评论，但思考并未停止，上述文化反思意识在他的论文《印象与思考——当代黎族文化发展浅议》中再次有了理性的表述。王海清醒地看到："目前黎族文学创作中最大的缺憾，是我们的黎族作者在对本民族生活认识和反映上，还普遍未能摆脱某种现成的规范。""尽管不少黎族作者都努力使自己的作品贴近时代生活，努力在对生活的描述中提示出黎族社会历史的发展，然而，这些描述似乎都缺少一种以本土为基础的密切联系，而只是单纯地表现了时代精神对一个民族历史发展的表面上的影响，至于其中那种种复杂的难以回避的文化的碰撞，心理积淀的缘起，也即时代精神对某个特定民族所固有的种种属于共同的心理方面的冲击，均未得到更多、更深刻的表现。"（引自王海：《印象与思考》）毫无疑问，这是王海止于《吞挑峒首》，却续于评论的文化反思意识的一次彰显，这种出于黎族文学的自觉意识，使笔者对王海产生期望：重新启动小说创作，拿出有分量、有深度的黎族文学作品。

龙敏的长篇小说《黎山魂》于2002年10月面世，这是黎族文学创作的一个可喜收获，的确有所突破，已经具备浓郁"黎味"。作品中所描述的黎寨日常生活和民间风俗，具有历史与审美的双重价值。我认为龙敏的可贵之处还在于"低调出场"与"低调定位"。作品前言中有两句话值得重视："凡是我祖先走过的脚印我都要写"，"决心把濒临失传的本民族风情介绍给读者"。作者的写作意图应当说是部分实现了，但以"黎山魂"来要求，"魂"之提升似还不够，"魂"之刻画似欠深入，深入黎族精神内核的探究，包括对黎人性格特质的准确拿捏、整体把握似还有很大的发展空间。黎族作家到底缺什么，一言难尽。

四

黎族文化和黎族文学研究的总体情况比较薄弱，可谓方兴未艾，要做的工作很多，这次与王海不无匆忙的合作，也许只是一个开端。有两句话说得很有意思。一是今人的话：唯有远离故乡，才能更知故乡。二是古人苏东坡的话："不

识庐山真面目,只缘身在此山中。"王海生在大陆长在大陆,故乡只在他的想象中,虽然以后回乡探访,但肯定会保持一种距离。对于我这个只去过海南旅游的汉人来说,黎族离我更远,我多是以研究者的心态去接近黎族。当然,我们两人的"距离感"仍是不同的。

尽管如此,我仍然十分看重这次合作,除了通过合作者王海——我亲身感受到黎族人的正直、朴实和善良的品格以外,通过大量阅读古今各种材料,比较直接具体地触及了具体的文化形态。黎族文化的原始风貌以及近于天真未凿的特殊魅力,给我极其愉悦的审美体验。我期盼着有更多的机会踏上海南岛,寻求亲近黎族文化的机会,我愿献上自己的一份敬仰与感情。

恶衣服而致美黼冕
——祭服与丧服的意义

三千多年以前,商朝的国王武丁决定依照古礼,举行盛大的祭祖仪式。天子一声号令,宗庙里立刻摆起精美的簠簋豆笾,尊彝鼎俎。这些祭器中盛满了美酒佳肴。阶下歌舞乐队,拨班肃立,只等商王驾到,便开始奏乐行礼。场面既肃穆又庄严。《诗经》里保存着一篇《那》,就是商祭成汤时候所唱的乐歌,由此可遥想当年盛况:

　　猗与那与!(好伟大啊!又瑰丽啊!)
　　置我鞉鼓。(摆起我们的小鼓和大鼓。)
　　奏鼓简简,(鼓的声音和美又洪亮,)
　　衎我烈祖。(娱乐我们壮烈的祖先。)
　　……

就在这祭祖的乐曲声中,斋戒之后的武丁恭敬地穿戴祭服,带领皇族及百官端肃行礼。此时,忽然有一只雉,拍翅飞进宗庙,落在大鼎之上,长长地鸣叫了一声,在场君臣一时惊恐万状,武丁勉强行完祭礼,心中忐忑不安,担心有什么事触犯了成汤在天之灵。一位名叫祖己的大臣当即劝告武丁要修德敬民,不可在祭祖之时,厚此薄彼,以免大祸降临。原来武丁祭祀自己父王小乙时,常常多加一些祭品,所以祖己劝阻。可见,当时的祭祀已是有礼可循,不得有分毫违犯了。

《红楼梦》第53回也描写了宁国府除夕祭宗祠前后情形,其中对祭祖仪式的描写尤为详细:

　　只见贾府人分昭穆排班立定:贾敬主祭,贾赦陪祭,贾珍献爵,贾琏贾琮献帛,宝玉捧香,贾菖贾菱展拜毯,守焚池。青衣乐奏,三献爵,拜兴毕,焚帛奠酒,礼毕,乐止,退出……

第三辑 互动时代的"本土化"文学

祭祖活动一向为华夏民族所重视，并且宗法制度有详尽的规定，比如上引《红楼梦》一段文字中，人分昭穆排班立定中的"昭穆"就是属于古代宗法制度对宗庙祭祀排列次序的规定：始祖居中；始祖的下一代为昭，居左；昭辈的下一代为穆，居右；穆辈的下一代又为昭，居左。以后各代，依此类推，用以区分父子、远近、长幼、亲疏等关系。这种规定在《礼记》的《祭统》中有详细的记载。

祭祖的仪式可以一直追溯到远古时期，它的原动力在于原始人相信人死后灵魂还继续存在。祭祖仪式到了商周两代已经逐渐完备，并且至秦汉后一直贯穿了整个中国封建社会，作为一种民俗以各种形式延续到今天，从而形成华夏民族的一种普遍而根深蒂固的文化心理，即"祖先崇拜"。

对此，德国哲学家恩斯特·卡西尔在他的名著《人论》（甘阳译，上海译文出版社1985年版）是这样记述的：

> 原始人在他的个人情感和社会情感中都充满了这种信念：人的生命在空间和时间中根本没有确定的界限，它扩展于自然的全部领域和人的全部历史。赫伯特·斯宾塞曾提出过这样的论点：祖宗崇拜应当被看成是宗教的第一源泉和开端，至少是最普遍的宗教主题之一。在世界上似乎没有什么民族不以这种或那种形式进行某种死亡的祭礼。……在很多情况下，祖宗崇拜具有渗透于一切的特征，这种特征充分地反映并规定了全部的宗教和社会生活。在中国，被国家宗教所认可和控制的对祖宗的这种崇拜，被看成是人民可以有的唯一宗教。

我之所以不厌其烦地引用这段文字，是因为从中可以得到三点启示：

第一，人的生命既然在空间和时间上没有确定的界限，那么从空间上看，人的生命充溢在整个自然之中，即所谓"万物有灵"；从时间上看，人的生命不会停止，因为肉体的消亡并不等于灵魂的消亡，灵魂是永存的。

第二，中国人认定了祖先永存的灵魂是子孙的庇护神，加之起源于家族宗法制度的国家体制对此观念的不断维护和强化，祖先崇拜逐渐成为"中国人的宗教和社会生活的核心的核心"。

第三，大自然中充溢的生命，使无法解释自然现象的古代人对人类赖以生存的天地山川也充满了一种敬仰和恐惧的心情，这也可以称作"自然崇拜"。

认识了这些道理，我们可以说，正是"祖先崇拜"与"自然崇拜"形成的宗教信仰逐渐地渗透到古代人们的服饰之中，而在祭服与丧服上则明显地体现了这两种崇拜，也可以说，祭服与丧服已经成为两种信仰的符号。值得重视和能够引起我们兴趣的是，此种符号无疑地带有中国传统文化的某些特征。

《礼记·礼运篇》中记载"以养生送死，以事鬼神上帝"，即是对生者和死

者以及天地的祭祀礼仪，古代祭服和丧服的形制就逐步产生于此种礼仪活动之中。

周代时，朝廷里已经设置了许多组织、管理、举办各种祭祀活动的官员。大宗伯的职务，就是掌理建立王邦祭祀活动的礼制，他依照古礼行事，这些古礼是远古民间习俗逐渐演变然后规范化形成的种种仪式。比如，用币帛加在柴上焚烧使烟气上升来祭祀皇天上帝，用币和牲体分布在柴上焚烧使烟气上升来祭祀日月星辰，用牲体加在柴上焚烧使烟气上升来祭祀司中、司命、风师、雨师。用血滴在地上来祭祀社稷、五祀、五岳。用牲与玉帛埋在地下或水中来祭祀山林川泽，等等。

在各种祭祀活动中穿戴的服饰是不同的。周代朝廷里专门设了一个名为"司服"的官职，这个官员的任务是掌管皇帝的各种祭服和丧服，根据不同的祭祀活动供给不同的服饰。比如，祭祀昊天上帝，穿着大裘戴冕，祭祀五帝也是一样。祭祀先王，服着衮冕；祭祀先公，服着鷩冕。祭祀山川，服着毳冕；祭祀社稷、五祀，服着希冕，祭群小祀，服着玄冕。

这些，在对后世礼仪活动有重要影响的《周礼》《礼仪》《礼记》中均有详尽的记载。周代祭礼如此完备，同华夏民族从一开始就十分重视祭祀活动有直接关系。《左传·成公十三年》说："国之大事，在祀与戎。"就是把祭祀与打仗看成两件头等大事。而祭祀活动的目的在有阶级的社会中主要是为了维护统治权。《周礼》说得很清楚：大宗伯的职责就是掌理建立王邦祭祀天神、人鬼、地神等的礼制，以辅佐王者严治安定天下。

在周代，由于政权与族权、神权的结合，祭祀活动更加重要，掌握了祭祀权，实际上就是掌握了国家权力。根据封建宗法制度的嫡长子继承制和余子分封制，周天子由嫡长子世袭继承，他是姬姓宗族的"大宗"，其余诸子分封为诸侯，是姬姓宗族的"小宗"。宗庙建筑于大宗的所在地，天子的宗庙是最高一级祭祀祖先的场所，因此称作"太庙"。诸侯、卿大夫虽然也在各自的所在地点建立宗庙，祭祀始祖，但只有大宗才有主祭宗庙的特权，可见祭祀活动的重要意义。《论语》中有这样的记载："子曰：禹，吾无间然矣，恶衣服而致美黼冕。""黼冕"是古代祭服上的服饰。这段记载的意思是：孔子说，大禹的时代同现在并无两样，都是不重视平时的衣装，而把祭祀天地、祖先的祭服加以美化。可见，夏商周三代对祭服都十分重视，将它放在人们服饰的首要位置。

周代时，所有参加祭祀活动的人均穿着冕服，此时冕服似乎已成为专用祭服，以至于哀公怀疑大婚迎亲也穿冕服是否合乎古礼。为此他请教孔子，孔子回答说："天地不结合，万物都不会生长，男女成婚，是人类千秋万代延续下去的大事，您怎么能说穿冕服过分呢？"此后，秦汉以至明清，祭服为人重视的情形一向有增无减。

丧葬制度在周代已经形成，《仪礼》中有《丧服》《士丧礼》《既夕礼》《士虞礼》等篇，《礼论》中有关丧葬礼仪的篇目更多，如《檀弓》《丧大记》《丧服小记》《奔丧》《丧服四制》《服问》《问传》《三年问》等，这些文字详细记载了丧葬礼仪的各项内容，还有儒生的具体解释以及对当时丧葬礼仪的记录。到了宋代，随着理学的发达，封建礼仪更加严密，司马光《书仪》和《朱子家礼》中记述的丧葬礼仪已经趋向规范化。

根据丧礼的规定，祖辈死后，从初终、易服、沐浴、铭旌一直到殓殡，祖辈的后代都必须按礼行事，在这一过程中，最能体现祖先崇拜精神的当推丧服。

中国古代丧服分斩衰、齐衰、大功、小功、缌麻五种类型，称作"五服"。

"斩衰"按《周礼》记载：以粗麻布制成，所以不说裁布而说"斩"，是为了表明悲痛至甚的意思。它以极粗的生麻布为料，不一针一针地密缝，衣缝向外，裳缝朝内，裳前三幅、后四幅，每幅又作三辄。背后负一个一尺八寸的版。胸前心口处缝缀一块长六寸宽四寸的布条，就是"衰"。另外，用厚纸做成冠，宽三寸，长足以跨过头顶，以一根麻绳缠在额头下，称作"武"，多余的从两耳边垂下，称作"缨"。头、腰各缠以单股和双股黑麻，称作"绖"，同时穿草鞋或麻鞋，并持手杖。

"齐衰"在丧服中的规格较斩衰低一等，以粗生布为衣料，衣、裳边和下际都用线缝起，其他形制与斩衰相同，只是"武""缨""绖"的佩戴方法有别于斩衰。齐衰中又按"丧礼"分为"齐衰三年"、"杖期"和"不杖期"三个规格。三者的区别仅仅在于后者的生粗布质料依次比前者差，"不杖期"指不用杖。

"大功"指丧服布料的做工粗大，服制与齐衰相同，但布料比齐衰稍熟，没有负版等。

"小功"指布的作工细小，服制同大功一样。但布料又比大功更熟更细，屦则用白布做成。

"缌麻"，缌指丝，但并非用丝制成，而是用质地很细的熟布制成，缕细如丝，再用水池中浸泡过的细麻作绖带，所以称作缌麻，服制与小功一样。

衣分五等，那么怎么穿呢？让我们先从祖孙之礼谈起——

根据古代封建家礼，如果嫡孙的父亲早亡，在祖父或曾祖父母、高祖父母遇丧时，这个嫡孙称"承重孙"或"承重曾孙""承重玄孙"，意即承担主持丧祭与宗庙活动的重任。嫡孙为祖爷、曾祖父、高祖父承重者，服制为斩衰3年，就是说按规矩要在3年里穿着"斩衰"丧服。嫡孙为祖母、曾祖母、高祖母承重者，服制为齐衰3年。嫡孙虽父亡，但祖父仍在，若遇祖母丧，服齐衰杖期。诸孙子、孙女父亲在，为祖父母服丧为齐衰不杖期，孙女即使出嫁也不降丧服的等级。曾孙遇曾祖父母丧，服齐衰5个月，玄孙遇高祖父母丧，服齐衰3个月。孙子遇从祖父，从祖姑之在家者（祖父的姐妹老而未嫁或离异回娘家并住在家中

者）的丧事，服小功5个月。

这些是小辈为长辈所穿的孝服。如果小辈早亡，白发人送黑发人，长辈也得为小辈穿孝服，不过，规格要低得多。比如嫡孙或曾孙、玄孙嫡长子死亡，祖父或曾祖父、高祖父要服齐衰不杖期；其他孙男和未嫁的孙女死亡，祖父要穿大功丧服9个月，连祖父的兄弟之孙早亡，也要为他穿小功丧服5个月；即使非嫡长的玄孙死了，高四代的高祖父也要为他穿缌麻孝服3个月。

上述这些丧服规定仅仅局限于祖孙之间的血缘关系，祖孙之间尚且如此，父母与儿女之间就更加礼重。古代称父母之丧为"丁艰"，又称"丁忧"，父死称"丁外艰"，母亡称"丁内艰"，丁艰是子女孝敬父母的一种重要礼仪和方式。凡父亲去世，儿子、未出嫁的女儿及出嫁的女儿都必须为父亲服斩衰3年，是最高的规格；凡母亲去世，儿女得为母亲服齐衰3年。礼仪上较父亲低一等。

为什么在为父母穿孝服上要特意规定出嫁与未嫁呢？这牵涉到封建礼教中妇女地位的问题。因为封建礼法要求中国妇女一生必须恪守"在家从父，出嫁从夫，夫死从子"的"三从"原则，这样，对未出嫁的女儿以及已嫁离婚回家的女儿来说，在家从父，父亲至尊，所以服斩衰3年。而已经出嫁的女儿，一旦到了夫家，就脱离了父亲，加入了夫宗，由唯父是从到唯夫是从，于是丧服就有了变化，为父服丧降为1年，丈夫死了却要服斩衰3年，即所谓"妇女不贰斩也"，"为夫斩则不为父斩"。

俗话说：宁要讨饭的娘，不要当官的爹。母亲对子女的慈爱，从情感上来说常常要胜过父亲，然而，在丧服的不同规格中，是不考虑这种情感因素的。按丧服规矩，母亲死于父亲之前，服1年的丧服；如果父亲已死，子女也为母亲服3年的丧服，但不用斩衰。因为母亲虽为至亲却不是至尊，一个家庭中，只有父亲是至尊。

出嫁的女儿如果为娘家的亲人穿丧服，均要按规矩降一等，而丈夫为妻家的亲人穿丧服则要降三等，可见丈夫与妻子之间家庭地位的悬殊。更为古怪的是，祖孙之间即使相隔4代，也要服丧，但叔嫂之间却没有丧服，因为按礼法规定"叔嫂不相接受"，所以兄对弟媳妇、弟对兄嫂，在丧服上是没有名的，如果为对方服丧反而违了礼法。故古人有句话说兄对弟之妻及弟对兄之妻是"活不见面，死无丧服"。这一规定已经背离了人情。

从上述种种丧服规矩中，我们可以看到这样几个传统观念：

一是尊崇祖先。丧服中的最高规格是给予直系祖辈的，即"父亲"的角色。这标志着"父亲"在家庭中的重要地位，晚辈也借此形式表示对祖辈的崇拜与敬仰。

二是尊卑有别。丧服的规格是根据死者在家庭中的宗法地位而定的，地位愈高，家庭成员为之服丧的丧服就愈高，而服丧者的宗法地位也影响到丧服的规格。如，嫡系长子与庶出子女的地位悬殊，同是为亲祖父服丧，嫡孙可服斩衰3年，而庶子的子女只能服齐衰不杖期。庶子之子在祖父死后，甚至无权为亲祖母服丧。可见，丧服的等级也是家庭宗法地位的标志，以此也可看出国家丧服制度的渊源。

三是内外亲疏有别。这源于家庭法制。直系祖孙辈的丧服规格比旁系都要高一二等。一亲一疏、一内一外恰好体现出两层意思：既以服丧强调封建家庭之间的和睦关系，又以此区别内外主次，以便维系封建家庭权力结构的稳定性。

四是男尊女卑。这一观念在丧服中有充分的表现，它几乎随时在提醒人们：夫妇如君臣，尊卑之礼不可僭越。夫妇的含义在《白虎通义》中是这样解释的："夫者，扶也，以道扶接；妇者，服也，以礼屈服。"用"扶""服"二字就把男女双方的地位固定下来了。所以，早在秦代以前，《仪礼·丧服传》中就明确规定："夫者，妻之天也，妇人不贰斩者，犹曰不贰天也。"意思就是说，妻子不为两个人穿斩衰的丧服，就像没有两个天一样。一句话，夫为妻纲。可见中国古代妇女在人格尊严和社会地位上，都要受到男性夫权的压迫。

总之，产生于祭祀活动中的祭服以及丧葬礼仪中的丧服，都远远地超越了服饰自身的实用功能，从而成为一种礼仪、一种标志、一种制度的体现和一种精神的载体，它们都深深地包含了中国文化中家庭宗法观念与国家封建权力结构等多方面的深刻含义，成为中国几千年封建社会所产生的文化符号。换言之，作为文化符号的意义即是古代祭服与丧服的重要意义。

黎族原始宗教的鬼神崇拜

黎族的宗教分为两类：第一类是本民族固有的原始宗教，即以自然或动植物加以人格化的幻想。这一类信奉对象在中心地区以及接近中心地区表现突出（保亭县通升乡、乐东县头塘乡、东方县水头乡等地）。第二类是因道教传入而产生的如玄天上帝、万天公、五需、华先等，这些崇拜对象在黎族群众是不大熟悉的，分布地区以边缘区或道教深入地区为主（白沙县红星乡、东方县西方乡、琼中县堑对乡），但是汉区传入的"土地公"却已具有了普遍性。此外还有一些与汉族关系密切的英雄崇拜对象，如海瑞鬼和峒主公等人物。但分布地区只及于边缘，中心地区并无发生此种现象。在调查组当年调查的22个点中，仍以祖先崇拜为主的有8个，信奉自然的天鬼（雷公鬼）为主的有4个，英雄崇拜（峒主公）的有3个，其余便是因接受道教以后改奉"神"的[1]。

从比例上看，属于黎族占有的原始宗教占约2/3，为大多数。这也正是我们所关注的内容，因为民族固有的宗教与民族渊源更深，历史更久远，更能表达民族文化心理，无论从深度还是广度，也更能体现民族精神风貌。

半个世纪以前，调查组从田野调查的第一手资料中了解到：很久以前，黎族绝大部分地区是以祖先崇拜为主（崖县槟榔乡祖先鬼早已失去作用，以及乐东县毛农乡毛或村近30年改信基督教除外），至于祖先崇拜的体现方式可分为两类：较原始的地区尚未知道以偶像来体现；边缘地区和道教影响较深地区，则从汉商手里购买木偶置于龛堂以代表祖先，也有用牛头公仔、"神主牌"等。

这里可以看出汉族以及道教的影响，也可以看出黎人宗教的原始性。

说明其"原始性"的另一佐证是"有鬼无神"。

在黎族的幻想领域中，作为高一级发展阶段的"神"，似乎未从"鬼"的概念中分化出来，他们把一切幻想实体均称为鬼。汉族道教中的神传入黎区也变成鬼，当时黎语中仍未有相当于神的语词出现。而且"鬼"没有形成一个类似人间等级制的系统，"鬼"与"鬼"各自独立，未有统治与被统治的关系。虽然也有所谓"大鬼""中鬼""小鬼"之分，但大小鬼只是以祭品的隆重或厚薄而定，

而不是大而强可以控制小而弱的鬼。这一点尤其在保存合亩制的地区表现突出,也可看出黎族原始宗教的质朴性[2]。

20世纪50年代中期,黎族宗教活动的主持人有三类:道公、娘母与老人。

道公是由汉族道教传入大约100年后出现的称呼。但有趣的是,这批人虽被称作道公,对道教概念却是模糊的。调查人员当年曾访问被认为黎族道公中文化水平最高者——道公符庆然,当面请教神像意义,对方"踌躇良久,才含糊以对",几乎是不甚了了。

娘母在中心地区普遍存在,边缘地区则有消失趋势,或变形为"黎道公",此类宗教角色属黎族原有还是外族传入尚有待考证。

老人是黎族特有的宗教角色,中心地区和边缘地区均普遍存在。

黎族宗教"原始性"还体现在没有专职的宗教教职人员。上述道公、娘母、老人未分化成专业化的宗教职业者,仍与劳动生产相结合,用现在的话说,是农民中的"兼职者"。不过,虽非专职,却各擅其道,分工明确。在大多数地区,道公以查鬼、查"禁"、解"禁"、保命为其擅长;娘母以巫术治病为专业;老人则以"做祖先鬼"、杀牛或"做枪打鬼"时的念祖先鬼名为其特色。道公、娘母专长相近,但老人却独擅一道。老人念的鬼名,道公和娘母都听不懂,而道公、娘母所擅法事,老人却一无所知,也绝不染指。老人一般是深明世故,尤须熟悉祖先之名方可胜任。老人与娘母操黎语,法事时穿着民族服装,法具更近原始,也更黎化。老人法具有山鸡毛一枝、红头巾一条、头饰若干,另有弓一把,尖刀一柄;娘母更简单,只有香炉、签杯。道公则近汉化,以海南方言作法事,法具也近道教,如道印、铁令、驱鬼索、铃、签杯、牛角、木偶等[3]。

黎族的原始宗教信仰尽管具有广泛性与群众性,但没有出现与政治密切结合的现象。具有政治色彩的人物没有被神圣化地列入宗教活动。道公等不但没有脱离生产劳动,成为职业人员,而且无权参与公共事务,更说不上与政治结合。

据调查组分析,黎族宗教特点有以下四点:一是有民族色彩的娘母与老人,作为兼职人员,法事报酬多为赠予性质,没有剥削行为。二是尚未与法理学结合,神制这一套东西仍未发生。三是宗教活动以治病为主,尤其是巫术治病带有医学意味。四是现实性强于幻想性。虽受道教影响,但没有幻想"永生",一般只要求多活一两年,具有原始宗教的质朴性[4]。

综上所述,我们不难看出黎族宗教所特有的原始性和质朴性,尽管黎族社会历史发展过程中实现了"历史形态的跨越",但原始、自然的生活环境、生产方式、经济形态,先天性地决定了他们留存有原始的思维方式。

法国著名学者列维·希留尔认为:远古先民曾存在过"原(前)逻辑的互渗感应思维","互渗感应式的思维是指原始人认为人与自然、自然物与自然物,即一切可见的和不可见的事物之间,都可以互渗感应乃互转达化(互化)"[5]。

黎族原始宗教的形成与此种思维方式关系密切。因此，尽管黎族在20世纪50年代已大部分进入社会主义社会，但意识形态上仍然以原始宗教各种崇拜形式为主导，"万物有灵"成为其原始宗教观念的根本，并基于此根本观念，表现出诸如自然崇拜、祖先崇拜、图腾崇拜以及从这些形式中发展出来的一系列迷信思想和活动。

人类的童年是在大自然的怀抱中度过的，作为人类生存依赖的自然环境，不但给人类提供食物和栖居的场所，而且给人类上了生动无比的第一课。

莽莽森林，巍巍大山，山呼海啸，暴雨狂风，山崩地裂，电闪雷鸣。日月相伴，星光灿烂，年有四季变化，日有不测风云。林中百鸟争鸣，山间百兽出没。大自然的面孔时而温暖如春，时而严酷如冬，时而神秘奇诡，时而恐怖狰狞……

在原始先民看来，所有这一切都是由一种"超自然的力量"在支配着，他们尚未掌握科学思维，从不计较植物、动物、人、自然环境各个领域之间的独立与界限。"他们的生命观是综合的，不是分析的。生命没有被划分为类和亚类；它被看成是一个不中断的连续整体，容不得任何泾渭分明的区别。各不同领域的界限并不是不可逾越的栅栏，而是流动不定的。在不同的生命领域之间绝对没有特别的差异。没有什么东西具有一种限定不变的静止形态：由于一种突如其来的变形，一切事物都可以转化。"[6]

对原始先民的这种对自然所采取的超越看法，精神分析学创始人弗洛伊德指出："他们认为宇宙中充满了多数的魂魄，善良的和邪恶的；这些魂魄和魔鬼，他们认为是所有自然现象的原因，同时，他们深信不仅动物植物甚至所有无生命的物质都由它们来赋予生命。"[7]因此，"万物有灵"成了世界范围内各个原始民族共同遵循的观念。

与海南岛特异的自然环境息息相关的黎族人民也不例外。黎族自然崇拜的内容十分宽泛，在他们看来，天地山川一切实体都是有灵性的东西，都可以归为一个统一的称呼："鬼"。黎人对"鬼"充满恐惧和敬畏，"鬼"不可得罪，得罪必遭报复，唯有敬奉讨好，才能得到好处。这是一个怎样的"鬼"世界呢？

第一，天鬼崇拜。原始农业，靠天吃饭，风调雨顺十分重要。举首望天，日月星辰，云雾雷电，疾风骤雨，无不称鬼。"天鬼"是一个笼统的称呼，又有"大鬼""小鬼"之分。雷公鬼、风鬼、雨鬼、太阳鬼为大鬼，其中雷公鬼为最大鬼，其威力仅次于祖先鬼。

黎人崇拜雷公基于两个原因：一是期望雷公以电闪雷劈惩罚恶人，伸张正义；二是祈求雷公不降灾祸，佑护生命。黎人认为雨水是雷公给的，雨水足则庄稼旺。倘若得罪雷公，雷公拉屎则山栏稻长虫，雷公作祟则人成哑巴或发冷发热。谁家地上树木被雷电劈打烧焦，即是不祥之兆，灾祸将至，必须立刻祭天。有些地区的黎人还认为"雷公石""雷公斧"，甚至山上的野生植物"雷公藤"

均有避邪作用。

第二，地鬼、山鬼、水鬼崇拜。黎人认为种植稻谷收获粮食，是地鬼的恩赐，于是崇拜地鬼祈求丰收。地鬼有五刀匠、冷灶鬼、歧山鬼、西主鬼。在合亩制地区，地鬼是恶鬼，人在田地劳作，需小心翼翼，悄声静息，并约束家畜，不能发出声音，以免惊动地鬼，导致庄稼歉收。若有得罪，要备一头猪请娘母来祭鬼。丰收时需由亩头亲自将几个小饭团放在四株捆扎起来的稻谷中间，以示敬谢。

许多黎乡村头村尾，都有同宗人建的土地公庙，用三块石头垒成一个人字形作为土地公，出猎、节庆、械斗、瘟疫时，全村男子备鸡或猪头、饭、酒到土地公前祭祀，并由主持人作鸡卜和筊杯卜，请求土地公保佑全村人畜兴旺，五谷丰登，驱除灾祸。结婚时，新娘过门，男家也需备猪头一个，猪肉一块，在村边请老人在土地庙前作筊杯卜。

山鬼是制约山岭间飞禽走兽的。狩猎是黎人重要的劳作，也是生活来源之一，要上山打猎，必须得到山鬼允许。否则，不但无所捕获，还将被山鬼作祟生病。猎前，必须作鸡卜或蛋卜，捕获野兽，同样祭谢山鬼。种山栏这种原始农业耕作方法，更需依赖山鬼保佑，选地、砍山、烧山、下种、驱兽、虫灾，不同程序均要祭祀。比如稻谷遭虫害，黎人便杀1只鸡，备2碗饭、5杯酒和一些香纸，到田头祭祀山鬼，请求山鬼放鸟吃虫。

水鬼隐身于河水中，黎人认为是溺水者所变。有水浮鬼、水串鬼、落水鬼、水谷鬼等。过河或游泳若遇水鬼，就会生病、丧命，需请道公河边祭鬼。

第三，火鬼、灶鬼、石头鬼。火在人类进化和生活中作用十分重要，无须多说。在黎人看来，火有神力，有灵性，也是不可得罪的恶鬼。"火日"不可造屋，否则导致火灾。家中有灶，灶也有灵性，称作"灶公"，灶前不可打骂吵闹，更不能跨越、敲打、移动灶石，否则触犯灶公，会换得惩罚。吃狗肉、掏灶灰、烤铁器，都有可能犯禁，灶公保佑家庭烟火，需烧香按时祭拜。

黎人对石头也有崇拜，尤其看重形状特殊的石头，巫师往往在石上画原始图像，作为驱鬼法器。土地公庙用石垒成，也是相信石头可以驱鬼祈福。据说石头鬼专管生育，所以无论孩子出生后身体虚弱或遇病夭折，均需祭拜。

第四，动物、植物鬼。动物、植物鬼魂的崇拜也是自然崇拜的重要内容。原始先民早在狩猎时代，就产生了动物崇拜。动物之中，牛最重要，也是动物鬼中最大最凶恶的鬼。有的地区，黎人在牛日有"喊牛魂"的风俗，捧着一个内盛粽耙的盆子，到村外呼喊"牛魂回来"。据说如此可保家中牛的平安，多生牛仔。蛇鬼也是一种恶鬼，潜伏田中。祭猴子鬼比较多见，婴儿发育不好，身体瘦弱，就是落入猴子胎，必须祭猴子鬼方可使孩子健康。此外，还有猪鬼、鼠鬼、虫鬼、龙鬼、角鬼、蚊鬼、鸡鬼、狗鬼、羊鬼等。

植物崇拜的植物鬼也相当普遍，除了对树木、草的崇拜外，稻谷崇拜最受注重。黎人在插秧和收割之前都要举行祭祀活动，祭祀"稻公""稻母"。黎人认为稻谷有魂，可以祈福。美孚黎在播种的前一天晚上，主人将酒肉放入粮仓供奉谷魂，以示敬意。下种时，主人念咒语道："谷呀谷！今天放你出去找吃的，吃饱了要记得回家。"稻谷成熟收割时，女主人要悄悄地采几穗"稻公""稻母"回家，以便让它们吸引其他稻谷归仓。

这些举动其实都充分地体现了黎人"万物有灵"的观念。在他们的心中，动物、植物不但附有灵魂，而且可以在一定的祭祀活动中与人进行交流感应。

在黎人带有浓厚"原始性"的宗教中，信仰鬼灵最为重要，在一般黎人的心理世界中，除了人的现世，就是"鬼"的世界。除了前面我们讨论的"自然崇拜"中所涉及的属于自然的天、雷、水等鬼灵外，属于精灵的鬼又是一大类型，比如冤鬼、吊颈鬼、孕妇鬼、落水鬼、跌死鬼等等，这类鬼灵大多与人的非正常和非自然死亡有关。黎人对疾病灾祸的恐惧，使他们相信死亡的人的魂魄会变成各种各样的鬼灵，这些看不见摸不着的鬼灵们会左右现世人的生活和命运。即使是自然死亡的祖先，也是一样神出鬼没，活人稍有不敬，就可能作祟于人，嫁祸于子孙后代。

在属于精灵的鬼类中，以祖先鬼为首，这一认识，在黎族地区相当普遍。有的地区将恶鬼分为"大鬼""中鬼""小鬼"，祖先鬼向来属于最大的鬼。黎人认为，凡病者全身疼痛，厌饭喜酒，夜梦各种怪物或见其祖先，均是"祖先鬼"作祟。因病久医不愈，也是得罪了祖先，必须请道公、娘母或老人来"做鬼"。主持人或以高昂的声调领唱"祖先歌"，或由熟悉祖先姓名的老人口念祖先的名字，祈求"祖先鬼"保佑后代平安。老人主持仪式只限于做"祖先鬼"。老人由本族男性担任，"一般是懂事而又记忆力较强的人"，他会念一切已故祖先的名字，更有甚者，除了知道直系祖先的历史谱系外，还清楚本族中的历史人物和迁徙地名。黎族没文字，这些老人的记忆和口述，其实就是一部家族历史。"祖先鬼"都是男性，女的祖先则是外来的，不会有"祖先鬼"，但在合亩制地区，因为残留母系社会痕迹，女祖先也存在。

黎人对祖先的信仰崇拜，体现在生活的各个方面。比如祖父、祖母、父母去世了，后代必须为他们举行隆重而繁琐的葬礼，因为他们已进入祖先的行列。而那些未婚的成年人和未成年人死了，葬礼则极其简单。丧葬之礼是"祖先崇拜"中的重要礼仪。在中原汉族封建社会里，丧葬礼仪十分讲究，丧葬制度早在两千多年前的周代就已经周密完备。黎族虽然由于方言繁多，习俗差异，但各地区葬礼却讲究程序，是人生礼仪中最受重视的内容之一。

首先是报丧。长者祖辈逝世，立即鸣枪报丧，其意一是向活着的人传递噩耗；二是通报给本家的祖先鬼，让他们准备领走死者的鬼魂。

其次入殓。给死者洗身、换衣。此时有老人在一旁不停地念着祖先鬼。入殓前杀鸡，用鸡头、鸡脚及内脏祭死者。死者若是妇女，由娘家抬一头猪到死去的女儿的家里宰杀，用猪唇祭死者，并由老人念请娘家的祖先鬼来与死者的鬼魂共餐，然后把死者接回娘家安葬，成为娘家的祖先，缘由是她与丈夫是不同血缘集团的人。

再次是停棺。人死后把尸体连同棺材停放在家，短则3、7、12天，长则二三个月甚至一年，再行安葬。停棺期间，人们守灵、哭灵，同时作法事，招魂、叫鬼，不同地区做法不同。

最后出殡安葬。合亩制地区有公共墓地，其他地区，占卜择地。合亩制地区，鸣枪报知祖先鬼后开始送葬，此前，鬼公和亲属先到村口去祭送鬼魂。其他地区，由鬼公不断念着死者祖先鬼的名字，请他们把鬼魂领去，鬼公的这种对祖先鬼的呼唤要一直延续到死者入土为安[8]。

安葬祖先后，还要建祠堂供奉。内设神台、祖先牌位和木偶公仔，由道公把祖先魂招回附在上面加以崇拜。有的黎族家庭用木偶代表有名望的祖先，一般身份的祖先则用木神立牌代表。祖先神位是家庭中最为神圣的地方，平时夫妇忌在神位前睡觉，刀袋、灯、帽等忌挂在神位前，忌端狗肉入宅，否则祖先不满就会引起疾病灾祸。黎人相信祖先能保平安，赐福气。祭拜祖先也成了婚庆、节日、出征打仗时的重要内容。

黎族从自然崇拜发展到祖先崇拜，祖先崇拜中又从女性祖先崇拜转向男性祖先崇拜。一方面是由于"万物有灵"认识范围的扩大，人们的认识由自然界的无机物、动物和植物扩大到人类自身的原因；另一方面也体现了人类发展到氏族社会后，母系社会向父系社会的过渡。在这样一个漫长的历史发展过程中，黎族宗教尽管也受到了外来文化的影响，但依然以祖先崇拜为主。

对祖先崇拜是一种世界性的现象。许多专家学者都提出这样的论点：祖先崇拜应当被看成是宗教的第一源泉和开端，至少是最普遍的宗教主题之一。比如，对祖先的祭祀一直是罗马宗教最基本普遍的特征之一。

在原始人认识的世界里，人的生命在空间和时间上没有确定的界限，人虽然肉体死亡了，但灵魂可以出没于阴间阳世，可以在自然和人的所有领域中游荡，尤其是对于自己的家族，"死者继续行使着他们的权威并保护着家族，他们是中国人的自然保护神，……正是祖先崇拜使家族成员从死者那里得到庇护从而财源隆盛。因此，生者的财产实际上是死者的财产；固然，这些财产都是留存于生者这里的，然而父权的和家长制的规矩就意味着，祖先们是一个孩子所拥有的一切东西的物主……因此，我们不能不把对双亲和祖宗的崇拜看成是中国人宗教和社会生活的核心的核心"[9]。

不少国外学者认为，中国是标准的祖先崇拜的国家，在那里我们可以研究祖先崇拜的一切基本特征和一切特殊含义。以此看来，属于中华民族成员之一的黎族也不例外。祖先崇拜对于向来重视血缘关系的黎族来说，显然具有一种精神纽带的作用，它召唤和约束着同一祖先的子孙在现世的生活中齐心协力，彼此关照，追求幸福。对黎族祖先崇拜的深入研究，肯定可以在"基本特征"和"特殊含义"上获得具有学术价值的成果，它有很大的学术探讨空间，其研究前景和学术价值不可轻视。

注释：

[1][2][3][4]《海南岛黎族社会调查》，广西民族出版社1992年版。
[5] 赵光远主编：《民族与文化》，广西人民出版社1992年版。
[6][9]〔德〕恩斯特·卡西尔：《人论》，上海译文出版社1985年版。
[7]〔德〕弗洛伊德：《图腾与禁忌》，中国民间文艺出版社1986年版。
[8] 王普民、马姿燕：《黎族文化初探》，广西民族出版社1993年版。

论赣文化特征的模糊与凸显

从20世纪80年代中期到90年代初期,两次兴起的赣文化讨论都有一个有关赣文化特征的问题,江西的文化人一次又一次地追问:什么是赣文化?这已经成为江西学术界的一个令人困惑的难题,又是一个颇有魅力的难题。细究起来,追问者大约有以下三种心理动机:一是出于学术态度的严谨,观照对象的内涵与外延尚不确立,研究何以立足;二是出于一种文化焦虑,期望尽快见到庐山真面目,与其他区域文化并肩而立,从而实现振兴江西之宏愿;三是出于某种言不清道不明的情绪,以此难题反诘于赣文化的讨论者们,或在对方一时懦懦中表示轻视与不屑,或在特征不明即"无文化"的推理中对全部讨论轻率否定。在此,我们暂且不说三种动机的正确与否。一个明确的结论在于,赣文化的讨论者们无论抱有什么样的目的,都无法回避这一学术难题。笔者一向对中国古代文论中"只可意会,不可言传"的传统持既赞赏又保留的态度,特以此文作一初步探讨。

一、赣文化特征模糊的历史制约因素

我们的话题可以从众所周知的"吴头楚尾"说起。从迄今为止的出土文物,以及我们可以读到的古代文献资料中,可以梳理出以下几点比较清晰的看法。

首先,在江西这块红土地上,远古时代即有先民劳作生息。乐平、安义出土的旧石器足以证明这一点,此外,文献中也有记载。古文献中最早把江西之地和"赣"字联系起来的是《山海经·海内经》的一段记载:"南方有赣巨人,人面长臂,黑身有毛,反踵,见人笑亦笑。唇蔽其面,因即逃也。又有黑人,虎首鸟足,两手持蛇,方啖之。"

历史学家认为:"赣巨人"与"黑人"就是江西远古的两个种族部落。何光岳先生甚至认为"赣巨人"乃是由北南迁至江西鄱阳一带的一支移民,具有与当地体型矮小的越人迥然不同的体格巨大的特点。[1]

其次,江西具有年代久远、品类众多、技艺高超的青铜文明。近年出土的商

周时期的大批青铜器足以昭示江西在当时的文明程度,同时进一步证明了江西亦是汇成华夏文明的一脉支流。

最后,虽有足可骄傲的上述历史事实,但有一点仍然不容忽视,即在江西的版图上始终没有出现可以统摄全境的主流土著文化,商周时期的万年文化和后期的吴城文化虽具有较浓厚的土著色彩,但并未得到长足的发展,春秋战国时期,江西遂为吴、楚文化分割。与主流文化始终难以形成相应的另一历史事实是,江西自古就一直没能形成统摄全境独立的王国政权,传说中有干越国与古艾国,作为远古时代的两个小国是否存在,暂且不论,即使存在,也先后被吴国楚国所灭。

由此可见,赣人的祖先虽然也是江西版图上老资格的土著先民,但其依托的土著文化始终受到来自北方中原以及周边楚文化、吴越文化的强力渗透,他们不但先后做了吴国楚国的臣民,而且始终处于来自中原强项文化的辐射之下。"吴头楚尾"这句话确实很准确地反映出了江西古代地理及文化区域的突出特点。赣地大批出土文物所包含的中原文化、楚文化、吴越文化以及土著文化的多重性,可证明赣文化在其奠基时期就开始具备了"融合型"与"兼容性"的特点。这是不是也就先天注定了赣文化特征的模糊?

江西自古移民迁徙频繁,也是赣文化特征模糊的历史因素之一。从汉代到清初,江西人口在汉、唐、宋、元四个朝代先后激增四次,除第一次人口激增的原因是人口自然增长外,其余三次的主要原因均为外来移民的大量进入。移民的进入,使当地的土著文化不断地受到外来文化的"冲洗",这一冲洗过程既促使了外来文化与土著文化的撞击、冲突与融合,同时也在无形中冲淡了原有土著文化的特色。比如地处吴楚之交的鄱阳县,由于历史上几次大的战乱,"客民乘虚而入……地方土著,且有被人吞噬之可能"。以至于"波阳之真正土著,只有城东支家咀一族(数十年前尚存一家,今绝)"。"今则全县氏族,据其碟谱之考者,多从外省外县迁徙而来。"[2]当地土著的人口数量尚不如外来移民,土著文化自然也就很难具备同化外来文化的力量。铜鼓县客家人的移民情况也很能说明问题。铜鼓境内有本地人与客家人之分,所谓本地人,除指真正的当地土著以外,还包括其祖先是唐时及唐以前迁入的移民,而客家人则是指两宋及宋元之间迁入的移民。其实,无论唐代还是宋代迁入的,迁入者均为中原移民,只不过唐以前的移民在铜鼓居住久了,"反把他乡当故乡",自己认为自己是当地人,同时也被当地土著认同为本地人。由此可见,外来文化对江西当地土著文化的"冲洗",是随着一次又一次移民的迁入而进行的。[3]

说到赣文化特征不明显,我们还可以从许多方面来说明。如果粗略地绘制一幅江西区域文化图,我们不难看到江西文化实际上存在较为明显的差异。如赣南的客家文化与闽西、粤北同源;上饶的广丰、玉山一带与浙江接壤,婺源毗邻皖

南，均深受邻省的浙江和安徽的影响；萍乡一带的习俗、语言、饮食等均与湖南相似；赣北长江沿岸各县，又都受到湖北、安徽的影响。假如把上述区域划去，再看看南昌，就很难说这个省会城市有统摄全省文化的地位和作用。

与全省区域文化差异相佐证的是江西方言的分布。我们知道，江西存在着大量的"方言岛"现象，赣方言之外的诸多方言切分了江西的众多区域：赣南属客家方言区，婺源一带属徽语方言区，萍乡一带受到湘方言的影响，上饶一带属吴方言区，九江一带很大部分属于江淮方言。纯粹的赣方言区与全国其他方言区域相比，实际上非常之小，这也影响了它对全省的统摄力和制约力。语言作为传播文化的载体和维系文化的纽带，对地域文化的形成至关重要，而赣方言在对赣文化特征的形成上有三点先天不足：区域不大，人口不多，赣方言区内部还有许多次方言与"方言岛"的存在。三点不足无疑从各方面减弱了语言的维系力，进而影响到赣文化主流特征的形成。

再让我们看看与地域文化特征紧密相关的江西地方戏曲。赣西的花鼓戏、上饶地区的越剧显然受邻省影响暂且不论，即使比较有影响的赣南采茶戏，似乎也没有十分鲜明的赣文化特征。耐人寻味的是流行于赣东北乐平一带的赣剧，它渊源于明代的弋阳腔，分饶河班、广信班等支派。1950年，饶河、广信两派合流称赣剧，赣剧虽被国家定为江西省代表剧种，但似乎也很难作为统摄全省的地方戏曲；换言之，我们缺少湖南花鼓戏、江浙越剧、安徽黄梅戏这样一些可表现区域文化特征的地方剧种。

由唐入宋，江西文化崛起而至鼎盛，其空前盛况如同有"凌驾齐鲁、抗衡陕晋"之誉称，这本来也为形成自身地域文化特征提供了历史可能，然而，当时江西恰好处于交通要道之上，如果说移民文化不断"冲洗"着当地土著文化的话，那么南来北往的行人旅客所裹挟的外来文化也同时在起着"冲洗"的作用。

正如不少学者所论，江西古代颇得地理之利。其北枕长江，南临百粤，东连闽峤，西接荆楚，虽三面环山，却有自南而北贯穿全境的赣江，得水上交通之优势。加之开元四年（716年）张九龄整治大庾岭道后，江西更是成为唐中央政府联络两广、交流海外的重要通道。三面环山犹如一只巨大的簸箕，而簸箕口即为鄱阳湖以及南倚匡庐、北临长江的九江，交通要道优势更是显而易见。九江自古就是长江中游辐辏并至、商贾云集的商埠，历来享有"七省通衢，三江门户"的誉称，更何况还拥有一座天下名山。有道是"庐山论文，武当论剑"，此论不仅是对作为文化名山庐山的肯定，也是对江西这个人文昌盛之区的推崇，中唐以后，大批中原学者名流云集庐山，来往江西。李白、白居易、颜真卿等文化大师均与江西有不解之缘，唐宋八大家三家在江西，更是人所共知的事实。人文昌盛既有本地人文环境之优势，同时也得益于八方来风的吹拂，这一点除了用大批著名文人文化活动来说明外，还可从方言中得到论证。比如，赣语中吉安方言的语

音结构非常简单,没有入声,外地人容易听懂。方言学者解释说这在很大程度上是因为当时吉安为各地文化贤士俊才集中之地,南来北往络绎不绝,从而在频繁的文化交流中磨平了方言的棱角。相似的情况,在南昌、景德镇等较为开放的地区也有出现。当然,文化交流不仅限于文化人,社会各阶层人员在江西境内的频繁流动也是起着文化交流的作用。可见,外来文化在"磨平"土著文化棱角的同时,也冲淡了当地土著文化的特征。

二、赣文化特征模糊的现代制约因素

如前所述,赣文化特征的模糊是同江西地域的非封闭性有关。可是,一旦我们把讨论拉到现代,常常又不能不提及江西地域以及人文环境的封闭性,古代的开放与现代的封闭,为什么又都导致了自身文化特征的模糊呢?其中确有无穷意味。

历史学家姚公鼐先生对近代以来的江西交通方面的变化十分重视。在他看来,古代赣江水运对江西经济文化的开发和发展至关重要,其重要地位甚至到了只要赣江作为重要航道的地位未衰弱,则江西便不会衰弱的地步。其依据在于,中国东南半壁赖以沟通江湖陆海、纵贯南北者仅此一途。然而,近代以来,随着大开海禁,海上运输日渐发达,外贸与工业重心移往沿海。加之粤汉、京汉、津浦、沪杭等铁路相继通车,内陆的南北交通运输又多改为陆运,赣江地位迅速下降,并从此一蹶不振,江西在失去赣江优势之时也成了交通上的死角,因此导致社会环境封闭、经济文化滞后的局面。[4]

青年历史学家邵鸿博士则认为赣文化近代以来黯淡的主要原因首先是经济的衰落。除去政治的因素以外,从单纯的经济角度考察,最根本的一条就在于传统的中世纪经济结构没能顺应时代的变迁而顺利转型。江西从一个交通通衢地一举变为封闭阻塞的内陆省份,这对于以大规模商品流转为前提的现代商品经济发展又起了阻碍性的制约作用。[5]

两位学者的观点均切中要害,但我的疑惑在于,同为较为封闭落后的内陆省份,为什么其他省份地区大多能够保持自身文化特征,而自古人文昌盛的江西却显出人文背景日见黯淡的趋势呢?经济落后、环境封闭至少不是唯一的解释,因为两者常常也可以成为自身文化特征明显的促进因素。我认为,除经济、交通等重要原因之外,还有两点制约因素,不妨概括为"文化定位"的合理性与负面效应,文化认同力的淡薄与忽略。让我们分而述之。

首先,推敲一下"文化定位"的问题。

所谓"定位",是现代广告业的一个专业用语,在广告策略中,讲求产品定位,要求根据顾客对于某种产品属性重视程度,把本企业的产品予以明确的定位。广告的产品定位策略,是在广告活动中通过突出商品符合消费者心理需求的鲜明特点,确立商品在竞争中的方位,促使消费者树立选购该商品的稳定印象。笔者不厌其烦地解释"定位",其用意在于启发思路。我们可以从上述解释上提出以下关键词:产品属性的重视程度,突出特点,确立竞争方位,树立稳定形象。

那么,新中国成立以来,我们的文化定位正确与否呢?

毋庸置疑,现代史留给江西的篇幅是一页页光荣的历史,在几代人前仆后继为之奋斗,推翻三座大山的解放事业中,江西人流的血不比别人少,尤其是我们还拥有"打响第一枪"的英雄城南昌以及中国革命的摇篮井冈山,红军用血写的历史十分自然地成了新中国成立以后江西文化定位中最为重要的属性、特点与稳定形象。事实上,当年的苏区文化也确实对日后的中国革命文化产生了深远的影响,同样,对现代赣文化也有着不可忽视的重要影响。就这一点来说,对革命的红土地文化的选择,有其历史的合理性,当年由苏区红军发扬光大的兴国民歌"哎呀嘞……"在 20 世纪 50 年代初期唱进北京,唱遍大江南北,其实也就代表了江西的一种文化形象,这在当时是顺乎了历史潮流。

问题在于长期的文化定位所造成的文化形象的单一属性与文化心态的狭隘封闭。著名作家胡平先生认为:江西是革命老区,是中国革命的重要发源地和摇篮,江西人民对中国革命的贡献是非常大的。但是,在过去的几十年中,江西一些人往往有两种错觉:一是仿佛只有江西对革命的贡献大,只有南昌是"英雄城";二是江西的文化建设被认为只要抓住革命文化就可表现出江西文化的特征。其实,井冈山斗争也好,南昌起义也好,重要人物大抵都是中国最早接受马克思主义的外省青年。这是一种文化定位的偏颇。这两种错觉造成了文化心态上的狭隘。[6]这也许就是一种负面效应。因为单一与狭隘往往造成同丰富与开放的对峙,对峙的长久存在又引发了传统精神的两种断裂。

其一,由于长期"老区意识"所导致的与革命先烈英勇顽强进取精神相悖的懒散心态。"江西是老区",这句话已为人们习惯成自然地接受了,于是在承认光荣历史的同时,于有意无意之间实际包含了对于自身贫困的宽容以及求他人扶助与救济方针的确立。于是,自身能量的开掘被忽视了,生命力的航船被搁浅了,优秀革命传统的奋斗精神被消解了,光荣"老区"的负面成了一道精神障碍。

其二,江西历史的传统优势被切断了。从文化上看,江西历史上的传统优势并不仅限于革命的红土地文化,也不止于我们说得较多的宋代才子文化,比如,她还有历史悠久的"青铜文化"、举世无双的"书院文化"、影响深远的"理学文化"、声名远扬的"宗教文化",灿烂一时的"瓷文化",以及尊师重教的传统、重视经商的传统等等。由于文化定位中对革命文化单一属性的强调,构成了

对其他文化因素的排斥与压抑，文化定位从20世纪50年代到此后30年一成不变，也使得当年的革命英雄主义以及蓬勃向上的时代精神作为内在支撑的形象内涵渐渐发生了变化，从前的历史合理性开始呈现负面效应，"老区"在成为一种固定形象的同时，逐渐失去了现代社会竞争的实力，而文化传统优势的阻断造成了赣文化内涵的抽空，于是，人们反复宣扬"老区"之后反而失去了自我，处于现代时空的江西人油然而生"无根"的感受。

其次，探讨一下文化认同的问题。

所谓文化认同，撇开理论上的种种界定，说到底即是一种文化归属感的问题，不同的民族有不同民族的文化认同，不同的地域文化又有不同地域文化的认同。那种潜在的、一致的、黏合着一种文化的力量就是文化认同。文化认同体现在物质文化、精神文化以及介于物质文化与精神文化之间的文化体系，如行为模式、婚姻制度、风俗习俗等三个方面。最近，我从江西人方言众多、难有统一乡音的现象中提出了一个"江西人靠什么认老乡"的命题，它实际上就包含了江西人文化认同的先天不足以及对于当前文化认同力的寻求这两层意思。

应当看到，除了前面所述的历史先天原因以及文化定位偏颇之外，江西周边地区近10年的崛起与繁荣也给江西人带来了一种文化上的失落感，江西历史上固有的"边际文化现象"——受周边地域文化渗透影响——在今天经济的强大作用下，出现了江西主流文化流失的危险，青年文化学家郑晓江先生甚至认为，由于赣州、九江、上饶等地与广东、湖北、浙江多省经济往来的原因，江西文化面临分解。因此，他大力提倡"营造赣文化"。在他看来，"营造"就是在（赣文化）深厚的历史积淀的基础上，在文化的共识中共同努力，创造出一种充满自信的、健康向上的、面向未来的，既有自己的独特性，又有完全的开放性、充满生命力的赣文化，其目的就在于寻找出我们更好的发展繁荣之路，对内形成凝聚力，对外形成辐射力。[7]"营造"观点的提出，实际上正是出于对江西人文化认同力淡薄的一种焦虑。

不容忽视的现实是，赣文化主流特征的先天性模糊同今日赣人文化认同力的淡薄以及文化自信心的减弱，容易造成一种互为因果的负面效应，也许我们将真正地面临一种精神匮乏的局面：既无法拥有黄土文化的沧桑感、悲剧感以及对于人类行程永久性坎坷的认可，也无法具备江南小镇温文尔雅万种风情之后所隐藏的深刻理性。也许，我们将失去一种历史的依托，既没有传统精神的延续，也没有清醒地掂量过历史；也许，我们还将失去一种文化的自信，以至无法从容地面对日新月异的世界，在中国改革的大潮中，陷入一种滞后与迟钝的尴尬：既失去历史，又失去今天；既失去传统，又失去现代。

这并非夸大之词，并非言过其实，明了赣文化面对挑战的现状，我们也就不再把对文化认同、文化凝聚力的寻求仅仅看作是学术问题，从而忽略它的重要性与紧迫性。

三、赣文化特征的凸显与描述

面对赣文化特征这一学术难题，我的基本态度可以扼要地概括为两句话：关于赣文化特征，难以一语道破，也不必强求一语道破；一种文化的特征常常在不断地描述中凸显、强化，描述的意义不可忽视。

首先，我们期望认清一个问题，那就是作为一种地域文化的赣文化自身到底有没有本质属性？有没有自身的特征？其先天性主流特征的模糊以及各种外来潮流"冲洗"，又是否意味着其文化内涵的全部丧失，或者部分丧失？科学的定量分析手段显然无力于此，但世界上任何事物又都是有规律可循、有道理可解释的。

也许，法国理论批评家丹纳在他的名著《艺术哲学》中所表露的观点对我们会有所启示。在丹纳看来，物质文明与精神文明的性质面貌都取决于种族、环境、时代三大因素。循着这位法国大师的思路，让我们把思想的触角再次伸向远古——

按照文学发生学的观点，一切个体审美心理都包含着复杂的历史文化心理及其对远古文化传统的回应和再现。作家在任何条件下都必然会重复他所处的地域和种族审美模式的特征，因为审美模式的最初形成与其特定区域的原始先民对周围大自然的最初认识相关，从而形成一种原始意识。而意识一旦形成并被物化，又在不断的积累、沉淀中繁衍为后人生存的文化环境。这里所说的文化环境包括地域独特的客观自然，以及由此产生的"第二自然"，即人的精神性格及其物化，如道德、风俗、文学艺术等，这种精神物化又促进了文化特征的形成与延续。

如此看来，从江西远古的先民那里，也许就是从"赣巨人"和"黑人"种族部落那里，肯定就有某种先民意识存在。而在这块红土地（环境）上繁衍生息的赣人们（种族）历经风风雨雨（时代）之后，肯定也会保有生生不息一脉相承的精神（是否可称之为"赣魂"）。此种精神正是赣文化的内涵，而作为地域文化的特征，又正是此种特定内涵的体现或外化。

"赣魂"何在？内涵何在？的确难以一语道破。不过，对它的存在我们又是充满信心的，我们仍然可以从古代文化的"活化石"——方言的变迁中寻找根据：历史上的客家先人从中原地区多次大规模南迁已是众所周知的事实。但他们所裹挟的中原文化却在不同地区受到了不同程度的待遇：其结局是或同化当地土著文化，或被同化；或与当地土著文化融合，或保持独立状态。从同一时期同是中原地区迁出的先民进行考察——例如，同是由现在的河南、河北迁出，一支进入现在的鄱阳湖流域,另一支进入现在的苏北、皖南;或者同属中原地带,由现在的山西、陕西、甘肃迁出进入洞庭湖流域,由现在的山东、安徽、江苏出发,进入太湖领域——移民文化的迁移结局是不同的。以地域文化的表征方言来看,方言学家的结论是,除江西这一支外,上述各路移民的迁入语言(方言)已被中原汉语所同化。而大量无可辩驳的事实却证明,中原文化在赣语先民的摇篮、赣语的中心地带——鄱阳湖地区受到了顽强的"抵抗",结局是客语被赣语所同化。[8]

遥想当年,处于远古百越、上古"吴头楚尾"之地的江西土著文化居然可"抵抗"住强大的中原文化,可见赣文化与早已形成的赣方言一样,自有其生命系统所在。这,是赣人先民给予我们的信心。因此,我们也可以肯定地说,赣文化是有其独特属性的。

在明确赣文化并不因"百越杂居,吴头楚尾"而失去与全国各地域文化并肩而立的资格之后,江西学术界、文化界乃至每位文化人所要做的一项工作就是通过自身努力,在学术的层面,通过研究梳理,凸显赣文化的特征;在文化振兴的层面,通过宣传弘扬,增强赣人的文化认同。在历史、现实、未来的时间链条上,我们将一方面对传统进行必要的开掘,一方面对当代现实进行充分的描述,然后试图在传统与现代之间寻找到一条线索,一条命脉,一种生生不息的精神,一种文化孕育的精魂。

我所说的"描述"是一种文化意义上的描述,它既需要在轮廓形象上的勾勒,更需要内在精神上的摄取。目前学术界公认的赣文化特征模糊地反映了互为因果的两个方面:一方面是赣文化内涵的不明确,另一方面又是自古而今江西文化人对赣文化描述得不够。我一直认为地域文化的积淀发展以至主流特征的形成与它的不断被"描述"有关。好比面对一个极其平淡的人,假如他被众人多次认真描述,那么,平淡的人就可能变得不再平淡,平淡无奇之处也可以变得无处不奇。

尤其值得一说的是艺术在描述中的作用。因为在丹纳看来,艺术的目的就是要表现事物的主要特征,表现事物某个突出而显著的属性。正是因为现实不能胜任这一任务转而由艺术来担任。表现事物的主要特征甚至已经成了艺术品的本质。[9]比如,中国西部文学,从古至今,作家一提笔就有一种历史的沧桑感,这固然同它所拥有的厚重历史与"文化堆积"以及严酷的生存环境有关,但更与这种特征被历代流放戍边文人不断地描述吟咏有关。历史上有大批文人被放逐到大西北,他们写作的内在情感就是恋乡思根,具有一种刻骨铭心的漂泊感,这些都促成了西部文学的苍凉悲壮,西部文化的特征也因此昭然于世。又如当代江苏地域文学的发展,与包括叶圣陶、陆文夫、高晓声、汪曾祺、苏童等一批作家的不断开掘有关,像陆文夫之与苏州、高晓声之与苏南、汪曾祺之与高邮,作家的

名字已经深深地镶嵌在区域文化版图之上。

按照文化发生学的观点,地域文化的形成就是在不断地强化之中积淀,按照荣格的神话原型批评理论,文学艺术中有属于各个种族集体无意识的"原型"。像西部文化包含了流传不绝千年咏唱的"太阳"原型和移民"走西口"的主题,而江西文学中就难以找到一个一直被描述的原型,一个被久久咏唱的主题。关于"赣军崛起"的呼声在江西文学界已有多年,但他们的实绩并不明显。从走向全国的一批有影响的作家看,江西作家笔下的地域文化色彩一向较为淡薄。革命历史题材创作较有成就的杨佩瑾、罗旋、邱恒聪等人似乎没有在此方面特别着力;报告文学作家胡平虽生长居住于江西,但他是位典型的面向全国的作家,他总是试图站在时代社会的潮头,高屋建瓴地关注中国当代历史进程,作品中难见赣文化背景;胡辛的《蔷薇雨》透显出南昌故郡的文化氛围,《地上有个黑太阳》流露出景德镇瓷都的文化气息,实为难得,但终有难以透彻深入之憾;陈世旭的一些小说有九江地域特色,九江人读了有亲切感,但外地人看了还难留下深刻的地域印象;电影剧作家王一民的《乡情》《乡音》等颇具九江水乡特色,但从大印象上讲也很难同江南水乡截然分开;熊正良、李志川等人的作品有一些"赣味",可惜难以形成更大的文坛气候;至于两位有实力的青年作家金岱、南翔,一位告别故乡,进入广州,另一位频频南下采访,四处寻找内地人在沿海的独特感觉。也许,我们可以说,正是赣文化的"无特色"这种先天性限定,使得江西作家难以同陕、晋、湘、鲁等地域性极强的创作群体相抗衡。然而,这种"先天性"并不能卸去江西作家描述赣文化的责任感。如何对赣文化不断描述并进而加以强化,已经成为江西文化人的紧迫任务。只要翻开江西的历史,我们就可以发现对赣文化的描述已经具备了许多有价值的切入点:从远古的青铜文明,到历代的名人大师;从举世无双的江西书院,到鼎盛一时的宋明理学;从声名远播的宗教文化,到闻名海内外的瓷都、药都,哪个不是大有作为的艺术表现题材?!我听说古代吉州窑的瓷器贡品,煅烧100件之后要打碎其中99件,以保持"天下唯一"的尊贵性之后,心灵为之震撼,如此富有文化意味的细节是大有文章可做的。在这一方面,外地作家已经给我们做出了榜样。比如,京津的邓友梅、冯骥才只是通过小小的烟壶和子虚乌有的神鞭,就活化出京津文化的神韵,陆文夫通过美味饮食透出苏州小城文化的情致;浙江青年作家李杭育以重塑"吴越风骨"为宗旨写出一批作品;湖南韩少功深入湘西寻找楚文化之源;"陕军东征"更以一方文化为强大支援。当然不止于文学,还有甘肃的"丝路花雨"舞剧、山西近年崛起于舞坛的"黄河儿女情",云南的民间歌手大赛,以及各地学术界对各自地域文化的大力弘扬,均可看作是以"描述"为目的的文化行为。尤其值得一提的是,上海学者余秋雨通过《文化苦旅》等一系列散文作品所做的文化探索,他的努力与成果堪称文化描述上的楷模与典范。

文化描述上的作用与意义可以从多方面去评价，可深可浅，可高可低，深可至文化心理，浅可至乡情亲谊；高可至时代精神，低可至地方特色，其作用不容忽视。文化描述既有助于文化特征的凸显，同时也可以促进文化特征的形成。比如，范仲淹一篇《岳阳楼记》不但世代相传，而且反过来影响了当地的人文景观，恰如南昌重修滕王阁，重现王勃《滕王阁序》的历史风采，可谓文化与自然互相生成，先是景观被写入文章，继而文章化作了景观。文化描述的力量于此可见一斑。

文化描述实际上是在创造一种文化形象。比如，对当代的山西，人们的印象是较为贫困的省份，因为同它的形象联系起来的有大寨，有小说和电影《老井》，有"山药蛋派"，自古艰辛，民风淳朴。其实，这是当代文化描述的一种误导。历史事实告诉我们，在20世纪乃至以前相当长的一个时期内，中国最富的省份不是我们可以想象的那些地区，而是山西！直到21世纪初，山西仍然是中国堂而皇之的金融贸易中心。在清代，全国商业领域中人数最多、资本最厚、散布最广的是山西人；每次全国性募捐，捐出银两数最大的也是山西人。1822年，龚自珍提出一个全国大规模的移民计划，但他认为只有两处可以不予考虑，一是江浙一带，那里的人民筋骨柔弱，吃不消长途跋涉；二是山西，山西省号称海内最富，土著者不愿迁徙。余秋雨为此大发感慨地写下了《愧对山西》一文。江西的情况也有相似之处，同样可以写篇《愧对江西》的长文，因为即使是今天的文化人也不一定真正认识江西，对赣文化的肤浅了解也在无形中限制了我们的描述工作，以至于留在今天人们脑海中的江西形象仅仅是"十送红军"，仅仅是"八一风暴"，甚至仅仅是电影《闪闪的红星》与名噪一时的《决裂》。

文化特征的凸显还有赖于名人大师。不必讳言，自近代以来，由于江西没有出大思想家、大文学家，没有把赣文化作为一个文化因子加以弘扬，这也在一定程度上使赣文化没有被强化地凸显在世人面前。当然，近代以来的江西也拥有像陈寅恪、邹韬奋、詹天佑、罗隆基等一批名家，可惜他们的活动多在外地，大批学子俊才在异乡施展才华，没能直接参与赣文化的建设，这又不能不说同经济滞后文化衰落有关。经济文化愈是滞后，文化描述也就愈是乏力；地域文化愈是每况愈下，文化凝聚力愈是淡薄，这又是一种非良性的循环。可见改善人文环境，培养并推出自己的大师，也应是赣文化振兴的题中之意。

并非结语：描述赣文化的襟怀与气度

面对赣文化特征模糊的历史与现代的制约因素，我们所倡导的描述其实已经超越了一般意义上的学术描述，更为深层的心理动机在于通过描述、开掘、强化，去寻找赣文化所蕴含的内在精神以及对于今天的启示，从而走上赣文化振兴之路。必须说明的是，我们在描述中应当具有一种提升的气魄，必须将赣文化放在整个中国文化乃至世界的大背景下去考察，放在历史与现实进而面向未来的相交点上去观照。我们需要这样一种"描述的出发点"，那就是像"一代名车，中国江铃"这一口号中所体现的时代感，一种超越"地方主义"的胸襟与气度，唯其如此，再现赣文化的辉煌才不是遥远的梦想。

注释：

［1］ 参见何光岳《百越源流史》，江西教育出版社1989年版，第68页。
［2］ 参见民国《鄱阳县志稿》，转引自《鄱阳县志》，江西人民出版社1989年版，第839页。
［3］［8］ 参见陈昌仪《赣方言概要》，江西教育出版社1991年版，第8页、14页。
［4］ 参见许怀林《江西史稿·序》，江西高校出版社1993年版。
［5］ 参见邵鸿、江冰《赣文化溯源与展望》，《江西日报》1994年2月21日。
［6］［7］ 参见胡平、郑晓江、陈东有《千呼万唤"赣文化"》，《江西日报》1994年1月21日。
［9］ 参见〔法〕伊波利特·阿道尔夫·丹纳《艺术哲学》，人民文学出版社1983年版，第23～27页。

试论现代化与全球化双重撞击下的黎族文化

考察黎族文化与黎族文学，仿佛是一次漫长而激动人心的跋涉，从谁是海南岛最早的居民，到黎族族源的形成；从先秦典籍中的片断记录，到唐宋以后的"生黎""熟黎"，我们一步步地从远古走向现代，走进21世纪。于是，我们终于遭遇"现代化"与"全球化"——今天的地球人谁也很难绕开的问题。

作为经济快速增长、国力日益强盛、怀揣接轨国际强烈冲动的中国人，也许从来没有像当下如此强烈地感受到现代化与全球化的撞击！

有人将这种撞击比喻为"沙尘暴"，铺天盖地弥漫了中国人从物质生活到精神生活的所有空间。撞击并不停留在意识形态领域，它裹挟着诱惑、欲望和快感一拥而入，从好莱坞到NBA，从麦当劳到可口可乐，从超级市场到网络游戏，从情人节到圣诞节……所有这一切正悄然无息地改变着中国人的生活方式和价值观念，于是，一个反差出现了——民众尤其是青年一代乐陶陶地接受；知识阶层尤其是有人文关怀的"公共知识分子"则悲戚戚地呼吁：中华民族不要被"全球化"淹没，要警惕"全球化"背后的"西方化"。

也许，用"悲戚戚"形容未必准确，但对应"乐陶陶"的态度，的确是一个值得玩味的历史现象。如果重提19世纪末20世纪初的那次西方文化入侵，两个"世纪之交"所出现的近似现象，就更值得今人深思。与其说是历史的一种"惊人的相似"，不如说是中华民族进入现代化所必需的程序。

问题不在于我们是否能够阻挡或者拒绝"现代化"与"全球化"，而是应当如何在两者夹击的过程中保持自己民族的生存主题，存有自己文化的生命主题。

2004年召开的两次会议值得关注。

一是2004年8月份在深圳召开的"国际语境中本土文化资源的开发与利用"全国研讨会。会议由中山大学民俗研究中心与深圳市民间文艺家协会共同承办，全国40多位民俗文化专家、学者聚集一堂，探讨国际化城市建设中本土文化的保护与发展之路，以及文化生态平衡和文化功能的完善。

会议涉及热衷洋节日与冷落传统节日的问题，作为传统文化之根的民俗语、

民间文化的保护问题，民俗文化研究必须走入民间问题，民俗原生态与商业化操作问题，保护传统与发展经济问题，文化竞争力问题。不少话题谈得十分具体，比如，如何将传统节日程序化法定化；深圳如何有更好的文化项目，以便与2005年香港开业的迪士尼乐园竞争；本土文化资源开发利用可以运用商业化手段；等等。

二是2004文化高峰论坛。会议由许嘉璐、季羡林、任继愈、杨振宁、王蒙五位发起人提议，于2004（甲申）年9月3日至5日在北京举行。会议闭幕式上，发布了由70位论坛成员共同签署的《甲申文化宣言》（以下简称《宣言》）。

《宣言》指出，全球化这一显见的世界趋势，既推动了人类现代文明特别是科技成就和企业经验的共享，也凸显出国家、民族、地区之间不同文明的差异、分歧和冲突。鉴于此，我们响应许嘉璐、季羡林、任继愈、杨振宁、王蒙五位发起人的提议，应中华民族文化促进会邀请，于2004（甲申）年9月3日至5日在北京举行2004文化高峰论坛，愿借此向海内外同胞、向国际社会表达我们的文化主张。

《宣言》主张，每个国家、民族都有权利和义务保存和发展自己的传统文化；都有权利自主选择接受、不完全接受或在某些具体领域完全不接受外来文化因素；同时也有权对人类共同面临的文化问题发表自己的意见。

《宣言》中说，我们确信，中华文化注重人格、注重伦理、注重利他、注重和谐的东方品格和释放着和平信息的人文精神，对于思考和消解当今世界个人至上、物欲至上、恶性竞争、掠夺性开发以及种种令人忧虑的现象，对于追求人类的安宁与幸福，必将提供重要的思想启示。

《宣言》呼吁包括中国政府在内的各国政府推行积极有效的文化政策；捍卫世界文明的多样性，理解和尊重异质文明；保护各国、各民族的文化传统；实现公平的多种文化形态的表达与传播；推行公民教育，特别是未成年人的文化、道德教育，以及激励国家、民族和地区间的文化交流。

之所以介绍上述两次会议，是为了在讨论黎族文化前景时，铺开一个中国文化界的相关话语背景，也可以说是展示当下的一个"中国语境"。

无论是泰斗级人物所签署的《宣言》，还是学界精英的言说，均认可"文明多样性和文化多元性"的主旨——这其实也是当下世界知识界的共识与热门话题。难题依然在如何从实践的层面上去运作，对此，坚守在文化保护前沿的天津作家冯骥才几乎到了痛心疾首的地步，他的强烈呼吁颇有使命感。

在全球化和现代化的处境下，农耕文明全部瓦解，人类社会正在向工业化、后现代化转型，在这个过程中，世界上先觉的知识分子都开始有意识地保护自己的文化，比如法国的文化普查、日本的文化紧急普查，都是在知识分子推动下，成为国家行为。中国知识分子不应该脱离现实，落在后面。而

少数民族存在于自己的文化里。一旦文化失去，民族的真正意义也就不复存在。这恐怕是对于少数民族文化的抢救和保护的真正意义之所在。[1]

黎族文化的现状与冯骥才先生所言相近，保护肯定是必需的，但我们仍然要探讨的是一个如何保护的问题。

近20年来，黎寨村落确实发生了很大的变化，从黎乡日常生活的层面看，追求现代城市生活已成为一种普遍的认同，反映出一种文化的趋势——即弱势文化向强势文化倾斜，本土文化向全球性流行文化倾斜。

倾斜的趋势明显，同化的速度很快，现代化和全球化是不是真的将成为黎族文化的终结者？

回到原始已是天方夜谭，在偏僻黎村的一架电视接收天线面前，你清楚现代化是抵御不了的，你也无法非议黎族村民对现代化和美好新生活的向往和追求。在人的本性中，谁愿意甘守封闭和贫穷？谁不愿意享受便捷而舒适的生活方式？

如何把知识分子的"保护"与广大民众的"利益"对接，如何将学界的呼唤转化为民众的自觉，需要做的工作很多，我们面对的也是一个复杂而庞大的社会工程，需要政府、学界、社会、民众等方方面面的努力。梳理如此问题，非笔者能力所及，但我们赞成一种主动积极的态度，即民族文化在不断更新不断创造中发展的观点。

在环境危机、人口危机、粮食危机、能源危机之后，人类遭遇了更可怕的伦理危机，美国"9·11事件"、巴以冲突与中东战争、俄罗斯人质事件……战争阴云和恐怖事件一再向世界表明，人类伦理的底线已经丧失，人类正抛弃来自远古先辈的训诫，无情地自相残杀，比起物质世界的危机，人类精神世界的危机愈加可怕！

那么，靠什么来拯救人类呢？

仍然只有靠人类自己，人类的希望仍然在于重建自然世界的同时，清理心灵废墟，化解精神危机，重建人类文明。

对此，具有五千年文明的中华民族理应对人类做出应有的贡献，不少学者对此大声疾呼，著名社会学家费孝通先生就曾说过："我们相信中华文化中还有许多特有的东西，可以解决当今人类面临的许多现实问题，甚至可以解决很难的难题，这是可以相信的，不然哪里会有绵延了五千年的巨大活力。"

站在这样的高度，我们有理由相信作为中华民族文化组成部分——黎族文化也具有能够提供给人类解决现实问题的优秀文化资源。这，也是我们撰写此文的更深层的动机所在。书写、描述、传播文化的同时，我们试图确认优秀的文化资源，当然，这是一个巨大的工程，也许需要几代人的努力，面对这座富矿，我们也许只能插几支小小的路标吧。请允许我们姑妄言之——

路标一：自然亲和力。

黎族几千年的传统生活，依赖于大自然的原始自然经济形态，"靠山吃山，靠水吃水"，因此，他们对大自然有一种亲和力，他们对大自然的馈赠，心生感激，并以自然崇拜的方式，与自然进行交流。在黎族文化中，人与自然的关系，自古就与对抗、紧张、征服绝缘，此种来自远古的自然亲和力，在现代世界弥足珍贵。

路标二：心灵敬畏感。

黎族宗教原始纯朴，黎人信仰真诚敬畏，在他们的面前存有两个世界：现世与"鬼世"。两个世界如影随形，每时每刻都发生着神秘莫测的联系。现世活人的言行举止都在"鬼"的关注之下，黎人在日常生活中，竭力沟通"鬼"灵，在交流中试图获得人生的保佑和指引。因此，一份敬畏之心，充溢他们的情感。现代人胆大妄为，无法无天，一任欲望宣泄，恰恰少了一份敬畏之心，对自然的敬畏，对心灵的敬畏，对道德的敬畏。

路标三：男女和谐度。

黎族女子拥有人身自由，其作为世界"另一半"的"女性自由"以及决定自我命运权力范围为世界许多民族所不及，相对历来受男性世界压抑的女性历史状况而言，其中确有合乎人性的地方。更为难得的是，由于黎族女子社会地位较高，因此，处于家庭中的男女关系也比较和谐，比较平等。现代社会的标志之一是女权主义，然而，女权运动风起云涌的背后，仍旧是男性对女性的压抑现状。黎族"女性自由"内容，对缓解现代男女两性紧张而对抗的关系，应有缓解和启示的作用。

路标四：多元的图腾文化……

路标五：黎族神话与长诗……

路标六：黎锦创作的个性化……

用省略号意在表明：资源丰富与我们传达力之间的反差，作为黎人的后代，作为这敬仰黎族文化的学人，我们同样怀着一份敬畏，一份珍惜，一份期望，唯恐传达不当，造成对于资源运用的失误。

我们深信不疑的是，黎族优秀的文化资源必将受到世人的重视，她不但可以为全人类所共享，为人类重建精神大厦添砖加瓦，而且可以由此契机推动黎族文化发扬光大，并融入现代世界。

黎族文化急需描述与传播。

先说描述。笔者所表述的"描述"，是一种文化意义上的描述，它既需要在轮廓形象上的勾勒，更需要内在精神上的摄取。就一个民族、一个地域的文化来说，其文化积淀乃至主流特征的形成，与它的不断被"描述"有关。激发我对黎族文化命运关怀转而探讨某种文化策略的理性上的飞跃，也就是"文化描述"观点的形成，还有赖于以下几种理论观点的启示。

其一，克罗齐的观点。

意大利历史学家、哲学家、美学家克罗齐的著名论断："一切历史都是当代史。"在克罗齐看来，人们不可能超时空地接触历史。相反，试图进入历史的人，常常带着"此时此地"这个人的主观的"介入"。这个"主观"是指这个人所处时代赋予他的精神与情感的内容与方式，历史一旦同这种特定的内容与形式相沟通，它就与当代不可分离了。

克罗齐对我的直接启示是，面对文化传统，我们不但可以而且应当具有某种主动性。

其二，解释学的观点。

解释学（亦有译作"诊释学"或"阐释学"）认为，传统的生命掌握在解释者的手中，传统一旦在个人理解中存在，其意义便被逐渐地阐发出来，其新生也由此开始。解释传统意在解释现在，并揣测传统能给将来提供什么，理解就在过去、现在、将来三者之间以各种方式摸索沟通的道路。传统向每一个时代的不同理解敞开大门，每一个时代也必会以不同的方式去重新理解传统。传统以过去的名义面向解释，而解释以现在的方式接纳过去。同样的过去，永远被不同的现在和将来理解成不同的过去。

我们之所以拥有解释传统的能力与权力，是因为我们已经置身于某种传统之中，也许以下四种关系可以帮助理解人与传统的问题——

他必降生并生活于某一传统之中，在这种存在的境况中开始解释理解传统；

他必须接受某一文化传统的语言，并由语言来理解和解释传统；

他的理解与解释之所以可能，是他已在传统中存在，拥有负载着文化传统的语言，并怀着对过去的疑问，对现实的困惑和未来的期望。

解释学的观点为"描述论"找到了理论支撑点，它不但使我进一步明确了理解也就是"描述"传统的可能与动机，而且使我明确地了解到：传统能够成为每一时代的传统，能对一代代人发生不同的意义，秘密在于传统允许每一时代以自己的理解和解释延伸它，犹如凤凰涅槃后的再生。[2]

其三，文化资源与"支援意识"。

充当"解释人"或者"描述者"的角色，我们面对的是包罗万象的地域文化，从古至今的地域文化——无论是精神文化、物质文化乃至介于两者之间的文化体系，如行为模式、风俗习惯等等，均可以视作"文化资源"，而"文化资源"又可以通过创造性的转换而成为新文化建设中的强大"支援意识"（Subsidiary）。形成"支援意识"的转化必须具备三点认识：第一，传统并非是铁板一块，现代人有重新选择传统的可能和权利；第二，要让传统文化顺利地向现代转型，需要下一番改造、转化的功夫；第三，对传统的重构与选择，需要一定的条件。

从国外引进并被不少学者频频使用的"支援意识",启发了我对"地域文化描述论"的实际操作过程——从"文化资源"到"文化支援"——及其功能效应的认识。

再说传播。

"文化描述"不应当仅仅停留在学术探讨的层面,不应当只在大学、研究所、学术课题组、考古队、调查队乃至博物馆、图书馆的范围中活动,必须生产出文化产品,进入现代传播领域,借助一切媒介,渗透到广大民众的日常生活中去,唯有如此,一种文化才能源源不断地从每时每刻正在发生的生活中汲取营养,文化的生命之树方可常青不衰。

将"文化描述"从学术层面转化为文化传播运作策略,其方式方法很多,是一个庞大系统的文化工程,值得特别提到的是艺术在描述中的重要作用。

法国理论批评家丹纳(1828—1893)在他的著名学术著作《艺术哲学》中曾经反复谈到艺术以及它所表现的对象特征问题,在这位大师看来,艺术的目的就是要表现事物的主要特征,表现事物某个突出而显著的属性。正是因为现实不能胜任这一任务转而由艺术来担任,表现事物的主要特征甚至已经成了艺术品的本质。

最后,说说文化人的作用。

由于"文化描述"面临的对象很多,它既可能涉及城乡建筑设施规划、自然风光旅游资源等有形环境,也可以涉及文化传统、人际关系、价值观念、精神风貌、心理素质等无形环境,还可以涉及包括生活方式、民俗习惯、文学艺术形态等各个方面。因此,具体可供操作的运行策略有很多,难以一一论述。不过,我们可以将讨论限定在"文化人"的文化行为上。

在我们看来,文化人作为一种文化传统的承继与传递的群体,他们的文化功能注定了他们将对文化描述负有无法推卸的历史责任。历史的事实亦是如此。美国人类学家露丝·本尼迪克特在她的人类学名著《文化模式》中曾提出"文化模式"这一概念,在她看来,文化是一个模式化的整体,而这种文化模式的形成是一个整合的过程,在这个整合过程中,一些文化物质被不断地强化、规范化,而一些物质则可能被抛弃,这即是模式化的过程。[3]毫无疑问,在文化特质扬弃取舍的行为中,文化人起着重要的作用。也许,国内学者的话说得更加鲜明有力:"历史上一切否定文化的举动,总是要靠文化人自己来打头阵。"(余秋雨语)循着此话的逻辑,我要说的是,反之,历史上一切肯定文化的举动,也要靠文化人的最先动作。恰是在这个意义上,我们再次把眼光投向文化人。

热爱中华民族文化的文化人,尤其是身在海南、接近黎族文化的文化人,特别是作为黎族人的文化人,你们责无旁贷!

我们呼唤优秀的文化产品,呼唤具有魅力、能够抓眼球的文化产品,同时也

271

呼唤文化名人、文化大师。一部《红色娘子军》在特殊的年代将海南岛推到世人面前，我们期待今天有更好更多的优秀作品将黎族文化推向世界。

台湾著名学者龙应台曾经说过："如果你问我中华民族的本质是什么，它的本质是生生不息的充满创造力和爆发力的一个民族。"[4]

大陆学者林扶叠的一段话说得更加具体："文化的生命力，来源于文化自身的更新能力和创造能力，来源于生活于这一文化中的人对它的更新与创造，而不是源于'保护'。"[5]

尽管现实比理论更加复杂，但有一点是可以肯定的，文化传统并非一成不变，它是在不断的与异质文化交流与撞击中发展的，其内在的生命力来源于源源不断的"原创性"，创新是民族文化的灵魂。

同时，我们赞成对传统保持一种审慎与敬畏的态度，要警惕自己在自觉与不自觉中，以现代化为取向，轻易地判决传统，"面对穿过岁月的流逝而延续至今的高度复杂的传统，我们需要警惕快刀斩乱麻式的两分法。它确实具有极大的诱惑力，但同时，也具有极大的误导性，它诱惑我们过高地估计自己的理性能力，也过分以为自己的时代居于历史发展的完满阶段，因此可以对过去的一切做出终极判断"[6]。

扪心自问，我们真的有判决传统的能力吗？

黎族文化源远流长，特色鲜明，特征明显，文化资源内涵丰富，"文化支援"动力强劲。我们相信，面对现代化与全球化的双重夹击，它将从容应对，创新发展，开创民族文化的全新时代。

注释：

[1] 冯骥才：《癸未手记》，《收获》2004年第3期。

[2] 殷鼎：《理解的命运》，生活·读书·新知三联书店1988年版。

[3] 〔美〕露丝·本尼迪克特：《文化模式》，华夏出版社1981年版。

[4] 龙应台：《做耕牛不容易》，《南方都市报》2004年8月31日。

[5] 林扶叠：《什么样的文化需要保护？》，《南方都市报》2004年9月14日。

[6] 秋风：《我们有判决传统的能力吗？》，《南方周末》2004年9月16日。

魏晋南北朝服饰文化论略

在中国历史上，魏晋南北朝是一个特殊的时期：中央集权分崩离析，传统礼教急速解体。它既是一个充满人生痛苦的年代，又是一个追求精神自由的大动荡大变化的年代。关于这些，学术界已经有过许多精辟论述。本文试图另辟蹊径，选择服饰文化的视角，再一次探寻这一特殊时期的历史风貌及其表象之下的文化原因。独特视角的选择至少有两个方面的意义：既以服饰变化展示华夏民族文化的发展，又以民族文化心理的嬗变透视服饰变化的内在动力。因为在我们看来，文化不仅体现在典籍史料上，还依存于人们的日常生活和衣食住行之中，而服饰本身就蕴含了大量的文化信息。

一

一切的变化首先导源于战乱。东汉末年，封建统治者的压迫到了极其残酷的地步，赋税繁重，刑罚严峻，广大农民被迫揭竿而起，其中规模最大的是以张角兄弟为首的黄巾军起义，他们杀官吏、烧城邑，一时风起云涌，震撼全国。出于统治阶级的共同利益，各地豪强与朝廷共同进行了疯狂的大屠杀，像大豪强皇甫嵩的军队就屠杀黄巾军20余万人。在血腥镇压之下，黄巾军起义虽然以失败告终，但皇室统一的中央集权统治也被大大地动摇了。与此同时，各方豪强开始了相互混战，像董卓西迁长安致使积尸盈路，他被杀后，部属李傕、郭汜血洗长安城的暴行，举不胜举，中原大地几成废墟，最后形成魏、蜀、吴三国鼎立的局面。而所谓的"三国演义"，又是一场没有休止的你争我夺的战争演义。直至公元265年，司马炎篡权灭魏，成立晋朝，15年后，灭吴。这才结束百年大乱，统一中国。

统一并没有带来长久的安定，公元290年，晋武帝尸骨未寒，大乱就从宫廷内的杀戮发展为历史上有名的"八王之乱"，由此又引起少数民族的反晋战争，至公元316年，西晋朝廷完全覆没，五个少数民族豪酋又开始相继混战，公元

317年，司马睿在建康（现南京）建立了东晋，此时，仍有所谓"十六国"并存，中国开始了南北长期分裂对峙的局面。北朝，先后有北魏、东魏、北齐、西魏存在，南朝则依次有宋、齐、梁、陈更迭。利益的争夺，力量的对抗，从宫廷政变到大军压境，从玩弄权术到兵刃相见，中国的大地上像走马灯似地演出着一场又一场的生死剧，人民生灵涂炭，备受摧残。

频繁的战乱造成了魏晋时期特殊的文化背景和特殊的精神气候。其中经学衰落和礼仪的崩溃对魏晋南北朝时的服饰有直接的影响。正如任继愈先生所指出的："汉代是以经学的记诵来吸引读书人做官的。所以汉代的经师特别多。可是后来在军阀混战中全国的图书文物遭到惨重的破坏，诵经的儒生也变得极少了。曹魏时，朝廷大小官吏和太学生在京城的有万余人，能通古礼的却找不出几个，中央官吏有400余人，能提笔撰写文告的还不到10人。"[1]从这里看，战乱是直接的原因，但更深刻的原因在于儒学的信仰危机，传统礼仪所规范的服饰制度受到冲击。历史上物极必反的所谓"反弹"现象出现了。汉代自武帝独尊儒术以来，礼仪日渐繁琐，愈来愈禁锢人性，至汉朝末年，儒教与礼法已经进入高度形式化、虚伪化的阶段。"孝"成了一些人谋取官职的"终南捷径"，种种卑鄙下流的伎俩，终于将儒家礼法推向与它原意完全相反的境地。不妨举一例加以证明。汉末陈蕃任青州乐安太守时："民有赵宣葬亲而不闭埏隧，因居其中，行服二十余年。乡邑称孝，州郡数礼请之，郡内以荐蕃，蕃与相见，问及妻子，而宣五子皆服中所生。蕃大怒曰：……遂致其罪。"[2]

一个讽刺！父母死后，戴孝居墓道以博孝名，但此期间居然与妻子生了5个孩子。守孝为假，求官是真，不仅陈蕃，其他的地方官也处理过这一类伪孝子事件，可见当时伪礼教之盛行。于是，魏晋人常常反其道而行之，以放荡不羁对抗礼法。此种文化心理的变化自然会反映到服饰上。冠巾混杂就是典型现象。

古时候的"冠"是一般贵族所戴的普通帽子。《礼记·曲礼上》写道："男子二十，冠而字。"就是说，男子到20岁，就必须戴冠，并另取别名。行冠礼时有很繁缛的仪节，少年男子一经行过冠礼，社会和家庭就按成人的标准要求他了，他的一举一动都要合乎封建道德，故此，古人把戴冠看成是一种"礼"。《左传·哀公十五年》论述卫国内乱，子路被人砍断了系冠的缨，他说，"君子死，冠不免。"君子就是死，也不能摘下冠，于是，他停下战斗来"结缨"，以便将冠戴好，结果被对方杀死了。可见，在孔子的这位颇有些迂腐的学生看来，是否戴冠是比性命还要重要的大事。子路固然迂腐，但从史料上看，是否戴冠的确是衡量一个人是否遵从礼仪的一个标准。例如《晏子春秋·内篇杂上》载："（齐）景公……被发，乘六马，御妇人，以出正闺。刖跪击其马而反之，曰：'尔非吾君也。'公惭而不朝。"闺，指宫门；刖跪，指因罪被砍去脚的人，这里指受过刖刑而守宫门的人；被发，指齐景公披头散发，没有戴冠。一位守宫门的残疾人，居然因国王不戴冠而发出呵斥：你不是我的国君。而国王也因此感到深深的惭愧，"冠"之规矩是何等的"深入人心"。不仅帝王将相如此，有"教养"的平民也照此行事。《后汉书·马援传》载，马援未做官时"敬事寡嫂，不冠不入庐。"可见，这是整个封建社会的一个规矩。

古时候的"巾"，按《释名·释首饰》曰："二十成人，士冠，庶人巾。"巾也就是平民百姓裹头的幅巾。古时士以上者是不裹幅巾的。而秦末有支义军由奴隶组成，他们以青布裹头，所以有"苍头军"之称。秦时以黑巾裹头，也有称作黔首的。可见，汉族人中只有平民百姓和奴隶裹幅巾。以张角为首的黄巾军起义，就是以黄巾束首为标志的。

冠巾分明的规矩到汉末魏晋时被打破了。汉末时，幅巾就开始流行。《后汉书·郑玄传》称："玄不受朝服，而以幅巾见。"《孔融传》称："融为九列，不遵朝仪，秃巾微行，唐突宫掖。"孔融的言行在当时想必是既突出，又有代表性。因为此人也是以狂放名世。他曾经说过这样的话："父之于子，当有何亲？论其本意，实为情欲发耳；子之于母，亦复奚为？譬如寄物瓶中，出则离矣。"（《后汉书·孔融传》）在伦理大国，孔融此言可谓无视礼法，放肆大胆，作为贵族士人的孔融不戴冠，首先是一种无视礼仪的行为，这肯定同汉末时礼仪崩溃有关，只有在当时特殊的礼仪松弛的时代气候下，才可能出现厌弃冠冕公服、以幅巾束首的风气，而且愈近魏晋，此风愈盛。

在魏晋历史上很有名气的曹操对当时服饰的风尚也有很大的影响。说到曹操，人们很容易联想起小说《三国演义》以及戏曲舞台上的花面奸臣，其实，从历史上看，曹操是一位乱世英雄，他性格坚强，有胆有识，而且也敢于打破传统礼制。鲁迅先生就曾对曹操作过评价：胆子大，办事作文少顾忌。曹操在广招天下贤才时甚至说过，不忠不孝不要紧，只要有才便可以。即使写遗嘱，他也有"出格"之处，据《全三国文》卷三载云："吾婢妾与伎人皆勤苦，使著铜雀台，善待之。……诸舍中（指诸妾）无所为，可学作组履卖也。吾历官所得绶（印绶），皆著藏中，吾余衣裘，可别为一藏，不能者，兄弟可共分之。"遗嘱居然谈到遗下的伎女和衣服怎样处置的问题，以至晋代陆机大不以为然，评曰："彼裘绂于何有，贻尘谤于后王。"（见萧统《文选》卷六十《吊魏武帝文》）言下之意，自然是指曹操的言论与身份不符，有失礼仪之处。不过，以此也可看出曹操是一位讨厌虚伪礼法、很讲求实际的人。这同曹操的简朴也不无关系，史称他"雅性节俭，不好华丽，后宫衣不锦绣，侍御履不二采，帷帐屏风坏则补纳，茵薄取温无有缘饰"。在江陵获得杂彩丝履一批，下令穿完为止，不准仿制。又"吾被皆十岁也，岁岁解浣补纳之"[3]。《三国志·魏书·武帝纪》载曹操死后，按他的遗嘱："殓以时服。"裴松之注"时服"，引《傅子》之语："魏太祖以天下凶荒，资财乏匮，拟古皮弁，裁缣帛以为帢，合于简易随时之义，以色别其贵

贱。"缣帛是一种质地细密的丝绢,能染成各种颜色,以此裁成的幅巾,又被称作"缣巾"。由于经济便利,故被曹操采用作"时服"。三国时代的曹操"挟天子以令诸侯"权倾一时,在身为魏公之后,汉室皇帝几乎就是他的傀儡,如此尊贵显赫之人却能在死后不按前朝礼仪厚葬,可谓难得。

二

魏晋南北朝时期,汉族男子的服装,主要是衫。"衫"字在古时出现较晚,《说文新附》:"衫,衣也。"《释名·释衣服》称:"衫,衣也,衣无袖端也。"这是说,衫衣博大,穿着轻松,因为没有袖端(即今天舞台古装上的"水袖"),穿起来也很方便。按照汉代习俗,凡被称作袍的,袖端应当收敛,并且装袪口,《尔雅·释衣》称袖口紧窄部分为"袪"。而"衫"却不受衣袪的约束。这样,以衫为主的男装,在魏晋时也就日趋宽大,以至于"凡一袖之大,足断为两,一裙之长,可分为二"成为一时风尚,遍及大江南北。

史书上关于"宽衫大袖"这种服饰风尚的记载不少。当时是上自三公名士,下及黎民百姓,均以宽衫大袖、褒衣博带为尚,整个社会在服制礼仪上显得不那么拘束了。东晋葛洪的《抱朴子》中云:"传类领会,或蹲或踞,暑夏之月,露首袒体,盛务唯在樗蒲、弹棋。"又"或乱项科头,或裸袒蹲夷,或濯脚于稠众。"又邓集《晋记》云:"谢鲲与王澄之徒,摹竹林诸人,散首披发,裸袒箕踞,谓之八达。"《搜神记》中云:"晋元康中,贵游子弟,相与为散发裸身之饮。"《南齐书》云:"(郁林王)居尝裸袒,著红裈,杂采袒服,好斗鸡。"《陈书·周迪传》云:"冬则短身布袍,夏则紫纱袜腹,居常徒跣。"从上述史料记载中,不难想象当时贵族的生活风尚,服饰装扮上也十分随便,几乎不要服饰礼制的约束,动辄裸袒披发,衣冠散乱,一副站无站相、坐无坐相、卧无卧相、不务正业的"痞相",与正襟危坐、谦恭儒雅的传统士人形象相去甚远。其中以服饰装扮来达到骇世惊俗目的的种种举止,更有值得玩味之处。

魏晋时名气很大的"竹林七贤"堪为一代风范,其影响可以绘画史之实例为证。魏晋绘画中,"竹林七贤"不仅入画,而且形成一种称作"样"的传统形式。东晋的戴逵、顾恺之、史道硕,南朝宋的陆探微,齐的毛惠远,都画过七贤。又据《历代名画记》卷五、卷七所载,顾恺之与陆探微,不但画过"七贤"像,而且还画过与孔子同时代的古代贫穷高士荣启期像。一种题材之所以被当时著名的画家们所青睐,正在于其充分表明盛行于当时的对"七贤"的崇尚心理。值得庆幸的是,"七贤"样式,借助绘画,一直保存到今天,即南京西善桥墓室出土的印砖壁画。这使我们有可能目睹当时士人的高逸风采。[4]此幅壁画也一向为古代服饰的研究者们高度重视。

在南京西善桥墓室中,印砖划分为两壁,南壁绘刻嵇康、阮籍、山涛、王戎四人,北壁绘刻向秀、刘伶、阮咸、荣启期四人,除为晋人所喜欢称引的荣启期外,其余七人就是当时有名的所谓"竹林七贤"。画中并绘刻各种同根双枝形的树木10棵。嵇康左旁绘银杏一枝,阮籍之旁绘槐树,山涛之旁绘垂柳,并有松树、阔叶竹等。人物在每树间隔中席地而坐,三人面前有装酒的鸭头勺(或称尧头勺),二人正举羽觞,二人抚琴,一人擎阮,一人手指顶着个如意玩。情态生动,服饰各异。画面简朴,砖印线条,相当流畅。可谓"画体周赡""体韵遒举"之作。其中尤以山涛、王戎、刘伶刻画得最有神气。山涛头裹巾,赤足屈膝坐于皮褥上,一手挽袖,一手执耳杯,表现出一种饮酒沉思之意。王戎则一手靠几,一手玩弄如意,仰首、屈膝、赤足而坐,其前有瓢尊与耳杯,瓢尊中尚浮一小鸭,写出王戎"不修威仪",似有醉意之态。所绘刘伶,又是一种情态,露髻,屈一膝,赤足而坐,一手执耳杯,一手作蘸酒状,生动而多趣地画出了他的嗜酒;特别是写其双目凝视杯中,更刻画了他"视名醇而心醉"的特性。[4]据说,"七贤"之中的刘伶是最为落拓不羁者,他头梳两刃髻(又称双丫髻),是当时少年所梳的发型,刘伶特意以此显示玩世之态。刘伶曾做过一篇《酒德颂》,无视世上先人所定的一切道理。《世说新语·任诞》还记载了他的一桩轶事:"刘伶恒纵酒放达,或脱衣裸形在屋中,人见讥之,伶曰:'我以天地为栋宇,屋室为裈衣,诸君何为入我裈中?'"裈,古时指裤子,刘伶居然反问客人为什么要进他的裤子中去,言语何其放肆大胆!

从砖刻画的全图看,诸人都近于袒胸露臂,其中又有七人赤足,一人散发,三人梳丫角髻,四人着巾子,均穿大袖宽衫,反映了当时服饰的典型情况。整个画面充分地表现了"竹林七贤"任情不羁、放浪形骸、崇尚虚无、轻蔑礼法的精神气质,结合战乱不断、礼仪解体、儒学信仰危机、高压政治残酷以及当时封建士人特殊心态等文化背景来看,服饰的文化意义也就不难理解了。应当说,秦汉以来渐成体系的华夏文化,在魏晋这一"礼崩乐坏"的大动荡时代受到冲击,并加入了某些新质。在以"礼"为正统观念的另一面,又增加了不拘礼法、放荡不羁的精神因素。"竹林七贤"之风度,历来褒贬不一、毁誉参半,而之所以对以后一千多年的封建士人的思想、文学、艺术、心态、性格都有深远影响,其重要原因也在于它所构成的与礼仪传统相背反的另一精神侧面。

从魏晋人宽衫大袖、袒胸露臂的服饰上我们不难看出"不拘礼法"之风气,这同样可以视作当时时代精神的一种投射,但由于各人所达到的精神层面不同,相近的现象之中又包含有不同的文化内涵。鲁迅曾经在研究中国历史时,归纳出了魏晋士人所以着衣宽大的两个原因:服药与饮酒,并对两种行为做出正确的分析。他清醒地看到,即便在所谓"正始名士服药,竹林名士饮酒"的风气中,也是因人而异,各有不同动机的。比如饮酒,有思想虚无沉湎于酒者,有逃避乱

世自我麻醉于酒者,也有纯粹耽于享乐贪而无厌者,在"宽衫大袖,大家饮酒,反对礼教,无拘无束"的表面现象之下还有更为复杂的东西。鲁迅在他著名的演讲《魏晋风度及文章与药及酒之关系》中就深刻地指出:"例如嵇阮(作者按:指'竹林七贤'的领袖嵇康与阮籍)的罪名,一向说他们毁坏礼教。但据我个人的意见,这判断是错的。魏晋时代,崇奉礼教的看来似乎很不错,而实在是毁坏礼教、不信礼教的。表面上毁坏礼教者,实则倒是承认礼教,太相信礼教。因为魏晋时所谓崇奉礼教,是用以自利,那崇奉也不过偶然崇奉,如曹操杀孔融、司马昭杀嵇康,都是因为他们和不孝有关,但实在曹操司马昭何尝是著名的孝子,不过将这个名义,加罪于反对自己的人罢了。于是老实人以为如此利用,亵渎了礼教,不平之极,无计可施,激而变成不谈礼教,不信礼教,甚至于反对礼教。"

鲁迅的话可算是由表及里,抓住实质了。像阮籍借酒辞婚,竟大醉60日的轶事就很可以说明问题。他正是以"任性""痴""玄远""酣醉"等外在行为来掩盖他的"不拘礼法"的实质和"无路可走"的痛苦。这也就注定了士人的外在行为与那些耽于感官享受的贵族有着迥然不同的内在实质内容。服饰所蕴含的丰富而复杂的文化信息由此也可见出。

三

魏晋南北朝时期,虽然先有三国鼎立的武装割据,后有南北朝的长期对峙,但它同时又是南北大交融、民族大迁徙、各民族文化大交流的年代。这一点也十分生动地体现在服饰变化上。最为突出的例子莫过于北魏孝文帝下令鲜卑族人改穿汉服。这是中国服饰史上非常重要的一页,它与先秦赵武灵王令汉人改胡服一事,遥相呼应,互映成趣。它们都是由王室颁诏下令改变民族服饰,一是由胡而汉,一是由汉而胡,两者双向逆反的努力,恰恰成为各民族服饰相互影响、进行文化交流的有力佐证。

公元494年,魏孝文帝迁都洛阳,次年诏令禁胡服。拓跋鲜卑原是编发左衽,所以当时称索头或索洛。迁洛阳后,孝文帝下令改穿汉人的衣冠,命尚书李冲、冯诞、游明根等讨论服制,尤其令巧思多艺的蒋少游主制冠制,经六年方制成。孝文帝自己首先带头,太和十年"始服衮冕";太和十八年革其本族的衣冠制度;十九年引见群臣时并班赐百官冠服(以易胡服)。按孝文帝的要求,不但男子,妇女服饰也必须改为汉装。一次,孝文帝至邺城,"见公卿曰:'朕昨入城,见车上妇人,冠帽而着小袖襦衫者,尚书何为不察?'澄曰:'着者犹少。'帝曰:'任城欲令全着乎?一言可以丧邦,其斯之谓。'"[5]对于大臣的辩解,孝文帝不但声色俱厉,加以批驳,而且将妇人是否由胡服改为汉装提高到兴国丧邦

的高度来对待，可见他的重视和决心。作为鲜卑族的一位首领，顶住本民族千百年延续下来的强大的习惯势力，竭尽全力地在很短时间内改变自己民族的服饰，其动机何在？难道是心血来潮，一时兴起？抑或久居中原，羡慕汉装？

话题得从孝文帝的祖先谈起——

据《魏书》记载："魏先之居幽都也，凿石为祖宗之庙，于乌洛侯国西北。自后南迁，其地隔远。真君中，乌洛侯国遣使朝献，云石庙如故，民常祈请，有神验焉。其岁，遣中书侍郎李敞，诣石室，告祭天地。"由此可见，石室所在，就是鲜卑族拓跋部原名之地。1980年7月，在内蒙古自治区鄂伦春自治旗阿里河镇西北10公里的大兴安岭北部东麓，发现了这个石室，石室中还保存着魏世祖拓跋焘太平真君四年（公元443年）派李敞来祭祀的石刻祝文，全文19行，201字，内容正是《魏书·礼志一》所载的祝文，只是字句稍有出入。[6]这就可以确定拓跋鲜卑就是从这里南迁的。

在漫长的迁徙道路中，以畜牧狩猎为业的鲜卑族经历了原始社会解体、奴隶社会形成进而封建化的全过程。鲜卑族在无数次的流血战争之后，在一步步地走向中原的同时，也一步步地提高自身的文明水平，文明的进步伴随着血与火的洗礼。北魏尊拓跋力微为始祖神元皇帝后，其子沙漠汗曾经为人质于曹魏和西晋，这位王子耳濡目染，接受了汉人文化。他穿着汉服，并学得弹丸的武艺，能援弓飞弹，击落飞鸟。回国后，诸部大人因为他"风采被服，同于南夏，兼奇术绝世，若继国统，变易风俗，吾等必不得志，不若在国诸子，习本淳朴"，[7]因而进谗于力微，杀了沙漠汗。这正好说明守旧势力对进步文明的恐惧。

祖先在汉化与反汉化斗争中的种种事迹，对孝文帝来说不啻是一种"宗族记忆"，在他进踞中原之后，这种记忆与北魏的社会现实不断产生撞击，最终形成了推行汉化运动的强大内驱力。孝文帝深刻地认识到，不接受汉人先进的文化，仅靠武力强盛，难以久居中原。大势所趋，势所必然，孝文帝加快了他的先祖们未完成的汉化进程，他主要做了六件事：迁都洛阳，改革官制，禁胡语胡服，改鲜卑姓为汉姓，禁鲜卑同姓相婚，改革礼乐刑法。据史载，孝文帝为做成这六件事，亲自下笔制定礼仪律令，此类举止在中国历史上都是罕见的。

今天来看，禁胡服胡语、改鲜卑姓为汉姓、禁鲜卑同姓相婚，较另三项措施实行起来更有难度，是一种将带有野蛮习俗的游牧民族迅速拖入汉文化圈的断然措施，从文明史上来说，也是一种"加速度"的进化。不妨看看"禁胡语"这项具体措施，太和十九年（公元495年）六月，诏令"不得以北俗之语，言于朝廷，若有违者，免所居官"[8]。禁止本族语言，竟是如此坚决，从官抓起，违令者就要免去官职。孝文帝还曾对他弟弟咸阳王禧说："自上古以来，及诸经籍，焉有不先正名而得行礼乎？今欲断诸北语，一从正音。年三十以上，习性已久，容或不可卒革；三十以下，见在朝廷之人，语音不听仍旧，若有故为，当降爵黜

官，各宜深戒。如此渐习，风化可新；若仍旧俗，恐数世之后，伊洛之下，复成被发之人。"[9]可见，孝文帝意在正名行礼，而学得汉语，才能学习汉人的经籍典册；同理，着汉衣讲汉语，首先就迅速拉近了不同民族间的距离，有利于消弭鲜卑人和汉人的隔阂。

显然，就禁胡服来说，服饰→汉化→礼仪→稳固政权，构成魏孝文帝的改革思路。尽管其目的在于巩固政权、维护统治，但通过六项汉化措施，既缓和了当时的社会、阶级矛盾，也促进了鲜卑本族文明进步，同时有效地推动了各民族之间的文化交流和文明进步，这是具有历史进步意义的。简言之，北魏孝文帝——鲜卑人元宏的服饰变革，不仅包含着两种不同类型文化之间的较量、交流的深层内蕴，而且也包含着一种文化对另一种文化的折服、敬佩乃至渴求，其中自然包含了中华民族一步步走向文明的生生不息的力量。

注释：

[1] 任继愈：《魏晋清谈的实质和影响》，《历史教学》1957年第10期。

[2][3] 转引自《谈〈蔡文姬〉中曹操形象的真实性》，《光明日报》1959年3月6日。

[4] 参见王伯敏《中国绘画史》，上海人民美术出版社1982年版，第111页。

[5] 参见《北史》卷18《任城王云传附元澄传》："北方无寒，故用小袖；便于骑马，故穿襦袴。"

[6]《大兴安岭北部发现鲜卑石室遗址》，《光明日报》1980年11月25日。

[7][8][9] 均见《魏书》，转引自《魏晋南北朝史纲》，人民出版社1983年版，第418、第429页。

英雄时代的心灵诉说
——唐大禧雕塑及《塑说》的文化意义

今天，45岁以上的中年人恐怕没有不知道长篇小说《欧阳海之歌》的；当年这部发行量高达3200万册的小说，其封面就印着唐大禧的雕塑成名作《欧阳海》：解放军战士欧阳海为遏制受惊的军马，用生命保住了列车的安全，英勇献身的瞬间成就了英雄时代的一个悲壮的集体记忆。在文学界讨论"文学记忆"伦理化和美学化倾向的同时，当代雕塑作品已经向我们展示了共和国60年的一种可观可触固化成型的时代记忆。不同历史时期的雕塑作品，显然构成了一部完整的关于"英雄时代的心灵诉说"的历史。倘若我们可以由此重返历史现场，于"集体记忆"与"个人记忆"之间寻找某种隶属于民族、国家的记忆，或许可以获得涉及艺术、美学、历史等多个领域的重要启示。广东雕塑家唐大禧的雕塑，正是可以满足我们上述期待的当代艺术作品。其理由至少有二：唐大禧是一个紧跟时代并在不同历史时期都有代表作品产生社会影响的艺术家，20世纪60年代的《欧阳海》和70年代的《猛士》就是例证；唐大禧同时又是一个在艺术创作中流露明显"挣扎意识"并具有个人风格的当代艺术家。

一、中国本土成长的南国艺术家

在唐大禧的成长历程中，有两个地点不容忽视，一是1936年于广东汕头，二是1949年移居香港，入香港私立仿林中学、香港公信美术专科学校。广东有三大地域文化，各具特色，各有方言，其中涵盖汕头的潮汕文化似乎最具神秘感，渊源久远模糊，出处扑朔迷离，方言中有中原古音，民俗中有华北古风。当年唐代大儒韩愈贬官于此，虽然只有8个月时间，却留下韩山之名，影响千年不衰。我认为，除了韩愈个人魅力之外，与潮汕一方水土文化底蕴深厚也大有关系。再就是香港教育对艺术家青少年时期艺术观的奠定。香港也是特殊之地，近代以来迥异于大陆，有"英国的天，中国的地，香港人的心"之坊间说法，其

教育环境无论如何评说，肯定与20世纪50年代的大陆"苏式教育"不同，西方教育加中华传统可能就是唐大禧不同于后来中国美院系统培养的科班人才，也不同于西洋留学"海归"一派的独特之处。

我近年一直在思考南方写作与本土言说问题。何谓"本土言说"？理论上很难准确界定，但我以为一定与出生地、童年记忆、祖先记忆、故乡记忆密切相关，一定与你生于斯长于斯贯穿你生命的某种文化传统有关，一定与你所痴迷所钟情所热爱的乡土情感有关。仔细品味一下当代作家的作品，出生地的情感与文化烙印，常常在作品中留下这样一种东西：无论你走得多远，无论你漂泊到何处，你的情感归宿在你的"本土"，也许你会走得很远很远，天涯海角，千里之外，但艺术家内心的故乡在原处，在老地方，这是命定的归宿，游子的归宿。世界各国作家一概如此，中国作家基于传统尤此为甚。

唐大禧的艺术创作与广东、广州渊源极深。广东既是其出生地，又是其居住地，虽然数次北上考察，但绝大多数时间都在南方。"他生活在南方，南方的风水和艺术传统滋养了他，他的作品具有南方艺术秀丽的特色，但同时他也以开阔的胸怀关注北方雕塑的风格。""唐大禧兼蓄南北两种风格的元素。"[1]邵大箴的评语可谓中肯。我以为，如何辨析唐大禧雕塑中的南北元素，进而寻找地域文化对艺术家或明显或潜在的影响是很有意义的学术题目。

二、寓时代风云的艺术创作历程

1954年，唐大禧任广州文化公园美工；1956年雕塑处女作《追踪》问世，同年以此作参加全国青年美展；1959年调入广州雕塑工作室，正式开始进入中国大陆艺术创作系统，开始经历我们所熟悉的当代历史风云。

唐大禧在不同历史时期创作的作品，也大致可以体现不同时期中国大陆的艺术创作基本风貌：20世纪60年代，有前期的《卡斯特罗》《詹天佑》《赵佗》《欧阳海》《南丁格尔》等，有"文革"时期的《全国人民大团结》《亚非拉人民大团结》等；70年代有前期的《革命圣地》《长征》《群山欢笑》《占领总统府》等，有"文革"结束后的《海的女儿》《真正的铜墙铁壁是群众》《张骞》《革命烈士群像》《猛士》《莫愁女》《广州解放像》；80年代的《绿娘》《蛇口的传说》《天湖仙女》《匠心雕龙》《反弹琵琶》《剑舞》《极乐鸟》《鲁班》《启明》《新的空间》《林则徐》《海马》《天马》《苏东坡》《王朝云》《孙中山》《未来属于我》《崛起》《月亮》《创造太阳》《叶剑英》《梅仙》等；90年代有《观世音》《辟邪》《呼晨》《艺之门》《凤凰之光》《埃及浴女图》《绿殇》《醒狮》《孔子坐像》《文天祥》《二胡》《龙舟》《周恩来》《南海神庙》《华夏柱》《古罗马战士》《风之梦》《少女与剑》等；21世纪初的《世纪图腾》《叶欣》

《保卫生命》《红头船》《妃子笑》《思想者》《壮丽诗篇》《鲁迅与许广平》《关汉卿》《周文雍与陈铁军》《陈寅恪》《跪乳石》《秦牧》《习古》《走近罗丹》《脊梁》等，共200多件作品，几乎覆盖了新中国成立以来的各个时期。即便是一位不熟悉雕塑作品的读者，他都可以望文生义地大致了解唐大禧雕塑的题材选择，并由此猜想艺术家的创造动机及其创作心境。

20世纪六七十年代大致是一个"颂歌时代"与"英雄时代"，青年唐大禧的"英雄情结"是天性使然，还是应运而生？艺术家的文化性格可以做定量分析吗？我没有把握，但几乎所有出于那个时代的中国大陆艺术家，都无法跳出特定时代的总体环境，更遑论那是一个全体只"向东看"的文化选择时代。1962年创作的《卡斯特罗》就是典型一例。其背景为历史上有名的"古巴危机"，为支持孤军奋战于美洲的社会主义同盟，中国国内掀起"要古巴不要美国佬"的热潮，人们把一种理想寄托于古巴的精神领袖和民族英雄卡斯特罗的身上。艺术家捕捉到了此种时代心理，以写实的手法，再现了这位蜚声中外的古巴英雄。唐大禧28岁时的成名作《欧阳海》更是借时代风潮，将艺术家的"英雄情结"充分释放，真挚敬仰与艺术表达的完美结合，使之成为一个时代的典范作品，示范红色经典，进入历史记忆。作品抓住英雄献身的那一瞬间，以一种极其强烈的人与马的力量冲突，再现千钧一发的危急与临死一刻的果敢，于静态的雕塑语言中唱响一曲高亢入云的赞歌。著名美学家王朝闻赞叹作品为"一团火"，可谓恰如其分，因为作品正是一个英雄时代的真实写照。

当然，假如唐大禧只有英雄颂歌，那他就不是我眼中真正"寓时代风云"的艺术家。他还有三类作品值得一说：敏锐抓住时代变化的，回归传统发现传统的，纯粹表现艺术家内心情感的。第一类最抢眼，因为与时代风云变幻联系最为紧密，比如《猛士》，作品在引起关于裸体艺术表现广泛争论的后面，其实表达的是一种意识形态上的突破："献给为真理而斗争的人"，它的创作背景是有关真理标准的讨论和张志新事件的真相披露。裸体，骇世惊俗；拉弓，有的放矢；烈马，向前狂奔——蓄势待发的饱满状态正是一个旧时代被冲破、新时代降临的前兆，艺术家内心情感的冲撞恰逢其时，接通了时代的巨大情绪，一个极具象征意义的作品由此诞生！

第二类大多为传统题材，有常见的取材于传统乐器的《二胡》《短笛》，有取材于传统地域风物的《红头船》《华夏柱》，还有一批取材于历史文化名人的作品，格外引人注目，比如孔子、苏东坡、文天祥、关汉卿、八大山人、林则徐、鲁迅、陈寅恪等人的塑像，这些历史人物已有定评，历史背景突出，文化内涵丰富，如何表达人物性格，提炼精神要点，是对雕塑家的大考验。应该说，唐大禧基本上属于严谨一路，以仰视、崇敬的视觉去表现伟人，这里既有传统文化的尊老习惯，也有唐大禧这一代人谨慎从事的惯性，艺术作品内蕴平和的多，狂

放失衡的少,情感表达也大多缓和冲淡,庄重多于诙谐,中庸多于偏激,抑制多于奔放,悲凉多于浪漫。表现伟人名人,不免被大人物"气场"笼罩,反而难以显出艺术家自己的个性,从而放弃对表现对象个性的塑造,尤其是不敢强调一点,走走"片面深刻"的路子。我以为,这是当前各个艺术创作领域的一个通病,一个制约我们当代艺术家取得更大成就的一个障碍。

我欣喜地发现,唐大禧在他几十年的创作中常有思考,时有突破,《关汉卿》就是难得的激烈之作。主人公本来就是元代戏剧舞台的第一大才子,生而倜傥,博学能文,滑稽多智,蕴藉风流,为一时之冠。他能写能编,精通音律,擅长歌舞,且不屑仕进,端的是一位狂放不羁顶天立地之大丈夫!看看作品吧,关汉卿身着宽大戏袍,双眼紧闭,双臂高举,手掌向天,仿佛当年汨罗江边的屈原大夫,叩问苍天,呼唤神明。关汉卿硕大的衣袖舞动如风,似雄鹰欲振翅高飞而不能,悲愤焦灼满腔热血欲一气冲天而压抑,内心的强烈情感传达着主人公生命个体与外在世界的巨大冲突,人物内心情感与形体语言,在雕塑家的艺术表达中交相辉映,浑然一体。这使我不由自主地想到中国书法中罕有的草书,想到唐代书法家张旭和他的学生怀素。张旭酒醉后呼叫狂走乃下笔,世呼"张颠"。怀素被誉为草圣,更是性格粗放,不拘小节,以狂草名世。想到诗仙李白,"五花马,千金裘,呼儿将出换美酒,与尔同销万古愁"。也许只有草圣诗圣们才能真正做到生命的狂放,而绝大部分中国文人却只能不由自主地选择自我压抑——"却道天凉好个秋"的路径。[2]想想南宋一朝,国破人亡,江山半壁,"国家不幸诗人幸",正是诗人壮怀激烈放开一写之时,然而,狂放一路激烈一族甚少,大将军岳飞有《满江红》一首,留一曲高亢。余下辛弃疾气势就在减弱,他虽可驰骋疆场,但也只能"把吴钩看了,栏杆拍遍",一把英雄泪。陆游更是绝望之至,"王师北定中原日,家祭无忘告乃翁"。每读于此,难以解恨!难怪古人就有言论:学杜甫易,学李白难。李白乃"盛唐之音",他代表一个时代的终结,也预示着一种浪漫主义的消失,而又岂止是浪漫主义的消失?唐大禧也很难例外,比起狂放一路,他也许对压抑一路表达得更为熟练,《八大山人》与《陈寅恪》就是例证。二者均为精品,但后者由于是当代人物,在理解上更显难度,也许是同在南国远离中原的缘故吧,我以为唐大禧对陈寅恪的理解是准确到位的,孤愤、不驯的情绪传达也是具有感染力的。伟人、名人如何再塑造再阐述,唐大禧以他的艺术实践做了有益的探索,所有作品中的"紧张"与"松弛"的艺术感受,我都视其为探索中的努力与挣扎。

最后说说纯粹表达艺术家内心情感的作品。这里的所谓"纯粹"其实也难界定,主要是指一种"去意识形态化",或者说对文艺"工具论"的疏离之后的创作。比较来看,唐大禧对女性的塑造,似乎更近我所说的"纯粹"。《猛士》以原本应当远离争斗的女性为主角:女人为士,弯弓为美,金戈铁马,剑拔弩张,确实是"破冰"之时代缩影,女英雄张志新之真人背景,依然属于宏大叙事。《莫愁女》也过于庄重,或许可以一改常态,突出一个"愁"字。即便以阴柔为主的女性依然无法避开正史人物的表达模式。由此来看,闲作《风之梦》就倍显可贵,也更见人间烟火气:春光乍泄,少女梦境,轻盈飘逸的长发,衬托出柔美的胴体,洁白的大理石因此幻化为一片圣洁的白云——可惜艺术家这样心境的表现不是太多而是太少。其实,真正从情感出发,就是革命题材一样可以焕发出异样的魅力。《陈铁军与周文雍》取材于人们熟知的《刑场上的婚礼》,在所有英雄时代的故事中,这一对"夫妻档"所以动人,就在于其中蕴含了人类普遍而平凡的情感:男女相恋、新婚幸福,却共赴黄泉,慷慨就义。唐大禧抓住情感入口,在男女主人公的塑造上形成一种反差:男悲壮,女恬静;男怒目圆睁,女双眼微闭。一个是入世之争,一个是超世之美,相得益彰,心心相印,对革命历史题材创作提供了启示。也正是从纯粹的情感出发,我们在雕塑家的《叶欣》《陈波儿》作品中感受到更多的亲和力。

三、艺术家评传的文化意义

感谢散文家沈平女士,因为她的新著《塑说——唐大禧雕塑回望》[3],让我们走近雕塑家,走近中国当代雕塑,再次感受一番历史风云。新著价值至少有三:一部艺术家的成长史,一部当代中国文化史的缩影,一部中国当代艺术理论的反思序篇。在我的理论视野中,有三部名著可以形成阅读参照:法国艺术批评家丹纳的《艺术哲学》,现代雕塑家罗丹的《罗丹艺术论》,李泽厚的《美的历程》。

沈平的工作主要有三:一是用文字解读了唐大禧的主要作品,二是对唐大禧的艺术创作有一个基本评述,三是提纲挈领地展开唐大禧的艺术观念。平心而论,这是一项并不轻松的工作,对文学写作者的思想与艺术要求不低。沈平在第一个方面卓有成效,成功地以作家的文字作为桥梁,引领一般读者进入雕塑作品,进而了解雕塑家的创作动机与艺术目标。第二个方面没有展开,文字篇幅太少,但像"儒皮佛肉文人骨"的论述,言简意赅,捕捉精神,深得真谛。这也与作家与雕塑家之间的充分信任和长期交往有关,知人论世,熟悉熟知是基础。但也可能因为太熟悉,反而难以拉开距离,以至亲切有余而超越不够。比如"遗憾篇"恰恰是最值得下力气挖掘的地方,作者却轻轻放过了。第三个方面,是作者最弱的方面,也许它已经不在作者主要篇幅之内,以附录形式出现的"访谈录",在我看来价值很高,其中涉及不少重大的艺术史和艺术理论问题,发人深省,启示多多。比如,中国雕塑历史局限于实物遗存,所有古代作品中都找不到任何一个雕塑家的名字和个人记载。唐大禧认为艺术家的"无名"状况的核心

问题是"历史承认不承认个人的作用和创造",与文人士大夫的文墨活动相比,可谓文化不公,从本质上看就是对人的尊严与个性的抹杀。中国古代多佛像,少现代意义的雕塑,所以中国当代雕塑还有一个"重回人间"的历史使命。[4]假如,我们将雕塑与文学等领域相比较,其中也有相互沟通相互启发的时代需要。而画地为牢,恪守边界,在今天这个学科整合的年代,显然是落后的做法。关键是我们的确缺少艺术领域的大家通才,当前受到社会广泛批评的教育制度在此也显示出人才培养的短处。

新中国已有60余年历程,"五四"新文化运动也有近百年,唐大禧这样的一批艺术家都到了古稀之年,文化总结的工作都因此有了"文化抢救"的意味,他们走过的道路、他们承受的苦难、他们内心的挣扎,是多么需要沈平式的亲近与劳作,艺术评传的作用还有进一步传播艺术、普及艺术的作用,它的意义是多方面的,它的价值也是多方面的。走笔于此,恰好接到广州市作协主席张欣的通知,邀请几位学者评论家准备就包括唐大禧在内的广州10位老画家开一个研讨会,我也在被邀请之列,欣然答允。带上作为晚辈的敬意,带上我学习的心得,走近老一辈艺术家,走近唐大禧。

但愿这也是不同艺术领域互动互助的一个良好的开始,一个有意义的开始。

注释:

[1] [3] [4] 沈平:《塑说——唐大禧雕塑回望》,羊城晚报出版社2009年版,第1页、第198页。

[2] 江冰、胡颖峰:《浪漫与悲凉的人生》,中国人民大学出版社1993年版,第118页。

第三辑 互动时代的"本土化"文学

论广东女性写作的文学史意义

一、地气对接天时，回应历史拐点

1990年后，广东女性写作崛起，一方面是张欣、张梅等人的小说渐具全国影响；另一方面是"小女人散文"形成普遍关注，并在命名上引发争议。两者互为映衬，相得益彰。20年过去了，除了张欣、张梅依然在大陆小说道路上前行，"小女人散文"倒是偃旗息鼓，成为文学史中令人怀念的"不长的片段"。细想下去，小说、散文两路人马的出现，也是应时回响，可谓一个时代的产物。1990年后是一个什么样的年代呢？80年代思想解放运动盛极而衰，社会一下到了一个拐点，市场经济全面铺开，人的欲望迅疾打开，传统价值观开始溃败，知识精英全面边缘化，一些原本坚固的东西仿佛一夜间灰飞烟灭。于是，在人才一拨一拨"雁南飞"——广大内地区域还处于一种风气转型的调整之时，广东，尤其是广州、深圳却仿佛迎来了属于自己的黄金时代。一如广东气候，鸟语花香，没有冬天，岭南文化的地气对接天时，广东原本市场经济、商品经济的观念显现活力，与内地的犹豫彷徨比照，广东如鱼得水、如沐春风地欢天喜地。于是，至少以下几点促成了女性文学的异军突起，大致可以归纳成三个元素：都市、女性、日常。

先说"都市"。广东女作家中维持小说创作时间最长、知名度最高、作品最多的首推张欣。她出道比较早，是第一期北京大学作家班学生，1990年毕业，毕业前是预演，毕业后是大戏，1995年前后形成全国影响，至今余音未了。有相对稳定的读者群，先是中篇小说，继而长篇小说。张欣之独特，首先在都市题材，大量城市生活场景涌入小说，都市时尚绚丽夺目，白领丽人翩翩而来，反映都市生活、都市欲望的人物前所未有地坐稳了第一主角。在大陆文学界乃至影视界，都市一向陌生，主流题材在1949年后，不是战争，就是农业，茅盾文学奖评了几届，"茅盾文学奖何时进城"的呼唤却是不绝于耳。应当承认，中国当代

作家对于城市,尤其是被称作大城市的都市,相当陌生。他们中的绝大部分几乎都来自农村,而1990年以前,大陆城市发育缓慢,"都市里的乡村"是极为普遍的现象,乡村气氛一统文坛。1990年后,城市发育加快,迅速进入青春期,尤其是珠三角城市群迅速崛起。都市气氛首先在市场经济领先的广州形成,加之广州毗邻港澳,尤其是1997年回归前的香港,已然构成"外部世界的想象"。内地——广州——香港,三级跳式的"外面世界"想象,在当时中国广袤的土地上蔚为大观,这样一种"都市向往"于时代风气转向中愈加彰显。张欣的都市小说恰恰吻合这种想象——内地读者此时依据作品完成"三级跳"的都市想象。作家张欣此刻上得天时地利,下得广州几十年生活的直接体验,一时热门,也算小说家的福气。"小女人散文"也有相近天时地利的机遇,黄爱东西等人的随笔借助广州相对活泼生动的报纸副刊和休闲刊物,传播内地,影响北方。她们笔下的场景也几乎全是都市,而且没有乡村怀念,不似内地作家,写一笔城市,得有两笔乡村平衡着。关键还有一种对于都市的热爱——发自内心的热爱,遂与内地作家构成差异。

再说"女性"。女性文学的崛起是在20世纪80年代以来,成为中国文坛的重要风景。推倒大山千年翻身之意义,"浮出历史的地表"之辉煌,集结中国女性千年压抑情绪,左手拉着"五四"启蒙传统,右手拉着西方"第二性"理论,勃然起势汹涌大潮。但90年代的广东女性文学却不是这个路子。她们笔下的女性似乎没有那么多的家仇国恨,没有那么多的历史包袱,更多的是当下红尘世界的挣扎,是都市浮华背后的身心疲惫,是"你到底爱不爱我"的困惑,是"用一生去忘记"的伤感。张梅的小说与张欣风气相投,意象相近,作品人物几乎可以互为注脚,假如再加上"小女人散文"之首的黄爱东西"小情绪"的映照,几乎就是60年后"新西关小姐"的一个造型:既美丽又时尚,既文雅又独立。对男性没有构成对峙,对传统没有构成批判——她们作品的女主角生命的深处,更多的是属于个人的都市生活情绪,中国主流文学的意识形态痕迹淡而又淡,加之"小女人"而非"大女人"的情感特征,与中国主流文坛的女性文学构成明显反差。小说的人物命运也许最能说明差异:比如张欣的《锁春记》,左右女性命运的走向不是社会、不是政治,而是她们内心的"心魔"——这样一种视角,恰好给予习惯"大女人""叱咤风云"的读者,提供了一个新鲜的"新都市言情小说"的阅读感受,而此种感受又暗合了一种对于文学意识形态至上的某种阅读疲惫。当然,随着年龄和时代的变化,作家对都市女性"心魔"的探求也在逐渐深化。不过,90年代的读者需求的不是深度,而是角度。

最后说"日常"。广东的民风与内地迥然不同,尤其是广州,注重日常生活,注重感官享受,注重个体开心。亚运会在广州召开,开幕式既有面对大海扬帆激浪的豪迈,更有面对都市街坊一般的亲切。你可别小看这种街坊气氛、街坊气场。网上一个段子说:"北京是一个把外国人变成中国人的城市,上海是一个把中国人变成外国人的城市",同属一个级别的广州呢,我以为"是一个把所有人变成广州人的城市"。也许,你并不以为然,不过,其实你不懂广东人,不懂广州人。他们看似随和包容,看似低调不争,其实骨子里有一份顽强,有一份说好了是坚守,说歹了是顽固的生活态度。而这种态度基于日常生活,基于世俗人生中的点滴生命体验,貌似不深刻,貌似很家常。风云际会,历史机缘,这样一种来自日常、基于世俗的生活态度,再次吻合了整个时代的民众心理,暗合了一种在广东稀松平常、于内地却别开生面的普遍情绪。于是,文学成了形象的风向标,同时也证实了一条经济学的规律:"有需求,就会有供应。"张梅小说是典型,她的中短篇小说始终浮现着一个形象:广州街坊日常生活中的一个年轻女子,不一定有大理想的献身精神,却一定有着面对生活小事的"恍惚眼神",即便是她的长篇小说《破碎的激情》,也多是岭南阴柔的"小气象",而有意疏离时代历史的"大格局"。黄爱东西的随笔同样以"小格局"取胜——来自日常的细微感受,构成随笔散文的"生活质感"和血肉肌理。这种贴近生命体验而绝不高扬的写作态度,又导致了某种"破戒",她的随笔在20年后阅读,依然可以体会对某种禁区的突破,比如敏感的"性话题",比如内地报刊无法刊登的男欢女爱。也许,真正的大陆"身体写作"是从20世纪90年代广州的专栏作家黄爱东西开始的。

二、这块神奇的土地到底给作家提供了什么

20世纪90年代广东女性文学之所以呈现文坛新气象,还与地域文化息息相关。首先,我们要确认所谓广东作家比较其他省份略有不同,大致有三类:完全本土的,青少年甚至童年时迁徙来的,近30年改革开放以后进入的。他们的创作又可以分为三类:完全本土生长的,本土生长却向北方致敬的,外来入籍却一心向南方致敬的。笔者2014年曾应邀参加广州市文联举办的美术家研讨会,我评论的三位艺术家:许鸿飞、朱颂民、党禺,就分属以上三类。不过,虽然出处不同,但广东的一个好处是:英雄不问出处,笑迎八方来客,汇集各路英雄。商场如此,文坛亦是。

同处一个地域,同顶一片蓝天,春播夏种秋收,同时开花结果。先讲大方向的,归纳为两点:一是岭南文化的阴柔风格,二是相对低调的个人化日常视角。两者互为补充,相得益彰。60年来当代广东文坛,我以为三大家是奠基石:欧阳山、陈残云、秦牧。《三家巷》写了革命,写了大时代,但最抓我们的人物还是西关街坊的阿炳和区桃,他们的做派温润柔和,历史大波澜中保有个性,作家视角也是个人化的;《香飘四季》整篇风轻云淡,珠三角水域的静谧与丰饶,没

有西部的严酷,没有中原的喧嚣;秦牧的笔下更是鸟语花香,一派日常生活的亲切。笔者居住在广州塔附近,每当仰望"小蛮腰",总是不由自主地把这个巨大的钢铁造物与岭南阴柔风格联想一处,那女性身形曲线造型,使得她——而非他——可以稳稳地屹立于羊城珠江之畔。回到文学,广东文学的主流风格就是阴柔。你看张欣、张梅、黄爱东西、筱敏、黄咏梅、梁凤莲的作品,除了女性视角以外,都是阴柔温润的风格,都是大时代背景下的"小气象"和"小视角",不是金戈铁马,不是国仇家恨,即便大时代做背景底板,也是"破碎的激情",也是"不在梅边在柳边"的叹息,也是"西关小姐""夏夜花事",也是"幸存者手记"。男性作家北方南方作品迥然不同,也可引以为证。比如来自东北的鲍十,几篇写西关的作品,就是手执铁板的东北大汉轻敲出柔柔粤曲,清淡基调上的简洁细致对接着岭南风格,与其"东北平原系列"构成一南一北鲜明对比。几位外来入籍的女作家魏微、盛可以、吴君、盛琼、郑小琼等写广东本土的作品里,我们也可以感受到岭南阴柔风格的影响。这块土地的风土人物,你只要沾上,就自有气息传递、气场笼罩。

或许也有读者摇头,外来作家吃你的米喝你的水,依旧写他的"童年记忆",这块土地又给了他们什么呢?笔者曾经在广州引进的内地人才中做过访问调查,当问询调到广州有何最大感触时,答案不外乎三点:一是经济宽裕,工资高,生活好,重休闲。二是人际关系相对宽松,不上家做客,不议论隐私,一般不道德评价他人。三是价值多元,观念包容,你可以当老板,也可以开一个小店,做点小生意,看重官但不唯官,看重商但不会为挣钱不要命,要面子但不会死要面子,可以成功但不一定硬要成功,"开心就好"是口头禅;身家千万的老板不一定开豪车穿名牌,平常百姓也会一卡游遍天下;重吃不重穿,穿着烟囱裤照样进五星级酒店,门童不拦,穿者坦然;你家财万贯也不稀奇,我小本经营恬然自得。因此,在广州你待久了,回老家不习惯,不知不觉,各种地域差异一下子都出来了。瞧瞧,为啥呢?因为你正在变成广州人,你不服都不行。铺开来再说,东莞、佛山、深圳红火了几年的"打工文学",那些"打工作家",哪个不是带着故乡的价值观,来到举目无亲的他乡,碰撞再碰撞,冲突再冲突,从肉体到精神,伤痕累累,抚痛而歌呢?因此,由于改革开放,广东先行一步,市场经济、海外文明,从传统型的"熟人社会",到典型的现代"陌生人"社会,来广东打工,来广东发财,来广东求新的人生,迎头给你一个人生观价值观全面颠覆全面调整的机会,这样的机会内地不多,而广东遍地都是!"人生不幸作家幸",你认可吗?再退一步说,你是体制内人才,你无须为稻粱谋,但生活环境的变化,不会给你带来些什么?一句话,广东与内地的反差就是赋予。再退一步说,你可以永远写你的"童年记忆",但广东的地理位置,也有形无形地为你提供了远距离回望故乡的可能,从肉身到心灵,从形式和感受上完成了"行万里路"

的流浪漂泊过程,而你同时也享受着广东的闲适与宽松,你的身心在有意无意中已经发生了变化。你无法忽视这块神奇的土地,南来北往,多少英雄为这块土地吟唱?韩愈、苏轼大师留有诗篇,一片深情,精神浸染。你或是本土或是外来,不急不躁,不声不响,相信这块土地会慢慢浸染浸透你,因为她气场强大,虽不招摇,虽然低调,却是发力绵长,经久不休。总之,地域文化使然,广东文学总有其独特气息在,总有其独到之处在。由此,我们可以反证20世纪90年代广东女性文学——接通时代情绪、迎合时代拐点的特殊作用。道理很简单,落在不一样的广东,落在不一样的改革开放前沿,你就会遇到不一样的文学。

三、当代文学史为什么没有记载

20世纪90年代的广东女性写作凭借其与岭南的天然缘分,以迥然不同于内地的文化差异性崛起于文坛,留下中国当代文学史一个耐人寻味的历史片段。然而,迄今为止,1990年后正式出版的中国当代文学史对此少有记载。不妨选取几部稍作梳理——孟繁华、程光炜的《中国当代文学发展史》(北京大学出版社2011年版)列有"90年代文学"专章,谈及大众文学、女性文学,在第351页专门提到张欣的小说创作,给予都市文学的确认,"白领阶层""时尚流行"是关键词。也有专章谈散文,但对"小女人散文"无暇顾及。陈晓明的《中国当代文学主潮》(北京大学出版社2013年版)对以张欣为代表的都市女性文学,未置一词。张志忠主编的《中国当代文学60年》(高等教育出版社2009年版)也未提及。朱栋霖主编的《中国现代文学史作品精编1917—2012》(高等教育出版社2014年版)论及90年代文学,也谈到女性文学,但也没有顾及张欣和"小女人散文"。以上四部有代表性的文学史,均不乏对文学史的全景描写,但留给广东都市女性文学的篇幅,几近于无。是其影响、分量尚不足以载入史册,还是文学史家始终没有把眼光投向南粤?此点值得一说。

首先,文学史编撰的精英视野,过滤了具有市场化商业化色彩的作品。不必讳言,有关"真正的艺术"与"通俗艺术"之间,一直存在一种对峙,尽管这种对峙有时是以理论模糊的状态呈现,但文学史家的内心却是泾渭分明。"一方面是艺术——洞见——精英,另一方面是通俗文化——娱乐——大量受众。"[1]需要质疑询问的是"这些等式是有根据的吗?精英从来不去寻求娱乐——而普通阶层的人们本来就疏远高雅文化吗?另一方面,娱乐就排除洞见吗?"[2]美国学者将其指定为对所谓"通俗文化"的一种语境。在我们熟悉的当代文学史分类中,以张欣为代表的南国都市女性文学与"小女人散文",显然处于精英与大众、艺术与通俗之间。尽管,张欣本人并不认可媒体给予她的"大陆琼瑶"冠冕。

其次,以广州、深圳为代表的南中国文化,多少还在内地主流文化之外。改

革开放初期,所谓"第二次文化北伐"形成强势:"在计划经济下早已萎缩、曾经为海派文化支柱的工商业文化重新复苏,成为广东文化强劲的主流。进取的、雄劲的广东文化与退守的、委顿的上海文化形成鲜明的对比。"[3]这是历史事实,也是"广东经验"传播全国的最好时机,但维持时间并不长。随着京沪复苏并重新回到主流位置,广东的经济优势、文化优势相当短暂,但"北上广"已成格局。总之,广东这种"离中原很远,离大海很近"的文化,始终没有摆脱"边缘化"的制约。加上广东文化的自身弱点,比如注重感官享受,少有深刻忧思;比如"会生孩子,不会起名字";比如缺少对北方文化的深入了解,形成一些交流隔膜,等等,均从多个方面限制了文化的传播、沟通、交流、了解。由此可见,显意识与潜意识中的主流文化判断的价值标准,是广东文化与文学极易被学者忽视与"边缘化"的重要原因。

在我看来,提高90年代广东文学以及女性写作——文学史地位,进入文学史视野的理由,至少有以下几点:

第一,突出地体现了中国文学市场化的历史拐点。商业在广东文化中处于很高地位,这同其历史息息相关。自两汉的"海上丝绸之路"以来,广东人就走上了发财致富之路,隋唐时期,南海贸易进一步开拓,广东贸易地位迅速上升。宋元海禁,贸易萎缩。但即使到了明清"片帆不得下海"的严峻时期,广东官方贸易依旧保留,成为中国海岸贸易的唯一口岸。内地货品也只能长途贩运到广州出口,号称"走广"。与此官方海禁形势相对应的却是,广东民间海运不止,"山高皇帝远,海阔疍家强"说的就是广东商人私家船队冒险出海的历史事实。1684年以后,广州十三行总揽对外贸易,占尽官方与市场资源,一时富甲一方。据说当年十三行富可敌国,潘、伍、卢、叶四大富商凭借其垄断经营,跻身世界富商,其家产总和超过当时朝廷的国库收入。[4]这样的财富传奇,在改革开放、广东"先行一步"中,延续书写。市场经济的东风劲吹,由南向北,肇始广东。所谓新一轮"文化北伐"由此缘起,90年代的广东文学恰好体现了中国文学市场化的历史拐点。深圳作家吴君贯穿深圳改革开放30年的小说创作主题,几乎细微地表达了一种地域文明的渐进过程,其作品主人公的价值观变化,似乎构成了一种具有社会学意义的历史文献。移民潮的"孔雀东南飞",以流行音乐为引领的娱乐文化北上神州大地,一南一北,一进一出,即是烘托文学创作的外在表现形态。中国大陆空前的文化冲突,此时以广东为焦点,集中体现。

第二,最早最及时最具当下性地反映了中国都市的"欲望叙述"。都市欲望与广东人的文化传统,有着逻辑性的关系,几乎可以看作是自然而然的演绎,水到渠成的现实。随着广东的财富奇迹,珠三角城市群迅速崛起,以深圳为代表的都市欲望,第一次全面打开了中国人压抑多年的身体欲望。如果说,20世纪80年代打开了中国人精神上的枷锁,那么,90年代则是在"欲望合理化"的形势

下,另外一种形式的开放。张欣的长篇小说《不在梅边在柳边》(江苏人民出版社2011年版)就是对那个年代中国人欲望与灵魂纠结焦虑的一次生动的回望。穷人如何进入城市,如何摆脱贫困、获得跻身上流社会的成功?欲望如何实现,如何宿命般地受阻?红尘万丈中如何沉沉浮浮,中国人如何在世纪末的都市狂欢中获得与失去?兴盛于广东的"打工文学"恰好成为90年代广东文学的又一个标志,她从另一个侧面衬托了"欲望叙述",犹如一面巨大的镜子,映照出中国第一次都市群崛起的正面及其反面。从某种意义上说,90年代的广东文学,其中最为突出的是深圳题材,集中而强烈地反映了中国大陆"城市化"的第一步。所谓"不定性城市"由此发端:开放、冒险、野心、机会、贪婪、冷漠……一言概之,"欲望"失控。"倾斜的珠三角"与"癫狂的纽约"相提并论,左手天堂,右手地狱,天使与魔鬼共舞,已然现实存在。广东文学于90年代已然先行发出预警。[5]

　　第三,借助女性打开通向都市优雅精致日常生活的通道。在内地作家大多持有批判态度并质疑都市生活的历史时刻,90年代的广东女性文学却以一种亲切温柔的态度,向对都市还相当陌生的国人展示了一幅都市优雅精致生活的场景。不必讳言,90年代以张欣、张梅以及黄爱东西为代表的"小女人散文"是都市时尚的代表,她们先行一步地引领了最新潮流——借助毗邻香港的优势,依赖北京、上海迟缓发展的弱势——尽管这种优势保持的时间不长。岭南天然的务实和注重感官享受的天性,与整个内地从政治情结中解脱的普遍心情恰好对接,回应反响。张欣、张梅小说的热卖,"小女人散文"向北蔓延之势,其实都说明了此种对接恰逢其时,恰到好处。不少读者,尤其是女性读者,第一次从她们的作品中知道了名牌,知道了女性青睐的优雅与精致——其实,男性又何尝不喜欢这样的生活。在传统主流文学始终追求宏大叙事和永恒诗意的内地,广东女作家此时此地的作品,尤其显出特色。2014年,张欣推出长篇小说新作《终极底牌》,依旧是广州的故事——以花季少女的中学生开场,实写广州新区天河:粤语色彩的名字,西式芝士蛋糕坊,地下迷宫里的格子间,顾客盈门的另类餐厅,人潮汹涌的地铁站……一个活灵活现的广州大都市场景豁然眼前。这种场景,在20年前就已经被张欣表现得驾轻就熟,给广大读者相当新鲜的"都市感"。张梅颇受好评的长篇小说《破碎的激情》,试图写出一个时代的心态转折,但她绝不"玩深刻",而是努力传达出日常生活中弥散的"惶惑"与迷茫。黄爱东西的随笔更是接地气、通广州,羊城的日常生活被她渲染得"一字一句皆实感,一枝一叶总关情"。与中国乡村充满苦难的日常生活不同,她们的笔下,都市活色生香风生水起,尽管也有挣扎,也有艰难,但充满希望,生气勃勃。她们的女性倾向,与"女性主义"保持距离,与"城市批判"保持距离,显示出中国内地欣喜地拥抱接受"都市化"的姿态。在美学风格上,与文坛熟悉的江南阴柔又有不同,似

乎揉进了岭南的务实和日常态度，不伤感少忧郁，没有历史秘密，少有传统包袱，更多地传达着一种属于南中国、属于广州的生活态度——而所有的一切，其实又在传达一种日常真理：女性离生活、离自然、离时尚、离都市较男人更近。由此，也可以顺理推论——她们的作品离90年代中国大众的生命诉求更近。

简而概之，历史传统、地缘优势、时代形势构成的天时地利人和，使得广东人的价值观与生活方式，恰逢其时地成为时尚，成为标榜，成为万众瞩目的时代先锋，成为重新构建的新的文化语境——所有这些，在广东90年代女性文学中有着精彩的表现——无论毁誉，无论正反。更为重要的是，在90年代，广东女性文学的这种表现不但先行一步，而且几乎是唯一的。由此来看，以传递文学发展历史更迭的文学史来说，自然有理由关注这种既具"地方性"又具"唯一性"的文学——并给予适当的文学史地位。

注释：

［1］［2］〔美〕利奥-洛文塔尔著：《文学、通俗文化和社会》，甘峰译，中国人民大学出版社2012年版，第11页。

［3］杨东平：《城市季风》，东方出版社1994年版，第529页。

［4］叶曙明著：《其实你不懂广东人》，广东教育出版社2005年版，第99页。

［5］参见蒋原伦主编《溢出的都市》，广西师范大学出版社2004年版，第59页。

论广东文学"本土叙述"的苏醒*

我一向以为，广东文学在近30年以来，对于本土文化的表达相当薄弱，尽管在20世纪90年代女性文学中有一度领先全国的"都市表达"，但就广泛意义的地域文化表达上，无法跟上欧阳山《三家巷》、陈残云《香飘四季》和秦牧《花城》等文学名著的步伐，与"北上广"的经济地位落差极大，长期在全国地域文学表达方面处于弱势。就此意义上说，张欣、吴君、吴学军、陈崇正、陈再见的几部近作，既是一次地域文化的成功表达，也是广东文学的一个重要收获。我将几位作家的努力视作具有标示意义的广东本土叙述意识的苏醒与坚持。

一口气读完吴学军的长篇小说《西江夜渡》（花城出版社2015年版），平添意外惊喜。作品有人物、有情节、有冲突、有地域特色。可以说，篇幅不长，却具备了长篇小说的各个元素，而且作者控制得比较好，对现代读者的阅读习惯有比较好的把握：张弛有度，繁简有序。抒情处，分寸恰到好处；情节点，果断把握节奏，犹如传统戏曲中小乐队里把握舞台节奏的首领，拿捏到位——这可能是小说好读的关键所在。关于长篇小说，论述很多，一种说法我记忆深刻：好读并有益。当然，这是一个基本的要求，尤其对于一般读者来说。作家吴学军做到了这个基本要求，并在此基础上给予我另外一个意外，即对佛山地域文化的本土表达。

应该看到，吴学军具有本土文化表达的自觉意识。《西江夜渡》的定位是"一部抗日小说，也是一部历史小说。故事依托于佛山南海的历史文化背景，再现了20世纪40年代初珠三角的抗战传奇与风土人情"（作品扉页内容介绍）。需要进一步肯定的是，这样一种"依托"的艺术表达并非简单地方背景的交代，而是将佛山南海极富地域特色的山川地貌、民俗风情、历史渊源与当时的抗战形势、小说的情节发展比较好地融为一体。在我对佛山的有限了解中，几乎所有知

---

* 此文系广州市社会科学界联合会2016重大课题"都市文学与都市文化研究"阶段性成果。

名的地方文化元素都进入了这部长篇小说：自梳女、武术馆、扒龙舟、九江双蒸、西樵大饼、双皮奶、东坡甘蔗诗、"小广州"、四大名镇等等。其中，一些地方元素与小说的融合十分自然地成为小说的有机部分，甚至不仅从外部也从内部推动着小说的发展，成为作品刻画人物、建构背景和叙述动力的有效资源。比如，一开场，女游击队员登场亮相，三个元素交织：中山大学学生、自梳女装扮、佛山武馆徒弟，立刻形成独一份的本土特色，而且不是披上去的外衣，而是进入作品核心情节不可或缺的内涵，与小说传奇紧密相连，并为后面的情节展开埋下伏笔。比如，两次逢凶化吉的武馆同门相遇。值得称赞的还有，作家对佛山山川风貌和小说情节的融合处理。日本特高课的前截后堵，游击队的声东击西，如何在地形道路的选择中使得情节跌宕起伏，如何在叙述节奏的变化中穿插民俗风情，又如何在更高层次上成为刻画抗战女英雄群像的有效手段？可以说，作家吴学军煞费苦心，匠心独运。没有对佛山山川地势、历史渊源、本土文化的了然于胸，就不可能有一幅抗日战争时期的佛山风情图画，就不可能有一组感人的广东抗战女英雄群像。

　　作为外来的小说家，吴学军迅速进入本土，进而表达本土，在有效地吸收了影视剧情，节奏快速推进，以及中国传统戏曲情节陡转、化繁为简的洗练笔法的基础上，成功地融入本土元素。她的努力、她的方向、她的艺术准则与价值观，我击掌肯定！因为，《西江夜渡》明确昭示：本土元素不但可以成为艺术作品的标志特色，而且可以成为艺术的有机部分。明乎于此，这部长篇小说的本土叙述也就超越了作品本身，从而具有了广东文学界本土表达的特殊意义。

　　深圳作家的小说因为深圳而值得玩味，因为深圳是一个"暴发户"的城市，快速增长以至欲望超车，天上飞毯以至少有传统。因此，吴君的"深圳书写"早几年就抓住了我的视线。比如，获奖作品《华强北》即为翘楚。小说曲折有致，放弃了知识者精神贵族的往往可笑的矜持和自负，看到了新城市地基上外来客、新客家、乡下人、揭西人的精神成长与身份提升，他们如何融入城市文明，合乎潮流——这个现象，应该是深圳独有的，至少是最为鲜明和突出的，代表着中国大陆城市起步、发育、成长进程中的"秘密信息"。作家超越自恋，定点探索，敏锐感受，细致入微的传达，属于相当珍贵的文学记忆和深圳本土叙述。因为独特，愈加珍贵。

　　根据深圳作家吴君的中篇小说《深圳西北角》改编的电影《非同小可》是深圳题材的又一佳篇力作，在2015年9月第24届金鸡、百花奖展映中受到极大关注。深圳不同于其他特区的一个突出特点，就是汇聚了全国各地的外来人员，它的特殊地位具有牵一发动全国的不可替代的影响。有观众认为，强大的资本力量，正在把深圳变成一个世界级加工厂，深圳和北上广一样，正在用一种神奇的力量改变着中国的乡村。《非同小可》正是关注了那些具体的人群：从青壮年到

中老年,深圳是他们的光荣还是疼痛?深圳还能容得下那些老弱病残的身体和受过屈辱的心灵吗?电影《非同小可》提出了一个重要的问题:深圳是谁的城市?属于农民工吗?《非同小可》同时聚焦了大转型时代乡村年轻人的向往,与都市老人们渴望回归的冲突,颇具时代特点。有专家认为,《非同小可》是近年来描写农民工情感最真实最细腻的一部作品。其实,这部电影的意义不仅仅在于展现了劳务工的生活和爱情,更多的是描绘了一个时代的变迁,一个城市的成长,是令人心动的一部电影。此种"广东本土叙述"既鲜明突出,又有典型的时代意义。

与《西江夜渡》和《非同小可》的两位"新客家"作者相比,小说家张欣可谓久居广州本土,尽管她并非真正"土著"。其新作《狐步杀》(上海文艺出版社2016年版),显示出本土叙述意识的坚持与几十年的一贯性。作品一如既往的好读,张欣的杀手锏依然是都市男女的爱恨情仇,情感海洋的波涛汹涌被她瞬间转化为极其细腻极其委婉的细波微澜,但能量依旧,杀伤力依旧。"花叶千年不相见,缘尽缘生舞翩跹。""人生中注定要遇到什么人,真的是有出场秩序的吗?看似不经意的一个相识或者相遇,或者成为故事,或者变成沉香,以一种美丽伤痕的形式在心中隐痛地变迁。"中国传统诗词的"古典情致"始终是她的小说的美学支撑和艺术理念,并帮助她于红尘滚滚的羊城卓尔不群,清流自显。

步入小说创作的第一天起,张欣的文学信念可谓矢志不渝,美丽依旧——一个人可以在这个世事变幻的时代,坚持一点属于自己的本色,无论成色,时间长短即是考验。从20世纪90年代开始,大陆文坛始终在"先锋技术"与"宏大叙事"中纠结徘徊,或淡化人物情节故事,或强化主题意义教化,中国传统小说的传统被轻视、嘲笑乃至否定。张欣在犹豫之后,依然按既定目标前行,回到自己的初心,回到自己对文学和人生的理解。也许,身在广州:岭南文化、鸟语花香、南国都市、红尘滚滚、低调处世、务实态度、注重感官、看重现报——都赋予了张欣与内地绝大部分作家不一样的情怀和视角,她的作品因此也持有了自己多年延续的艺术本色,她是南国广州都市生活的浸染者、受惠者、见证者,同时也是守护者、叙述者。从作家地理上看,并非本地土著的张欣,却比土著更深地了解并解读了本土——其实岭南向来兼收并蓄,北方来的文人、世界来的商人和传教士,都给这方水土带来福音,甚至改写某些特征,比如韩愈,比如苏东坡。韩山韩江,荔枝西湖,既彰显又改写,恰恰触及岭南本土的一个文化秘密:既有吸纳的包容,又有本土的坚守。从这个意义上说,广州的张欣也有两大贡献:彰显了这座古城的个性本色;描述了缘起改革开放而渐变的一些都市元素,从而完成"改写"的历史任务。张欣对于广州,功莫大焉;广州对于张欣,岂止人才难得?几乎是古城之幸!这样一位有全国影响的都市生活叙述者,用文学、用电视、用大众媒体,向世界宣扬这座城市30年的变迁:惟妙惟肖,入木三分。

因此，我赞成这样一种评价：张欣是中国大陆都市文学的先行者。言其"先行者"角色的理由还不仅仅在于时间上的领先——20世纪90年代张欣的小说就曾风靡一时，而在于她的作品的"都市气质"——并非都市里的乡村，也非乡下人进城。可惜，这种评价在迄今为止的当代文学史家的视野中远没有得到相应的承认。也正是基于此种评价，我可能比一般评论者看重张欣作品的叙述特点的同时，更加看重她的小说为我们提供的都市经验。《狐步杀》在都市经验上，同样胜人一筹。

开场就是一个新人群：城市护工。保姆已经不新鲜，护工作为一个都市新的人物群落，却有新意。小说的一大功能，我以为是对历史的补充：中国历史一向大轮廓粗线条，司马迁用人物写史的传统后来也被正史的宏大叙事所淡化，加之社会学是西方引进，兴盛时间很短，所以，文字记载的丰富性与全面性大打折扣，幸好还有小说——可以补充日常生活的质感与底层百姓的真实。一个国家一个地区在某一个特定的时空，有一种职业的人群曾经构成特征相同的人物群落，时过境迁，他们或许消失，但一定很难入史，很难有传。小说等文学作品中却可以为他们留下痕迹、留下踪影。或许，此后我们可以寄望于社会学家的努力和新媒体的全息记录功能，但小说对人心理丰富性的挖掘与生动性的传达，却是独家擅长的。张欣小说对都市各色人物的描写，其实也就具备了"清明上河图"的功能——全景纪实。这样一种富有质感的生活描述，也可以化解悬疑叙述的奇巧性，使之拥有更为深厚的生活基础与富有人情味的氛围滋润。所谓"俄罗斯套娃"结构，大故事套小故事，所谓"明修栈道暗度陈仓"的破案悬疑，都在都市生活的整体氛围营造中得以铺张延续。鲜活的人群与生猛的生活所共同构成的南国都市，保证了张欣的故事自始至终有一个可靠却又迷人的舞台。大幕一旦拉开，好戏即刻上演。

还需要肯定的是张欣对笔下人物物质性和精神性的把握。换言之，她的小说人物常有肉欲与灵性的冲突，《狐步杀》也不例外。柳三郎、柳森是肉欲挣扎的一路，小周、忍叔两位便衣警察是精神灵性的一路，独树一帜的属于广州这座城市的是女主角苏而已——张欣对这一女性角色投入的情感，近于塑造"广州女神"：历经劫难，守住初心，善良底色，坚韧自立。也许，在苏而已的身上，我们可以窥视到那个被虚饰夸大的"广州精神"——表面波澜不惊，内心自有坚守。肉欲一路的沉沦、灵性一路的升华，恰好从两个方面衬托了"城市女神"。苏而已无疑是作品最有内涵的人物，也是寄托了作家理想的都市女性：一朵出淤泥而不染的洁白荷花。至少，她在张欣的心目中如此鲜活。《狐步杀》一部9万字中篇已然包含了长篇的沧桑。比较她的前两部长篇，我以为有两个明显进步：都市时尚与作品人物勾连得更加紧密，再不是一个包装，而是人物性格环境的一个部分，顺理成章，水到渠成；价值观保持了延续性，正直而善良。进步之处还

在于少了几分犹豫,加了几分信心。"花叶千年不相见,缘尽缘生舞翩跹",路还长,张欣还在前行,期待新的广州故事,期待更加强有力的本土叙述。

还有一个现象引发我的思考,即是在张欣和吴君的小说中,大量出现广州与深圳两座城市的地名,确凿实在的地名,以及依附于地名的相关建筑物、酒店、酒吧、咖啡厅等城市场景,类似的情况在上海和北京的作家那里也有,比如,王安忆、金宇澄、格非等等。除了都市文学与都市文化研究的联想以外,我还联想到"一位作家与一座城市"的关系,比如,卡夫卡与布拉格,这可是一个极其纠结的关系:卡夫卡的创作全部完成于布拉格这座城,但他一辈子都在努力逃离这座城。"卡夫卡属于布拉格,布拉格也同样属于卡夫卡。"[1] 卡夫卡作品中的那些地名与场景,如今,与他生前的足迹紧紧相连,成为嵌入这座城的文化坐标与象征性符号。可见,地名加场景,显然成为蕴含地域文化个性的最为直接的"本土叙述"方式之一。乡村如此,城市更不例外。此种"地域嵌入"或曰"象征性符号",值得深究。

令人惊喜的是,我在广东文坛,看到"80后"本土作家的成长:潮汕的陈崇正、陆丰的陈再见,均为男性;一个1983年生人,一个1982年生人。陈崇正的《碧河往事》(《收获》2015年第5期)就在不长的篇幅里营造了广东潮汕文化的特殊氛围——虽然这是一个渐显凋零的地域氛围:被海鲜砂锅粥取代了传统番薯粥的小镇——但夜宵依然兴旺;传统潮剧团举步维艰——但依然有村子作兴请戏班子;传统剧目《金花女》唱腔渐失——但依然有40多岁的女子开嗓传唱,被心怀往事的老太太奉为经典。传统的生活方式一如传统唱腔,断断续续,连绵不止。当然,这样的文化氛围,烘托的则是一种相当入世的精英叙述:关于"文化大革命"动乱岁月的反思,人性的恶如何泛滥成灾,历史的伤痕如何久久不愈,成为挥之不去的创痛,以至于构成对于"文革"一代人品质的判断——坏人变老了!陈崇正是出生于1983年的"80后",也是"新概念"作文大奖赛的获奖者,将他与30年前的"伤痕文学""反思文学"联系起来,不由地想起多年前读到的一段文字,大意是苏联的卫国战争,在第二、三代作家手中,反而有了一个创作的辉煌期。究其缘由,旁观者更能摆脱历史纠缠,加倍深刻地反思历史。陈崇正的文笔克制隐忍,配合着潮汕文化的情调与节奏,在不疾不徐之中,自有一番广东本土叙述的特色。当然,外地文化的"入侵"也是相当明显。比如,我读到"碰瓷"这个字眼时,有一种强烈的不适感,北京方言的出现,突然且生硬——是一种现实之暗喻,还是我们应该有意避开的。类似情况在张欣的长篇小说《终极底牌》中也有,即"腔调"——上海话在广州粤语环境中的出现。我敏感于这一类具有跨文化交际意义的词汇,并且由此联想文化交际强弱的此消彼长,同时会不由自主地暗暗生发出广东弱势文化被侵入被覆盖的担忧。不知,作家落笔之时,是有意为之,还是描述现实;是不假思索,还是深刻反讽。

陈再见的中篇小说《扇背镇传奇》(《啄木鸟》2015年第2期)也是一幅广东海边小镇的风情图画。这部中篇,比《碧河往事》更加贴近广东本土以及近30年的社会变迁。开篇就是本土:"一个地方有一个地方的特产,扇背镇的特产就是豉油。但这已经是10年前的事了,10年后,扇背镇的特产不再是豉油,而是冰毒。当然了,扇背镇人一般不叫冰毒,它有另一个形象的名字,叫冰糖。至于吃冰毒,也有另一个形象的说法,叫溜冰。扇背镇四季如春,连霜都不多见,何况是冰——溜冰却极其泛滥。"偏僻海边小镇,瞬间与最为敏感的毒品紧紧相连。水哥、单秋水、单老板——作品主人公、当地土著男人即刻登场。水哥精明强干,既善于韬光养晦,又敢于关键时刻出手,赶走北方佬,成为地头蛇。"十多年前街上人都可以欺负打骂的一个小毛孩儿,如今会成为全镇最大的毒枭,甭管黑白,见了都得敬怕三分。"单秋水俨然成为扇背镇的土皇帝。

《扇背镇传奇》的不凡处有二:一是对毒枭犯罪历程的情节设计,其中精彩已然超越了"螳螂捕蝉黄雀在后"的故事模式。因为"青乖鱼"角色的设计,水哥将计就计,顺水推舟,让重返小镇复仇的老阎成了替死鬼,"剧情的转换只在一夜之间,比电影还要扑朔迷离"。二是借小镇风情的描述,展示了20世纪80年代改革开放以后,南粤大地民风的步步沦陷。极度的贫穷导致极度的财富追逐,极度的财富追逐导致伦理堤坝的崩溃。水哥身世恰与社会变迁、人心不古、世风日下相互融合,互为映照。这个小镇人物颇具分量,在他的身上至少实现了作者的几个创作企图:人物内心塑造:"上可以和镇长吃同一瓯鲍鱼,下也可以和兄弟们喝同一锅糖水,甚至于到那时他完全可以混个一官半职,至少弄个人大代表、政协委员之类的来当当,像个人物;到那时,恐怕谁也不会说单秋水是靠制冰起家的,甚至都忘了有那一档子事了";海边小镇风俗画的造就:"杂碎鱼拌豉油"、"一团反砂的软糖"、陆秀夫背小皇帝跳海身亡沉没玉玺的一片海域、"所有外来者,无论是小杂鱼,还是大鱼母,得让人觉得不是扇背镇的威胁"的五方杂处,本地人如何应对外来移民,如何通过冰毒与外部世界建立联系——其实都可以看作是广东这个南国偏僻边缘之地在近30年发生的种种变化。其中大有深意,又岂止丛林法则中的弱肉强食?当然,他也是广东本土叙述最为独特、最有色彩的部分。也可以说,"80后"小说家陈再见无意中完成了当下最有神韵最具深刻性的广东本土叙述。

我们认为,广东文学的"本土叙述",重要的是在文化描述的基础上,成为一种艺术作品的存在形态。丹纳说得好:"文学价值的等级每一级都相对于精神价值的等级。别的方面都相等的话,一部书的精彩程度取于它所表现的特征的重要程度,就是说取决于那个特征的稳固程度与接近本质的程度。"[2]目前,广东省内对于本土创作的认识还处于初级阶段,台面上众多作家,很重要一部分是来自外省,这也构成了广东独特的"新移民文学",出生地与生活地所构成的反差成

为这些作家创作的一个兴奋点。那么，基于岭南的本土创作是不是随着广东工业化时代的崛起而渐渐消失呢？答案是否定的。在工业化时代、在互联网时代、在全球化时代的背景下，重新理解自己的故乡，重新回望自己的故土，重新审视本土文化，重新寻找广东本土创作的"出口"，重新站到中华文化的前列，重新为21世纪的中华文化崛起贡献力量，正是广东地域文化"本土叙述"的最终指归、动机所在、愿望所系。何况，在南粤这片土地和海洋上，近40年发生了那么多独特的大事，可谓风云变幻，奇人奇事，空前绝后。假如，我们的文学对这段具有强烈"地域性"色彩的历史描述缺失；假如，我们的本土作家缺席，又将是怎样的历史遗憾与作家的失职呢？

注释：

[1] 曾艳兵：《卡夫卡的布拉格》，《读书》2016年第1期。
[2] 〔法〕丹纳：《艺术哲学》，傅雷译，江苏文艺出版社2012年版，第352页。

附 录

填补当代文学史新的空白
——《新媒体时代的"80后"文学》序

张　炯[*]

江冰教授及其团队所完成的《新媒体时代"80后"文学》一书，展现了我国当代文学研究中的前沿课题。这个课题于2008年被国家社科基金立项，历时5年完成，足见研究的艰难和研究者的扎实与认真。

我与江冰同志相识已20多年。他早年任教于南昌大学，并担任中国当代文学研究会常务理事。他主编过文学评论杂志《创作评谭》，后来又到南方编过报纸，之后又回到高校，现任广东财经大学文学院院长并主持该校"80后"文学与新媒体文化研究中心的工作。广泛的工作阅历和开阔的生活视野，加上学术上的敏锐和锲而不舍的追求，为他领导的团队完成这部著作提供了良好的条件。

我国当代文学如今已成为庞大而复杂的历史现象。在当代作家中，"80后"作家（实际还涵盖"90后"）是最新的一代，也是十分活跃的一代。他们成长于改革开放后的新时代，共和国历史的艰难、曲折的开拓期已经过去，他们面对的是欣欣向荣的市场经济，还有中西文化碰撞后的多元走向，他们还伴着互联网的普及而成长。正如本书所指出的，"网络是他们名副其实的'第二生存空间'"。这样的时代背景，造就了他们新的文化向度、新的价值观念、新的文学追求。他们借助互联网取得广泛的生活信息和广阔的文化空间，并以互联网为自己文学创作与传播的新媒体，将自己的青春记忆转化为新鲜的文学题材，实现了文学语言与文学风格的创新，不仅赢得了广大的青春读者群，也赢得了市场的经济效益。

毫无疑问，中国文坛的"80后"属于崭新的文学现象，也是我国文学研究和批评有待深入开垦的处女地。江冰教授和他的团队以多种视角切入研究，如他在全书导言中所说，"在新媒体、新人类、新文学的理论框架中，在充分考虑多

---

[*] 张炯，中国作家协会原副主席，中国当代文学研究会会长，中国社会科学院文学研究所所长。

向互动关系的因素中,从媒体学、传播学、文化学、社会学、文艺学等多种理论视角,考察'80后'文学,并在聚集之后,阐述具体文学形态包含的多方意义以及延伸性的理论启示",并致力使本书成为"第一部'80后'文学史"。我非常赞赏全书著者的努力。全书以19章的篇幅,分别对"80后"文学的历史轨迹、时代背景、青春记忆、代际权利与社会权力、文化气质与文化意义、传播学阐释、后现代风格、市场化趋向、亚文化特征、文体特征、类型化写作、网络互动的关系和其中的"偶像消费"和"话语制造",以及"80后"写作的文学史意义等方方面面,都引证丰富的材料,做了相当深入的探讨和论述。对于我来说,这部著作确实不仅使我增添了许多新的知识,接触到许多新的观点,而且使我对"80后"文学有了比较全面的了解。书中所称"80后"文学"终结了意识形态写作",照我的理解,确切地说,恐怕是终结了"传统意识形态"或"主流意识形态"的写作,而开始了一种"新的意识形态"的写作。因为,不管怎么说,文学总体现为某种意识形态。

总之,这是一部下过大功夫的学术著作,它确实在相当程度上填补了当代文学史的空白。我愿意向读者推荐这本书,我相信,对于需要了解当代我国文学发展状况的读者,这本书一定会给他带来有益的启示,即使他不一定会完全赞同著者对"80后"文学的认识和评价。

2014年6月26日于北京

具有开拓意义的扛鼎之作
——《新媒体时代的"80后"文学》序

公 仲*

十年磨一剑。江冰带领的团队,磨砺十年,终于亮出一柄闪光耀眼、锋芒毕露的宝剑来!这个国家课题的结项成果,现在正式出版了,首先要表示真诚的祝贺!

江冰是恢复高考后第一届(1977级)我的学生,留校后还和我共事好几年,并在母校破格提升为正教授,我对他可说是了解得十分透彻。他是一个很不安分的人,思想活跃,对新生事物十分敏感,他勇于创新,不甘于现状,有一种超前意识,对"80后""90后"情有独钟。他应该是文学界、学术界最早关注"80后"文学的那一批人,他对"80后"文学所倾注的热情,所付出的精力,可能是无人可以相比的。请看看这部前无古人的沉甸甸的专著吧,卷帙浩繁,连导论竟达20章之多,而且把"80后"文学与新媒体时代联系起来,特别考察了文学与网络的互动关系,颇多新鲜的见识和独立的观点,大开眼界,发人思考。可以说,这部专著是在新世纪的中国当代文学中具有开拓意义和里程碑价值的扛鼎之作。

"80后"是一个时限的用词,"80后"文学,可以说是当代文学中的一个时段的文学,现在甚至可以说就是当下的当代文学,或可以叫作新世纪文学。以前的所谓当代文学,主要指新中国成立后的60年文学,已经太宽泛太久远了,早已不是什么当代了。以"80后"文学取代现在的所谓当代文学的提法,也许更贴切些,更符合现实些。这样,这部独一无二的"80后"文学的论著,就可以堂而皇之地称之为今日的中国当代文学史书了。由是观之,这部论著该是多么有分量、有意义的。从这个角度出发来研读此书,我还的确感到它的气势,它的规模,它的理论框架,它的叙述形式,以及它对"80后"代表作家作品的评析定

---

* 陈公仲,世界华文文学学会名誉副会长,中国小说学会名誉副会长,南昌大学教授。

位，都非同凡响，博大宽广。这真是一本很好的大学当代文学的教科书呢。

作为高校教材，面对着的都是"90 后"的大学生。显然，这部教材肯定会受到广大学生欢迎的，这里看到的是他们自己的文学，自己的语言，自己所喜爱的作家，自己所爱读的文学作品，还有他们自己的传媒信息，他们自己的网络世界。如今的"90 后"，"开始呈现出不同于前辈乃至'颠覆性'的青春记忆与文学风格，全球化、网络化、数字化、市场化、民主化、自由化、个性化、另类化、虚拟化、娱乐化……所有这一切都构成产生与制造公共话题的可能性。从前的孩子看着父亲的背影，今天的长辈看着孩子的背影……"从中，我们看到了新一代的未来和希望，也看到了此书对新一代的毫无保留的热情的讴歌与期待。不过，我作为今年刚刚步入"80 后"的老一代人，与今日的"80 后"相差了整整 50 年，也许正是因为保守、落伍，我还是希望可否再加上几句话，谈谈断裂、反叛、颠覆与承传、延续、发扬光大的关系。我想，古今中外人类数千年宝贵的文化和文学的优良传统，还是不可断裂、颠覆、反叛的，比如说"修身、齐家、治国、平天下"的人生理念，比如说"自由、平等、博爱、善良、宽恕、忏悔"人情人性的文学追求，再比如说"位卑未敢忘忧国""长太息以掩涕兮，哀民生之多艰"的可贵情怀，年轻人还是应该继承而发扬光大的。仅供参考，是为序。

2014 年 6 月 30 日完稿于南昌大学青山湖区 18 斋

视野宏阔　卓具特色
——《新媒体时代的"80后"文学》序

白　烨[*]

江冰领衔的广东财经大学"80后"文学与新媒体文化研究中心于2007年成立之时，就颇引起了一些争议。因为在一些人看来，有关"80后"的现象，尚在发展演进之中，这种新兴的又变动着的现象，似乎不宜纳入正规的学术序列予以郑重待之。但江冰自有定见，不为所动。他和他的团队不断拓展着新的视野，提出新的问题，就"80后"现象从各种角度进行观察，从多个层面展开研究，相继以研讨会、系列论文、重点课题等方式推出了一批研究成果，使得他们这个"80后"文学与新媒体文化研究中心成为当下国内研究"80后"现象的名副其实的学术重镇。

如今，江冰和他的学术团队又推出了国家社科基金课题结项成果——《新媒体时代的"80后"文学》。认真拜读之后，我既很欣喜，又很敬佩，深感无论是相关资讯的积累与梳理，还是学术视野的宏阔与博大，抑或研究心得的深入与系统，这部书都堪为有关"80后"研究中的集大成之作，着实把有关"80后"的研究在学术层面上推进到了一个新的高度。

《新媒体时代的"80后"文学》，话题新锐，内容丰沛，读来新见迭出，令人受益良多。我这里简谈三点最为突出的感受。

其一，紧贴"80后"现象生成的时代背景与社会环境，在各种新兴关系的互动观察与整体把握中，深入揭示"80后"作为时代产物的顺应时势性与多因综合性。

"80后"这一代文学人如雨后春笋般的长足崛起，除去他们自身的以文学方式顽强表现自我的主观因素之外，借助了诸多外在条件与文化势能等客观因素，是显而易见的，甚至是更为主要的。如新的传媒的兴起，特别是网络传媒的强势

---

[*] 白烨，中国当代文学研究会会长，中国社会科学院研究员。

登场;如市场经济的确立,尤其是市场文化的全面建立;等等。文学与文化场域上出现的这些新兴力量与新型关系,都以不同的方式释放着能量,施加着影响,使得当下的文学与文化,较之以往更加混杂了,格外地繁复了,而这正给不重传统、不守成规的"80后"们提供了天赐良机与绝佳舞台,使得他们有了可以尽情施展自己才情的新的可能。

《新媒体时代的"80后"文学》对于"80后"与网络传媒、网络文化的关系的探悉,是细致入微的,不仅把握全面,解读深入,而且有关"代际权利与社会权力""世代的文化气质与时代的文化症候""大众狂欢式的传媒与'粉丝'现象"等问题的论说,也在相互关联的问题上沿波讨源,探赜索隐,在客观肯綮中别具新意与深意。这些有识有见的看法,在揭示"80后"现象隐含的种种社会密码的同时,也深入读解了"80后"所置身的这个独特的文化时代。

其二,对于"80后"文学现象自身的审视与阐释,从主体到客体,从文学到文化,从内涵到外延,仰观俯察,层层递进,可以说做到了穷形尽相,擘肌分理。

可以说,"80后"是以文学方式显示出来的文化现象,是以代际形式体现出来的社会现象。因此,对于他们的认识与理解,不从文学入手不行,仅限于文学也不行,这就需要运用综合性手段,多角度地切入,多层面地解读。而文化视野与综合手段,正好是以江冰为首的"80后"文学与新媒体文化研究中心团队的长项所在。因此,我们就看到,有关"80后"的文学风格、文体特征与文化内涵,有关他们的市场化取向、亚文化特征等,江冰等课题组的作者几乎都是紧抓不放,紧追不舍,而且都以代表性的作者与文本为例证,作了精到而简要的概说和要言不烦的论证。"80后"是如何之独特,如何之复杂,如何之混血,这部论著可谓作了最为入木三分的剖解,得出了最为令人信服的结论。

其三,该著述在新媒体、新人类和新文学的理论框架下,从媒体学、传播学、文化学、社会学、文艺学等多种理论视角,以点代面地考察"80后"文学的发生与发展,及其富有的诸多内涵以及延伸意义,可以说,这是出自体制内学界团队之手的第一部以论带史的"80后"文学史。

2010年间,"80后"作者许多余曾推出了他的《笔尖的舞蹈》,副题即是"80后文学概说"。这部著述属于"80后"看"80后",从作者的观照与作品的扫描看,涉及了不同层面与不同文体,可谓全面而系统,但总体来看,长于文学现象的搜集与相关资讯的整理,理论性的观照明显欠缺,批评性的解读也显得不足。在《笔尖的舞蹈》之后出现的《新媒体时代的"80后"文学》,不只因为出自学界专家之手,看起来更像是一部文学史,而且还因为他出自比"80后"年长的一代学人之手,在如何看待和评说"80后"文学上,出自他们深思熟虑的意见,与"80后"们构成了一种文学对话与学术交流。而这样一点,也是很具深长意义的。

"80后"文学仍在行进着、发展着，其不断演变的走势，日益分化的倾向，不断给当下的文学研究提出新的挑战，也提出新的问题。从这个意义上说，有关"80后"文学与文化的跟踪与研究，依然任重而道远，研究正未有穷期。也是在这个意义上，我希望江冰和他的年富力强的学术团队，在已经完成的这个重要课题的基础上，再接再厉，继续前进，再给学界贡献新的研究成果，再给文坛带来新的学术气息。

是为序。

2014年7月20日于北京朝内

文采与眼界，比广州更广州
——江冰新著《这座城，把所有人变成广州人》序

卢延光*

给画家写序较多，给作家写序这是第一次，写的是好友江冰。

江冰主持《广州文艺》栏目《广州人，广州事》六年，《广州文艺》成就了江冰，江冰也以其大量的心血组织、编选，更亲自观察、思考、发现、研究，从而成全了这个栏目。今天，此栏目也画上了句号，变成了《这座城，把所有人变成广州人》这本书。

单看这本书的题目，就可知其发现之独到，研究岭南文化的深刻，更高屋建瓴。历史上，好像还没有人提出和发现过，这座城的内核有如此强大的"核聚变"，以城化人，而且无论中外，到了这里，都化成广州人。这个发现也是江冰的破天荒，此书的完成乃至其研究成果，我想完全是可以存世留史，堪称对广州及岭南文化研究的新经典。

有时想想，祖籍江苏的江冰走南闯北，摸爬滚打，三更灯火五更鸡，最终来到广州。

到了今天，短短六年，这个新广州人的他爆发的能量和才气，其小说、散文，以及所在领域之成就，忽地名满拔尖，是这个城市把他捧到高处。能不热爱和感激这片沃土吗？能不感叹——忽然地，这座城也把他变成了广州人哩！

唉！多处的留足寻觅，最后江冰服了，自己也变成了广州人。

这就是广州城的魅力。

而且，岂止江冰？从历朝历代流徙下来的五湖四海的各式人种，例如郑安期、赵佗、杨孚、葛洪、达摩、六祖、张九龄、周敦颐、包拯、苏轼乃至近现代的容闳、黄遵宪、郑观应、康有为、梁启超、孙中山……多了去了。

示弱与低调，创新与保守，贯通中外，南北通吃，以敢为天下先的强大免疫

---

* 卢延光，广东省美术家协会副会长，广州美术馆原馆长，著名画家。

力和消化功能，包揽万物，和谐天下。江冰在此书中探寻岭南文化的性格和特征，发现它的奥秘。很敬佩江冰的独特眼光和哲学、思想高度，以及他的发现。

这是个比岭南更岭南，比广州更广州的作家、高手。

有时想想，长居此地此城的旧广州人，身在其内其中，司空见惯，或刺激不到神经末梢，局中之人迷在局内，反不及外来的新客家、新广州人观察发现之敏锐、精到。

近现代，有两个人让我对岭南文化有新的启发，一个是从湖南来、已成广州人的陈寅恪，另一个是江西人、未来过广州的傅抱石。

陈寅恪云："中国文化造极于赵宋。"文化登峰造极在宋代，特别在北宋。引申开来，蒙元之际，大量宋人流徙南下于岭南，而造极之文化仍归结于思想成果。大思想家、广州人周敦颐恰是新儒家之创始人，其后之朱熹、王阳明、陈白沙皆是孙辈。周敦颐的三教合一，其实大量吸收六祖的新禅宗思想。两位并非土著的广州人，却在羊城这片土地上大有作为！其缘由当与羊城地气有关，合乎气场，一鸣惊人，一举传世。有了这两位广州人，中国文化的高度才能造极于赵宋矣。

此其一。

其二，傅抱石说到岭南：中国文化是从西来的，是从黄河流域发展到长江流域，再到珠江流域的。就东洋而言，从天山东走，到朝鲜，再到日本。若截开来看，现在的情况，据个人愚见，似乎可以把文化的高下，随时代看成一个反比例，即文化发展愈早的地方，现在愈不行，愈倒霉；反之，文化后起的地方愈前进，愈厉害。在东洋，日本是后来崛起的，印度最古，但也最苦；在中国，珠江流域是后起的，黄河流域的西北最古，也最苦。假如这点推想有点相似，那么中国画的革新或者要寄希望于珠江流域了。抱石的推理让我明白为什么六祖与周敦颐的新佛家、新儒家出在珠江流域了。两个外来的广州人，两个造极于中国文化的大思想家都出在这里。

由此，中国文化的发源地在黄河流域，中国文化新的思想领域的发源地就在珠江流域，这是中国文化一个神秘的还未开解的密码。傅抱石给予我们提醒以及观察之眼力。

江冰和我，一个新来，一个旧在，同样热爱和探寻这片生养我们的沃土。看着江冰的这部沉实而满有成果的书出版，佩服他的文采与眼界，并由衷地祝贺：此书必有影响，必可留世。

2016 年 7 月 23 日

后　记

拿到出版社快递来的厚厚一摞书稿校样，心境出奇地散淡萧然，无由地滋生出一丝告别的情绪。窗外寒风正紧，来自北方的寒流抵达广州。为何伤感？时光难回，青春不再？长途跋涉，渐入终点？是，又不完全是——

中年失落吧！

想想从前出版第一本书的兴奋，已成遥远的记忆；

想想从前争论一部作品的投入，居然有了羡慕。

自序里的话说了不少，此时已无言。古人云："人生到处知何似，应似飞鸿踏雪泥。"我们这一代人毕竟经历了文学光荣的时代——可谓前无古人，后无来者。权作安慰。

我在福州读小学时，开始负责家信，与我的两位舅舅纸上交谈——他们都是20世纪50年代中山大学的学生，我的文学评论集在这所大学出版社出版，算是一个致敬。感谢我的学生王军博士、我的同事王雷雷博士帮我收集、整理、编辑几十年的论文；感谢中山大学出版社高惠贞主任、刘学谦编辑；感谢我的太太熊晓萍教授和我小文青的女儿江子潇；感谢所有帮助过我的前辈、同辈和后辈，原谅我无法一一注明。

打住，为后记。

江　冰

2016年11月于广州琶洲